Jakes

SE GEHEIM

'n Pad na Glorie Roman

FRANCINE BEATON

Francine Beaton
www.francinebeaton.com

Eerste deur Francine Beaton gepubliseer in 2020
Kopiereg © Francine Beaton 2020

Jakes se Geheim

ISBN 978-1-990902-92-5

© Teks: Francine Beaton
© Publikasie: Francine Beaton
E-pos: beatonfrancine@gmail.com
Buiteblad ontwerp: Francine Beaton met Bookbrush
Tipografiese Versorging: Francine Beaton

*Dankie aan almal wat my aangemoedig het, in my geglo het, en
bygestaan het om hierdie 'n werklikheid te maak*

HOOFSTUK 1

Jakes kreun toe hy by die bankie inskuif. Uiteindelik rus sy beseerde been op die bankie en kan hy met sy rug teen die muur leun. Hy haal diep asem om die pyn te beheer, maar dis nie maklik terwyl hy dieselfde tyd op sy tande probeer kners nie. Boonop skaaf die kompressie-verband teen die kneusplek op sy been. Hy kla eerder nie, maar hy sien uit om daarvan ontslae te raak.

"Jy moes die pynstillers gebruik het."

Jakes gluur na Michael. "Ek moet uithou. Ek sal een neem voor ek gaan slaap."

"Jy is belaglik. Dis mos waarvoor jy die goed gekry het. Jy het nou net van 'n tien-uur-lange vlug afgekom. Dis nou nie asof jy 'n sissie is om die verdomde pynstillers te gebruik nie."

Jakes skud sy kop. "Ek het genoeg in die laaste twee dae gebruik. Ek het voor die vlug pynstillers geneem."

"Jy kon een gedrink het om die pyn te verlig. In elk geval, sorg dat jy iets eet sodat ons jou terug by die woonstel kan kry."

Jakes het die laaste jaar al geleer dat dit nie sal help om

met Michael te stry nie. Hy mompel, "Jammer, ek voel net jammer vir myself. As dit nie vir hierdie besering was nie, sou ek nou voorberei het vir môre se Toets."

Michael knik simpatiek. "Soos ek van die Springbokke se kamp verstaan het, sou jy hierdie week in die beginspan gewees het, jou eerste volwaardige toets."

Jakes is baie teleurgesteld. Hy sou bitter graag in die res van die toetswedstryde wou speel. Dit help egter nie om daaroor te tob nie. Hy grom vies, "Ek is nog nie klaar nie. Ek sal enigiets doen om weer op die veld te kom."

"Enigiets?" vra Michael skalks.

Toe Jakes knik, lag Michael, seker oor die vooruitsig van wat hy Jakes gaan laat deurmaak in die opkomende weke. Hy bevestig Jakes se suspisie toe hy waarsku, "Die terapie is intens, Jakes."

"Ek gee nie om nie. Ek is nie bang om hard te werk nie. Ek sal enigiets doen wat jy vra."

Michael glimlag. "Ek weet. Gelukkig het jy nie 'n operasie nodig nie. Hopelik gee Maandag se sonar ons nog beter nuus."

"Ek hoop jy is reg," mompel Jakes en tel die spyskaart op. Hy weet hy is hardkoppig om nie nog pynstillers te drink nie, maar hy is bang om daardie kans te waag. Een van sy voor-malige spanmaats het verslaaf geraak. Dit gebeur maklik en hy het nie verslawing ook nog nodig nie. Sy lewe is klaar te gekompliseerd.

Jakes is nie honger nie, maar hy moet eet voor hy weer die medikasie kan neem. Hy lees vinnig deur die spyskaart. Gelukkig is daar 'n paar keuses waarvan hy sal hou. Michael se aandag is nog steeds by die spyskaart lank nadat Jakes sy keuse gemaak het. Jakes maak sy oë toe.

Sy gedagtes dwaal na sy besering. Tom Brady, die Buffels

se hoofafrigter en Michael se pa, het voorgestel dat Jakes hier in Denver by Michael by die hoë-lugdruk rehabilitasiesentrum aansluit. Jakes het nie gehuiwer nie. Hy wil fiks en reg wees vir die nuwe seisoen wanneer hulle in 'n opwindende nuwe kompetisie speel. Dit is ook 'n Wêreldbeker-jaar.

Die vrolike stem van 'n kelnerin onderbreek sy gedagtes. 'n Opgewekte kelnerin is die laaste ding waarvoor hy nou lus het. Hy luister terwyl Michael sy bestelling gee en eers toe hy klaar is, neem Jakes weer diep asem voor hy sy oë oopmaak.

Gelukkig het hy, want sy asem slaan byna weg toe hy die vrou sien. Haar blou oë, so helder soos die Vrystaat-lug in die winter, tref hom eerste en dan die verwelkomende glimlag. Daardie paar treffende oë kyk reguit in syne. Dit voel of tyd stilstaan. Vir die eerste keer sedert Woensdag is Jakes onbewus van die pyn in sy been en 'n vreemde kalmte sak oor hom toe.

Sy is mooi. Deksels mooi.

Jakes kyk onwillig weg en met verbasing na Michael toe dié swetsend opspring. Michael gluur na die kelnerin. "Wat doen jy? Kan jy nie sien dat die glas alreeds vol is nie?"

Michael gryp 'n servet en vee vervaard die water wat oor die oorvol glas se rand tuimel, op. Jakes moet sy onverwagse humor onderdruk toe hy Michael se futiele poging aanskou. Daardie servet staan nie 'n kat se kans nie. Hy volg die water gefassineerd wanneer dit stadig oor die oppervlak sprei, tot aan die tafel se rand, dan oor en tot binne-in sy skoot.

Jakes reageer blitsvinnig toe die kelnerin poog om die water in sy skoot op te vee. Hy gryp net betyds haar hand toe dit gans en al te na aan 'n deel van sy anatomie kom wat hy gesweer het geen vrou sal regkry nie. Ten minste nie gou nie.

"Om hemelsnaam, vroumens, stop!" Verbouereerd en heeltemal ontsenu gryp hy die lap uit haar hand. Hy kan nie na haar kyk nie. Netnou lees sy gedagtes en weet waarheen syne die loop geneem het.

Die kelnerin sê nie 'n woord nie. Sy draai slegs om om nog servette en 'n ander lap te gaan haal. Met haar terugkeer maak sy in stilte die tafel droog. Jakes loer na haar toe hy die nat servette en lappie in haar rigting stoot. Sy stap weg om van dit ontslae te raak en lyk kalm toe sy terugkeer. Sy flous Jakes egter nie. Haar breë glimlag het verdwyn en haar oë skiet gifpyle in sy rigting terwyl sy ongeduldig wag dat hy sy bestelling gee.

Onbewustelik staar hy na haar, miskien bietjie te lank, want sy lyk skielik ongemaklik. Hy volg gefassineerd die beweging van haar tong wat oor haar onderlip vee voordat egalige, spierwit tande die een hoek van haar mond vasbyt. Jakes se jeans sit skielik stywer, maar steeds staar hy na die prentjie voor hom.

As dit nou nie was dat hy ...

Nee, nee, nogmaals nee.

Daar's geen manier wat hy op so 'n wyse aan 'n vrou kan dink nie. Nie nou nie en ook nie vir die volgende ses maande nie. Dis nou nie asof hy enigiets *sou* doen nie, maar die vrou kan hom maklik van plan laat verander.

Fokus Jakes, fokus. Oog op die bal.

Toe sy weer opkyk en onseker vir sy bestelling wag, frons hy onbewustelik omdat hy soveel konsentreer op sy mantra wanneer hy sy bestelling mompel.

Duidelik verward vertrek haar gesig op 'n plooi. As Jakes nie so ongemaklik is nie, sou hy dink dat dit oulik is.

Michael lag. "In Engels, Jakes."

Het hy dan nie Engels gepraat nie? Die vlugflouheid moes hom erger geaffekteer het as wat hy gedink het. Hy kan goed Engels praat. Partymaal, wanneer hy senuweeagtig is, is sy aksent dalk sterker, maar hy maak nie gewoonlik sulke foute nie.

Jakes vervies hom vir Michael en grom, "Wat is so snaaks?"

Michael antwoord in Afrikaans, "Hou op om so vir die arme vrou te gluur en gee jou bestelling, maar hierdie keer in Engels."

Jakes gluur hom aan en mompel, "'n Kaasburger en warm sjokolade."

"Sê dit vir haar," lag Michael weer.

Jakes kyk weer vir die kelnerin. Het die effek van die pynstillers wat hy voor die vlug geneem het dan nog steeds nie uit sy gestel uit gewerk nie? Hoekom anders voel dit asof sy tong aan sy verhemelte vasklou en sy brein nog nie heeltemal met sy omgewing vereenselwig het nie?

Hy skud sy kop om van die gevoel ontslae te raak en herhaal sy bestelling sonder om na haar te kyk en fokus eerder op haar notaboek.

Toe sy wegstap om hul bestelling te plaas, blaas Jakes sy asem stadig uit. Hy neem 'n groot sluk water, steeds geïrriteerd met homself. Dis nou nie asof hy en Michael Afrikaans met mekaar praat nie. Dit sou dan maklik gewees het om deurmekaar te raak, maar hulle praat gewoonlik Engels met mekaar. Sy betrokkenheid die laaste jare by die Blitsbokke het Jakes immers genoeg geleentheid gegee om Engels te praat. Hy is nie gewoonlik so onbeholpe nie.

Miskien is dit die kelnerin se skuld. Dalk het sy dié effek op hom. Hy het nou wel die laaste agtien maande vroumense vermy en dit heel goed reggekry, maar hy ken die gevaartekens. Toe hy daardie hittegloed deur hom voel sypel toe sy haar onderlip so vasgebyt het? Dit was 'n waarskuwing in groot, rooi letters. Hy moet dit net in ag neem.

Jakes sien reguit deur Michael toe hy met geveinsde kommer opmerk, "Is alles reg?" vra Michael, terwyl hy steeds sy humor probeer wegsteek.

"Ek makeer niks."

"Ek wonder maar net. Jou gesig is rooi. Ek hoop nie jy het een of ander gogga op die vliegtuig opgetel nie."

Jakes het dieselfde gewonder. Hy weet sy verskoning is simpel, maar dis al waarmee hy so skielik vorendag kan kom. "Dis seker die lugdruk of so iets."

Michael lag openlik. "Of so iets, ja,"

Jakes ignoreer hom eerder en kyk gemaak-belangstellend om hom rond, iets wat hy nie gedoen het sedert hul aankoms nie. Dit is 'n sport kroeg en -restaurant met etlike groot skerm-televisiestelle versprei in die area waar hulle sit. Dié is op 'n kanaal ingestel wat hoogtepunte van vorige rugbytoetse uitsaai.

"Ek het nie gedink hulle sou rugby hier beeldsend nie," merk Jakes op, net om die ongemaklike stilte te verbreek.

Michael grinnik, "Jy sal verbaas wees. Rugby word al hoe gewilder hier. Daar is verskeie klubs in Denver. Die rehabilitasiesentrum waar jy jou terapie gaan kry is verbonde aan een van die klubs, die Denver Swart Bere. Dis op dieselfde perseel as die klubhuis en oefenveld en van hoogstaande gehalte."

Toe die kelnerin 'n nuwe houer met servette en eetgerei bring, waag Jakes dit nog steeds nie om na haar te kyk nie.

Kort daarna keer sy terug met hul drankies. Jakes s'n is egter koffie in plaas van warm sjokolade. Miskien moes hy eerder op 'n mooi manier vir haar gesê het die bestelling is verkeerd. Dit sou selfs nog beter gewees het as hy sy mond gehou het, maar sy irritasie-vlak is klaar te hoog en hy skryf dit toe aan die feit dat sy hom ontsenu. Onbeholpe skuif hy die koppie terug sodat die koffie oor die rand spat. Hy mompel, darem in Engels, "Ek het warm sjokolade bestel."

Eers nadat sy die koppie opgetel en in die rigting van die kombuis verdwyn het, waag hy dit weer om op te kyk. Hy volg haar totdat sy die bedieningsluik bereik en die regte bestelling in ontvangs neem.

Jakes het vasgedruk gevoel in die vliegtuig. Hy het gedink dit is 'n goeie idee om uit die woonstel te kom, maar is nou spyt. Toe sy met sy regte bestelling na die tafel stap, weet Jakes dat hy dalk eerder by die woonstel moes gebly het. Dit kan 'n lang nag word as hy die diens wat hulle sover van die kelnerin gekry het, moet oordeel.

Sy plaas die warm sjokolade met 'n oordrewe gebaar op die tafel voor Jakes. Hy kan amper die sarkasme in die gebaar lees. Dit lyk eerder of sy die drankie in sy skoot wou omkeer as wat sy dit op die tafel neersit. Haar oë glinster, maar dis nie so vrolik soos vroeër nie. Hy kan haar nie kwalik neem nie. Ongemaklik laat sak hy eerder sy kop.

Michael hou aan karring oor die rehabilitasiesentrum, maar Jakes soek gedurig na die kelnerin. Waarom, wil hy eerder nie nou oor bespiegel nie. Toe hy sien dat sy oppad is na hulle tafel met hul kos, kyk hy vinnig af.

Sy hart sak tot in sy skoene toe sy die borde voor hul neersit en hy die inhoud sien. "Wat is dit?"

Die kyk wat sy hom gee spreek boekdele, so asof hy onnosel is. Haar antwoord is nonchalant, "Julle bestelling."

Jakes skud sy kop. "Dis nie wat ek bestel het nie."

Die kelnerin haal haar notaboek uit haar sak en bestudeer dit aandagtig. Haar blik sak af na hul borde en dan bloos sy skielik bloedrooi. Sy gryp haastig die borde en gaan lewer dit by die regte tafel af. Sy keer egter onmiddellik terug na hul tafel.

Miskien moes hy eerder Michael die situasie laat hanteer het. Dit sou selfs beter gewees het as hy haar 'n kans gegee het om om verskoning te vra. Jakes doen egter nie een van die twee nie. Hy frons na haar, "Jy het dit tog neergeskryf. Kan jy nie net kyk nie?"

Michael maak oordrewe sy keel skoon en hou hom skielik baie besig met sy foon. Jakes frons in sy rigting. "Het jy 'n probleem?"

Michael skud sy kop. Sy glimlag maak Jakes net vieser.

Toe die kelnerin wegstap, mompel Jakes, miskien effens harder as wat nodig is, "Hoe de hel slaag sy nog daarin om haar werk te behou?"

Hy kan die feit dat hy soos 'n beer met 'n seer kop optree op die pyn in sy been blameer, maar Jakes weet dit is nie die waarheid nie. Dis daardie blou oë wat hom so ontsenu en dinge laat voel wat hy nie eers aan moet dink nie. Hy het een van twee opsies: baklei of vlug. Vlug is nie moontlik nie en hy het die eerste opsie gekies.

Baklei? Dit verbaas hom. Dis 'n reaksie wat hy jare laas ervaar het. Skielike paniek neem van hom besit toe hy dit besef. Hy druk sy hande onder die tafel. Sy vingers vind die rubberbandjie met familiêre gemak. Met sy oë nog steeds op die kelnerin, pluk-pluk hy aan die bandjie.

Sy haal haar notaboek uit toe sy by die bedieningsluik stop en met die persoon aan die ander kant praat. Sy sug voor sy vinnig in die rigting van die bestuurder en dan Jakes-hulle loer, maar dan verdwyn sy.

Die tyd sleep traag verby, maar die kelnerin keer nie terug met hul kos nie. Jakes het in so 'n mate kalmeer dat hy lank reeds opgehou om met die bandjie te speel. Hy probeer in 'n gemakliker posisie in te skuif, maar dit help nie. Elke bewe-ging maak hom meer bewus daarvan dat hy dalk tog van die medikasie moes geneem het. Sy been pyn ontsaglik baie en sy liggaam is saf van moegheid. Hy stem nou saam met Michael dat dit 'n simpel idee was om nie die medikasie te neem nie. Hy het redelik gou 'n pynstiller nodig voordat hy omkap.

Toe hy nie meer die pyn kan ignoreer nie, besef Jakes dat hy iets drasties moet doen. Sy blik draal nog een keer deur die restaurant in die hoop dat die kelnerin terug is maar sy het nog nie weer teruggekom nie. Dit lyk ook nie asof sy van plan is om dit gou te doen nie.

Hy byt op sy tande en sis, "Jy hoef nie vir my te sê 'ek het jou mos gesê nie', maar jy is reg. Ek moes die medikasie geneem het. Ek kan egter nie veel langer uithou nie. Waar is die vroumens met ons kos?"

Michael kyk ook hoopvol rond en skud sy kop. Hy draai terug na Jakes. Jakes weet dat hy teen dié tyd wasbleek is en sy kake is op mekaar geklem. Michael se uitdrukking sê dit duidelik wat hy dink, maar gelukkig spreek hy dit nie hardop uit nie.

Michael lig sy hand om een van die ander personeellede se aandag te trek. 'n Ouer man verskyn kort daarna langs die tafel en stel hom voor as Bob, die eienaar. "Is iets verkeerd, menere?"

Jakes moes weer eens dat Michael dit hanteer het, maar voordat Michael sy mond kon oopmaak, gluur Jakes die man aan, "Wat was *nie* verkeerd nie, bedoel u?" Hy gee summier die man 'n lysie van al die foute wat die kelnerin gemaak het en eindig met, "Kry asseblief iemand wat weet wat hulle doen."

Jakes luister halfhartig na die eienaar se verskonings voor die man 'n ander kelnerin roep, "Clara, kyk asseblief waar die menere se bestelling is."

Die kelnerin stap na die bedieningsluik en praat met die

kok en dan lig sy een vinger vir Bob. Dit mag beteken dat dit
'n minuut gaan neem. Jakes hoop ten minste so. Hy kan dalk
'n minuut of wat uithou maar nie veel langer nie. Die kos mag
ook al 'n geruime tyd gereed wees en selfs al koud, maar dit
maak nie eers meer saak nie. Al wat hy wil doen is eet en so
gou moontlik by die huis kom.

Clara bring feitlik onmiddellik hul bestelling. Beide Jakes
en Michael aanvaar dit sonder 'n woord en dit neem hulle nie
lank om klaar te eet nie. Toe Michael beduie om die rekening
te bring, kyk Jakes op. Hul kelnerin het uiteindelik haar
terugkeer gemaak.

Angie spoel haar gesig met koue water af. Wat het nou net
gebeur met daardie vreemdeling? Dit was die vreemdste
ervaring van haar lewe, om so in 'n vreemde man se oë weg te
raak. Sy oë is besonders, so 'n amper mosgroen, maar dis nie
iets wat aldag gebeur nie.

Sy kyk op in die spieël en grynslag vir haar spieëlbeeld.
Sy lyk nie haar beste vanaand nie. Haar beste grimeerpogings
kon nie die donker kringe onder haar oë verbloem nie. Die
meeste mense komplimenteer gewoonlik haar oë, maar
Angie dink nie dis haar beste bate nie. Sy is gewoond aan
haar amper elektriese blou oë soos een van haar tweeling-
broer se vorige meisies dit genoem het, want haar pa en beide
broers se oë is dieselfde kleur. Vanaand is daardie blou egter
maar baie flou.

Sy frons vir die poniestert waarin haar hare vasgemaak is.
Dit laat haar soos 'n skooldogter voel. Sy verkies om haar
lang, donker krulhare los te laat hang sodat dit haar gesig
omraam. Sy dink dat dit 'n mooi kontras vorm met haar ligte
vel en haar oë. Sulke kontraste streel haar kunstenaarsoog.

Angie dink haar glimlag is haar beste bate. In elk geval, dit sou wees as sy genoeg glimlag sodat mense dit kan raaksien. Sy het egter nie in die laaste tyd veel rede om te glimlag nie en vanaand is nie 'n uitsondering nie.

Sy sug as sy afkyk na haar uniform. Die werk en hierdie uniform is twee van die grootste redes hoekom sy nie meer glimlag nie. Dit maak haar siel dood. Die klere lyk so vaal en verskil drasties van haar gewone styl van vloeiende rompe en helder kleure.

Sy lig haar hand om die hare wat uit haar poniestert uit geglip het, agter haar oor in te skuif. Haar verloofring glinster in die badkamer se lig. *Dit* mag dalk die grootste rede wees waarom haar glimlag verdwyn het. Sy moet binnekort 'n besluit daaroor neem. Sy verdien dit om gelukkig te wees.

Sy kyk weer na haar weerkaatsing en glimlag, net omdat sy kan. Ja, beslis haar glimlag. Op daardie oomblik beloof Angie haarself een ding: sy sal alles in haar vermoë doen om haar glimlag weer terug te kry.

Met haar terugkeer na die restaurant sien Angie tot haar verligting dat die twee mans reeds klaar geëet het en dat die ouer een beduie dat hy die rekening benodig. Angie het nie besef dat sy so lank in die badkamer was nie. Soos gewoonlik het sy tred met die tyd verloor.

Sy tel die rekening op en stap na die tafel. Sy waag dit nie om in die vreemdeling se rigting te kyk nie.

Jakes glip sy baadjie aan voordat hy sy beseerde been voor hom uitskuif. Hy slaag daarin om homself regop te druk met die hulp van die tafel en die bankie se rugleuning. Skielik skiet 'n brandpyn deur sy alreeds beseerde been toe iemand reg daarin vasloop. Hy leun teen die bank sodat hy kan balanseer toe die persoon tot teen sy bors struikel. Jakes los onwillekeurig 'n string swetswoorde in Afrikaans, maar stop summier toe sy hart vinniger bons wanneer hy 'n mengsel van blom en appel inasem. Hy probeer die vrou wegdruk voordat sy hom nog verder beseer, maar kry dit nie reg nie. Hy haal diep asem en maak sy oë oop.

Hy moes dit geweet het. Dit kon net sy wees, die kelnerin wat hom so ontsenu. Vir etlike sekondes hou hul oë mekaar s'n gevange. Toe sy skielik bloos en aan haar onderlip knibbel, voel Jakes weer die hitte deur hom spoel. Hy moet 'n paar keer diep asemhaal voordat hy haar kan wegstoot. Sy stem klink hees in sy ore toe hy mompel, "Jy is 'n gevaar, vroumens."

Angie het gedink die man is groot toe hy gesit het, maar noudat hy staan, sien sy eers hoe massief hy regtig is. Hy is maklik oor die ses-voet-drie of -vier, met spiere in al die regte plekke. Onder haar hande span die Henley-hemp onder sy baadjie styf oor welgevormde spiere. Sy stem klink hees wat 'n rilling langs haar ruggraat afstuur.

Toe hy haar wegstoot, besef sy eers wat sy doen. Sy wil hardop kreun, maar keer dit betyds. Wat kan nog verkeerd gaan vanaand en veral met hierdie man?

Die man draai weg toe sy vriend 'n paar krukke aan hom oorhandig. Sonder om weer na haar te kyk, stoot hy dit onder sy arms in.

Krukke? Aarde bedek my! Geen wonder hy het nie ook opgespring toe die water oor hom gestort het nie!

Hy kyk weer na haar. Sy oë sak af na haar mond en vernou ooglopend. Angie voel die hitte deur haar vloei, maar dan frons hy skielik en swaai om. Sonder om te groet, hobbel hy uit die restaurant.

Angie volg sy bewegings en sug. Wel, dit was dan dit. Hy is die mees ongeskikte, onvriendelikste man wat sy nog ooit ontmoet het. Hierdie keer kan sy nie help om agter hom aan te skree nie, "Dankie, en goeie nag vir jou ook."

Hy reageer nie. Nie dat sy gedink het hy sou nie. Toe die deur agter hom toegaan draai sy weg en mompel, "buffel," al kan hy haar nie meer hoor nie.

HOOFSTUK 2

Sy het skaars omgedraai toe Bob beduie dat sy hom in sy kantoor moet ontmoet. Angie weet wat kom. Sy moet al gewoond wees daaraan, want die ouerige eienaar van die restaurant moes al 'n paar keer met haar praat in die maand sedert sy hier begin werk het.

Die oomblik wat sy die kantoor instap weet Angie dat dit hierdie keer anders gaan wees. Bob glimlag nie soos gewoonlik nie. Hy beduie dat sy moet sit. Sy woorde bevestig haar vrees. "Angie, my hartjie, ek is jammer. Ons moet saamstem: hierdie werk is nie vir jou nie. Na vanaand se fiasko en die twee here se klagtes, het ek geen ander keuse nie."

"Laat u my gaan?" fluister Angie met 'n klein stemmetjie.

Bob skud sy kop. "Nee, nie nou nie, maar hierdie is jou laaste waarskuwing."

Angie sug en maak haar oë toe. Sy sal harder probeer. Sy moet net. Dis nog net 'n paar weke. Sy kyk op na die sagte ou man en mompel, "Ek is jammer, oom Bob. Ek sal probeer, ek belowe."

"Ek weet jy sal, hartjie. Ek weet hoekom jy dit doen, maar

ek het 'n besigheid om te bestuur. Ek kan nie bekostig dat jy my klante wegjaag nie."

"Ek verstaan, oom Bob. Is daar nie iets anders wat ek kan doen nie?" Angie hoor die desperaatheid in haar stem.

"Laat ek daaroor dink. Clara het vir my genoem dat Thomas siek was en dat jy opgebly het om na hom te kyk. Ek bewonder jou dat jy so lojaal is teenoor Clara en na jou vriendin se seun kyk, maar jy kan nie so aangaan nie. Neem die naweek vry en haal die verlore slaap in. Ons kan weer Maandag gesels."

Angie glimlag verlig. "Dankie, oom Bob. Ek waardeer dit." Sy gee hom 'n drukkie en hardloop uit die kantoor om haar handsak en baadjie in die personeelkamer te kry.

Die res van die personeel weet al dat sy nie 'n goeie kelnerin is nie en gee haar almal simpatieke kyke. Vir Clara hoef sy niks te sê nie. Haar vriendin weet klaar dat iets gebeur het. Haar bemoedigende glimlag spreek boekdele.

Angie probeer positief dink toe sy na haar motor stap. Ten minste gaan sy vroeër by die huis wees en kan sy die kinderoppasser aflos. En sy het nog haar werk. Hoe sy dit in elk geval so lank gehou het, weet sy nie. Oom Bob hou haar seker net in diens oor sy vriendskap met haar pa. Bob was nog altyd 'n ou teddiebeer.

Sy is *so* moeg. Nadat sy die vorige nag opgebly het om na Clara se siek kleuter te kyk, het sy net 'n paar ure se slaap ingekry. Sy kan seker haar gebrek aan konsentrasie daarop blameer, maar in haar hart weet sy dat dit nie die volle waarheid is nie.

As sy net op haar werk kan konsentreer sou sy nie 'n slegte werker gewees het nie. Ongelukkig werk haar kop nie so nie. Sy raak alewig verlore in 'n projek, 'n kunswerk of net haar ryke verbeelding. Sy voel nie eers gemaklik in 'n kombuis nie en dis tien keer erger in 'n besige restaurant. Kort na sy hier begin werk het, het sy al geweet dis nie een van haar beste idees nie. Nie dat sy dit sou erken nie, maar sy hoef nie. Haar familie ken haar al te goed.

Sy sal dit beslis nie aan Chris erken nie. Sy sal nie haar verloofde kans gee om snedige opmerkings te maak of Clara te blameer soos hy gewoonlik doen nie.

Miskien moet sy weer skoolhou.

Angie sidder aan die gedagte. Sy onthou haar eerste onderwyspos nog al te goed. Skool gee was nie vir haar nie. Party kinders het haar lewe hel gemaak. Miskien as sy klas kon gee vir kinders wat kuns wil doen, sal dit anders wees.

Toe Clara later by die huis kom, kuier hulle eers met 'n beker warm sjokolade elk onder 'n kombers. Clara wag nie lank voordat sy probeer uitvis nie, "Nou wat het vanaand gebeur? Ek weet jy raak soms weg in jou eie wêreld en dit is nogal oulik, maar vanaand het jy glad nie gekonsentreer nie."

Moet sy vir Clara vertel van die argument wat sy met Chris gehad het net voordat haar skof begin het? Clara weet tog alreeds hoe Chris oor haar voel en Angie se aandrang om Clara te help. Sy wil egter nie hê dat Clara skuldig moet voel oor iets nie.

Angie kan nie Chris se houding verstaan oor sy vir Clara help nie. Kan hy dit nie soos sy insien nie? Dis nog net vir 'n paar weke. Chris kritiseer Angie egter oor haar goedhartigheid en sê dat Clara hul vriendskap misbruik. Dit kan mos nie misbruik wees as sy uit eie beweging aanbied nie? Sy kan egter net nie vir Chris oortuig nie. Hy wil nie hê dat Angie vir Clara help nie. Hierdie vreemde vyandskap tussen haar vriendin en haar verloofde hinder Angie.

"Ek het vroeër 'n argument met Chris gehad," erken sy uiteindelik, maar brei nie uit nie.

Clara lig haar wenkbrou. Hulle het al voorheen hierdie gesprek gehad, veral sedert Angie by Clara ingetrek het. Clara moedig haar nog heeltyd aan om met Chris te praat. Angie bly dit uitstel.

"Ek weet hoe jy oor Chris voel en ek weet ook jy sal niks sê nie. Sedert ek van Boulder af teruggekom het, versleg ons verhouding net meer. Voor ek weg is was daar al 'n breuk tussen ons, maar na vandag se argument ..."

Clara frons. maar sy wys hoe skerp sy is en hoe goed sy Angie ken toe sy opmerk, "Maar dis nie al nie. Wat het gebeur? Hoekom het oom Bob jou vroeër laat huis toe kom?"

Angie antwoord nie, maar sy hoef ook nie. Clara vra onmiddellik, "Hoekom bloos jy?" vra Clara en skuif regop.

Angie bloos, maar sy reageer tog, "Het jy daardie enorme man met die krukke gesien?"

Clara glimlag breed. "Ja, ek en al die ander vrouens in die restaurant. Jy kon sommer hoor hoe spring die hormone op aandag toe hy ingekom het."

Angie se mond val oop. "Clara!" is al wat sy uitkry.

"Ag, komaan, Angie. Moenie sê jy is immuun nie. Jy moet erken, dis een van die mooiste mans wat jy al ooit gesien het," stry Clara.

Angie snork. "Dit mag dalk wees, maar hy is ongeskik. En hy is die rede hoekom oom Bob my 'n laaste waarskuwing gegee het," erken sy.

Clara se oë rek wyd. "Hoekom?"

Met 'n sug vertel Angie vir Clara wat vroeër die aand gebeur het. Noudat sy daaraan terugdink, vervies sy haar weer. Dit was g'n so erg dat oom Bob haar amper afgedank het nie.

Bekommernis flits oor Clara se gesig. Angie verseker haar vriendin haastig, "Moet jou nie bekommer nie, Clara. Oom

Bob het gesê hy sal vir my iets anders kry om te doen. Hy het ook gesê ek moet die naweek vry neem, dus kan ek Thomas oppas."

Clara skud haar kop. "Ek is nie bekommerd oor my of oor Thomas nie, Angie. Ek is bekommerd oor jou."

"Jy hoef nie te wees nie," blaker Angie uit. "Ek het nog my werk."

"Dis nie wat ek bedoel nie, Angie en jy weet dit."

Angie weet presies wat Clara bedoel. Sy kan dit nie veel langer uitstel nie. Net haar reaksie toe sy in die vreemdeling se groen oë gekyk het, het Angie laat besef dat haar verlowing lankal nie meer werk nie. Het dit ooit?

Dalk moet sy tog maar met haar pa praat.

Op pad na sy spreekkamer Maandagoggend stop Angie eers by die gemeenskapsentrum en bestudeer die kennisgewingbord met die vae hoop dat daar tog iets vir haar sal wees tussen al die vakante posisies wat geadverteer word.

Miskien was dit so bestem. Daar, weggesteek tussen al die ander, is 'n pos vir 'n kunsterapeut. Dit is slegs tydelik, tot net voor Kersfees, maar dit is beter as niks. Dis wat Angie hoe lank al voor soek. Hopelik sal sy dit kan hou aangesien dit haar studierigting is. Die minder as honderd ure wat sy gaan werk in hierdie pos is beslis nie genoem om haar sertifisering te kry nie, maar ten minste is dit 'n stap in die regte rigting. Sy kan nog vir Clara help. Sy kan haar familie en vir Chris vertel dat sy iets gekry het in haar studieveld. Natuurlik beteken dit nog minder geleentheid om te skilder, maar sy sal harder aan haar eie kuns werk wanneer Clara op die been is.

Haar senuwees knaag die volgende oggend. Sy is gans en al te vroeg vir haar onderhoud en stop eers by die koffiewinkel in die sentrum om 'n koffie te drink. Om haar aandag af te lei van die onderhoud lees sy eers al haar teksboodskappe. Die hele tyd voel dit egter asof iemand haar dophou, maar Angie ignoreer dit en lees haar skoonsuster se boodskap klaar. Sy het egter nog steeds daardie gevoel nadat sy klaar is en kyk op.

Daar is nie baie mense daardie tyd van die oggend in die koffiewinkel nie, maar Angie hoef nie ver te soek om die persoon te vind wat na haar staar nie. Sy herken hom onmiddellik. Dit is die vreemdeling van Vrydagaand.

Hy bestudeer haar nuuskierig en toe hul oë ontmoet, weet Angie onmiddellik dat hy haar herken het.

Geskok sien sy dat hy, met sy oë nog steeds op haar gevestig, regmaak om op te staan. O nee, dit gaan nie gebeur nie! Sy gryp haastig haar sak en waai vir die verbaasde kelnerin op pad uit. Gelukkig het sy reeds betaal toe sy haar bestelling geplaas het en dus hoef sy nie te wag nie. Sy hoor hoe 'n man roep, "Wag!" maar sy is nie van plan om daardie man weer te konfronteer nie. Beslis nie nou nie. Sy wil darem in 'n goeie bui wees vir haar onderhoud en hy gaan dit net bederf.

Op pad na die kantoor aan die ander kant van die Gemeenskapsentrum waar sy moet aanmeld vir haar onderhoud, kruis Angie haar vingers. Dit moet net goed gaan vandag. Sy het ekstra moeite gedoen met haar voorkoms. Sy het haar gunsteling romp gekombineer met 'n poublou bloesie wat haar oë beklemtoon. Om dit af te rond dra sy stewels, 'n baadjie en 'n serp. Sy dra selfs grimering, iets wat sy nie gewoonlik doen nie.

Teen die tyd wat sy vir haar onderhoud aanmeld, het sy daarin geslaag om die vreemdeling uit haar gedagtes te verban. Sy het nie nodig dat hy haar aandag aftrek nie. Toe sy egter die sentrum 'n uur later verlaat, glimlag sy verlig. Sy was onnodig bekommerd.

Sy kan dadelik begin en Angie dink dit het nogal in haar guns getel.

Môre val sy in by haar nuwe pos.

Jakes skuif ongemaklik rond op die kroegstoeltjie. Dit is die Woensdag nadat hy in Denver gearriveer het en hy kan voel hoe hard Michael hom die laaste drie dae laat werk het. Hy moet nog vir so paar dae op die krukke staat maak, maar binnekort sal hy dit nie meer nodig hê nie.

Hy kla nie oor die strawwe terapie nie omdat hy reeds die verskil kan voel. Die meeste van die tyd funksioneer hy sonder enige pynstillers. Dit is nie te sê dat sy been nie nog seer is nie, maar hy het beslis nie verwag om vandag al te doen wat hy gedoen het nie.

Behalwe die strekoefeninge wat hy in die Hoë-Lugdruk-kamer doen, kry hy ook daaglikse masserings en elektro-tera-pie. Die res van die tyd doen hy kragoefeninge in die gimna-sium. Hy het selfs vandag water-terapie gedoen. Hy is egter nog steeds gretig om so gou moontlik sy gewone oefenpro-gram te hervat.

Nee, dis nie waar nie. Hy is meer gretig om terug te wees op die veld met die bal in sy hand.

Sedert Vrydagaand het Jakes elke dag gekom om die kelnerin te soek wat hy so sleg behandel het. Tot dusver het hy nie enige geluk gehad nie. Hy het gedink dat hy haar die vorige dag in die koffiewinkel by die gemeenskapsentrum gesien het, maar dit was dalk nie sy nie.

Die groep mans wat by die restaurant instap onderbreek sy gedagtes. Volgens hul sweetpakke is hul lede van die plaaslike rugbyspan, die Swart Bere. Hy het vanaand 'n deel van hul oefening dopgehou en hy was effens jaloers. Hy sou bitter graag saam met hulle op die veld wou wees. As dit nou nie vir hierdie besering was nie, het hy nog 'n volle maand se oefening voor hom gehad, net soos hulle. Syne sou net gepaard gegaan het met die toetswedstryde vir die Springbokke.

Jakes beduie vir die kroegman dat hy die rekening soek. Hy betaal eers voor hy na die badkamer hobbel. Toe hy in die nou gangetjie wat na die badkamers lei instap, blokkeer een van die rugbyspelers sy pad. Die man moes Jakes uit die hoek van sy oog raakgesien het, want hy staan opsy sodat Jakes kan verbykom. Hy beëindig die oproep, maar sy foon lui amper onmiddellik weer. Jakes hoor die man sug, maar hy antwoord tog die oproep.

Jakes stop amper toe die man sê, "Hallo Ma, hoe gaan dit?" Miskien het hy verkeerd gehoor. Dit klink darem baie soos Afrikaans.

Hy wil nie verder na die man se gesprek luister nie en sodra die man bevestig dat hy wel Afrikaans praat, hobbel Jakes verder na die badkamer. Toe hy weer uitkom is hy net betyds om te sien hoe die man sug en sy oë rol voor hy sê, "Ja, Ma, ek belowe. Ma weet mos ek sal my gedra. En ja, ek sal die meisies uitlos en ordentlik eet."

Jakes kan nie die lag keer nie. Die man frons in sy rigting voor hy sy oë laat sak en die oproep beëindig. Hy ruk skielik sy kop op en staar na Jakes, verbasing duidelik geskryf op sy gesig. Jakes maak onmiddellik verskoning, "Ek is jammer. Ek wou nie jou gesprek afluister nie. Ek het net nie verwag om Afrikaans hier te hoor nie. Ek is ..."

Die man skud sy kop en roep uit, "Jakes du Plessis!"

Hy grinnik en gaan voort, "Ek weet wie jy is, maar wat maak jy hier? Ekskuus, ek is Rayno Botha," en hou onmiddellik sy hand uit na Jakes.

Jakes is verbaas dat iemand hom hier in Denver herken, maar Rayno lag. "Ek mag dalk 'n ruk lank al hier woon, maar ek volg nog steeds Suid-Afrikaanse rugby. Moenie vir my sê jy kom hier speel nie?"

Jakes skud sy kop in ontkenning en lig sy been wat nog steeds in 'n stut is, "Nee, ek is hier vir terapie. Ek gaan terug Pretoria toe voor die nuwe seisoen afskop."

Hulle stap geselsend terug na die restaurant. Toe Rayno agterkom dat Jakes alleen is, nooi hy onmiddellik, "Kom, ek is baie seker hierdie ouens sal graag 'n Springbok wil ontmoet."

"Ek het nog net een keer vir die Springbokke gespeel," keer Jakes, maar Rayno lag. "Dit maak nie saak nie. Jy is 'n Springbok."

Jakes volg Rayno na die tafel waar Rayno se vriende bymekaar gekom het. Nie een van hulle het gaan sit nie en hulle staan almal in 'n bondel om met die groep wat net voor hulle ingekom het, te gesels.

Jakes stop agter Rayno. Hy druk homself regop met behulp van die krukke en balanseer dan op die een kruk. Hy bestudeer die groep mans wat nog diep in gesprek is. Hy skat hulle is almal omtrent so drie of vier jaar jonger as hy. Toe Rayno noem dat hy hulle aan 'n mede-Suid-Afrikaner wil voorstel, draai hulle almal na Jakes en bestudeer hom met belangstelling. Een van hulle kyk Jakes op en af en mor dan, "Wat de hel voer hulle julle in Suid-Afrika?"

Jakes en Rayno kyk vir mekaar en sê dan gelyktydig, "Pap en vleis."

Die mans se fronse sê duidelik dat hul geen idee het wat dit is nie en Rayno verduidelik laggend, "As jy dit vertaal in Engels is dit 'porridge and meat but lots of meat'."

Een man grom, "Kan julle nie gemorskos eet soos al die ander mense nie?"

Rayno grynslag vir hom, "Jy is so maer, Mike. Miskien moet jy dit probeer."

Die ander draai almal na Mike en beaam Rayno se voorstel, "Ja, Mike, miskien moet jy."

Mike blyk egter so gewoond te wees aan hulle gespot dat hy net vir hulle 'n teken gee wat duidelik sê wat hy van hulle dink.

Toe die ander groep na hul tafel verdwyn, draai Rayno terug na sy vriende en stel Jakes aan hulle voor. Mike Cutt is die man wat eerste gepraat het. Die tweede man, Jesse Summers, lyk effens bekend en die laaste een in die groep is Chris Johnson.

Net nadat hulle hul plekke by die tafel ingeneem het, kom Clara hul bestelling neem. Toe sy met hul drankies terugkeer, kyk Jakes op om haar te bedank en mis nie die vuil kyk wat sy hom gegee nie. Hy ignoreer dit toe Clara wegstap om hul bestelling te plaas en Mike vra, "Wat bring jou na Colorado in die middel van die winter? Dis nie gewoonlik 'n vakansiebestemming vir Suid-Afrikaners nie."

Jakes grynslag. "Dit sou ook nie my eerste keuse gewees het nie. Dis vrek koud. Ek kan skaars my voete voel."

Die ander lag vir Jakes, maar hy vryf net oor sy been en erken, "Ek is hier vir terapie by julle rehabilitasiesentrum."

Jesse draai sy kop na Jakes en frons. "Ek moes geweet het. Jy is 'n rugbyspeler."

Jakes knik, maar toe hy nie uitbrei nie, vra Jesse weer, "Wat is fout?"

Jakes sug, "'n Verrekte en gekneusde dyspier. Ons fisio is hier om nuwe tegnieke te leer toe stuur my klub my hierheen."

Jesse ignoreer Jakes se kortaf antwoorde en vis uit, "Werk dit?"

Jakes oorweeg sy antwoord voordat hy erken, "Vra my volgende week. Ek wag vir die MRI Maandag en die dokter se besluit, maar dit lyk belowend."

Jesse lag. "My pa vat nie kanse nie. Hy sal slegs vir jou die jawoord gee wanneer hy seker is jy is reg."

Daar gaan 'n ligstraaltjie op vir Jakes. Geen wonder Jesse het so bekend gelyk nie. Hy knik, nog steeds verbaas omdat hy nie dadelik die ooreenkoms bymekaar gebring het nie.

Jesse vra weer, "Wat doen jy behalwe om rugby te speel?"

Jakes voel sy gesig warm word en antwoord kortliks, "Ek het op die oomblik nie veel tyd vir enigiets anders behalwe rugby nie."

"Speel jy professioneel? Vir wie?" vra Mike fronsend.

"Ja, ek speel vir die Buffels van Pretoria."

Voordat Jakes vir Rayno kan keer, blaker dié uit, "Jakes is te nederig. Hy is 'n Springbok in beide die Sewes- en Rugby-Unie-kode."

Jakes skud sy kop. "Jy kry nie Springbokkleure as jy vir die A-span speel nie. Ek het slegs van die bank af gespeel teen Australië. Ek voel nog nie asof ek myself 'n Springbok kan noem nie."

"Dit is nog steeds deksels goed om 'n Springbok te word na slegs een seisoen terug in die vyftien man-kode," stry Rayno. "En almal het in elk geval gespekuleer dat jy die eerste toets sou begin het as jy nie beseer is nie. Ek kan nog steeds nie verstaan hoekom hulle jou in die week laat speel het as jy in die toetsspan is nie."

Jakes stem saam. Hy is glad nie gelukkig dat hy hierdie besering opgedoen het net voor hy sy droom kon verwesenlik om in 'n volwaardige toets vir die Springbokke te speel nie. Hy lig sy skouers en erken, "Te veel beserings in die groep."

Rayno glimlag. "Jy het 'n droom-debuut gehad. Jislaaik, jy het 'n drie gedruk 'n minuut nadat jy op die veld gekom het."

"Dankie," mompel Jakes verleë.

Chris dra vir die eerste keer tot die gesprek by toe hy vra, "As ek mag vra, hoe oud is jy?"

"Agt-en-twintig."

Chris frons. "Is dit nie te oud om jou debuut vir die nasionale span te maak nie?"

"Miskien," erken Jakes. "Party mense mag so dink, maar as jy goed genoeg is, maak dit nie saak hoe oud jy is nie. Ek het drie spanmaats tussen twee-en-dertig en agt-en-dertig. Hulle is fikser as menige van die jonger spelers."

Jesse vra, "Rayno het genoem dat jy Sewes ook gespeel het. Het jy dit geniet?"

Jakes knik, "Ja, ek het. Ek het al my senior rugby tot nou toe vir die Blitsbokke in die Wêreld Sewes-reeks gespeel. Ek het aan die begin van die jaar teruggekeer na die vyftien man-kode. Ek is egter weg omdat ek nog daarvan gedroom het om vir die Springbokke te speel."

"Is dit hoekom jy hiernatoe gekom het vir terapie?" vis Jesse weer.

"Ek wil nie bekend wees as die eenmalige Springbok nie," erken Jakes. "Ek wil fiks en reg wees vir die nuwe seisoen. Dit is Wêreldbeker-jaar en dit mag dalk my laaste kans wees. Toe die klub voorgestel het dat ek by ons fisio hier aansluit, het ek die kans aangegryp."

Clara se terugkeer met hul kos red Jakes van verdere ondervraging. Teen die tyd dat Clara wegstap, het die geselskap na ander onderwerpe gedwaal.

Chris dra min tot die gesprek by. Toe hy besef dat niemand luister nie, vra hy onderlangs vir Jakes, "Was dit moeilik om tussen die twee kodes te verander?"

Jakes skud sy kop. "Nie moeilik nie, maar daar is goed waarmee jy moet aanpas soos die aantal vaste fasette en spoed van die spel, byvoorbeeld."

Chris loer vinnig na sy vriende. Hulle aandag is nog steeds nie by hom of Jakes nie en hy vra vinnig, "Kan ek een of ander tyd met jou gesels? Ek moet 'n besluit neem."

Jakes bestudeer Chris. Hy is versigtig. Daar is iets omtrent Chris waarvan hy nie hou nie. Dit mag dalk die kortaf manier wees waarop hy praat. Omdat hy nie 'n skouspel wil maak nie, stem hy onwillig in, "Ja, dis reg."

Hy hoop egter dat dit nooit sal gebeur nie. Chris Johnson is baie moontlik een van daardie persone wat Jakes gewoonlik soos die pes vermy.

Hy draai sy kop na die res van die groep om dit duidelik te maak dat die private gesprek verby is. Hy dra wel nie veel by tot die gesprek nie, maar Jakes geniet die goedige geterg tussen die vriende. Hy is verbaas dat hy die kuier saam met Rayno en sy vriende soveel geniet. Miskien is dit omdat hy dieselfde kameraderie tussen hulle ervaar as wat hy doen met sy eie vriende en spanmaats. Vir die eerste keer sedert hy in Denver aangekom het, ontspan hy en besef eers dan hoe broodnodig hy dit het.

Toe hulle gereed maak om huiswaarts te keer, ruil hy selfs nommers uit met Rayno en Jesse. Terwyl Jakes vir sy huurmotor wag, nader Jesse hom en vra, "Het jy enigiets aan die gang Vrydagaand?"

Jakes skud sy kop. "Nee wat. Ek kom eet gewoonlik hier en gaan kyk dan televisie totdat ek te moeg is om wakker te bly," erken Jakes. "Dis maar dieselfde as wat ek by die huis doen."

Jesse lag. "Wel, kom kuier saam met ons by ons klubhuis. Ons het 'n pizza- en bier-aand. Jy kan potspel of veerpyltjies speel of wat ook al jy wil doen."

"En miskien kan jy 'n oulike meisie ontmoet," voeg Mike by toe hy en die ander ook by hulle aansluit.

Die res van die groep kreun oordrewe. Jesse wys Mike tereg, "Mike, jy moet vars bloed soek, man. Jy weet die enigste vrouens wat daar gaan wees is die personeel en die ander ouens se meisies. Kry jou eie."

Jakes lag byna hardop oor die konsternasie wat oor Mike se gesig flits. Hy hoef egter nie te lank te dink oor die uitnodiging nie. Hy het nie nog 'n nag nodig om te dink aan dinge wat eerder kon gebly het nie en daarom aanvaar hy die uitnodiging.

HOOFSTUK 3

Angie kyk vlugtig na die horlosie. Sy is alreeds laat. Sy het minute voordat haar skof moes begin by die klubhuis aange-kom, want sy het tyd nodig gehad om haarself reg te ruk na haar laaste pasiënt. Nie Angie of die sielkundige het verwag dat die jong seun so vinnig sou oopmaak oor sy stiefpa se mishandeling nie. Ten minste neem hulle video-opnames van die sessies anders kon hulle baie moontlik hierdie onver-wagse verwikkeling gemis het.

Al die ure se opleiding kon haar nie voorberei het op wat sy gehoor het nie. Sy weet sy moet ophou daaraan dink. Sy kan nie haarself die hele nag daaroor kwel nie. Een van hul professore op universiteit het daardie reël tot satwordens toe by hulle ingedril: Jy kan nie jou werk huis toe neem nie.

In die stoorkamer plaas Angie die borde en eetgerei op die trollie sodat sy die tafels kan dek terwyl die span oefen. As sy vinnig maak, behoort sy voor hulle klaar te wees.

Gelukkig het oom Bob wel toe vir haar iets gekry om te doen. Dit is dalk nou nie die mees fantastiese werk om die tafels hier en by die restaurant te dek nie, maar sy gee nie om nie. Ten minste beteken dit dat sy nie met die spelers hoef te handel nie. Sedert oom Bob die klubhuis oorgeneem het, eet van die spelers hul aandetes hier. Ander verkies dit nog om steeds terug te gaan na "The Whistleblower", die plek waar hulle gewoonlik uithang.

Sy stoot die stoorkamer se deur met haar heup oop en trek die trollie deur tot in die gang en brom onderlangs. Dit maak nie saak in watter rigting jy die trollie stoot nie, die wiele stoot telkens in die teenoorgestelde rigting.

Al haar aandag en konsentrasie is op die trollie. Sy sien nie die ander persoon wat in die gang indraai reg voor haar tot dit te laat is nie. Die karretjie bots teen die man voordat Angie dit kan beheer.

Angie hoef nie te kyk om te sien wie haar arme slagoffer is nie. Toe sy die gemompel in 'n vreemde taal hoor, weet sy dadelik wie dit is. Sy loer egter vinnig om haar vermoede te bevestig, maar dan moet sy weer kyk. En weer.

Sjoe, as sy nou nie so paniekbevange was nie, sou sy maklik geswymel het en niemand sou haar kwalik neem nie. Sy het gedink die vreemdeling het 'n mooi lyf toe sy hom in die Henley-hemp gesien het, maar sjoe!

Hy dra net 'n tenktop en 'n oefenbroek saam met sy oefenskoene. 'n Dun lagie sweet glinster oor die gladde, sonbruin vel. Angie kan nie anders as om die welgevormde spiere van sy arms, bene en agterstewe te bewonder nie maar dan val haar oog op die stutverband wat sy linker-bobeen beskerm. Dit is dieselfde been wat hy vasklou terwyl hy op die grond neersak.

Sy tree om die trollie en sou dalk nog nader beweeg het as hy nie opgekyk het en haar aangluur nie. Hy is so kwaad dat hy nie eers bewus is daarvan dat hy nie Engels praat nie. Nie dat sy nodig het om te verstaan nie. Sy liggaamshouding en gesigsuitdrukking spreek boekdele. Nee, die beste manier om sy woede te vermy is om te verdwyn en hulp te gaan soek. Sy is bekommerd toe hy sy oë toemaak en diep asemteue neem.

Toe sy stemme verder in die gang hoor, besef Angie dat hulp op pad is. Paniekbevange gryp sy die trollie en haas haar in die rigting van die klubhuis. Sy moes dalk gebly het en seker maak dat hy oukei is, maar sy kan nie vandag onge-skiktheid hanteer nie. Sy voel nog te broos. Sy sou dalk met die eerste harde woord in trane uitgebars het.

Sy snork onvroulik. Hy het waarskynlik 'n hele paar kwyt geraak. Dis dalk beter dat sy hom nie verstaan nie.

Hoekom moet sy altyd so lomp wees wanneer daardie man in die omgewing is? Die eerste keer was dit die water-insident en nou, nog nie 'n week later nie, dié fiasko. Sy moet hom eerder vermy. As sy hom nie sien nie, kan sy nie skade doen nie. Die vinnige flits van humor verbaas Angie, maar dit verdwyn net so vinnig as sy net aan die man se woede dink.

Sy moet eerder op haar werk fokus. Sy kan nie bekostig om dit nou te verloor nie. Vyf weke. Dit is al wat sy nog nodig het om vir Clara deur haar internskap te help.

In die klubhuis, haas Angie om die tafels te dek. Toe sy met die laaste tafel klaar is, loer sy deur die venster wat op die oefenveld uitkyk. Die spelers begin stuksgewys die speelveld verlaat. Dit is haar teken om weer in die agtergrond te verdwyn.

Angie belowe haarself om met oom Bob oor die simpel trollie te praat toe sy sukkel om dit in die rigting van die stoorkamer te stuur. Hulle beter dit regmaak voordat sy nog skade aanrig.

. . .

Jakes het geglo dat sy onsuksesvolle poging om vir die blou-oog-kelnerin om verskoning te vra, 'n teken is. Hy sal baie beter doen om haar te vermy. Hy het alreeds gans en al te veel aan haar gedink en dit maak hom ongemaklik. Hy kan dit nie bekostig nie.

Hy wens nou dat hy haar nog langer kon vermy het. Baie, baie langer. Hel, hy het haar daardie eerste dag gewaarsku dat sy 'n gevaar is. Hy hoop en bid dat sy nie enige ernstige skade veroorsaak het nie, maar die pyn is nie 'n goeie teken nie.

Hy probeer die vloekwoorde keer wat van sy tong afrol. Die vrou kan bly wees dat sy hom nie verstaan nie. Toe hy sien dat sy nader probeer kom, gluur hy na haar.

Hy maak sy oë toe en sak op die mat neer terwyl hy sy linkerbeen vasklou.

Voordat hy haar iets anders kan toesnou, hoor hy stemme agter hom. Die vrou moes dit ook gehoor het, want sy gryp die trollie vervaard en verdwyn blitsvinnig. As hy nie so deksels seer gehad het nie, sou hy nogal haar spoed bewonder het.

Michael en een van die ander fisio's kniel bekommerd langs Jakes. Hy aanvaar hul hulp om regop te kom, maar toe hy probeer om gewig op sy been te sit, maak die skielike vlaag pyn hom duiselig.

"Ek moet die dokter spreek, Michael," hyg hy.

Michael skud sy kop verslae en vra, "Wat het gebeur?"

Ter wille van die ander fisio het Michael Engels gepraat, maar Jakes slaan oor na Afrikaans toe hy mompel, "Daardie vroumens wat die water oor my gemors het in die restaurant? Sy is 'n gevaar met 'n trollie. Dit voel nie goed nie."

Die fisio bestudeer hom en sug dan, "Kom ons kry jou by die spreekkamer voordat ons sommer aannames maak. Moet nie weer gewig op jou been sit nie," waarsku hy.

Jakes grynslag. Hy het nie Michael se waarskuwing nodig nie. Daar is geen manier wat hy gewig op sy been gaan plaas nie. Hy sal nie nog meer skade aanrig as hy dit kan verhelp nie.

Hy verwens weer die vroumens toe hy met Michael se hulp na die spreekkamers aansukkel. Hy was so vol selfvertroue. Sy rehabilitasie vorder goed en Dok het gesê hy mag volgende week met ligte oefening begin. Hy was so verlig dat die besering nie so ernstig was as wat hulle aanvanklik in Londen gedink het nie en nou dit. Hy kan die dekselse vroumens se nek omdraai.

'n Paar uur later het sy bui nog nie verbeter nie. Hy is nog steeds kwaad. Dok Summers se bevinding was egter beter as wat Jakes verwag het. Hy is egter steeds teleurgesteld. Hy het sy hart daarop gesit om binnekort te begin speel. Ten minste was daar nie 'n breuk of geskeurde spiere nie. Die stamp het egter weer inflammasie in sy alreeds beseerde been veroorsaak. Dit het nie gehelp dat sy hom dieselfde plek met die trollie getref het as waar die vorige besering was nie.

Toe hy hier aangekom het, was sy been gekneus en baie geswel. Die kneusings het meer ongemak veroorsaak as die spier self. Dis te verstane wanneer 'n stut van oor die tweehonderd-en-sestig pond op jou te lande kom. Die besering was so op die grens van 'n tweede-graadse skeur, maar Dok Summers wou nie 'n kans waag nie. Hy het dit as 'n volle graad twee besering hanteer totdat die swelling gesak het. Nadat die inflammasie 'n paar dae later opgeklaar het, het Jakes vinniger herstel as wat verwag is.

Jakes het genoeg ondervinding met beserings en pyn om hom 'n leeftyd te hou. Hy het ook meer as genoeg ondervinding met 'n gebrek aan selfvertroue en weet hoe om dit te hanteer. Hoe vinniger hy dus weer terug op die veld is, hoe beter.

Sedert hy die Bere se spelers verlede week ontmoet het, het Jakes heelwat tyd saam met hulle spandeer. Hy het besef dat hy hulle kan help terwyl hy hier is. Hy het met Jesse, wat hul kaptein is, gepraat en toe Jakes noem dat hy moontlik die volgende week kan begin oefen, het Jesse hom genooi om saam met hulle te oefen.

Jakes het gedink dit sou 'n goeie toets wees. Beide Michael en sy pa, die Buffels se hoof-afrigter, het saamgestem. Jakes sou dit egter nie gedoen het sonder die dokter se toestemming nie, maar selfs dok Summers het toegestem.

En nou moet hy nog twee weke wag voordat hy met volwaardige oefening kan begin.

Angie het die groot vreemdeling soos die pes vermy in die week na sy hom met die trollie raak gestamp het. Sy moes boonop hoor dat hy en haar tweelingbroer bevriend geraak het. Sy weet nou sy naam is Jakes en dat hy van Suid-Afrika af kom. Blykbaar help hy ook Jesse-hulle se span.

Angie het so hard probeer om alle sosiale interaksies met die man te vermy dat Jesse al ongelukkig raak. Angie was ten minste besig genoeg om haar verskonings geldig te laat lyk. Sy het regtig nie veel tyd tussen haar twee werke en om Clara met Thomas te help nie.

Niemand het Angie egter nog gekonfronteer oor Jakes se besering nie en dit het haar laat ontspan. Jakes het blykbaar vir almal vertel dit was 'n fratsongeluk.

Daardie Saterdag speel die Bere in 'n vriendskaplike wedstryd teen 'n plaaslike span. Angie hou haar voor die wedstryd besig in die stoorkamer om die trollie te pak. Sy kyk op toe sy Chris se stem agter haar hoor. "Haai *Babe*. Wat maak jy?"

Angie frons. Chris noem haar nooit *Babe* nie. Hy moet teen die tyd weet dat sy so 'n troetelnaam sou haat. Sy besef skielik dat Chris nie met haar praat nie. Hy stop nie eers by die stoorkamer nie en sy luister hoe sy stem wegsterf in die gang. Sy leun by die stoorkamer se deur uit. Sy vang net 'n glimp van hom voordat hy om die hoek verdwyn met sy foon teen sy oor.

Wie was *Babe*?

Angie tob oor die verwikkeling. Sy het al die laaste paar weke reeds vermoed dat Chris haar verneuk. Sy was egter so besig dat sy nie veel tyd gehad het om daaroor te dink nie.

Nee, dis nie die waarheid nie. Sy het soos gewoonlik haar kop in die sand gedruk sodat sy die konfrontasie kan vermy. Nou *moet* sy Chris konfronteer. Vandag is egter nie die regte tyd of plek nie.

Sy handel die res van haar pligte amper soos 'n outomaat af. Haar gedagtes is 'n warboel. Dit maak nie saak of sy Chris se verraad vermoed het nie. Sy sukkel nog steeds om dit te verwerk.

Toe sy klaar is met haar pligte gaan sit sy bo die tonnel wat van die veld na die kleedkamers toe lei. Dis waar sy gewoonlik met elke tuiswedstryd sit sodat Chris en Jesse weet waar om haar te kry. Haar oë dwaal na waar die span op die veld in 'n sirkel saam met die afrigter staan.

Haar oë rek verbaas. Dit is Jakes wat met die span praat, nie die afrigter nie. Haar blik gly oor hom.

Liewe hemel, die man het 'n lyf om oor te kwyl. Hy is lank en groot. Sy hemp kleef aan sy lyf en die blou denim span om

sy bobene asof dit daaroor gegiet is. Hy het beslis nie 'n grein-
tjie vet aan *sy* lyf nie.

Hy veroorsaak al klaar 'n sensasie onder die plaaslike
vroue-ondersteuners. Dit kan nie anders nie met daardie
aantreklike gesig en 'n lyf met spiere in al die regte plekke
nie.

Angie onthou daardie mos-groen oë en die vol mond wat
lyk asof dit nie weet hoe om te glimlag nie maar al te goed.
En sy stem? O ja, die toon was diep en ryk en daardie amper
kras gutturale aksent.

Sy skud haar kop vies vir haarself en kyk na haar
verloofde waar hy langs Jakes staan. Daar kan nie 'n groter
kontras tussen die twee mans wees nie. Chris lyk amper soos
'n jong seun as jy hom met die Suid-Afrikaner vergelyk. Jakes
het 'n sonbrand met donker hare en 'n stoppelbaard. Chris is
korter en skraler met blonde hare, blou oë en 'n skoon gesig.

Die wedstryd skop uiteindelik af en Angie konsentreer
om die spel te volg. Die eerste helfte vlieg verby en halftyd is
die Bere voor. Die spelers stap van die veld af en verdwyn in
die tonnel. Net voordat Jesse in die tonnel verdwyn, glimlag
hy op na Angie. Chris volg kort op Jesse se hakke, maar hy
doen nie eers die moeite om op te kyk nie.

Enige gedagtes oor Chris verdwyn toe Jakes die span in
die tonnel in volg. Hy kyk op en vir een, of twee, miskien drie
sekondes, hou hy haar oë gevange voordat hy sonder 'n
glimlag in die tonnel verdwyn. Angie blaas haar asem uit.

"Sjoe, dit was nou 'n intense kyk," merk Clara op toe sy
langs Angie kom sit.

Angie snork, "Ha, eerder 'n vuil kyk as jy my vra."

Toe Clara vraend na haar kyk, besef Angie dat sy, maar
met die hele sak patats vorendag moet kom. Alhoewel effens

onwillig, vertel Angie vir Clara van die trollie insident. Sy is spyt sy het toe Clara nie kan ophou lag nie.

"Dit is nie snaaks nie," gluur sy haar vriendin aan. "As jy weet hoe baie die ouens kla oor sy 'fratsongeluk', dan sal jy ook nie dink dis snaaks nie. Ek wou nog om verskoning vra, maar hy was so kwaad dat ek hom eerder vermy. Ek is nou eers bly dat ek agter die skerms werk in plaas van om hulle te bedien."

Clara byt onseker op haar onderlip, "Hm, ek het my eie idees daaroor. Ek het gedink Chris het jou weer ontstel, maar ek is baie jammer, hartjie, vanaand het jy nie 'n keuse nie."

"Wat bedoel jy?" Vra Angie verward.

Clara frons. "Het jy nie na die skedule gekyk nie? Jy moet vanaand saam met my in die klubhuis werk."

Angie kreun, "Ag nee! Is jy ernstig?"

Clara knik. "Ek weet jy hou nie daarvan nie, maar ons is twee kelners kort."

Angie val terug in haar sitplek. Sy weet baie goed dat sy nie 'n goeie kelner is nie. Die enigste rede hoekom sy dit gedoen het is om vir Clara te help. Vir Clara se onthalwe sal sy dit maar net vanaand moet verduur.

Na die wedstryd probeer Angie elke kunsie in die boek om Jakes te vermy. Nie almal van hulle werk nie. Toe sy weer vir Jesse 'n bier neem staan die twee diep in gesprek. Jesse trek haar summier nader aan haar arm, "Angie, ek wil jou graag voorstel aan ..."

Angie ignoreer Jakes en sê kortaf vir Jesse, "Ek moet gaan. Ons praat later."

Jesse frons verward, maar Angie neem hom nie kwalik nie. Sy kan egter nie nou vriendelik wees met die man nie. Hy was so ongeskik. Sy sal later vir Jesse verduidelik.

Sy hoor Jesse om verskoning vra, "Ek is jammer. Ek weet

nie wat met Angie aangaan nie. Sy is nie gewoonlik so onvriendelik nie."

Twee ure later wink oom Bob vir Angie nader. Sy frons ongemaklik. So ver sy weet het sy nie enige foute gemaak nie. Toe Angie hom in die kantoor agter die kroeg in volg, maak oom Bob die deur toe. Na sy toesprakie staar Angie geskok na hom. Uiteindelik kry sy verward uit, "U dank my af? Hoekom? Wat het ek verkeerd gedoen?"

Oom Bob lyk ongemaklik. "Ek is jammer, Angie, maar ek het jou alreeds 'n waarskuwing gegee. Die spanbestuur het gehoor dat jy iemand beseer het. Die man is nie net 'n pasiënt by die rehabilitasiesentrum nie, maar hy help ook die klub. Hulle het gevra dat ek jou moet vervang. Ek moet jou ongelukkig laat gaan.

"Het hy ...?" Angie stop net daar. Sy hoef nie eers te vra nie. Natuurlik het die groot lummel gaan kla. Hy het seker vir almal vertel wat gebeur het.

Die ... die ...

Angie weet nie waar om te begin om te beskryf wat sy van die man dink nie.

Sy neem die koevert in stilte by oom Bob. Sy sal nie kruip vir hierdie werk nie. Sy sal net 'n ander plan moet maak. Sy glimlag stywerig, "Ek neem aan dat u wil hê ek moet nou gaan?"

Oom Bob knik, "Ja, ek is jammer, Angie."

Angie stap summier uit om haar sak in die kamertjie langs die kombuis te gaan haal. Op pad na die deur stop sy.

Miskien moes sy daaroor gedink het, maar sy is te kwaad. Sy tel een van die bekers met koue water op, en stap na die tafel waar Jakes nou saam met haar broer en 'n paar ander spelers sit.

Angie hoor hoe Jesse vir die res van die tafel vra of hulle nog iets wou bestel en almal draai na haar om hul bestelling te gee. Selfs Jakes lig sy kop om na haar te kyk. Angie kan nie sy uitdrukking peil nie. Was dit 'n verleë of skuldige uitdrukking? Nie dat dit meer saak maak nie. Hy het gekry wat hy wou gehad het.

Sy stem klink glad nie soos die vorige kere wat hy met haar gepraat het nie. Hierdie keer vra hy byna sag en beleef vir nog 'n bier. As sy nou nie so kwaad is nie, sou haar mond van verbasing oopgeval het. Hy sal haar egter nie om die bos lei nie. Sy sis deur haar tande, "Jy kan jou eie bier gaan haal. Ek het iets anders vir jou."

Angie lig die beker en gooi die yskoue water oor sy kop uit. Haar broer en sy vriende protesteer toe Jakes na sy asem snak. Angie plak die beker op die tafel, draai om en verlaat die klubhuis heelwat kalmer. Dis doodstil behalwe vir die Suid-Afrikaner se onderlangse gemompel en haar broer se protes. Angie gee nie in die minste om wat iemand dink nie. Sy voel spanne beter.

Miskien was dit nie heeltemal regverdig teenoor Jakes nie. Hy is nie die enigste wat hierdie skielike rebellie veroorsaak het nie. Sy moes van daardie water vir Chris gelos het. Hy het dit dalk nodig om 'n ander deel van sy anatomie af te koel.

Jakes weet nie wat hy nou gedoen het om die vroumens so kwaad te maak nie, maar hy gee ook nie meer om nie. Sy het hom al genoeg skade veroorsaak.

"Wat het jy aan my suster gedoen om haar so kwaad te

maak?" vra Jesse toe hy 'n skoon handdoek uit sy sportsak haal en vir Jakes aangee.

Verward droog Jakes die ergste water af. Hy het geen idee van wie Jesse praat nie. "Jou suster?"

"Angie?" verduidelik Jesse. "Die een wat so pas 'n beker water oor jou kop gegooi het."

Jakes staar misnoeg na Jesse, "Sy is jou suster?"

Dit het hy nie verwag nie, maar as hy nou terugdink, het Jesse bekend gelyk toe hy hom die eerste keer ontmoet het. Toe Jesse knik, sug Jakes, "Hel, ek het niks gedoen nie. Ek het rede om kwaad te wees, nie sy nie. Sy het verlede week weer my been beseer met 'n trollie. Die eerste keer het sy water op my gemors in die restaurant. Ek weet nie hoekom *sy* kwaad is nie."

Die groep mans kyk vir mekaar en tot Jakes se skok, bars hulle uit van die lag. Hy vervies hom en staan op. "Wat de hel? Ek kan nie sien wat so snaaks is nie," grom hy voor hy die handdoek en 'n bondel note op die tafel neergooi.

"Hou jou suster van my af weg," waarsku hy Jesse voordat hy so vinnig as wat hy kan uit die klubhuis hobbel.

Dis vriesend koud. Hy is ver van die huis af en op een of ander manier het hy aan die verkeerde kant beland van die mooiste vrou wat hy nog ooit gesien het. Sy is boonop verloof aan die grootste misoes in die span. Dit moes tog alreeds genoeg waarskuwingstekens vir Jakes gegee het?

Al het hy ook hoe hard probeer, verstaan hy nog steeds nie hoekom Angie so kwaad is vir hom nie. Is dit oor hy so ongeskik was daardie eerste aand? Hy sou al lankal om verskoning gevra het as hy 'n kans gekry het. Die enigste kere wat hy haar daarna gesien het was in die koffiewinkel toe sy gevlug het en die keer toe sy hom met die trollie gestamp het. Wanneer moes hy nou om verskoning vra?

Toe hy later in sy bed lê besef Jakes al daardie waarsku-wings wat hy homself gegee het oor die blou-oog-kelnerin help niks. Hy dink nog steeds sy is beeldskoon. Sy is boonop verloof. Dit, saam met die ellelange lys ander redes wat hy alreeds opgestel gehad het, moet verseker dat hy nie eers aan haar dink nie.

Dit help egter niks nie. Hy droom nog steeds van haar, soos hy elke aand die laaste week gedoen het.

HOOFSTUK 4

Na wat die vorige aand gebeur het, het Jakes nie verwag dat Jesse hom so gou weer sou kontak nie. Hy is dus verbaas toe Jesse hom die volgende dag na 'n pizza-aand nooi by die huis wat hy en sy vriende deel. Michael het alreeds vir Jakes genoem dat hy daardie aand uitgaan vir ete en omdat Jakes nie lus was vir sy eie geselskap nie, het hy die uitnodiging aanvaar.

Hy aanvaar onwillig Chris se aanbod om hom op te laai. Hy het eers in die week uitgevind Chris is verloof aan Jesse se suster. Aangesien Jesse se suster die kelnerin van die restaurant is, kan dit ongemaklik raak. Hy voel alreeds ongemaklik om tyd in Chris se geselskap deur te bring. Miskien is dit omdat Chris so met ander vrouens flirteer. Hy het genoeg ondervinding van 'n verneuker en hy wens dit niemand anders toe nie, al is dit ook die mees frustrerende vroumens wat Jakes nog ooit ontmoet het.

Chris het 'n ander rede hoekom hy aangebied het om Jakes op te laai, net soos Jakes verwag het. Op pad na hul bestemming, praat Chris net oor die Sewes, wat Jakes laat wonder oor hoekom hy so geïnteresseerd is. Jakes vind dit vreemd dat Chris nie een keer gevra het hoekom Angie gisteraand water oor hom uitgegooi het nie. Hy is baie seker dat dit hom sou gepla het as 'n ander man so 'n reaksie by sy verloofde ontlok het.

'n Paar motors staan voor die huis toe hulle uiteindelik arriveer. Musiek en 'n murmurering van stemme filter deur die oop deure. Jakes ril en druk sy hande dieper in sy baadjie se sakke. Kry die mense nie koud nie? As dit sy huis was, sou hy al lankal die deure toegemaak en die hitte tot op die hoogste gestel het.

Hy volg Chris deur die motorhuis tot in die kombuis. Rayno, Jesse en Mike draai almal om toe hulle binnekom en glimlag verwelkomend. Jesse reageer eerste, "Jakes, bly om jou te sien, man."

Chris stoot 'n stoel na Jakes en beduie, "Sit. Jy het nie nodig om nog langer te word nie."

Jakes gaan sit en aanvaar die bier wat Jesse oor die tafel na hom toe stoot. Hy ontspan en voel die hitte van die kombuis die koue verdryf terwyl die vier huismaats stry oor wat op die pizzas moet kom. Eintlik is dit net Jesse en Rayno wat stry. Mike maak 'n paar voorstelle, maar Chris neem nie deel aan die debat nie.

Teen die tyd dat hulle tot 'n besluit kom, het Jakes sy bier klaar gedrink. Mike verdwyn na 'n ander deel van die huis en Rayno verskoon homself om badkamer toe te gaan. Toe Jesse sy foon uithaal om die bestelling te plaas, staan Chris op en nooi Jakes, "Kom ons sluit by die ander aan. Soek jy nog 'n bier?"

Toe Jakes knik, haal Chris twee biere uit die yskas terwyl Jakes opsukkel. In die sitkamer beduie Chris, "Kom ons kry vir jou 'n plek om te sit voor ek jou bier vir jou gee. Jy kan nie die hele aand op jou krukke ronddrentel nie."

Jakes stop agter Chris toe dié roep, "Enige spasie vir 'n beseerde man?"

'n Vrou antwoord en Jakes se moed sak in sy skoene. Hy het nie verwag hier gaan vrouens ook wees nie. Hy sal dus nie lank bly nie. Sy ongemak vererger toe Chris eenkant toe staan en Jakes voorstel aan die vrou wat alleen op die bank sit, "Dis Angie. Angie, dis Jakes."

Jakes staar na haar en gluur dan na Jesse. Hy het dit mos gisteraand duidelik gemaak dat Jesse sy suster van hom af moet weghou. Hy sou mos nie die uitnodiging aanvaar het as hy geweet het sy hier gaan wees nie.

Op haar beurt staar sy in ongeloof na hom, dan spring sy skielik op en eis, "Wie het jou genooi?"

As hy haar reaksie moet oordeel, is sy ook nie gelukkig dat hy hier is nie.

"Hoekom is jy so kwaad vir Jakes?" vra Jesse.

Angie antwoord hom, maar gluur vir Jakes, "Hy het my my werk gekos."

"Sê weer?" vra Jakes verward.

Jesse frons. "Wat bedoel jy? Watter werk?"

Angie bloos en mompel, "By die Whistleblower."

Jesse se blik beweeg tussen Angie en Jakes en vra, "Wat het gebeur?"

Jakes maak sy oë vlugtig toe, balanseer hom dan op een kruk en been terwyl hy sy hande deur sy hare stoot, "Ek.."

"Hy ..." begin Angie terselfdertyd, maar Jesse keer hulle. "Een op 'n slag," beveel hy. "Jy," beduie hy vir Jakes om te begin.

Jakes kyk verbouereerd om hom rond. Almal se oë is op hom gevestig. Hy haat dit om in die kollig te wees. Hy voel hoe die paniek opbou. "Ek ... Jy ...," was al wat hy kon uitkry voordat Angie sarkasties vra, "Wat? Nou kan jy nie twee sinne na mekaar saamflans nie? Jy het sekerlik nie so gesukkel toe jy oor my gekla het nie."

Jakes skud sy kop, maar hy kan nie 'n woord uitkry nie. Hy ken die simptome. Hy is nie seker of die vertrek regtig so stil is en of dit nie een van die normale simptome van 'n paniek-aanval is nie. Hy gee in hierdie stadium nie juis om nie. Sy beste opsie is om homself uit die situasie te verwyder. Hy mompel, "Ek is jammer. Dis beter as ek gaan," en hobbel by die voordeur uit voor iemand hom kon keer.

Hy het sy baadjie en sleutels in die kombuis vergeet, maar hy voel nie eers die koue nie. Hy hobbel so vinnig as wat sy krukke hom toelaat, maar dan moet hy asemhaal. Hy stop en leun teen een van die motors. Hy balanseer hom op sy gesonde been sodat hy die rubberbandjie om sy pols kan vasvat. Hy pluk-pluk aan die bandjie terwyl hy diep asemteue neem soos hy tydens sy terapie geleer het. Met sy oë toe, konsentreer hy so hard dat hy onbewus is van die figuur wat hom bekommerd dophou.

Eers toe Rayno met hom in Afrikaans praat, maak Jakes sy oë oop. Hy moet 'n paar keer sy oë knip voordat hy op Rayno kan fokus.

Jakes vat dankbaar sy baadjie by Rayno en sukkel dit aan. "Dankie."

"Wil jy huis toe gaan?" vra Rayno simpatiek.

"Ja, ek is jammer. Ek sal 'n huurmotor kry."

"Dis nie nodig nie. Ek gaan 'n vriendin oplaai so dit is nie moeite nie."

Jakes is stil op pad terug na die woonstel. Behalwe dat hy ongemaklik voel oor die paniek-aanval, weet hy nie regtig wat om te sê nie. Eers toe hulle voor die woonstelgebou stop, mompel hy, "Ek het nie geweet sy is afgedank nie."

Rayno stel hom gerus, "Moet jou nie oor Angie bekommer nie. Jesse sal wel uitvind wat aangaan."

Jakes mompel 'n groet en klim uit. Hy staan op die sypaadjie en kyk hoe Rayno wegry. Hy hoop hy kan dinge regstel, maar hy het geen idee hoe as Angie nie met hom wil praat nie.

Angie staar fronsend na die oop deur waar Jakes deur verdwyn het. Sy draai terug na Jesse en beskuldig, "Hoekom het jy nie gesê jy het hom genooi nie? Ek sou nie gekom het nie."

"Ek weet jy sou nie, maar ek het gehoop om jou en Jakes bymekaar te kry sodat ek kon uitvind wat aangaan. My plan het egter nie so uitgewerk nie," sug Jesse gelate. "Hoekom vertel jy my nie wat aangaan nie? Ek ken jou nie so nie, Angie."

Angie moet baie diep asemhaal toe Chris sy opinie byvoeg, "Jy het verander vandat jy by Clara ingetrek het. Dis presies wat Clara sou doen."

Angie het skielik genoeg gehad van Chris en sy onregverdige opmerkings oor Clara. Sy gluur hom aan, "Bly uit hierdie gesprek, *Babe*," en druk die laaste woord uit.

Sy oë rek en hy bloos skuldig voordat hy uit die vertrek storm na die kombuis. Sy het nie meer veel keuse nie. Sy sal binnekort dinge met hom moet uitsorteer, maar nie vanaand nie. Sy draai terug na Jesse en sis, "Vra jou vriend wat aangaan."

"Ek het," erken Jesse. "Hy is egter net so verward. Volgens Jakes het hy baie meer rede as jy om kwaad te wees."

"Wat?" roep Angie geskok uit. "Watter redes het hy miskien?"

Sy wag egter nie vir 'n antwoord nie en gryp haar handsak en baadjie. Voor sy egter kon wegkom, keer Jesse haar. Hy sit sy arm om haar skouers en fluister, "Kom aan, Angie. Jy weet mos jy kan met my praat."

Angie sug en leun teen haar tweelingbroer. Sy weet Jesse is reg, maar sy kan net nie nou praat nie. Na 'n slapelose nag waarin sy haar dood bekommer het, het sy nie veel energie oor nie. Sy skud dus net haar kop. "Nie nou nie. Miskien 'n ander keer."

Op pad terug na Clara dink sy terug aan die aand en die gebeure van die laaste paar dae. Dit is duidelik dat Jakes nie verwag het om haar daar te sien nie. Dit was nou vir haar ook nie die beste verrassing nie.

Angie was al baie impulsief. Dis deel van haar natuur, maar haar impulsiwiteit het nog nooit 'n ander persoon benadeel nie. Sy was alreeds spyt oor haar gedrag die vorige aand en het regtig nie gedink dat sy hom so gou weer sou sien nie. Sy is nog steeds ongelukkig dat sy klagtes die rede is hoekom sy haar werk verloor het, maar sy kon dit dalk anders hanteer het.

Hoekom veroorsaak hy so 'n intense reaksie? Sy verstaan dit net nie. Miskien moet sy hom eerder vermy. Elke keer wat hy in die omgewing is, gebeur iets.

Dit sal haar baie beter baat om haar konsentrasie op haar soeke na 'n ander deeltydse pos te fokus sodat sy vir Clara kan help. Dan, as alles verby is, sal sy uitwerk wat om omtrent Chris te doen.

Sy smag nou na haar familie se liefde en ondersteuning. Jesse sou haar eerste keuse wees, maar nie vanaand nie. Aangesien Chris nog daar is en sy regtig nie nou in die regte gemoedstoestand is om hom te konfronteer nie, neem Angie die volgende afrit na haar ouerhuis.

As hulle verbaas is om haar op 'n Sondagaand te sien, wys hulle dit nie. Eers toe hulle voor die vuurherd sit elkeen met 'n beker kakao, vertel Angie hulle dat Bob haar die vorige aand afgedank het. Angie het dit verwag, maar dis steeds vir haar 'n riem onder die hart dat haar ouers haar nie veroordeel nie. Hulle weet immers hoekom sy al hierdie ekstra werke doen.

As dit nie was dat sy vir Clara gehelp het nie, sou Angie maklik finansieel op haar eie reggekom het. Die salaris wat sy by die Gemeenskapsentrum kry is nie te sleg nie. Sy verkoop heelwat skilderye deur die Jong Kunstenaars Galery. Saam is dit genoeg vir haar eie behoeftes omdat sy nog by haar ouers kan bly.

"As ek dit nog net vir 'n maand kon uithou. Clara sal dan regkom. Waar gaan ek nou 'n ander werk kry? Ek het al orals gesoek. Die paar poste wat beskikbaar is, is ook vir kelners en ek het mos nou al bewys ek is 'n vrot kelner. Niemand sal my eers oorweeg na hierdie laaste fiasko nie."

"Ai, liefie, daar sal wel iets op jou pad kom. Dit gebeur gewoonlik," troos Mary.

Angie sug, "Ek weet darem nie. Ek voel soos 'n mislukking. Hoekom kan ek nie 'n werk behou nie?"

"Omdat al die werke wat jy tot dusver gehad het, nie vir jou was nie. Ons weet hoekom jy dit doen, my hartjie, en dis waarom ons so lief is vir jou. Ek moet egter erken dat ek en jou pa baie bly sal wees as dit verby is en jy weer kan konsentreer op jou skilderwerk. Wanneer laas het jy geskilder?" dring haar ma aan.

Angie erken, "Nie onlangs nie. Ek is so moeg dat ek nie eers daaraan dink nie. En my voorraad is min, maar ek kan nie waag om nog te koop voor ek nie 'n ander werk het nie. Ek het net genoeg geld om my huur en kos te betaal, maar nie vir ander luukshede nie."

Sy lig haar hand toe haar ma iets wou sê, "Ek weet julle wil help, maar ek kan dit nie aanvaar nie. Dit was my besluit en ek sal dit deursien."

"Ons weet, maar jy weet ons sal help as jy dit nodig het?" dring Mary aan.

Angie knik, "Ek weet, maar ek moet dit doen." Sy glimlag skielik, "Ek het eintlik net gekom vir 'n bietjie liefde en vertroeteling."

Haar pa lag. "Dan is jy op die regte plek. Jou ma het reeds vroeër gekla dat die huis darem te stil is sonder julle."

"Wel, ek gaan vanaand net hier bly. 'n Nag in my eie kamer is dalk al wat ek nodig het," besluit Angie daar en dan. Voor sy van plan kan verander, stuur sy 'n boodskap vir Clara.

"Jy weet jou kamer is altyd reg. As jy nie môre hoef te werk nie, kan jy laat slaap en doen wat jy wil. Dalk kan jy selfs bietjie skilder."

Angie trek haar skouers op. Sy wil nie aan môre dink nie. Sy is nou te moeg daarvoor.

Maandagaand maak Jakes die deur oop vir Jesse. Hy staan opsy sodat Jesse voor hom sitkamer toe kan stap.

Jesse wag tot hulle sit voor hy bieg, "Ek is jammer ek het jou gisteraand so in die kollig geplaas. Ek wou net uitvind wat met Angie aangaan, maar het die verkeerde manier gekies."

Jakes sug, "Ek het nie geweet sy is afgedank nie. Ek het nie bedoel om oor haar te kla nie. Ek het teruggegaan om om verskoning te vra omdat ek so ongeskik was, maar ek kon haar nie kry nie."

"Wag. Jy maak geen sin nie. Begin by die begin," stel Jesse voor.

Jakes druk sy hande in sy hare en haal 'n slag diep asem voor hy begin praat. Hy vertel Jesse alles sonder om een keer na hom te kyk. Toe hy klaar is en wel opkyk, sien hy tot verbasing dat Jesse nie kwaad is soos hy verwag het nie. Nee, die man glimlag ewe breed! Dit verwar Jakes net nog meer.

"Jakes, moenie alles op jou neem nie. Ek het met oom Bob gepraat en volgens hom was dit net 'n kwessie van tyd. Selfs Angie sal erken dat sy nie 'n goeie kelnerin is nie. Sy het dit gehaat. Ek weet egter hoekom sy dit doen en hoekom sy so ontsteld is omdat sy dit verloor het. Sy het dit nog net vir 'n paar weke nodig gehad, dan sou sy in elk geval bedank het."

"O," kry Jakes uit. "Hoekom doen sy dit dan?"

"Om haar vriendin te help. Angie en Clara is boesemvriendinne sedert ons vyf jaar oud is. Clara en haar jonger suster Lia was soos kinders in die huis. Clara het op agtien weggeloop van die huis om te trou. Simon was twee jaar ouer as ons en toe by die huis met verlof van Afghanistan. Clara se ouers was woedend. Hulle het haar ontken en summier weggetrek. Sedertdien het hulle geen kontak met Clara gehad nie. Simon is in Afghanistan dood toe Clara ses maande swanger was. Angie het alles in haar vermoë gedoen om Clara te help. Clara het studeer en deeltyds gewerk en Thomas grootgemaak met slegs Angie se hulp. Sy het haar graad voltooi, maar sy moes 'n internskap doen. Dit het beteken dat sy heelwat minder salaris sou kry as wat sy voorheen verdien het. Dis toe dat Angie by hulle ingetrek het om Clara te help bydra vir kos en huur. Die res van die tyd het Angie na Thomas gekyk sodat Clara kon werk. Clara is amper klaar met haar internskap. Sy het reeds 'n werk met 'n goeie salaris vir wanneer sy klaar is. Dis nog net vir 'n paar weke."

Jakes kreun. "Jis, nou voel ek regtig sleg. Kan ek nie met die eienaar praat nie?"

Jesse skud sy kop. "Nee, dit sal nie werk nie. Ek sê mos: ek het met oom Bob gepraat. Hy het nie veel van 'n keuse gehad as om haar af te dank nie. Die klubbestuur het gekla omdat sy jou met die trollie beseer het."

Jakes frons. "Hoe het hulle uitgevind? Ek het vir niemand gesê dit was Angie nie, nie eers vir jou pa nie."

Die besef tref hom dan, "Michael. Hy was die enigste een wat regtig geweet het wat gebeur het."

"Dis bes moontlik hy," stem Jesse saam. Hy bestudeer Jakes geïnteresseerd en vra dan skielik,, "Hoekom het jy vir niemand vertel wat gebeur het nie? Ek bedoel, jy kon seker vir ons vertel het?"

Jakes se gesig word warm van verleentheid.

Gits, hy weet self nie eers hoekom nie. Hy het 'n vermoede, maar daar is geen manier wat hy dit vir Jesse gaan noem nie. Hy mompel, "Ek wou haar nie in die moeilikheid bring nie. Ek het alreeds sleg gevoel omdat ek so ongeskik was met haar."

Jakes wil nie weet wat deur Jesse se gedagtes gaan nie. Hy het Jesse se glimlag gesien al probeer die ander man dit onderdruk.

Jesse bly 'n ruk lank stil, en vra toe skielik, "Jy het genoem dat jy op 'n paar toere wil gaan om Denver te verken. Wil jy dit nog doen?"

Jakes knik, verbaas deur die skielike verandering van onderwerp.

"En jy voel sleg omdat Angie haar werk verloor het?"

Jakes knik weer. Waarheen is Jesse op pad met al hierdie vrae?

Jesse hou hom egter nie lank in die duister voordat hy Jakes inlig nie, "Dan het ek 'n oplossing vir jou en Angie."

"Wat bedoel jy?" vra Jakes, skielik suspisieus.

Jessie lag. "Angie kan mos jou toergids wees. Jy kan haar die fooi betaal wat jy vir 'n toergids sou betaal het."

Jakes se hart mis 'n slag of twee. Hy staar na Jesse terwyl hy oor sy voorstel dink. Uiteindelik skud hy sy kop. "Ek dink nie dis 'n goeie idee nie. Sy hou nie eers van my nie ..."

Hy moet eers sluk voordat hy kan erken, "Ek is nie goed met vrouens nie. Ek praat nie baie nie. Dit sal ongemaklik wees."

"Maar wat as sy ja sê?" dring Jesse aan. "Sal jy dit dan doen?"

Jakes is nie oortuig nie. Hy is al klaar meer bewus van Angie as wat hy van enige vrou in 'n lang tyd was. "Ek dink nog nie dis 'n goeie idee nie. Wat van haar verloofde? Wat sal hy sê?"

Jesse frons. "Hy kan nie veel sê nie. Hy is nie bereid om haar te help nie."

Dit is nou Jakes se beurt om te frons. Hy kon nog nie Chris en Angie se verhouding ontleed nie maar dit is nie sy besigheid nie. Hy kan nie betrokke raak nie, maar hy kry 'n gevoel dat Jesse nie gelukkig is met Chris nie.

Jesse probeer hom weer oorreed. "Kom aan, Jakes. Dis al hoe ek kan dink om vir Angie te help."

Jakes wil seker maak dat hy Jesse se voorstel reg verstaan en vra, "Jy wil hê ek moet Angie as 'n toergids huur om haar te help. Jy weet Angie hou nie van my nie. Sy gaan bes moontlik weier om dit te doen?"

Jesse protesteer nog, "Ons kan mos net probeer. Jy het gesê dat jy sleg voel omdat Angie haar werk verloor het."

"Ek voel skuldig, ja, maar dis nog steeds nie 'n goeie idee nie. Miskien as Angie instem, wat ek sterk betwyfel ...," bespiegel Jakes nog steeds oor die moontlikheid.

Hy moes verwag het dat Jesse sy kans gaan waarneem toe hy Jakes se halfhartige instemming hoor. Hy gee Jakes nie eers kans om te protesteer nie toe hy glimlag. "Los Angie vir my. Ek ken my suster beter as enigiemand anders."

Jakes staar na Jesse. Sy hart klop oorverdowend toe hy net aan die moontlikheid dink. Wat het van al daardie praatjies geword wat hy met homself gehad het om homself te moti-veer om van die vroumens af weg te bly? Hoe gaan hy sy fokus kan behou? En hoe de hel kan hy dit selfs net oorweeg as hy weet dat dit net in 'n fiasko gaan eindig? Hy ken homself mos.

Maar al daardie argumente help niks. Al is Jakes vas oortuig dat dit 'n verkeerde besluit is, kan hy die afwagting voel groei om haar weer te sien.

Nie 'n goeie idee nie, Du Plessis. Glad nie 'n goeie idee nie.

HOOFSTUK 5

Angie se blik bly gevestig op die man wat agter Jesse staan. Jakes klem die krukke so styf vas dat sy kneukels spierwit is. Hy is duidelik ongemaklik. Sy is nog steeds nie so seker of hierdie idee van Jesse gaan werk nie, maar na drie dae se vrugtelose soek na nog 'n tydelike werk, het sy nie veel van 'n keuse nie. Aan die einde van volgende week moet sy haar deel van die huur bydra.

Dit het baie oortuiging van Jesse geverg om haar vanaand hier by die Universiteit se basketbal wedstryd te kry. As Rayno en Monica nie gekom het nie, sou sy sekerlik ander verskonings gemaak het.

Hoe het Jesse dit reggekry om Jakes te oortuig? As sy daardie spanning op Jakes se gesig moet oordeel is hy glad nie geneë daarmee om hier te wees nie. Hy het nog nie eers een keer in haar rigting gekyk nie. Sy kyk af na haar skoene en knibbel aan haar onderlip. Moet sy nie maar eerder gaan nie? Hierdie gaan duidelik nie werk nie.

Angie se kop ruk op toe Jakes se diep stem skielik naby haar opklink, "Ek is jammer. Ek sal eerder gaan."

Angie skud haar kop, maar sy kan nie sy oë ontmoet nie. Sy onthou al te goed die effek wat daardie groen oë op haar gehad het. Sy wil net omdraai toe Jakes keel skoonmaak en haar naam prewel. Net dit, maar die vraag is duidelik daar. "Angie?"

Angie maak die fout om op te kyk. Die onsekerheid in sy oë en stem slaan haar soos 'n vuishou, omdat dit so onver- wags is. Sy kan nie in die egtheid van sy woorde twyfel nie. Dit slaan deur in daardie diep stem. Dalk, net dalk, is Jakes du Plessis tog nie die bullebak wat sy geglo het nie.

"Ek is jammer jy het jou werk verloor. Ek is jammer ek was so ongeskik. Dis nie 'n verskoning nie, maar ek het toe pas van 'n vlug van Londen af gekom. Ek was moeg en iesegrimmig en in pyn. Ek het die Saterdag en die res van die week terug gegaan om verskoning te vra. Ek kon jou nie kry nie. Ek het ook vir niemand anders behalwe Michael vertel wat met die trollie gebeur het nie. As jy eerder jou werk wil terug hê as om hierdie te doen ... Ek kan met die eienaar gaan praat."

Angie staar verstom na hom. Nie net omdat dit die meeste is wat sy hom nog hoor praat het nie, maar oor sy voorstel. Hoekom wil hy dit doen? Die grootste vraag is egter, sê nou net hy kry dit wel reg om oom Bob te oorreed, wil sy haar ou werk terughê? Sy sidder as sy net daaraan dink en skud haar kop. "Nee, jy hoef dit nie te doen nie."

Hy lyk nog nie oortuig nie. Angie lag skielik en voeg by, "Ek moet eerlik wees. Ek was 'n patetiese kelnerin. Jy het my eintlik 'n guns bewys."

Sjoe, daardie groen oë wat voel asof hul deur haar siel kan sien, rek van verbasing en hy stamel, seker tot in sy tone geskok dat sy dit so doodluiters erken, "Jy het? Ek bedoel, ek het?"

Daar is nie 'n vae beduidenis van 'n glimlag nie. Angie se lag sterf weg. Miskien is sy dalk die enigste een wat die humor in die situasie sien. Miskien is dit nie so snaaks as jy aan die ontvangkant van 'n glas koue water en 'n moedswillige trollie was nie.

Sy bloos ongemaklik, weer eens oortuig dat dit nie Jesse se slimste idee was nie. Eintlik is dit 'n simpel idee. Sy moes nooit dat Jesse haar oortuig het nie. Sy sal maar net van voor af moet begin soek.

Sy swaai vinnig om sodat Jakes nie kan sien hoe ongemaklik sy is nie en begin wegstap. Sy het egter nie ver gevorder voor Jakes haar terugroep nie. Angie stop onwillekeurig. Alhoewel hy praat, klink sy stem so laag en tentatief dat sy skaars kan hoor wat hy sê.

"Ek is jammer. Ek het vir Jesse gesê dis nie 'n goeie idee nie."

Angie draai stadig om. Hierdie keer kyk sy na Jakes, sonder om te verlore te raak in sy oë. En vir die eerste keer merk sy die rubberbandjie om sy linker pols. Sy regterduim- en indeksvinger vryf herhalend en vinnig oor die bandjie. Sy kyk op na sy gesig. Sy kakebeen is styf geklem, en hy maak nie oogkontak nie. Dit lyk asof hy enige oomblik reg is om te vlug.

Die waarheid tref haar skielik. Hierdie man is baie naby aan 'n paniek-aanval. Sy herken slegs die tekens omdat hulle sulke tipe aanvalle tydens haar kuns-terapie-kursus behandel het.

Is sy die rede vir sy ongemak? Dis baie moontlik.

Sy sê saggies, "Ek waardeer jou aanbod, Jakes, maar ons hoef dit nie te doen as dit jou ongemaklik laat voel nie. Ek sal iets anders kry."

Sy oë blits vinnig na haar voordat hy weer wegkyk. "Dis nie jy nie."

Hy draai om en hobbel weg op die krukke. Angie volg sy stadige bewegings. Sy maak haar oë toe en sug. Wel, dit was dan dit. Sy moet net verder soek.

Haar oë vlieg oop toe hy weer praat. Hy het teruggekom! Alhoewel hy nog senuweeagtig lyk, klink sy stem meer gedetermineerd, "Ek is jammer. Kan ons weer probeer?"

Angie is nuuskierig, "Hoekom het jy van plan verander?"

"Dit maak nie saak of dit jy of iemand anders is nie. Ek sal met 'n ander toergids presies dieselfde reageer. Ek moet jou waarsku. Ek praat nie baie nie. Partymaal het ek spasie nodig."

Angie knik, "Ek verstaan. Gee jy om as ek praat?"

Hy mompel, "Ek gee nie om nie."

"So alles is reg?" Sy moet vra, net om seker te maak.

Hy neem 'n diep asemteug en knik.

Angie bestudeer hom vir 'n oomblik, net om seker te maak dat hy regtig gemaklik is met die idee. "Ons moet oor 'n paar goed ooreenkom."

Hy pluk sy rugsak van sy skouer af en bring 'n dokument te voorskyn, "Ek het 'n kontrak opgestel."

Angie se mond val oop. Sy het dit geensins verwag nie. Sy wil uitbars van die lag, maar hy lyk so ernstig dat sy dit nie oor haar hart kan kry nie. Sy kan egter nie die glimlag wegsteek toe sy hom reghelp nie, "Dis goed, maar dis nie wat ek bedoel het nie."

Hy frons, duidelik verward. Die man is gans en al te ernstig. Sy probeer verduidelik, "Jy moet sê wanneer jy ongemaklik is. Jy moet eerlik wees oor waarvan jy van hou en waarvan nie. Dinge kan andersins ongemaklik raak."

Hy lyk verlig toe hy instem, "O, dis reg."

"Ek wil ook nie hê jy moet voel dat jy my 'n werk skuld nie. As jy dit nie meer wil doen nie, sê net."

"Ek sal," stem hy in.

Angie voeg by, "En jy moet my verskoning aanvaar."

"Watter een?"

Hierdie keer is dit Angie se beurt om nie te verstaan nie. "Wat bedoel jy?"

"Vir die water wat jy op my gemors het? Of omdat jy my met die trollie gestamp het? Of dalk omdat jy die water oor my kop gegooi het?"

Angie kan eers nie 'n woord uitkry nie. Nie omdat hy reg is dat sy oor alles moet verskoning vra nie. Nee, omdat sy haar kan verkyk aan die glinstering in sy oë. Miskien het die man tog 'n sin van humor.

Sy lag verleë, vies vir haarself oor die blos wat haar wange vuurwarm laat voel, "Ek dink ek moet seker vir al drie verskoning vra."

Hy knik sedig, "Verskoning aanvaar."

Sy gesig vertrek, en 'n skewe glimlag vorm in sy een mondhoek. Angie staar woordeloos na die transformasie.

Hy trek haar aandag weg van sy gesig toe hy homself op een been en kruk balanseer en sy hand na haar toe uitsteek," Dan het ons 'n ooreenkoms."

Angie dink nie twee keer nie en neem sy hand sodat hulle op die ooreenkoms kan skud. Die blos wat sekondes gelede op haar wange verskyn het, versprei soos 'n veldbrand deur haar lyf die oomblik toe hul hande aan mekaar raak. Haar oë vlieg verskrik op om syne te ontmoet en daar hak dit vas. Het hy dit ook gevoel? Baie moontlik, aangesien nie een van hulle agtergekom het dat hulle nog nie kontak verbreek het nie totdat Jesse skielik langs hulle praat. Hul reaksie is dieselfde en instinktief. Soos blits laat los hulle die ander een se hand en kyk weg. Angie hou haar besig om die dokument wat Jakes haar gegee het in haar handsak te sit, en Jakes het skielik 'n intense belang in sy skoene.

"Ek neem aan julle het 'n ooreenkoms bereik."

Angie hoor Jesse se opmerking, maar sy durf nie waag om na hom te kyk nie en knik net. Sy is heeltemal te verward oor hierdie reaksie en daar is geen manier wat sy dit vir Jesse kan wegsteek nie. Sy hoor Jakes iets mompel, maar kan nie uitmaak wat hy sê nie. Dit blyk egter dat Jesse wel kon aangesien hy omdraai na die pawiljoen en oor sy skouer roep, "Nou kom aan, ons het 'n wedstryd om te kyk."

Angie val blitsvinnig agter hom in. Op die pawiljoen maak sy doodseker dat sy so ver moontlik van Jesse en Jakes af sit. Sy het tyd nodig om tot verhaal te kom. Gelukkig is Monica so behep met Rayno, dat sy niks agtergekom nie.

Wat het gebeur toe hulle hande geskud het? Dit was heeltemal onverwags en tog ook nie. Het sy dan nie dieselfde gevoel die aand in die Whistleblower nie?

Sy kan nie toelaat dat dit weer gebeur nie wat dit ook al is. Sy het 'n werk, al is dit 'n tydelike een, en sy sal beter baat om daarop te konsentreer.

Angie het omtrent niks van die wedstryd ingeneem nie, haar gedagtes 'n warboel. Sy is eintlik verbaas toe die wedstryd verby is. Sy val maar net gedwee in by die planne na die wedstryd om na die Whistleblower te gaan. Sy het blykbaar niks van die gesprek gehoor nie en sy kan nie dit nou erken nie. Veral Jesse gaan weet dat iets aan die gang is met haar. Hy het haar alreeds vroeër geterg toe sy skaars gehoor het toe hy haar vra of sy 'n worsbroodjie wil hê. Sy het toe ja gesê al was sy nie lus nie. En nou weer.

Die ergste is dat sy geen idee het wat met haar aan die gang is nie. Angie weet sy kan lekker verstrooid raak, maar dit voel vanaand vir haar tien keer erger. Hoekom?

'n Paar minute later het sy haar antwoord toe hulle buite die stadion vir die huurmotors wag om hulle na die Whistle-blower te neem. Sy voel dat iemand vir haar kyk en toe sy opkyk, vang sy Jakes se oë op haar. Toe hy besef dat sy hom betrap het, beduie hy ongemaklik na haar gesig, "Jy het.. uhm ... Jy het mosterd ..."

Angie bloos en lig haar hand om die oorblyfsel van haar worsbroodjie af te vee. Blykbaar het sy die verkeerde plek afgevee, want die volgende oomblik staan hy nader en lig sy hand. Die oomblik toe sy duim aan haar wang raak, voel Angie weer daardie hitte, amper soos 'n elektriese skok, wat deur haar beweeg. En hierdie keer is sy nie verkeerd nie. Jakes voel dit ook.

Sy hand verstil, sy duim nog steeds in haar mondhoek toe hul oë weer ontmoet en vasgevang hou. Sy oë, wat Angie vroeër gedink het is mosgroen, het verdonker, amper soos die kleur van 'n ou boom. Sy duim beweeg streelsag oor haar wang voordat hy sy hand laat sak toe die huurmotor by hulle stilhou.

Vir 'n oomblik of twee staar hulle nog na mekaar en dan draai beide vervaard weg om elkeen in 'n ander motor te klim, asof dit nou sal help. Niks sal daardie oomblik ooit uit haar gedagtes kan weer nie.

Jakes kies die sitplek aan die punt van die tafel sodat hy plek het om sy been uit te strek. Dit sou dalk gemaklik gewees het, as dit nie was dat Angie nie langs hom kom sit het nie, met Jesse aan haar ander sy en Rayno en Monica aan Jakes se linkerkant.

Jakes probeer sy ongemak afskud. Hy is so bewus van Angie langs hom, maar aangesien hulle nou 'n ooreenkoms aangegaan het, sal hy moeite moet doen om haar beter te leer ken. Die probleem is dat hy nie weet hoe nie. Dit was baie, baie lank gelede wat hy 'n vrou beter moes leer ken.

Toe die stilte te lank heers, maak hy keel skoon en vra, "Jesse het genoem dat jy by die gemeenskapsentrum werk. Vertel my meer van jou werk."

Jakes vergeet skoon van sy ongemak toe Angie praat. Hy staar gefassineerd na haar. Sy het nie gejok nie. Sy hou van praat. Haar oë, nee, haar hele gesig helder op. Selfs haar hande dra tot die gesprek by as sy iets beduie.

Sy lyk so anders as die vrou wat hy die eerste keer gesien het. Toe het sy so op haar senuwees gelyk. Jakes twyfel nie dat hy moontlik daartoe bygedra het nie. Hy het al hoeveel keer gehoor dat hy intimiderend lyk en hy *was* daardie aand 'n regte brombeer. Die feit dat hy nie juis glimlag nie, veral nie vir iemand wat hy nie ken nie, en sy grootte help seker nie juis nie om daardie illusie nek om te draai nie. Dis eers as mens hom ken, sal hulle weet hy is alles behalwe inti-miderend.

Jesse betrek Angie by hul gesprek en Jakes se gedagtes dwaal af. Hy en Angie het dalk vrede gemaak, maar Jakes is nog steeds skrikkerig. Hy het genoeg ondervinding om te weet dat verskonings maklik kom. Dit het hom geleer om mense nie so maklik te vertrou nie.

Hy hou Angie dop terwyl sy met die ander gesels. Hy verkyk hom aan haar glimlag, wat telkens verander in 'n sagte laggie. Die gevoel wat sy ontlok maak hom bang.

Miskien het hy 'n fout gemaak om haar 'n werk aan te

bied. Hy het vanaf daardie eerste aand geweet dat hy van haar moet wegbly en toe laat hy hom so wraggies deur Jesse oorreed. Hy gaan nou meer tyd met haar deurbring as wat hy moes. Hoe gaan hy dit hanteer?

Hy moet versigtig wees. Hy kan nie te na aan haar kom nie.

Jakes maak sy oë toe en dink aan die ander vrouens wat hy ken. Meeste van hulle is egter net in 'n professionele hoedanigheid soos Chloe, hul voedingkundige en Hannah, die sportwetenskaplike. Miskien moet hy Angie op dieselfde manier behandel as wat hy hulle behandel, soos kollegas, en slegs kollegas.

Tevrede met sy besluit, ontspan hy effens. Deur die dele van die gesprek wat hy wel hoor, sypel 'n deuntjie in die agtergrond wat hy herken. Dit is een van sy gunstelinge en onbewus speel sy vingers die maat op die bierbottel.

Angie ruk hom terug uit sy eie wêreld. Sy oë vlieg oop toe sy skielik terg, "Ek lei af dat jy van die musiek hou."

Jakes mompel, "ja." Dis egter al wat hy kan uitkry."

Angie het dalk gedink dat hy gaan uitbrei aangesien sy afwagtend na hom kyk. Jakes het egter nie 'n idee wat om by te voeg nie.

Hy vertrou nog nie haar skielike vriendelikheid nie. Verlede week was sy smoorkwaad vir hom en nou is sy so vriendelik soos 'n week-oue katjie. Jakes het as kind al geleer om nie klein katjies te vertrou nie. Hulle lyk so sag en troetelbaar, maar hul naels en tande is skerp en hulle kan dit enige tyd gebruik.

Angie laat haar nie so maklik afskrik nie. Sy vra geïnteresseerd, "Ek het al die naam Jake gehoor, maar nog nie Jakes nie. Is dit jou regte naam?"

Die vraag is so onverwags en net so sy reaksie. Hy voel self verbaas toe sy mondhoek opkrul, "Nee."

Sjoe, selfs in sy eie ore klink die een-woord antwoord bra ongeskik. Miskien moet hy dalk net probeer om bietjie uit te brei. Hy haal diep asem en voeg dan by, "Ek is vernoem na my twee oupas, John en Jacques. My pa is ook John en my familie het my Jacques genoem. Op hoërskool het my span-maats Jake verkies. Een dag na 'n wedstryd het die afrigter gesê dat ek so 'n goeie wedstryd gehad het dat dit gelyk het asof daar twee Jakes op die veld is. Die naam het vasgesteek."

Jakes se stem sterf weg toe hy besef het hoeveel hy gepraat het, en die persoonlike inligting wat hy gegee het. Dit moet 'n rekord wees. Mense sê gewoonlik dat 'n gesprek met hom erger is as om tande te trek. As jy hom nie 'n direkte vraag vra nie, gaan hy nie vir jou inligting gee nie.

Angie het dit gou gesnap. Voor hy weer in sy dop kon kruip, vra sy weer, "Het jy al gedink watter plekke jy wil besoek terwyl jy hier is?"

Hy kan die geamuseerde verbasing op haar gesig sien toe hy nog 'n papier uit sy rugsak haal. Hy ken homself mos. Hy moet voorbereid wees. Dis die enigste manier wat hy 'n vreemde situasie kan hanteer. In elk geval, dit sal Angie mos help om hul ekskursies te beplan as sy weet waarvan hy hou en wat hy graag wil sien.

Sy neem die papier by hom en bestudeer dit rustig. Jakes is oortuig dat hy haar verras het met van die dinge wat hy wil sien en ervaar. Hy het dit te danke aan hul afrigter by die Sewes. Hy het hulle geleer om nie net op die toernooi te fokus nie. Hulle moet die hele ervaring gebruik om herinne-ringe te skep. Jakes het dit sedertdien gedoen.

Angie lewer nie kommentaar oor die lys nie, in elk geval

nie voor die ander nie Dit is dalk 'n teken dat hulle beter oor die weg sal kom as wat hy verwag het.

Dit sal nogal lekker wees om Denver saam met 'n plaaslike inwoner te verken as dit nie was vir sy ongemak om soveel tyd met Angie te spandeer nie. Dit sal nie baie verg om vir haar te val nie. Hy is alreeds meer aangetrokke tot haar as wat goed is vir hom.

Angie wou net by die koffiewinkel instap, toe sy haar naam hoor. Sy draai om toe sy Jakes se stem herken. Sy is nog meer verbaas toe sy sien dat hy sonder die krukke is. Hy loop nog effe ongemaklik, met die stut wat sy bo-been oor sy sweetpakbroek bedek.

Dit lyk of hy nou net gestort het, want sy hare lyk klam en hy lyk vars in 'n langmouhemp wat oor sy borskas en bo-arms span. Angie hoef nie om haar te kyk om te weet dat die ander vrouens in die koffiewinkel hom bewonderend aankyk nie. Dit lyk egter nie of Jakes dit eers agterkom nie want hy hou sy oë die hele tyd op haar gevestig.

Toe hy naby haar kom, vra sy, "Is jy dan al klaar vir die dag?"

Hy skud sy kop. "Nee, ek het nou 'n breuk. Ek het net iets kom eet voor ek weer fisio toe gaan. En jy?"

"Dis my middagete," erken Angie. Sy het ook iets nodig gehad om haar aandag af te lei van die sessie wat sy so pas gehad het met nog 'n mishandelde kind. Dit blyk sy het meer gekry as wat sy gedink het toe Jakes vra, "Gee jy om as ek by jou aansluit?"

Omgee? Hoekom sou sy? Sy sien egter die onsekere trek om sy mond en onderdruk daardie gedagte. Hulle ken mekaar mos en aangesien hulle albei alleen is, sou dit simpel wees om alleen te eet. Bowendien sal dit hulle 'n kans gee om hul planne vir hulle eerste ekskursie te finaliseer.

Toe Jakes steeds huiwer, besef Angie dat sy hom nie geantwoord het nie. Sy antwoord vinnig, "Nee, natuurlik nie," en draai vinnig om om voor hom uit te stap. Angie is bewus van sy groot liggaam wat kort op haar hakke volg toe die kelnerin hul na 'n tafel in die hoek neem. Hy reageer nogal vinnig toe hy die stoel vir Angie uittrek. Wanneer laas het dit gebeur dat 'n man, behalwe haar pa of haar broers, vir haar 'n stoel uitgetrek het?

Sy mompel 'n dankie terwyl sy daaroor dink. Jakes het dit so sonder ophef gedoen dat dit lyk asof dit 'n tweede natuur vir hom is. Dis baie moontlik as sy moet oordeel aan die manier wat hy met die kelnerin praat.

Jakes betrap haar oë op hom, en, net soos Vrydagaand, krul sy mondhoek effens op as hy met homself spot, "Ek is nie altyd so knorrig nie."

Angie lag. "Ek het so agtergekom."

Vir die paar oomblikke wat dit die kelnerin neem om hul koffie te gaan haal, heers daar 'n ongemaklike stilte tussen hulle. Jakes hét haar gewaarsku dat hy nie baie praat nie en sy het mos gespog dat sy genoeg praat vir hul albei. Haar kop maal oor alles waaroor hulle kan praat terwyl die kelnerin die koffie bring. En van al die briljante onderwerpe wat sy aan gedink het, kies sy om te vra, "Jy gebruik nie meer die krukke nie?"

Jakes knik, "Ek het jou pa vroeër vanoggend gesien na my MRI. Die besering was toe nie so erg nie. Ek sal dalk die krukke gebruik as ons baie loop, maar die goeie nuus is dat ek volgende week ligte oefening saam met die span kan begin doen."

Angie is verlig. Nou hoef sy nie meer so skuldig te voel

oor daardie simpel trollie-insident nie. Sy glimlag. "Dis goeie nuus. Is jy reg vir ons eerste ekskursie?"

Sy neem 'n slukkie koffie terwyl sy vir sy antwoord wag. Sy is nog nie heeltemal seker oor hierdie reëling nie. Aan die een kant wonder sy of dit nie beter is as hy nie meer wil voortgaan nie. Aan die ander kant ...

Die ander kant van daardie argument wil sy nie eers aan dink nie. Dit is daardie ander kant wat maak dat sy verlig voel toe hy knik.

Sy is egter nie die enigste een wat nog wonder oor die wysheid van hul ooreenkoms nie. Jakes moes ook, maar om 'n heel ander rede as Angie. "Ek sal met Chris praat om seker te maak hy is gemaklik met ons reëling."

Hy lyk nie regtig lus om dit te doen nie. Sy neem hom nie kwalik nie, want as sy nie lus is om met haar verloofde te praat nie, hoekom sou hy? Sy skud haar kop. "Nee, dis onnodig. Ek het alreeds vir Chris genoem dat jy my 'n werk aangebied het."

Dit het Chris geensins gepla dat sy met 'n vreemde man die stad gaan verken nie. 'n Baie aantreklike man bygesê. Nee, Chris het nie daaroor gemor nie. Soos gewoonlik was sy gekla omdat sy dit doen sodat sy Clara kan help.

Jakes antwoord nie aangesien die kelnerin hul kos bring. Tydens die ete praat hulle oor die roete wat Angie beplan het. Of Angie praat, en Jakes luister en stem in met haar voorstelle. Hulle is nog besig met hul tweede koppies koffie toe die alarm op Angie se foon afgaan.

Angie bloos toe sy die alarm kanselleer. Sy het Jakes se frons gesien en sê vinnig, "Ek moet terug werk toe. Ek stel die alarm voordat ek vergeet en laat is."

"In jou eie droomwêreld, nè," merk hy geamuseerd op tot Angie se verbasing. Sy knik, nou nog meer verleë. Miskien is dit nou nie die beste idee om vir jou nuwe baas dit te vertel nie, al is dit ook 'n tydelike reëling.

Hy stel haar egter vinnig gerus, wat haar nog meer verbaas aangesien hy uit sy eie inligting oordra, en omdat dit hom blykbaar nie pla nie. "Ek is gewoond daaraan. My ma is 'n beeldhouer. Lyk my jul kunstenaars is almal dieselfde."

HOOFSTUK 6

Angie het vinnig geleer dat Jakes nie gejok het nie. Hy is 'n man van min woorde en as sy bedoel min, is dit *baie* min. Ten spyte daarvan leer sy uit die min opmerkings en die tipe vrae wat hy vra, dat hy intelligent is. Hy is boonop nuuskierig en in alles geïnteresseerd.

Hy het genoem dat sy ma 'n beeldhouer is, maar hy verbaas Angie dat hy uit eie vrye wil 'n kunsgalery of twee wil besoek. Chris haat dit om saam met haar te gaan en was selfs onwillig om Angie se eerste en enigste openingsaand by te woon. Jakes geniet dit egter en hy het 'n goeie idee waarvan hy hou en waarvan nie. Abstrakte kuns is nié een van sy gunstelinge nie.

Die gesprek oor waarvan hy hou het gevolg na hul besoek aan die Nasionale Kunsgalery. Angie dink al lank dat Jakes gans en al te ernstig is en besluit om hom te terg toe hy haar oor haar eie skilderye uitvra. Sy maak asof sy baie verleë is toe sy erken, "Dis jammer dat jy nie van abstrakte kuns hou nie."

"Hoekom?" vra hy suspisieus.

Angie onderdruk haar glimlag. "Jy sal dan nie van my werk hou nie."

Sy oë rek wyd en sy gesig verkleur bloedrooi. Hy stotter oor sy woorde, "Jis, ek's jammer. Ek moes my mond gehou het."

Angie kan dit nie langer uithou nie. Hy lyk so oulik toe hy om verskoning vra, dat sy uitbars van die lag. Jakes kyk eers verstom na haar en toe snap hy dat sy hom eintlik terg, maar hy maak nogtans seker, "Jy het net my been getrek, nè?"

Angie knik terwyl sy die lagtrane afvee. Jakes blaas sy asem hard uit en erken, "Jy het my lelik gevang, maar ek sal jou terugkry."

Die volgende oomblik is dit Angie se mond wat byna oophang van verbasing sodat sy vergeet van sy waarskuwing om haar terug te kry. En sy kwyl omtrent toe sy mond nie net in die een hoek opkrul soos hy soms, baie soms, doen nie. Nee, vandag krul beide mondhoeke op in 'n regte-egte glimlag. Haar gedagtes is deurmekaar van die effek wat daardie glimlag op haar het. Dis miskien goed dat hy nie baie glimlag nie. Die vrouens kan alreeds nie hul oë van hom afhou nie. Hy sal maak dat hulle oor hul voete vir hom val as hy gereeld so glimlag.

Miskien het hy agter gekom dat sy so vir hom staar, want sy glimlag verdwyn net so eensklaps as wat dit verskyn het. Skielik is dit weer die stug man wat sy die eerste keer gesien het. Voor sy nog iets kon doen, mompel hy 'n verskoning dat hy badkamer toe moet gaan en vlug terug in die gebou wat hulle so pas verlaat het.

Angie staar met verbasing na die deur wat agter hom toegaan. Wat nou?

.   .   .

Jakes se hart klop nog verwoed toe hy die badkamer instorm. Hoe de hel het dit gebeur? Hy was versigtig, was hy nie?

Hy spoel sy gesig 'n paar keer af met koue water, maar dit help nie. Hy moet die feite in die oë staar.

Hy frommel die papierhanddoek waarmee hy afgedroog het op en gooi dit in die asblik. Sy gedagtes dwaal na wat so pas gebeur het. Hy hoef nie eers sy oë toe te maak of baie hard te dink daaroor nie. Hy kan dit so duidelik herroep.

Hy kan dit alles blameer op daardie borrelende laggie wat so aansteeklik is dat hy saam met haar geglimlag het.

Glimlag? Wanneer laas het hy dit gedoen, en nogal so spontaan? En met 'n vroumens wat nie sy ma of suster is nie?

Dit is wat hom laat besef het dat hy alreeds te gemaklik is met Angie en dit na slegs 'n week.

So, wat gaan hy daaromtrent doen? Hy skud sy kop onwillekeurig. Hy het geen idee nie, maar dit gaan egter nie help om nou daaroor te tob nie. Hy kan nie Angie buite in die koue laat wag terwyl hy in die badkamer wegkruip nie.

Soos die Engelse mos sê, "In for a penny, in for a pound." Hy is nou hier. Hy moet nou die beste daarvan maak.

En *nie* vir Angie val nie.

Vertel dit vir die voëls.

Daardie gedagte verdwyn toe hy buite kom en die bekommernis op haar gesig sien. Nou voel hy skuldig en toe hy haar bereik, weet hy dat daardie voorneme van flussies al klaar te laat is. As 'n vrou hom 'n warm gevoel gee om die hart as sy glimlag, as hy bekommerd is dat hy haar seer of bekommerd gemaak het, dan is dit klaar te laat. As dit nie 'n teken is dat hy alreeds geval het nie, dan weet Jakes nie so mooi nie.

So lank hy net onthou dat dit is waar dit gaan bly.

En dan kan hy net sowel haar gerusstel, wat hy summier

doen, "Jammer dat ek jou laat wag het. En aangesien jy my geterg het, skuld jy my iets."

"Wat?" vra sy effens onseker.

"Ek wil van jou skilderye sien," antwoord Jakes beslis.

"Is jy seker?"

"Doodseker."

Angie blaas haar asem uit en mompel, "Nou kom."

Hulle het nie veel gepraat vandat Jakes aangedring het om haar skilderye te sien nie. Angie is meer op haar senuwees as wat sy wou erken, en sy weet nie eers hoekom nie. Dit maak mos nie saak of hy van haar werk hou of nie?

Maar 'n kermende stemmetjie bly karring dat dit tog saak maak. Sy wil *hê* dat Jakes van haar werk hou.

Voor sy verder daaroor kan wonder, arriveer hulle by die Jong Kunstenaars Galery waar daar nog twee van haar skilderye hang. Sy neem egter nie vir Jakes direk na haar skilderye nie. Sy wil hom nie beïnvloed nie. Sy laat hom toe om rustig deur die galery te stap en drentel agter hom aan. Soms sal hy stop en 'n skildery langer bestudeer, 'n opmerking maak of Angie sal iets meer vertel van die skildery of die kunstenaar.

Hoe nader hulle aan die eerste van haar twee skilderye beweeg, hoe vinniger klop haar hart. Sy hou haar asem op toe hy voor die skildery gaan staan en dit aandagtig bestudeer. Hy behoort die toneel te herken al het dit nie vanoggend in die Stadspark gesneeu soos in die skildery nie. Soos met van die vorige skilderye betoon hy sy bewondering, "Dis nou waarvan ek hou. Dis iets wat ek herken."

Angie kan nie die blos keer nie. Toe sy nie antwoord nie, kyk Jakes af na haar in afwagting. Hy sien natuurlik die onnatuurlike rooi op haar wange. Sy oë vernou, dan draai hy terug na die skildery en leun nader om die kunstenaar se naam te lees.

Angie kyk nie na die skildery nie. Sy ken dit mos darem goed. Haar oë is op Jakes gevestig. Sy bewondering is eg toe hy opmerk, "Sjoe! Ek neem aan jy is die *A Summer.*"

Toe Angie verleë knik, skud Jakes sy kop. "Jy is ongelooflik talentvol. Hoekom doen jy nog sulke simpel los werkies as jy so kan skilder?"

Angie trek haar skouers op, "My pa het aangedring dat ek studeer sodat ek iets het om op terug te val as dinge nie uitwerk nie. Ek het onderwys studeer, maar nie daarvan gehou nie. Ek het gedink kunsterapie 'n beter opsie sou wees aangesien ek daarvan hou om mense te help."

"Dis jammer," antwoord Jakes nadenkend. "Maar ek hoor 'n twyfeling in jou stem."

Angie knik en leun nader na hom toe, "Kan ek jou 'n geheim vertel?"

Jakes leun nader en fluister terug, "Ja, natuurlik."

"Jy is reg. Ek wil nie meer kunsterapie doen nie. My hart breek elke keer as ek met nog 'n gemolesteerde of mishandelde kind moet werk. En die arme oumense wie se hoogtepunt van hul week die uur is wat ek met hul spandeer, het dieselfde effek."

Jakes stamp liggies haar arm, so asof hy haar terg, "Jy het 'n klein hartjie."

Hy is reg. Dit sal nie eers help om te stry nie. "Ek het, ja."

Jakes draai na haar. Sy oë is intens toe hy haar aanmoedig, "Volg jou drome, Angie. Jy kan nie jou talent vermors nie."

Hoe kan sy hom nie glo nie, veral as hy so eerlik en opreg lyk nie? Hy maak geen geheim van sy geloof in en waardering vir haar kuns nie. Sy het hom mos genoeg dopgehou in die verskeie galerye. Hy gee glad nie voor nie.

Maar hoekom moet dit 'n vreemdeling wees, 'n man wat sy skaars ken, wat so vas glo in haar terwyl haar sogenaamde verloofde nie 'n duit omgee nie?

Sê dit nie iets van hul verhouding nie?

Jakes draai na die televisie bo die kroeg. Dit is ingestel op die Engelse voetbal. Hy is nie 'n groot aanhanger nie en kyk net as hy regtig verveeld is. Hy het natuurlik al gewonder hoekom die ronde bal hom nie soveel interesseer soos die ovaal bal nie. Hoekom stel hy nie eers belang daarin om die spel te probeer speel nie?

Wanneer die een speler dramaties val na sy opponent net liggies sy enkel getref het, het hy sy antwoord en skud sy kop. Iemand langs hom snork en mompel, "Sissie."

Hy hoef nie eens te kyk om te weet dat dit Angie is wat die televisie met 'n frons beskou nie. Hy het haar parfuum en stem herken, maar hy kyk tog, verras dat sy so vroeg is.

Sy mond trek onwillekeurig op toe sy haar oë rol en met daardie selfde uitdrukking nog op haar gesig na hom draai.

"Ek neem aan jy hou nie van voetbal nie?"

Angie frons vir 'n oomblik en dan lag sy. "O, sokker. Nee, absoluut nie. Die ander speler het skaars aan sy been geraak en dan rol hy op die grond rond asof dit gebreek is. Hy kan 'n Oscar kry vir daardie toneelspel."

"Ek dog die meeste Amerikaners hou van voetbal ... Jammer, sokker," waag Jakes dit.

Angie glimlag. "Wel, miskien na sagtebal en basketbal en Amerikaanse voetbal, kan voetbal dalk gewild wees, maar my familie verkies rugby."

Jakes knik, "Ek het so agter gekom."

Toe die kroegman by hulle kom staan, gee Angie haar bestelling. Toe die man hul bestelling bring, betaal Jakes die rekening. Met hul drankies in hul hand stap hul na die hoek om vir die res van die groep te wag.

Jakes is nog steeds verbaas hoe gemaklik hy met Angie gesels. Dit kom so natuurlik soos wanneer hy met sy familie of sy vriende praat. Hy is nog nie daaraan gewoond nie, maar dit verbaas hom nie toe hy haar volgende vraag beantwoord sonder om daaroor te dink nie.

"Het jy enige ander sport gespeel of is dit net rugby?"

Jakes het natuurlik daardie vraag al baie oor die jare beantwoord en hoef nie eers daaroor te dink nie. "Ek was op laerskool in 'n klein dorpie in die Vrystaat. Daar was nie baie seuns nie, so ek het ook krieket gespeel en geswem en atletiek gedoen om die spanne vol te maak. Dit was anders met rugby. Dit was die een spel waarin ek regtig my hart kon uitspeel."

"Hoekom rugby?"

Jakes neem 'n slukkie van sy bier voor hy antwoord, "Daar het 'n man 'n paar plase van ons af gebly wat 'n Springbok was. Toe ek so vyf was, het my pa my Loftus Versveld toe geneem om hom te sien speel teen die All Blacks. Ek het toe al geweet dis al wat ek wou doen."

"Wanneer het jy begin speel?" vra Angie weer.

"Ek het my eerste wedstryd die volgende jaar gespeel toe ek kleuterskool toe gegaan het. Ek was mal daaroor."

Angie lyk so geïnteresseerd dat Jakes nie huiwer om te antwoord toe sy weer vra nie, "Maar hoekom is jy so mal oor rugby? Wat is dit wat jou so aantrek tot die spel?"

"Dis moeilik om te verduidelik. Miskien is dit soos jou skilder? Dit is in jou bloed, jou roeping, of dit is nie. Ek is mal

oor die fisiekheid van die spel, al gaan dit gepaard met bese-
rings en pyn. Die spel het my egter soveel geleer."

"Soos wat?"

Jakes dink vir 'n oomblik hoe om dit te verduidelik,
"Behalwe dissipline, vriendskap, sportmanskap, spanwerk en
respek? Ek weet nie. Ek is mal daaroor om deel van die span
en kameraderie tussen die spelers te wees. Ek hou selfs van
die geterg, wat baie is komende van 'n introvert. Dit mag
fisiek wees op die veld, en jy mag jou opponent dalk harder
duik as wat nodig is, maar dan help jy hom op en na die
wedstryd drink julle saam 'n bier asof niks gebeur het nie.
Mens kry dit nie altyd nie."

Jakes neem weer 'n slukkie bier voordat hy voortgaan,
"Die ouens in die span is nie net my spanmaats nie. Hulle is
my vriende, my familie. Toe ek deur 'n slegte tyd gegaan het,
het rugby my staande gehou. Rugby het my gehelp om op iets
anders te konsentreer as myself. Dit en die ondersteuning van
my spanmaats en my klub ..."

Hy maak sy keel skoon voordat hy byvoeg, "Ek was 'n
skaam tiener. Ek is nog steeds 'n introvert, maar rugby gee my
selfvertroue. Ek sal dalk nooit die ou wees wat die siel van die
partytjie is nie, maar wanneer ek oor rugby praat is dit
anders."

"Ek het so agter gekom," terg Angie met 'n glimlag. "Wan-
neer jy oor rugby praat, is dit asof jou hele gesig ophelder."

Jakes weet dit is die waarheid, nie eers verbaas dat Angie
dit so vinnig agterkom nie. Dit maak hom nog steeds skrikke-
rig, maar sedert daardie dag wat sy hom gevat het om na haar
skilderye te gaan kyk, het dinge verander. Hy waarsku
homself gereeld om die afstand te hou, maar elke dag wat hy
saam met haar spandeer, kan hy sien dat die afstand tussen
hulle vernou. Kyk nou maar net wat vanmiddag gebeur het.

Voorheen sou hy bes moontlik eerder Rayno of Jesse se hulp gevra het toe hy besef het dat as hy nog ekskursies wil doen, hy warmer klere nodig gaan hê. Die plaaslike inwoners mag dalk dink dat die weer matig is, maar sy dun Suid-Afrikaanse bloed is nie gewoond daaraan nie. Hy het net 'n paar persoonlike items saamgeneem Brittanje toe, want as jy saam met die Springbokke toer, bestaan jou hele tas uit wat die Springbokke verskaf, van sweetpakke en warm baadjies tot formele en informele klere. Hy gaan dit beslis nie hier dra nie.

Toe die weer vanmiddag versleg het, het beide Jakes en Angie saamgestem dat dit beter is dat hul halt roep vir die dag. Jakes het homself verbaas toe hulle buite die Sports Hall of Fame kom en die koue hom tref, dat hy vir Angie gevra het, "Ek moet nog warm klere koop. Sal jy my help?"

Soos elke keer het haar glimlag hom getref toe sy summier instem, "Ek ken net die plek. Dit is een van al daardie baie plekke waar ek al gewerk het en dit nie lank gehou het nie," erken sy toe sy terselfdertyd 'n verbygaande huurmotor stop.

Jakes weet hoe sukkel hy om klere te kry en vra onseker toe hulle ingeklim het, "Het hulle groot nommers wat my sal pas?"

Angie knik selfversekerd, "Ja, dit is net vir groot en lang mans. As jy nie iets daar gaan kry nie, gaan jy maar sukkel. Jy sal nie glo nie, maar daar is groter mans as jy, maar almal is nou nie so goed gebou soos jy ..."

Angie se stem sterf weg en 'n blos sprei oor haar wange. Sy kyk vinnig by die venster uit, maar Jakes het dit gesien. Hy moes sy glimlag met moeite onderdruk. Dit was die eerste keer wat hy Angie so verleë sien, maar hy moet erken, hy hou nogal van die idee dat sy dink dat hy goed gebou is.

Gelukkig het hulle toe by die winkel gearriveer en hy hoef nie verder te gewonder het oor hoekom dit hom goed laat voel het nie.

Jakes is nou nie die mees entoesiastiese klere-koper nie. Hy lewe meestal in sy sportklere, of jeans, kortbroeke en T-hemde, wat die meeste van die tyd geborgde klere is. As hy iets nodig het vir 'n funksie sorg Sue, wat verantwoordelik is vir sy publisiteit, dat hy die regte uitrusting het. Sy ma en susters koop gereeld vir hom hemde en die res koop hy soos hy nodig het, wat nie veel gebeur nie.

Hy hoef egter nie bekommerd te wees oor wat om te koop nie. Hy het nou al agtergekom dat Angie soos 'n warrel-wind is, maar sy het ook goeie smaak. Binne 'n rekordtyd het sy, met die hulp van 'n verkoopassistent vir Jakes genoeg klere gekry om hom deur te sien vir die res van sy besoek. Sy het ook gesorg vir enige gebeurlikheid as Jakes moet oordeel.

Na hy die rekening betaal het, dring Angie daarop aan dat hy van die nuwe klere aantrek. Sy het selfs voorgestel dat hy verskillende lae dra en toe hulle buite kom en die koue hulle tref, was Jakes baie dankbaar daarvoor.

Die deur gaan oop en die res van die groep arriveer. Jakes hou onderlangs vir Chris dop toe hy vir Angie groet - as mens dit 'n groet kan noem. Dit het niks met hom te doen nie, maar dit pla hom. Hy moet onthou dat hy net 'n besigheidsooreen-koms met Angie het.

Jakes sug onderlangs. Daardie argument werk lankal nie meer nie. Sy weerstand om meer van Angie te hou as vriendskap, het in die paar dae wat hulle saam deurgebring het lankal verkrummel. Hy kan dit verstaan as hy luister na die gesprek rondom hom. Hulle is besig om hul planne vir die naweek te beplan of altans, Angie doen die beplanning en die ander, soos Jakes die vorige week gedoen het, val maar net daarby in.

Jesse stel voor dat hulle die volgende aand by hulle huis bymekaar kom. Hulle kan iets bestel, noem Jesse, maar Jakes moet erken, hy is al moeg vir wegneemetes. Net om aan nog 'n pizza of burger te dink, demp sy eetlus. Hy stel eerder voor, "Ek kan aandete maak, as julle my toelaat?"

Alle oë draai na hom, maar vir eens voel Jakes nie ongemaklik nie.

"Ek neem aan jy kan kook as jy so 'n voorstel maak. Jislaaik, wat kan jy nie doen nie? Hoe moet 'n man met jou kompeteer?" lag Jesse en voeg by, "Maar broer, ek gaan nie nee sê vir daardie aanbod nie."

Die ander beaam Jesse se woorde entoesiasties.

Jakes luister na Angie terwyl hy die hoenderborsies in stukkies sny. Gelukkig het hy iets om sy hande besig te hou en haar geselskap lei sy aandag weg van wat hy vanmiddag gesien het. Hy wil nie nou na Angie kyk nie. Hoe kan hy haar in die oë kyk sonder om haar te vertel? *Moet* hy haar vertel?

Met die hoender klaar opgesny, maak hy dit met kleefplastiek toe en hou hom dan verder besig om die bord en mes wat hy gebruik het, te was. Hy los dit in die droograk. Hy haal 'n skoon bord uit en trek die bak met die groente wat Angie geskil het, nader.

Hy frons onwillekeurig toe hy die gebeure van die middag herroep. Toe hulle die reëlings vir vandag getref het, het Chris genoem dat hy vanmiddag so vier-uur hier sal wees om Jakes in te laat indien hy met die voorbereidings wil begin. Jakes het die aanbod aanvaar. Hy maak Vrydae vroeër klaar en aangesien hy op 'n hoender- en groente-kerrie besluit het, wou hy dit vroeër begin berei sodat die kerrie kon deurkook. Michael het egter reëlings getref om sy broer te gaan sien wat in 'n tennistoernooi in Boulder speel en hulle het nog vroeër klaargemaak as wat hy gedink het. Selfs sy inkopies het nie lank geneem nie en die huurmotor het ongeveer twintig minute voor die afgesproke tyd voor die huis gestop.

Jakes het nog nie die bestuurder betaal nie toe die voordeur oopgaan en Chris uitgekom het. Hy was egter nie alleen nie en die vrou wat hom vergesel het, en toe met 'n vurige omhelsing gegroet het, se hare en klere was in dieselfde toestand as Chris s'n. Dit was duidelik dat hulle nie net kaart gespeel het nie tensy dit poker was en Chris die helfte van sy klere verloor het.

Die vrou was egter nie Angie nie.

Chris het nie eens agtergekom dat Jakes hulle dophou nie. Toe die vrou wegry het hy vlugtig na sy horlosie gekyk en haastig die huis in verdwyn. Die huurmotorbestuurder het Jakes bra skeef aangekyk toe hy gesukkel het om sy woede te beheer.

Baie mense dink rugby is 'n aggressiewe spel, maar Jakes is allermins aggressief. Vandag het hy egter vir die eerste keer in sy lewe baie na daaraan gekom om 'n ander persoon met die vuis te takel. Die paar minute wat hy geneem het om sy inkopies uit te haal en doelbewus probeer het om sy woede te beteuel het nie veel gehelp nie. Jakes kan nie eers onthou wanneer hy die sakke neergesit het nie, maar toe Chris enkele minute later die deur oopmaak met dieselfde deurmekaar voorkoms, 'n lipstiffie-streep duidelik oor sy wang, het Jakes se woede byna die oorhand gekry. Dit is asof die woede wat hy die afgelope twee jaar opgebou het tot uitbarsting gekom het. Hy weet immers hoe dit voel om uit te vind dat hy nie die enigste man in sy verloofde se lewe was nie.

Gelukkig het die dissipline wat hy oor die jare aangeleer het, hom weerhou om Chris te slaan. Jakes kan nie onthou wat hy Chris alles toegesnou het nie, maar dit het die nodige effek gehad. Chris het verskrik gelyk en na sy kamer gevlug.

Of dalk het dit nie die regte effek gehad nie.

Chris, die lafaard en rugsteker wat hy is, het soos mis verdwyn kort voor Angie hier aangekom het.

Jakes is blykbaar nie so suksesvol om sy slegte bui van Angie weg te steek nie. Sonder dat hy dit agterkom, het hy die arme wortels met meer aggressie gekap as wat nodig is. Hy word eers daarvan bewus toe sy haar hand op syne sit om sy beweging te stop. Jakes verstil en kyk dan stadig op in haar bekommerde gesig.

"Is als reg?" vra sy saggies.

Vir 'n oomblik hou Jakes haar oë gevange en dan knik hy. Hy kyk weer af na die bord en versoek dan, "Hou net aan praat."

Hy voel half teleurgesteld toe sy haar hand wegneem. Hy hoef haar egter nie twee keer te nooi nie. Sy val onmiddellik weg met 'n relaas oor wat die dag by die werk gebeur het.

Jakes konsentreer op haar stem terwyl hy die groente verder opsny. Dit verbaas hom dat haar stem hom so kalmeer. Miskien het dit ook te doen met die glasie wyn wat sy vir hul elkeen ingegooi het dat hy rustiger word.

Teen die tyd dat hy klaar is met die groente, voel hy gemaklik genoeg om haar vrae oor die bykosse wat hy gaan maak, te beantwoord. Dit is eintlik skrikwekkend hoe gemaklik dit is dat sy hom geselskap hou terwyl hy die hoender gaarmaak en nuuskierig oor sy skouer loer toe hy die raita en sambals voorberei. Alhoewel sy erken dat sy nie 'n goeie kok is nie, gee sy nie om toe Jakes haar in die werk steek om die basmati-rys op te sit nie, solank hy dit dophou was haar voorwaarde.

Toe die res van die huismaats een vir een opdaag, het Angie reeds die tafel gedek en vul die geur van hoenderkerrie die huis. Angie en Jakes sit by die kombuistafel met hul tweede glasie wyn en Angie gesels nog een stryk aanmekaar.

Van Chris was daar egter nog geen teken nie. Toe hulle gereed maak om aan te sit, vra Rayno, "Moet ons nie vir Chris wag nie?"

Jesse frons. en met 'n ongemaklike kyk in Angie se rigting, brom hy, "Hy is weg vir die naweek."

Jakes kyk na Angie. Hy wens hy kon haar uitdrukking peil. Is sy teleurgesteld, of hartseer of kwaad? Al wat wys dat dit haar pla dat Chris weer verdwyn het, is dat haar glimlag gekwyn het. Dit het egter, soos gewoonlik, nie lank geduur nie voordat sy weer die Angie is wat Jakes die laaste ruk leer ken het.

HOOFSTUK 7

Die weervoorspelling vir die res van daardie naweek is maar bedroewend. Dit het die meeste van hul buitelug-uitstappies beperk, maar Angie het nog steeds planne gemaak. Saterdag-oggend het Jakes en Michael saam met Rayno, Jesse en Mike die rugbytoetse by The Whistleblower gaan kyk.

Die Springboktoer was sover beroerd. Gelukkig slaag Matthew Kemp, die Springbok losskakel met 'n strafskop reg teen die einde wat die Springbokke met 'n skrale twee punte laat wen. Jakes weet hoe teleurgesteld die Skotte voel om met so 'n klein punte verskil hier reg teen die einde te verloor.

Na die wedstryd neem hulle die trein na die middel van Denver waar hulle Angie, Monica en twee van Monica se vriendinne by die Sestiende Straat-winkelsentrum ontmoet. Die res van die groep beplan om by die buitelug-baan te skaats, maar Jakes en Angie vaar eerder die winkelsentrum in. Angie het Jakes lekker gespot toe hy meer tyd en geld by die Colorado Buffaloes, die plaaslike basketbalspan se winkel spandeer het. Hy het selfs vir hom 'n hemp gekoop waarop hy sy naam en nommer laat druk het tot Angie se vermaak.

Tydens die treinrit terug huis toe, luister Jakes na die goedige geterg tussen die groep vriende. Dit is veral Jesse wat Rayno se siel uittrek toe hy sy vriend vang Monica soen. "Wag vir die mistel, my vriend."

Jakes frons verward. Waarvan praat hulle?

Toe die ander agterkom dat Jakes geen benul het van die simboliese betekenis van die klein, wit bessies tydens die feesseisoen nie, laat hulle dit aan Rayno oor om dit te verduidelik. Toe Rayno klaar is, lag Angie en Jesse verduidelik, "Ons ouer broer Jonathan hang orals mistels waar hy kan sodat hy elke geleentheid wat hy kan kry, sy vrou kan soen."

Die gesprek lei tot Kersfees en almal se planne vir die feesseisoen. Monica en haar twee vriendinne kom van 'n dorpie 'n entjie van Denver af. Hulle gaan almal huis toe om Kersfees saam met hulle families deur te bring. Angie gaan blykbaar saam met Chris na sy familie in Colorado Springs en Jesse en die res van die Summers-gesin gaan na Keystone, waar Dr Summers 'n chalet besit.

Nie Jakes of Rayno het enige planne vir Kersfees nie. Wel, Jakes se planne het verander. Waar hy en sy boesemvriend André met vakansie sou gaan, gaan André nou plaas toe om die vakansie saam met sy gesin deur te bring. Toe Jesse dit hoor, nooi hy, "Kom saam met ons Keystone toe. Daar is baie plek."

Rayno aanvaar die uitnodiging onmiddellik, maar Jakes is onseker. Hy is al klaar meer betrokke by Angie en haar familie as wat goed is. Om Kersfees saam met hulle deur te bring is nie 'n goeie idee nie, al is sy nie eers daar nie.

"Wat gaan jy anders doen, Jakes?" vra Jesse toe Jakes nog huiwer.

"Ek weet nie. My familie is by my suster in Australië en ek

het nie vaste planne nie. Ek wou eers sien wat met my terapie gebeur," erken hy onwillig.

"Het jy al 'n wit Kersfees ervaar?"

Jakes skud sy kop. "Nee, nog nie."

"Nou, hier is jou kans. Of het jy 'n probleem met jou vlugte of jou visa?"

Jakes moet weer ontken, "Nee, my visa is vir nog twee jaar geldig en ek kan my vlug verander."

Teen die tyd dat hulle in Cherry Creek arriveer, het Jesse, met Rayno se hulp en argumente, Jakes oortuig om die uitnodiging te aanvaar.

Hy hoop net hy gaan nie spyt wees nie.

Angie besef dadelik dat Jakes ongemaklik is. Sy vel is bleek en hy pluk-pluk senuweeagtig aan die rubberbandjie. Moet sy inmeng? Angie wag onseker.

Toe sy in die badkamer was het sy gehoor hoe die vrouens by die groot tafel in die hoek Jakes bespreek. Sy het haar liederlik vererg oor hul opmerkings maar, wat haar meer verontrus, is die vlaag jaloesie wat haar beetgepak het.

Die laaste week moes sy haarself telkens herinner dat Jakes eintlik haar werkgewer is. Dit het egter nie meer so gevoel nie, al het hy haar getrou aan die einde van elke week betaal vir die uitstappies wat hul onderneem het. Sy voel nou dat hul meer vriende is. Partymaal is hy nog afgetrokke, maar hy maak meer en meer oop teenoor haar. Sy kry al hoe meer glimpse van 'n man wat baie pret kan wees as hy net wil ontspan.

Aan die begin het sy gedink hy kan nie glimlag nie, maar sy sien nou gereeld sy skewe glimlag. Eers was dit 'n trekkie om sy linker mondhoek, maar deesdae verskyn dit om beide mondhoeke. Angie wag al om te sien wanneer dit gaan gebeur.

Dit is nogal ironies. Daardie eerste dag toe sy Jakes ontmoet het, het haar daarop attent gemaak dat haar eie glimlag besig was om te verdwyn. Nou is dit daardie selfde man wat sy gedink het so ongeskik is, wat haar die meeste laat glimlag. Hy het 'n snaakse sin vir humor en laat haar gereeld lag met sy droë opmerkings. Sy het eers gedink dat dit snaakser klink oor sy aksent, maar nou hoor sy nie eers meer sy aksent nie, maar hy laat haar nog steeds lag.

Sy het die tyd wat hul saam spandeer het baie geniet en het selfs nuwe plekke ontdek wat sy nie eers geweet het bestaan nie. Sy is dankbaar vir die werk, en is jammer dat dit binnekort tot 'n einde gaan kom. Sy gaan die tyd wat hul saam spandeer het baie mis. Dit laat haar egter ook skuldig voel. Sy het die laaste paar weke min van Chris gesien. Die enigste tye wat sy hom wel gesien het is wanneer sy en Monica saam met Jesse en sy vriende gaan iets eet het na rugby-oefening. Chris het egter die meeste van die tye verdwyn en sy het dus nog nie veel kans gehad om met hom te praat nie.

Sy kon seker meer moeite gedoen het om hom te sien? Sy weet sy is skuldig daaraan om eerder die situasie te vermy as om hom te konfronteer. Wat dit erger maak is dat sy Chris nie eers gemis het die laaste tyd nie. Dit voorspel niks goeds vir hul verhouding nie.

Sy wil eerder nie nou daaraan dink nie. Sy fokus op Jakes en die rooikop wat nog nader aan hom leun. Sy praat met hom, maar Jakes antwoord haar nie eers nie. Sien hy haar ooit raak? Angie twyfel, al staar hy na die vrou. Daarvoor pluk hy die bandjie gans en al te hard. Sweet vorm op sy voorkop en loop langs sy slaap af, maar die vrou kom dit nie agter nie. Sy is so seker van haar aantrekkingskrag vir mans dat sy nie besef wat sy aan die man voor haar doen nie.

Angie het dit al opgemerk. Die vrouens is gefassineerd met Jakes, maar hy ignoreer dit of sien dit nie raak nie. Sy dink dit is die tweede opsie. Sy neem egter nie die vrouens kwalik nie. Jakes is 'n aantreklike man. Sy het hom daaroor geterg, maar Jakes het dit duidelik gemaak dat hy nie belangstel nie. Dit was een van die raar oomblikke wat hy meer van homself geopenbaar het. Hy het nie uitgebrei nie, maar net genoem dat hy 'n aaklige verhouding gehad het en nie geïnteresseerd is in flirtasies nie. Hy is hier in Denver vir terapie en dis dit.

Daardie aand toe hulle ooreengekom het oor die werk, het Angie alreeds besef dat Jakes paniekaanvalle kry. Sy het gewonder hoe sy hom kon help en het selfs die sielkundige by die werk vir wenke gevra. Sy het geleer om op te let vir enige tekens.

Die enigste keer wat dit wel gebeur het was toe 'n vrou hom genader het terwyl sy in die badkamer was. Net soos hierdie vrou het sy met Jakes geflirteer en net soos toe, was die tekens van die pluk aan die bandjie en sweetdruppels 'n duidelike teken dat Jakes besig was om 'n paniekaanval te kry. Daardie vrou het egter verdwyn toe Angie teruggekeer het na hul tafel toe. Hierdie een lyk of sy nie sommer sal bes gee nie.

Angie het toe gemaak of sy dit nie agtergekom het nie en rustig gepraat oor hul planne vir die res van die dag. Jakes was egter baie stiller daarna. Van toe af het Angie seker gemaak dat hy nie weer in so 'n situasie beland terwyl sy naby is nie.

Jakes het duidelik nou haar hulp nodig. Sonder om

verder daaroor te dink, haas sy haar na waar die vrou nog nie haar teiken laat los het nie. Angie stoot haar summier weg en gaan staan voor Jakes en neem sy hand.

'n Beweging uit die hoek van sy oog, trek Jakes se aandag. Dis nie Angie nie. Die parfuum wat sy neusgate vul is soet en oorweldigend waar Angie s'n sag en subtiel is. Dis ook nie Angie wat 'n sekonde later voor sy gesigsveld inskuif nie. Hierdie vrou het lang, en skelrooi krulhare. Haar lippe is dieselfde skakering rooi as die rok wat skaars haar bates kan bedek. Jakes ken die vrou glad nie, tog is haar voorkoms bekend.

Sy hande bewe toe die angs hom beetpak. Hy ken die tekens, want het dit te veel keer ervaar in 'n tyd in sy lewe wat hy eerder van wil vergeet. Hy wil vlug, maar sy ledemate voel lam en hou hom vasgevang op sy stoel.

Die rooi lippe beweeg, maar Jakes hoor niks wat sy sê nie. Die suising in sy ore is te hard om enigsins iets te hoor. Paniekbevange gryp hy die rubberbandjie om sy pols en pluk dit hard. Hy vind gou 'n ritme en probeer op die pyn en geluid konsentreer elke keer wanneer dit sy pols tref. As hy afgekyk het sou hy die swelsel gesien het van hoe die bandjie alreeds sy rooi merk op sy vel gemaak het.

Dit voel asof hy in 'n tonnel is en al die kante druk hom vas. Hy hoor nie meer die vrou se stem of die geluide in die restaurant nie. Hy hoor nie die televisies of die sagte dreuning van stemme van die vroeë Vrydagaand besoekers en ook nie die gekletter van messe en vurke of die musiek wat uit die musiekstasie in die hoek kom nie.

Hy kan nie asemhaal nie en kan enige oomblik flou word.

Hy is nog vaagweg bewus van die sweet wat oor sy voorkop afrol tot in sy mondhoek, die stem in sy kop en die gevoel van die bandjie wat teen sy pols klap.

Net toe die stem in sy kop wat hom smeek om nie weg te raak nie ook verdwyn en voordat die wêreld swart word om hom, verdwyn die rooikop voor hom. Haar plek word ingeneem deur 'n donkerkopvrou met blou oë.

Sy lyk soos 'n engel.

Haar sagte aanraking aan sy arm en dan sy hand weerhou hom om weg te raak in die donkerte wat hom wil verswelg. Haar stem verdryf die een in sy kop. Hy kan eers nie uitmaak wat sy sê nie, maar dan lê sy 'n sagte hand teen syne. Hy voel haar duim in sy palm druk en stadig begin haar stem deur die newels dring. Outomaties doen hy wat sy vra terwyl haar oë syne deurgaans gevange hou.

"Asem in. Asem uit. Dis reg, Jakes. Doen dit weer. Asem in. Asem uit."

Asem in. Asem uit. Asem in. Asem uit.

Ander klanke begin stadig saam met haar stem registreer. *Asem in. Asem uit.* Lug begin stadig sy longe vul. Die drukking op sy bors verminder. *Asem in. Asem uit.* Sy spiere begin stadig ontspan. Sy asemhaling voel meer reëlmatig.

Angie. Sonder om sy oë van haar af te haal, sonder om sy hand uit hare te trek, hou Jakes aan konsentreer op sy asemhaling. *Asem in. Asem uit.* Hy raak bewus van die sweet wat oor sy gesig sypel en lig sy ander arm om die sweet met sy hempsmou af te vee.

Angie se stem breek deur die laaste dun lagie van angs wat nog oor is toe sy vra, "Hoe voel jy, Jakes?"

Jakes haal nog een keer diep asem en blaas dit uit.

Hy raak van iets anders bewus toe Angie haar hand van

sy wang afhaal en op sy arm laat rus. Sy spiere ruk onder haar aanraking en hy besef dat waar sy vroeër haar duim in sy palm gedruk het, hul vingers nou verstrengel is soos geliefdes. Hul oë hou mekaar s'n gevange. Jakes kan en wil nie wegkyk nie. Al wat hy in haar oë lees is bekommernis en empatie. Hy sluk skielik swaar. Hy wil iets sê maar dis asof die woorde nie wil kom nie. Stil kyk hul na mekaar.

'n Klap op sy skouer en 'n diep manstem dring deur die laaste newels. Jakes verbreek oogkontak met Angie en los terselfdertyd haar hand. Hy konsentreer op die stem langs hom en draai sy kop na die klank. Dit is 'n bekende klank. 'n Bekende taal. Afrikaans. Vir etlike sekondes lank knip hy sy oë alvorens sy brein registreer. Nog 'n diep asemteug en Jakes keer terug na die hede.

Rayno, onbewus van wat pas gebeur het, hou aan praat. Jakes hoor nie die helfte wat Rayno sê nie, maar hy laat die bekendheid van sy huistaal oor hom vou soos 'n warm kombers. Hy hoef nie eers te kyk om te weet dat Angie verdwyn het nie. Hy het klaar die verlies gevoel.

Hoe het sy geweet hy het hulp nodig en wat om te doen? Wat dink sy daarvan? Jakes wil nie nou daaroor dink nie. Buitendien is die volgende persoon wat met hom praat Angie se tweelingbroer, maar soos sy suster, lyk Jesse bekommerd toe hy vra, "Is jy oukei?"

Jakes knik verleë. "Ja, dankie. Daar was 'n vrou wat my nie wou uitlos nie, maar gelukkig het Angie my gered," voeg hy met 'n flou poging om te spot, by. Hy hoor Jesse se opmerking, maar gelukkig is die res van die groep nou almal daar en maak hulle gereed om te gaan. Jakes kry ook nie geleentheid om te tob oor daardie oomblik tussen hom en Angie voordat

Rayno hul onderbreek het nie. Hy sal later, wanneer hy alleen is, weer daaroor dink.

Toe Jakes die deur oophou vir Angie, ontmoet hul oë vlugtig. Hy wil haar bedank vir haar hulp, maar hy voel nog te verleë. Hy luister na sy vriende se geselskap toe hulle later deur die stalletjies snuffel by die Kersmark in die park. Toe die ander aandui dat hulle na 'n nagklub wil gaan, kyk Jakes op sy horlosie en wys die uitnodiging van die hand. Nagklubs is nie sy uithangplek nie en buitendien wil hy vroegerig in die bed kom.

Hy weet sy nuwe vriende sal dit nie verstaan nie, maar môre is sy eerste wedstryd na sy besering. Hy moet homself voorberei en die rituele volg wat hy altyd doen die aand voor 'n wedstryd, al is dit nie 'n professionele wedstryd nie.

Dit verbaas hom nie dat Angie ook die uitnodiging van die hand wys nie. Chris skitter soos gewoonlik in sy afwesigheid. Hy wonder weer hoeveel dit haar pla.

Toe die ander huurmotors bestel, bied Jakes aan om saam met Angie na haar motor te stap wat sy by The Whistleblower parkeer het. Angie protesteer, maar Jakes is vasbeslote. "Ek weier dat jy alleen na jou motor toe loop al is dit hoe veilig. Ek stap saam."

Angie staar verbaas na hom, maar dan ruk sy haar reg en mompel, "Dis gaaf van jou."

Voor hul die mark verlaat, stop Jakes by een van die stalletjies. Angie kyk verras op toe hy 'n sakkie met warm neute in haar hande druk. Miskien het sy vergeet dat sy een keer genoem het hoe mal sy daaroor is.

Daar heers 'n gemaklike stilte tussen hulle toe hul verder stap na haar motor. Angie stop skielik en Jakes loop amper in haar vas. Sy hart gaan staan byna toe sy skielik sy hand vat en hy besef hoe naby aan mekaar hulle is. Hitte versprei soos 'n veldbrand deur hom.

Hel, weet sy watse effek het sy op hom? En dis nié die senuweeagtige gevoel wat hy kry met ander vroumense nie.

Hy sluk hard voordat hy kan uitkry, "Ek moet jou bedank vir jou hulp vroeër."

Angie glimlag en weer voel dit asof sy hart bollemakiesie slaan. "Dit was 'n plesier. Ek sou nie 'n goeie vriendin gewees het as ek nie gehelp het nie."

Jakes skud sy kop. Hy kyk af en sien die rooi hale wat nog steeds sigbaar is aan die binnekant van sy pols.

Sy hart sal dit wragtig nie hou nie. Hierdie keer gaan staan dit byna stil toe haar vingers liggies oor die hale vee. Jakes kan nie behoorlik dink nie. Uiteindelik stotter hy byna, "Jesse sê sy eet mans soos ek vir ontbyt op."

Angie kyk op na hom, maar sy antwoord nie. Vir enkele oomblikke staar hulle net na mekaar soos hul vroeër gedoen het. Jakes voel skoon teleurgesteld toe sy skielik sy hand los, omdraai en in haar handsak vroetel vir haar sleutels.

Miskien is hy simpel en moes eerder huis toe geloop het sodat hy van hierdie onnodige gevoelens kan ontslae raak. Hy doen dit egter nie. Hy aanvaar haar aanbod om hom by die woonstel af te laai. Dis simpel. Nee, eintlik onnosel. In plaas van afstand hou, spandeer hy meer en meer tyd saam met haar. Sy enigste verskoning is dat die tyd wat hy saam met haar oor het, al hoe minder raak.

Dit sal ook nie meer help om te probeer afstand hou nie. Dis lankal te laat. In plaas by vriendskap bly, het hy lankal te ver en hard geval.

. . .

Haar hart klop nog in haar keel en sy moet die stuurwiel styf vasklem om die bewing in haar hande te stil.

Wat het nou net gebeur? Dis asof iets belangriks tussen hulle verander het vanaand. In 'n dwaal sit Angie haar flikkerlig aan om by die woonstelblok te parkeer. Sy skakel die motor af en draai na Jakes.

Anders as die afgetrokke man wat die hele aand nie uit sy dop wou kruip nie, krul daardie sku glimlaggie om sy mondhoek. Angie staar gefassineerd na hom. Eers toe hy sy keel skoonmaak, besef sy dat sy nie 'n woord gehoor het wat hy sê nie. "Ek is jammer," maak sy verleë verskoning. "Wat het jy gesê?"

"Ek het jou net bedank vir die saamry-geleentheid."

Die glimlag verdwyn en hy kyk af na sy hande, terwyl sy vingers met die rubberbandjie speel. Dit lyk nie asof hy van plan is om uit die motor te klim nie. Hy neem skielik 'n diep asemteug en dan kyk hy onverwags reguit na haar en sê beslis, "Chris is onnosel."

Angie se mond val oop van verbasing. "Wat?"

Hy herhaal duidelik, "Chris is onnosel."

Angie snork. Sy dink ook so, maar sy het nie gedink dis wat Jakes van Chris dink nie. Sy wonder skielik daaroor. "Hoekom?"

Jakes maak sy keel skoon voordat hy ernstig antwoord, "As my verloofde so mooi is soos jy, sal ek haar nie so baie alleen los nie. Ek sou nie daarvan gehou het as sy soveel tyd saam met 'n ander man spandeer nie. As ek 'n ander tipe man was sou ek my kans gebruik het. Jy is 'n beeldskone vrou en as ..."

Emosies flits oor sy gesig van skok tot verleentheid. Miskien het Jakes besef dat hy gans en al te veel gesê het. Hy sukkel met die handvatsel en mompel, "Ek is jammer. Dit was onvanpas."

Voor sy kan reageer, mompel hy "goeie nag," en klim uit.

Angie wag tot die deur toegaan voordat sy haar flikkerlig aansit en in die stil straat indraai. In haar truspieëltjie sien sy dat hy nog op dieselfde plek staan en kyk hoe sy wegry.

Op pad na Clara se woonstel, besin Angie oor Jakes se woorde. Sy het die laaste tyd so baie oor Chris se houding gedink. Sy onthou nog die man wat die ring aan haar vinger gesteek het voordat sy Boulder toe is. In die jaar daarna het dinge tussen hulle egter baie verander. Sy moet nou erken dat hulle te haastig was toe hulle verloof geraak het. Hulle was te jonk en hul verhouding nog in 'n ontluikende stadium.

Miskien het sy volwasse geword in die jaar, maar dit lyk nie asof Chris reg is om te trou nie. Sy verneukery spel dit al te duidelik uit.

Angie het al gewonder of Clara nie meer weet oor Chris se houding as wat sy wil uitlaat nie. Voordat sy Boulder toe is het Clara en Chris tog oor die weg gekom, maar nou kan hulle mekaar nie verdra nie.

Dit pla Angie nie veel dat hy so min tyd met haar span-deer nie en dit moes. As sy moet erken, is sy maar te bly dat sy nie veel tyd alleen met hom spandeer nie. Al hul gesprekke eindig gewoonlik in 'n bakleiery en sy haat dit. Die liefdevol-heid in hul verhouding wat hulle voorheen gehad het, het lankal verdwyn. Chris behandel haar nie eers soos 'n vriendin nie, wat nog te sê sy verloofde. Maar dan, as hy nie eers genoeg respek het vir haar om getrou te bly in haar verhou-ding nie, wat het sy dan anders verwag?

Miskien is dit haar trots wat die seerste kry, want Angie twyfel of haar hart gebroke is. Dit voel nie so nie.

Miskien het Jakes baie daarmee te doen. Hy het haar laat besef dat sy iemand in haar lewe nodig het wat haar, haar drome en haar kuns ondersteun. Chris is beslis nie daardie man nie.

Sy is 'n lafaard. Sy weet dit, maar dit is net hoe sy is. Sy haat konfrontasie en die gesprek wat sy met Chris moet hê gaan nie baie aangenaam wees nie. Sy kan dit egter nie langer uitstel nie. Voor die feesseisoen aanbreek, moet sy hul verhouding beëindig en hoe gouer sy dit doen, hoe beter. Saterdag na die wedstryd is die aangewese tyd. Sy moet ophou uitstel.

HOOFSTUK 8

Jakes stap gans en al te vroeg by die kleedkamer in. Hy hou daarvan om vroeg daar te wees sodat hy hom in die regte gemoedstoestand kan kry. Hy het met hul vorige wedstryde gesien dat hierdie ouens baie ontspanne is en hy neem hulle nie kwalik nie. Hulle speel nog vir die liefde van die spel.

Partymaal is hy effens jaloers daaroor, maar hy kan homself nie toelaat om in dieselfde denkwyse te verval nie.

Hy stop toe hy nog 'n stem hoor en besef dat daar iemand voor hom in die kleedkamer is. Jakes wou net groet voordat die persoon weer praat en hy Chris se stem herken. Hy is seker besig met 'n telefoongesprek aangesien dit eensydig klink.

Jakes voel nie eens skaam omdat hy afluister nie. Hy moet die naarheid sluk toe Chris sê, "Nee, *Babe*, ek sal jou na die wedstryd sien. Angie gaan saam met Jesse en die ander eet. Hulle sal my nie mis nie."

Chris bly 'n oomblik stil terwyl hy luister. Hy verlaag sy stemtoon, maar Jakes kan nog duidelik hoor hoe hy flirteer, "As ek nou daar was sou ek daardie mooi lyf van jou oraloor gelek het." Hy lag skielik en voeg by, "Nee, dit sal nie deug nie. Jy gee my 'n ereksie en dan sal ek nie kan speel nie. Hou dit vir na die wedstryd."

Chris groet die ander persoon, dan sit hy sy foon in sy sak voor hy omdraai. Sy gesig word spierwit toe hy Jakes voor hom sien staan. Jakes weet nie eers dat hy nader beweeg het totdat hy sy sak op die teëls neergooi nie. Hy beweeg so vinnig dat Chris nie tyd het om te reageer nie. Jakes tel hom met een arm op en druk hom teen die sluitkas vas. Chris probeer verwoed uit sy greep kom en grom, "Los my."

"Ek kan jou vermorsel. Hoe kan jy dit aan Angie doen? Ons het mos al hieroor gepraat?"

Chris kry reg om te sis, "Dit het niks met jou te doen nie."

"Jy is verkeerd. Angie is my werknemer en vriendin. Sy verdien nie om so behandel te word nie," grom Jakes terug. "Weet Jesse?"

Voordat Chris kan antwoord, kom Jesse se stem van die deur, "Weet Jesse wat?"

Rayno, Mike en 'n paar ander spelers volg Jesse die kleedkamer binne. Chris antwoord nie. Toe Jesse nader stap en sien dat Jakes Chris teen die sluitkas vasdruk, eis hy onmiddellik, "Wat de hel gaan aan?"

Jakes gluur na Chris en merk dan eers op hoe rooi die ander man se gesig is. Hy is nie regtig lus nie, maar hy laat tog vir Chris gaan. Chris val op die bank, sy asemhaling hortend. Jakes leun nader en grom teen sy gesig, "Jy is dit nie werd nie, jou misoes. Of jy vertel, of ek doen dit vir jou. Is dit duidelik?"

Chris loer van Jakes na Jesse en terug na Jakes voordat hy knik, "Na die wedstryd."

Jakes gee hom nog 'n vuil kyk en storm uit die kleedkamer. As hy langer daar bly, gaan hy dalk sy vuis lig. Buite loop hy vas teen Michael en die ander fisio. Michael kyk hom ondersoekend aan. Almal kan seker sien hoe kwaad hy is. Hy grom net vir Michael, "Gaan jy my verbind?"

Michael knik en Jakes volg hom na die vertrek langs die kleedkamers. Hy is stil die hele tyd wat Michael hom masseer en die pleisters aanbring. Dit verg al sy konsentrasie om sy fokus te herwin en die ander man se verraad uit sy gedagtes te weer.

Chris is reg. Dit het niks met hom te doen nie, maar hoe kan hy Angie so behandel? Sy verdien dit nie.

Hy kry 'n hele paar onderlangse kyke van die ander spelers toe hy terugkeer na die kleedkamer. Hy tel sy sak op van waar hy dit laat val het en draai na Rayno, "Waar is my hokkie?"

Rayno bestudeer hom stilweg en beduie dan met sy kop na die hokkie langs hom. Jakes sit op die bankie en haal sy rugbystewels en skrumpet uit sy sak. Hy kyk op toe die assistent-afrigter voor hom tot stilstand kom en sonder 'n woord sy wedstryd klere aan hom oorhandig.

Jakes wil lag. Weet die man dan nie dat hy Engels kan praat nie? Sedert Jakes hier aangekom het gee hy vir hom instruksies deur Rayno.

Jakes besef weer hoe anders dit is as by die huis. Daar wag hul uitrustings alreeds vir hulle in die kleedkamer wanneer hulle arriveer. Hulle het twee stelle, een vir opwarming en die ander een vir die wedstryd. Hier kry jy net een trui. Blykbaar moet dit doen vir opwarming en die wedstryd. Hy het al byna vergeet hoe anders dinge gedoen word as jy amateur rugby speel.

Die ander het alreeds verklee. Jakes doen vinnig dieselfde. Die trui is effens te klein, maar hy kan nog gelukkig sy arms beweeg. Hy trek weer sy sweetpak aan aangesien hy slegs van die bank af gaan speel. Dok

Summers en die afrigters het toestemming gegee, maar nie vir meer as 'n halfuur nie. Jakes is nie gelukkig daaroor nie. Hy sou graag sy fiksheid ten volle wou toets met tagtig minute se harde rugby, maar hy gaan eerder nie teëstribbel nie. Hy is daarvoor te bly om weer terug op die veld te kan wees.

Jakes volg die ander spelers na die opwarmingskamer en volg byna outomaties die instruksies tot hul weer na die kleedkamer terugkeer. Hy ignoreer die ander spelers se geterg. Hy voel die afwagting bou soos dit gewoonlik doen voor 'n wedstryd. Dit mag dalk 'n vriendskaplike wedstryd wees, maar dit is nog steeds vir hom belangrik.

Na die spanpraatjie slaag Jakes daarin om alle ander gedagtes op die agtergrond te skuif waar hulle hoort. Sy spanmaats is baie meer ontspanne as Jakes. Vir hulle is dit 'n sosiale gebeurtenis. Hulle dink seker hy is te intens. Hulle weet egter nie hoe belangrik dit vir hom is nie. Hy het net een seisoen om homself in die Wêreldbeker-groep in te speel. Vandag neem hy die eerste stap om sy Springbok droom te vervul. Hy wil seker maak dit tel.

Hy kyk op toe Jesse voor hom kom staan en hom bestudeer. Hy glimlag vir Jakes, "Ontspan. my vriend. Dis net 'n vriendskaplike wedstryd."

Jakes knik, maar hy antwoord nie. Toe Jesse besef dat Jakes hom nie gaan antwoord nie, stap hy weg om met Chris te gaan praat. Jakes frons. Hy het gedink dat Jesse en Chris vriende is, maar hy merk nou eers die spanning tussen hulle op. Dit en sy eie vyandigheid teenoor Chris is nie goed vir die atmosfeer in die span nie. Jakes belowe stilweg dat hy homself sal beheer. Hy kan nie nou dink aan die vroeëre insident nie.

Fokus, Jakes. Fokus.

Hy maak sy oë toe en begin met sy visualisering-
oefeninge.

Toe die bestuurder die teken roep dat hulle moet opdraf,
voel Jakes verlig. Hy tel sy parka op en neem sy plek in die ry
in, agter die heelagter. As hy die wedstryd begin het, sou hy in
die middel gestaan het, net agter die twee flanke. Dis hoe hy
hou van om te speel, in die middel. Vandaar kan hy die spel
van agter die skrum beheer en nog steeds met die agterlyn
skakel.

Hy draf agter die ander aan om sy plek langs die veld in te
neem. Michael gee vir hom 'n kombers aan en Jakes vou dit
dankbaar om hom terwyl hy die wedstryd dophou. Dis intens
en teen halftyd is die Bere slegs met twee punte voor. Jakes
volg die span terug kleedkamer toe. Net voor hy in die tonnel
verdwyn kyk hy op na die plek waar hy Angie die vorige keer
gesien het. Sy is weer daar, maar anders as die laaste keer,
glimlag sy vir hom toe sy sy oog vang. Jakes knik en verdwyn.

Angie se oë dwaal na die kantlyn waar Jakes opwarm en dan
begin om sy sweetpak uit te trek. Sy hoor die skielike
gefluister van die vrouens om haar toe hy regop staan minus
die sweetpak.

Hy gaan staan langs die lynregter om te wag vir die teken
dat hy by die span op die veld kan aansluit. Terwyl hy wag
spring hy eers op en af, en dan hardloop hy vinnig in een plek
terwyl hy sy arms swaai. Toe die nommer agt van die veld af
kom, sluit Jakes soos blits by die lynstaan aan.

Haar gedagtes dwaal soos gewoonlik, maar 'n skielike
gegil van die klein groepie ondersteuners onderbreek haar
gedagtegang. Jakes het die bal in sy een hand en hy hardloop.
Vir so 'n groot man is hy vinnig op sy voete en sterk. Hy stoot

'n speler of twee weg van hom af met een hand voor hulle hom kan duik. Hy kyk vinnig na sy regterkant en gee dan die bal uit na Chris wat oor die doellyn hardloop vir die Bere se eerste drie van die tweede helfte. Dit het soos blits gebeur dat die opposisie skoon verstom is. Sy spanmaats vier fees maar Jakes draf net terug na die halflyn sonder 'n glimlag.

Die res van die helfte domineer hy die skrums en steel balle op die grond. Hy steel selfs 'n bal of twee in die lynstane. Sy hardlooplyne is indrukwekkend. Dit lyk asof sy spel aansteeklik is, want daar heers 'n skielike entoesiasme in die Bere se kamp. Elke keer wat die spel gestop word, praat Jakes met die span, met sy fokus meestal op Jesse.

Toe die eindfluitjie blaas, stap die twee spanne van die veld af. Jesse het 'n breë glimlag. Toe Jakes hierdie keer Angie se oog vang, gee hy vir haar daardie raar glimlag wanneer beide sy mondhoeke opkrul. Haar hart slaan 'n slag bollema-kiesie toe hy in die tonnel verdwyn. Angie besef dan eers dat sy nie eers gesien het toe Chris die veld verlaat het nie.

Sy bloos ongemaklik en staan op om by die ander in die klubhuis aan te sluit. Die spelers is in 'n vrolike bui toe hul nadat hul gestort het in die klubhuis aankom om saam met die opponente 'n bier te geniet.. Jakes huiwer in die agter-grond totdat almal hul sitplekke ingeneem het voordat hy oorkant Angie gaan sit. Hy bestudeer die groep met 'n frons voor sy blik vlugtig na haar skuif. Sy blik verskuif egter dadelik en hy gluur na Chris wie by hulle aangesluit het. Chris lyk ongemaklik en maak nie oogkontak met Jakes nie.

Wat gaan aan? Hoekom het Jakes vir Chris so aangegluur?

Angie kry nie kans om daaroor te wonder nie, want teen dié tyd het die groep hul eerste biere klaar gedrink en het Jesse reeds die kelner nader gewink. Toe die kelner wegstap besef Angie dat Chris verdwyn het. Miskien is hy dalk net badkamer toe. Toe hy egter 'n halfuur later nog nie terug is nie, weet Angie dat hy nie gaan terugkom nie.

Haar foon, wat op die tafel voor haar lê, se liggie flits om aan te dui dat sy 'n boodskap het. Dit is Chris, soos Angie gedink het. Vir eens het hy darem verskoning gemaak sonder om net te verdwyn. Hoekom het hy egter nie vir haar self gesê dat hy nie lekker voel nie en huis toe gaan nie? Jesse, wat langs haar sit, kyk vraend na Angie toe sy met 'n frons die foon weer op die tafel sit. "Dis Chris," antwoord sy en dra Chris se boodskap kortliks oor.

Jesse gee Jakes 'n veelbetekende kyk. Jakes se gesig lyk soos donderweer toe hy na Chris se leë stoel staar. Daar hang 'n swanger atmosfeer in die lug en dit het duidelik iets met Chris te doen.

Aangesien dit die laaste wedstryd was voor hul 'n kort breuk neem vir die feesseisoen, besluit die spelers om te gaan feesvier. Hulle het immers, danksy Jakes, 'n goeie oorwinning behaal. Die idee versprei vinnig en kort voor lank begin die groep uit mekaar gaan sodat hulle 'n nabygeleë nagklub kan besoek.

Angie was nog nooit lief vir nagklubs nie en vanaand is sy regtig nie in die bui daarvoor nie. Sy het gehoop om vanaand dinge met Chris te kon uitpraat.

Angie het vroeër saam met Clara gery, maar nou is sy nie lus om vir Clara te wag nie, maar dit sal 'n rukkie neem om nou 'n huurmotor te kry. Toe die meeste van die groep weg is, trek sy solank haar baadjie aan en tel haar sak op. Sy sal buite 'n huurmotor kontak.

Sy het skaars buite gekom toe sy haar naam hoor. Sy is verbaas om te sien dat dit Jakes is. Sy het gedink hy is weg saam met Jesse-hulle. Toe hy by haar kom, frons hy. Hy neem haar arm en buk af om bekommerd in haar gesig te kyk. "Wat is fout, Engel?"

Engel? Weet hy dat hy haar so genoem het?

Angie voel skielik emosioneel. Sy byt haar onderlip vas om te keer dat sy nie uitbars in trane nie. Is dit oor Chris? Sy twyfel.

Wat sy egter wel weet, is dat sy siek is vir Chris en die manier wat sy toelaat dat hy haar behandel. Dis egter nie Jakes se probleem nie, al dink hy ook Chris is onnosel. Sy skud haar kop en wil van hom wegdraai voor sy wel aan haar emosies toegee. Sy kry dit reg om te mompel, "Sien jou Maandag."

Jakes gee egter nie so maklik in nie. Sy hand gly van haar bo-arm en dan vang hy haar vingers vas. Angie stop en haar oë vlieg op om syne te ontmoet toe die hitte van sy vingers deur haar liggaam spoel. Hy praat sag, byna simpatiek toe hy sy kop skud en sê, "Ek het jou gisteraand gesê Chris is onnosel en voel nog steeds so. Ek wil egter nie oor hom praat nie. Kom eet saam met my."

Angie trek haar skouers terug. Sy het nie Jakes se simpatie nodig nie. "Hoekom? Omdat jy jammer voel vir my?"

Sy mondhoek krul op en hy skud sy kop. "Ek voel miskien meer jammer vir myself as vir jou. Ek is honger en ek het iets om te vier. Ek wil nie graag alleen ..."

Sy stem sterf weg en die onsekerheid het weer oorgeneem. Hy los haar hand en mompel, "Jammer. Dis 'n simpel idee."

Hy draai weg en Angie neem blitsvinnig 'n besluit. Miskien is aandete saam met Jakes nie so 'n slegte idee nie. Sy is nie lus om die hele aand oor Chris te tob en oor wat sy moet doen nie. Dis haar beurt om sy hand te neem om hom te stop, "Dit sal lekker wees, dankie. Waarheen wil jy gaan?"

Haar hart fladder toe daardie skewe glimlaggie verskyn en hy antwoord, "Jou stad. Jou keuse."

Angie dink vir 'n oomblik voordat sy voorstel, "Daar is 'n Italiaanse restaurant op die Plein. Ons kan dalk daar gaan eet. Mens hoef nie te bespreek nie."

Jakes se oë rek in gemaakte verbasing. Angie staar verstom oor die amper dramatiese manier wat hy uitroep aangesien dit so uit sy aard is, "En jy vertel my nou eers? Ek is mal oor Italiaanse kos!"

Angie lag. "Jy moes my gesê het. Ek dog jy hou so baie van die kos by die Whistleblower."

"Ek doen, maar ek moet nou maar weglê aan pasta. Gedurende die seisoen neem ons nie baie koolhidrate in nie."

Angie, wat reeds begin stap het, vra verbaas, "Ek dog julle eet baie koolhidrate om jou liggaam te herlaai."

"Ons het," erken Jakes. "Ons het egter nou 'n voedingkundige wat ons eetplanne monitor. Ons kan herlaai na 'n strawwe oefening, maar dis gewoonlik met middagete, nie in die aand nie. Chloe is so groot," beduie hy met sy hand net onder sy bors, "maar sy reël al klaar ons lewens met 'n ysterhand."

Angie lag vir die verontwaardiging op sy gesig,, maar hy hou aan praat, "Ek gee nie regtig om nie. Ek het daaraan gewoond geraak by die Sewes, maar die ander ouens kla vreeslik. Ons kan darem een keer 'n week verneuk en dan gebruik ek my kans om weg te lê."

"Julle het 'n streng roetine," merk Angie op.

"Ja, dit was nie altyd so nie. Soos die meeste rugbyklubs het ons van ons kos en bier gehou. Ons is egter nou een van die kleinste, maar mees suksesvolle franchises in Suid-Afrika. Volgende jaar speel ons in 'n nuwe internasionale kompetisie. Alles het nou verander sodat ons met die Kiwi's en die Europese spanne kan kompeteer. Daar is heelwat planne in die pyplyn, soos die hoë-lugdruk-sentrum wat nou gebou word. Die bestuur het vir Chloe ingebring toe ons in die finaal van die Interprovinsiale Kompetisie verloor het. Hulle is besig om ons beeld te verander en wil hê ons moet meer professioneel optree. Ons het 'n gedragskode en ..."

Hy stop skielik, maar aangesien hulle die restaurant bereik het, dring Angie nie aan dat hy verduidelik nie.

Die restaurant is heerlik gesellig en hulle is gelukkig om 'n tafel naby een van die kaggels te kry. Aangesien nie een van hulle hoef te bestuur nie, bestel hulle 'n bottel rooi wyn, wat Angie weer verbaas. Chris, en die meeste van hul vriende, weier om wyn te drink.

Die kelner bring hul wyn en na hy geskink het, neem hy hul bestelling. Eers toe merk Jakes op, "Ek wil jou nie weer ontstel nie, maar jy het vroeër ongelukkig gelyk."

Angie knik, "Ek was ... Ek is, maar ek wil nie vanaand daaroor praat nie. Soos jy genoem het, ons het rede om fees te vier. Jy is terug op die veld en julle het gewen. En jy het baie goed gespeel."

Hy bloos verleë, maar antwoord nie dadelik nie. Gelukkig is Angie weer baie spraaksaam en gedurende die ongeveer twee uur wat dit neem om hul maaltyd te nuttig en hul wyn te geniet is hulle albei in 'n ontspanne luim.

Jakes het seker al lankal geleer dat hy haar net 'n vraag te vra, dan babbel sy, maar anders as met Chris voel sy nie ongemaklik nie. Jakes luister so belangstellend dat sy partymaal vergeet sy neem die hele geselskap oor.

Nadat Jakes die rekening betaal het, durf hulle weer die koue aan om na die ander kant van die plein te stap waar huurmotors gewoonlik staan. Die Kersliggies wat die strate versier laat Angie aan Kersfees dink en sy vra nuuskierig, "Watter tipe Kersboom het julle? Is dit 'n regte boom of plastiek?"

"Dit hang af waar ons is," antwoord Jakes.

"Hoe bedoel jy?"

Angie kyk op en sien dat hy glimlag. "As ons by ons huis is, het ons 'n tradisionele boom, maar ongelukkig nie 'n regte een nie. As ons by my oupa-hulle se plaas in die noordelike provinsie van Suid-Afrika is, versier ons 'n doringboompie. As ons by ons vakansiehuis langs die see is, gebruik ons 'n stuk optelhout."

"Hierdie jaar gaan 'n wit Kersfees vir jou 'n hele nuwe ondervinding wees."

"Beslis," beaam hy.

Hy stop by die eerste huurmotor met 'n teken wat wys dat hy beskikbaar is. Jakes buk om vir Angie die deur oop te maak dieselfde tyd wat sy omdraai om hom te bedank. Hulle gesigte is skielik baie na aan mekaar en Angie kyk op in sy oë. Vir lank kyk hul net na mekaar. Is hy net so bewus van haar as sy van hom? Sy kop sak af asof in stadige aksie. Angie se hart klop vinniger, terwyl sy wag vir die oomblik wat sy mond hare sal ontmoet.

Dit gebeur egter nie. Jakes trek skielik sy asem in en ruk sy kop weg.

Selfs in die dowwe lig wat die straatlamp bied, is dit duidelik dat sy gesig bloedrooi is. Hare lyk bes moontlik dieselfde.

Angie glip vinnig in die agtersitplek in en gee die bestuurder haar adres. Sy bedank Jakes vir die ete en maak die deur toe voordat hy nog kan antwoord. Sy maak haar sitplekgordel vas en waai vir hom, alles sonder om weer oogkontak te maak met Jakes.

Wat gaan met haar aan? Gits, sy kan tog nie teleurgesteld wees omdat hy tot sy sinne gekom het nie?

Maar sy is. Sy besef dit weer as sy dink oor die aand wat verby is. Sy kan nie onthou hoe lank gelede dit was wat sy 'n afspraak so baie geniet het nie.

Maar, dit was nie 'n afspraak nie. Nie regtig nie. Dit was twee vriende wat 'n ete gedeel het. Of dalk nie eers dit nie. Dit was 'n ete saam met haar baas en dis boonop 'n tydelike reëling.

Dit het egter soos 'n afspraak gevoel. En sy *wou* gehad het hy moet haar soen.

Jakes staar geskok na die huurmotor wat nou om die hoek verdwyn voor hy steeds verdwaas woonstel toe begin stap. Hy het die oefening, en die koue, nodig om tot verhaal te kom.

Jislaaik, dit was so amper of hy het Angie gesoen, al weet hy voor sy siel dit kan nie gebeur nie. Hy het al amper twee keer vir Chris beet gekry omdat hy Angie verneuk en nou was hy so naby aan om dieselfde te doen. Dit maak nie saak of Chris 'n verneuker is nie. Hy is nog steeds Angie se verloofde.

Hy is alreeds te betrokke by Angie. Hy is tien teen een 'n masochis, maar na die dag toe hy Chris betrap het, het hy bly wonder oor Chris en Angie se verhouding. Nie dat dit iets met hom te doen het nie, maar hy kan nie hul verhouding verstaan nie. Hulle is verloof, maar is byna nooit saam nie en as hulle saam is, lyk dit amper asof hulle nie van mekaar hou nie. Hulle praat dan niks met mekaar nie.

Hy het nou die dag toe hy en Angie by Washington Park was,

by haar probeer uitvis, maar sy was nie baie gretig om te praat nie. Hy kan haar seker nie kwalik neem nie. Hy het maar toe die onderwerp verander, en natuurlik die mees briljante onderwerp gekies. Die liefde! Gits, wat weet hy nou van die liefde? En wat vra hy? "Hoe lank neem dit om vir iemand lief te word?"

Hy moes toe al geweet het dat hy diep in die moeilikheid is. Gits, hy praat nie met vrouens oor die liefde nie. Nee, hy praat nie met vroumense nie. Punt en klaar. Maar Angie? Hoe kry sy dit reg? Sy het deur al sy skanse gebreek. Nie net kry sy dit reg om hom te laat praat nie, maar hy het meer persoon-like dinge met Angie gedeel as wat hy met van sy beste vriende, behalwe nou André, gedeel het.

Daardie oomblik, toe sy met so 'n dromerige glimlaggie geantwoord het, sal hy seker nooit vergeet nie. Haar antwoord, nog minder.

"O, ek dink nie dit vat lank nie. Al wat partymaal nodig is, is een kyk, een aanraking of een glimlag."

En hy het toe geweet sy is reg.

As omstandighede anders was, sou hy dalk toegegee het aan die aantrekkingskrag, maar hy kan nou niks daaromtrent doen nie. Hierdie is nie sy keuse nie. Hy het nog integriteit, maar hy moet erken: hy is baie na aan toegee.

Later, toe hy gereed maak om te gaan slaap, gaan sit hy op die bed. Wat moet hy doen? Hy het ingegee om Kersfees saam met die Summers-familie te spandeer en het selfs sy vlugte verander, maar miskien moet hy eerder huis toe gaan.

Maar, Angie gaan saam met Chris en sy familie in Colo-rado Springs spandeer. Hy hoef haar nie te sien nie. In elk geval, hulle is vriende net soos hy met Jesse en Rayno is. Gaan dit soveel saak maak as hy Kersfees saam met die res van die familie spandeer? Soos beide Jesse en Angie gesê het: dis dalk sy enigste kans om 'n wit Kersfees te ervaar.

Miskien moet hy eerder 'n afstand tussen hom en Angie skep totdat sy saam met Chris vertrek.

Chris. Dit is sy tweede probleem. Hoe moet hy die wete dat Chris vir Angie verneuk hanteer? Hy het al twee keer die man gekonfronteer, maar hy het nie gedink dat Chris so 'n lafaard is nie.

Moet hy vir Angie vertel?

Hy weer die idee summier uit sy gedagtes. Hy kan dit nie doen nie. Miskien is hy 'n lafaard, maar hy wil nie die seer in haar oë sien nie. Hy sal dit nie kan hanteer nie.

Dalk moet hy vir Jesse vertel. Haar tweelingbroer sal beter weet hoe om die situasie te hanteer. Dit mag dalk nie maklik wees vir Jesse om die onderwerp aan te raak nie. Soos Jakes van Rayno verstaan het, was Jesse en Chris boesemvriende sedert hulle op universiteit ontmoet het. Jakes twyfel egter of daardie vriendskap nog steeds so heg is. Daar is duidelike spanning tussen die twee mans.

Nee, hy het nie 'n keuse nie. Dis of Jesse of Angie en sy keuse is Jesse. Hy moet dit net doen. Ter wille van Angie.

Voor hy van plan kan verander, tel hy sy foon op en stuur vir Jesse 'n boodskap. Aangesien Jesse dalk nog by die nagklub is, het Jakes nie so gou 'n antwoord verwag nie, maar skaars vyf minute later antwoord Jesse. Hulle reël om mekaar die volgende oggend by 'n koffiewinkel te ontmoet.

Toe hy die lig 'n rukkie later afskakel, wonder Jakes nog steeds of hy die regte ding doen.

HOOFSTUK 9

Dis nou dit. Na gisteraand het Angie besluit, tot hier toe en nie verder nie. Sy is moeg om 'n nagedagte in Chris se lewe te wees. Sy het altyd sy vriendskap met Jesse voorgehou as verskoning, maar sy gaan haar nie meer daaroor bekommer nie. Vandag is die dag wat sy finaal 'n einde aan hul klug van 'n verhouding maak of dit nou Chris en Jesse se vriendskap affekteer of nie.

Sy het douvoordag al vir Chris 'n boodskap gestuur om haar vanmiddag by die huis te ontmoet. Sy antwoord was 'n kortaf, "dis reg." Niks anders nie. Miskien weet hy wat kom.

Dit maak nie saak hoe vasbeslote sy is nie, sy is nog steeds senuweeagtig. Sy vee haar handpalms aan haar rok af, voordat sy klop. Gewoonlik sou sy net instap, maar vandag is nie 'n gewone dag nie.

Chris het seker vir haar gewag aangesien hy die deur oopmaak nog voor haar klop behoorlik weggesterf het.

Angie beskou hom fronsend toe hy haar op en af kyk met 'n vreemde uitdrukking. Hy groet nie eens nie! Hy staan slegs opsy sodat Angie kan instap.

Sy vererg haar bloedig en storm reguit na die sitkamer. Sy gaan nie eers sit nie en wag net vir Chris om by haar aan te sluit.

Al wat hy sê is 'n nors, "Jy wou gesels het."

Hy gee haar egter nie kans om te reageer nie voordat hy verder baklei. "Ek moes dit gedink het. Hy kon nie wag om jou te vertel nie."

Angie frons. Waarvan praat hy? Wie is die hy?

Ten minste lyk Chris ongemaklik toe hy aangaan, "Ek weet ek moes dit al lankal gedoen het, maar ek wou jou nie seermaak nie. Dinge werk nie meer tussen ons nie, Angie."

Angie wil lag, maar nou is nie die regte tyd nie. Al voel haar bene lam en is sy nog steeds nie geneë om hierdie gesprek te hê nie, staal sy haarself toe sy Chris in die oë kyk. "Ek is jammer om jou teleur te stel, maar jy het my alreeds seergemaak. Wanneer jy nie aandag gegee het aan my nie, het ek seergekry. Wanneer jy nie met my praat nie, het ek seergekry. Elke dag wat jy my nie gebel of 'n boodskap gestuur het nie, het ek seergekry. Ek het seer-gekry elke keer as jy nie aan my raak of my nie liefkoos nie. Ek het elke keer seergekry as jy my nie eers in die oë kan kyk nie. Soos nou."

Terwyl sy nou besig is, kan sy maar net sowel aangaan, "Al wat ek wil weet, is hoekom? Wat het ek verkeerd gedoen? Is daar iets fout met my?"

"Jis, Angie, ek is jammer. Daar is niks fout met jou nie. Dis net ..."

"Hoekom dan ...?" Sy moet eers diep asemhaal voor sy kan voortgaan, maar sy wil weet. "Hoekom dan het jy my nie eers meer gesoen nie? Hoekom het ons nooit minnaars geword nie? Ons was vir amper ses jaar saam. Moenie vir my vertel jy het nooit die behoefte ..."

Chris bloos darem wat Angie se vermoedens bevestig. "Nee, jy hoef niks te sê nie. Ek weet jy het my verneuk."

Chris antwoord bitsig, "Ek moes geweet het. Hy het jou klaar vertel."

"Wie? Wat vertel?" vra Angie verward. "Jesse?"

Chris skud sy kop. "Nee, Jakes."

Angie sak op die stoel neer toe sy woorde insink. Dis nie wat sy verwag het nie. Sy sluk die skielike naarheid af en vra dan, "Wat sou Jakes my kamstig vertel het? Dat jy my verneuk het? Hoe het hy geweet?"

Chris snork, "Ek het gedink die groot man kon nie wag om jou te vertel nie. Lyk my as dit nie hy was nie, hou hy sy eie geheimpies."

Angie kners deur haar tande, "Hoe het Jakes geweet?"

Chris lyk nou ongemaklik toe hy besef dat dit nie Jakes was wat vir Angie die nuus oorgedra het nie. Hy erken met 'n blos, "Hy het my amper uitgevang die aand toe hy hier vir julle ete gemaak het."

"Wat? Dit was al twee weke terug," besef Angie geskok.

"Ja, hy het my gedreig om jou te vertel as ek dit nie self doen nie," erken Chris. "Ek het belowe, maar jy weet hoe dit gaan ..."

"En net soos jou ander beloftes kon jy ook nie hierdie een nakom nie."

Chris trek argeloos sy skouers op.

Angie skud haar kop toe sy hom betrag. Op hierdie oomblik hou sy nie eers van hom nie. Hoe kon sy ooit gedink het hy is die man vir haar? Was sy ooit regtig lief vir hom? Beslis nie soos sy nou voel nie.

"Was dit die eerste keer wat jy my verneuk het?"

"Jinne, Angie, wil jy dit nou regtig weet?"

"Ja, ek wil," dring Angie aan.

Hy lyk nie eers skaam om te erken nie, "Verskeie kere. Veral na jy weg is Boulder toe. Dit was niks ernstig nie. Net ..."

"Los dit, Chris. Ek het genoeg gehoor. Sê my nog net een ding: weet Jesse?"

"Jakes het hom vanoggend vertel. Ek het belowe ek sou jou vertel na Jakes my gister weer uitgevang het en toe ek nie het nie, het hy vir Jesse gekontak. Jesse het my reeds gekonfronteer toe jy gebel het."

"Hoekom kon jy my nie vertel nie? Is jy so 'n lafaard?"

Chris trek sy skouers op, "Seker. Ek wou jou nie seermaak nie."

Angie haal die ring van haar vinger af en gooi dit vir hom. "Jammer om jou teleur te stel. Daar was wel 'n stadium wat jy my seergemaak het, maar ek het dit lankal ontgroei. Ek is ongelukkig dat jy my verneuk het. Ek het dit egter lankal vermoed, maar net soos jy was ek ook 'n lafaard. Ek moes lankal hierdie klug beëindig het. Ek het tot die besef gekom dat ek jou nie lief het nie en dalk nooit regtig gehad het nie. Miskien was ek net verlief op die idee. Ek verdien dit egter om gelukkig te wees. Ek verdien dit om te voel dat iemand vir my omgee en my drome ondersteun. Ek het gedink daar is fout met my, maar ek weet nou dis nie ek nie. Jy het my nooit laat voel soos wat ..."

Sy skud haar kop. "Vergeet dit."

Toe sy omdraai om weg te stap praat Chris nog, "Daar is iets wat ek jou wil vertel. Ek is besig om te pak. Ek gaan ..."

Angie stap net aan en antwoord hom oor haar skouer, "Ek stel nie meer belang nie."

Toe sy die voordeur agter haar toetrek, blaas Angie haar asem uit. Sy voel... suf. Afgeblaas. Sy het haarself opgewerk oor niks. Sy hoef haar nie oor Chris se gevoelens te bekommer nie. Hy het nie gevoelens nie.

Hoekom voel sy dan so teleurgesteld?

Die besef tref haar soos 'n vuishou. Sy is nie teleurgesteld of hartseer dat ses jaar van haar lewe net so tot 'n einde gekom het nie. Sy is teleurgesteld omdat Jakes geweet het dat Chris haar verneuk en haar nie vertel het nie. Is dit waaroor gisteraand gegaan het? Het hy haar net uitgeneem omdat hy jammer gevoel het vir haar? Of skuldig gevoel het?

Dit is seker nie die mees logiese reaksie nie, maar sy was nog nooit die mees logiese mens nie. Sy is 'n 'voel'-mens. En sy voel nou seer en teleurgesteld.

Angie ry soos 'n outomaat na haar ouerhuis. Hulle is weg vir die naweek dus kan sy in haar ateljee wegkruip en haar wonde lek. Kuns is al manier waarop sy haar verbreekte verlowing en alles wat daarmee gepaardgaan, kan verwerk.

Voor sy by die ateljee instap, stuur sy eers 'n boodskap vir Clara en Jesse om te sê dat hulle nie hulle oor haar hoef te bekommer nie. Sy weet hulle gaan, maar solank hulle weet waar sy is, sal hulle besef dat sy tyd op haar eie nodig het om alles te verwerk. Sy wag nie vir hulle antwoorde nie en sit summier haar foon af.

Miskien moes sy tog met iemand gepraat het. As sy het, sou sy haar nie so opgewerk het nie. Sy sou nie vroeg Maanda-goggend by die gimnasium waar Jakes oefen, ingestorm het nie. Iemand sou haar gewaarsku het dis nie 'n goeie idee nie.

Gelukkig het sy nie nog toeskouers gehad om haar tirade te aanskou nie aangesien Jakes alleen in die gimnasium is. Hy staan voor 'n groot spieël met 'n handgewig in elke hand toe sy instorm.

"Hoekom het jy my nie vertel nie? Jy weet al vir twee weke, Jakes. Ek dog ons is vriende."

Hy laat val die gewigte op die vloer en draai om. Angie tier voort sonder om Jakes 'n kans te gee om te reageer.

Toe sy uit woorde en beskuldigings raak, en buitendien moet asem skep om te kan voortgaan, sien sy Jakes behoorlik raak. Hy is duidelik gespanne, sy kakebeen spierwit styf geklem en sy oë huiwerig.

Toe hy sy hand lig om die sweet van sy gesig af te vee, registreer Angie se brein vir die eerste keer wat sy sien.

Jakes dra nie 'n hemp nie.

Sweetdruppeltjies rol van sy slaap af, oor sy wangbeen en verdwyn tussen dik nekspiere. Angie volg die druppeltjie gefassineerd.

Haar mond val byna oop toe iets registreer. Hy het nie hare op sy bors nie!

Maar sjoe, al wat die onwaarskynlike feit doen is om daardie welgevormde borskas te aksentueer. Die druppeltjies rol verder af, oor daardie sespak en nog af tot ...

Angie trek geskok haar asem in toe sy besef sy is omtrent besig om te kwyl oor sy lyf. Sy sal nie verbaas wees as dit al langs haar ken afloop nie.

Haar oë vlieg op om syne te ontmoet, net om daardie weerloosheid te sien. Sy wil dit nie sien nie.

Sy swaai om en storm nog vinniger uit die gimnasium as wat sy ingekom het. Sy stop eers toe sy uitasem by haar motor aankom en moet teen haar motor leun om net weer lug in haar longe te kry.

Dan besef sy wat sy gedoen het. Sy bedek haar gesig met haar hande en kreun hardop. Wat het haar besiel?

As dit nou nie erg genoeg was dat sy hom met so 'n tirade vergas het nie, moes sy nog boonop in 'n koma gaan terwyl sy Jakes se lyf bewonder! Net om daaraan te dink bring die beeld weer so helder na vore dat 'n rilling langs haar ruggraat afgly.

Sy het nog nooit so gevoel nie. Dit verbaas haar, maar skok haar nog meer. Sy moet nou rasioneel dink. Om hemelsnaam, dis *Jakes*! Maak nie saak watse gevoelens hy skielik in haar ontwaak het nie, daar kan niks van kom nie.

Beter nog, niks *moet* daarvan kom nie. Nou is nie die beste tyd om aan 'n ander man te dink nie. Sy sal baie beter baat vind om op haarself te fokus en te vergeet van mans en verhoudings.

Met daardie besluit klim sy in haar motor en ry terug na haar ouerhuis. Die hele pad maak sy planne hoe om haar lewe weer op koers te kry.

Eerstens moet sy vir Jakes vermy. Sy het gelukkig nie meer die werk nodig nie. Clara het haar internskap voltooi by dieselfde maatskappy waar sy voltyds gaan werk. Sy gaan 'n fantastiese salaris verdien. Angie het dus nie enige verskonings meer om saam met hom te gaan op uitstappies nie.

Nog voordat sy uit die motor klim stuur sy vir Jakes 'n boodskap om hom in te lig dat hul reëling nou eindig. Niks uitstappies vir volgende week nie.

Sy gaan nou net fokus op haar werk en haar kuns. Dis al. Nie op 'n sekere groen-oog-man wat gevoelens in haar aanwakker wat geen man nog kon regkry nie.

Jakes staar na die deur waardeur Angie so pas verdwyn het. Al wil hy graag besef hy dat dit beter is om haar nie nou te volg nie. Hy het geweet dat sy kwaad gaan wees omdat hy haar nie vertel het oor Chris nie, maar darem nie so erg nie.

Hy dink terug aan sy gesprek met Jesse. Jesse het vermoed dat daar iets aan die gang is met Chris, maar was nie seker wat nie. Jesse was woedend. Dit het 'n hele ruk geneem voor Jesse genoeg kalmeer het om 'n redelike gesprek te voer. Sy eerste rasionele woorde aan Jakes was, "Ek verstaan nou hoekom jy so kwaad was vir Chris in die kleedkamer. Ek sou dieselfde gereageer het. Ek verstaan egter nie hoekom jy nie self vir Angie vertel nie."

Jakes bloos ongemaklik. "Ek het gehoop Chris sou die regte ding doen en haar self vertel. As ek egter eerlik moet wees ... Ek het nie geweet *hoe* om haar te vertel nie. Ek weet hoe dit voel om uit te vind jou verloofde verneuk jou en ek weet hoe dit seermaak. Ek kan nie verduur om te sien hoe sy seerkry nie ... In elk geval, jy ken haar beter. Jy behoort te weet hoe om dit ten beste te hanteer."

Jesse het Jakes vir 'n lang ruk stilweg bestudeer voordat hy geknik het. Jakes het gevoel dat Jesse meer gelees het in sy onwilligheid as wat hy self wou erken. Hulle het verder min gepraat en kort daarna gegroet.

Hy kan uit Angie se tirade aflei dat sy nou die waarheid weet. Hy is egter nie seker of Jesse haar vertel het en of Chris uiteindelik die moed van sy oortuiging gehad het om dit self te doen nie. Dit maak egter nie saak nie. Sy blameer hom in elk geval omdat hy die inligting van haar weerhou het. Miskien is dit beter so. As sy kwaad is vir hom, wil sy hom dalk nie sien nie en as hy haar nie sien nie, sal hy nie voel asof hy meer wil hê nie.

Daardie praatjie wat sy vir haarself gegee het, het heeltemal te laat gekom. Angie aanvaar dit toe sy twee ure later in haar ateljee staan en die skildery voor haar beskou.

Hoe het dit gebeur?

Toe sy gister geskilder het, het sy geskilder sonder om te

dink oor wat sy doen. Sy het deur haar teleurstelling, haar seer en woede gewerk. Die eerste twee of drie skilderye was minderwaardig, maar hierdie een ...?

Haar vingers streel oor die doek. Sy volg die skerp lyne van kakebeen tot 'n vol mond wat opkrul in een hoek en 'n effens skewe neus tot by heldergroen oë.

"Wat die hart van vol is loop die mond van oor."

Angie swaai verskrik om toe sy die stem hoor. Clara staan reg agter haar en beskou die skildery met belangstelling.

"Clara!" hyg sy verskrik. "Moenie my so bekruip nie."

Clara protesteer, "Ek het nie. Ek het jou so drie of vier keer geroep, maar jy was onbewus van die wêreld rondom jou. Ek verstaan nou hoekom. In hierdie geval is dit nie die mond wat praat nie, maar die verfkwas."

Angie draai terug na die skildery en beskou dit weer. "Ek het dit nie beplan nie. Gister het ek net geskilder sonder om te dink. Dit het nog nooit so gebeur nie."

Clara slaan haar arms om Angie van agter af en gee haar 'n drukkie. Sy voeg laggend by, "Want jy was nog nooit so verlief nie."

Angie se hart ruk, "Ek ..."

Sy draai verslae om na Clara. "Ek is nie verlief op ..."

Haar woorde sterf weg. Sy staar geskok na Clara. "Ek kan nie. Ek bedoel, ek het hom slegs 'n maand terug ontmoet. Hy ... ek ..."

"Liefde volg nie 'n spesifieke patroon nie, Angie. Dit gebeur wanneer dit gebeur."

Angie trek haar asem diep in en mompel, "Nee, ek is nie verlief op hom nie. Dis net ... Ek is ontsteld oor Chris en dis net omdat ek so baie tyd saam met Jakes die laaste maand spandeer het."

Clara trek haar wenkbroue op, maar Angie ignoreer haar.

Daar is geen manier wat sy op Jakes verlief kan wees nie. Sy ken skaars die man. Sy gluur weer na die skildery dan haal sy dit van die esel af en sit dit met die gesigkant na die muur op die grond. Sy wil dit eerder nie nou sien nie.

Haar blik gly oor haar ateljee. Terwyl sy dan nou besig is ...

Sy gryp 'n leë kartondoos waarin haar vorige bestelling verf gekom het en begin summier alles wat haar aan Chris herinner, daarin gooi.

Clara hou haar die hele tyd in stilswye dop. Eers toe Angie die doos toedruk, grinnik sy, "Voel jy nou beter?"

Toe Angie haar kop skud, lag Clara weer, "Dan is dit net die tyd vir 'n dubbel-sjokoladesplinter koekie-roomys met karamel sous."

Angie staar na haar vriendin en dan bars sy uit van die lag. Sekere dinge sal nooit verander nie en daarvoor is sy nou baie dankbaar. Sy haak haar arm deur Clara s'n en saam stap hulle kombuis toe om haar ma se voorraad uit die vrieskas te snuffel. Jare gelede het haar ma probeer om haar geheime bederf weg te steek. Angie en Clara, en partymaal Lia, het dit altyd gekry. Eers toe hul tieners was het haar ma erken dat alhoewel sy daarvan hou, sy dit eintlik vir hulle gekoop het. Sy het dit net weggesteek omdat hulle dit so geniet het om dit te soek.

Oor 'n bak roomys stort Angie haar hart uit oor Chris se verraad en die feit dat Jakes daarvan geweet het. Angie erken selfs dat sy Jakes gaan konfronteer het omdat hy haar nie vertel het dat hy Chris uitgevang het nie.

Clara sit haar ken op haar hand en bestudeer Angie vir 'n ruk voordat sy opmerk, "Jy klink meer ontsteld omdat Jakes jou nie vertel het as oor Chris se verneukery."

"Ek is. Ek het al lankal vermoed dat Chris my verneuk en

ek het al klaar besluit om 'n einde aan ons verhouding te maak. Ek dink ... Ek het gedink Jakes is my vriend. Ek is teleurgesteld."

"Jy weet dis nie Jakes se skuld nie, nè? Jy kan nie vir hom blameer nie. As jy doen, moet jy my ook blameer."

Angie frons. "Hoekom?"

"Omdat ek ook geweet het. Goed, ek het hom nie saam met iemand betrap nie, maar ek het gesien hoe hy met die ander vrouens flankeer."

Angie dink na oor wat sy gesê het. Clara is reg. Sy moes vir haar ook kwaad gewees het, maar sy is nie. Tot Clara se verdediging het sy al vandat Angie teruggekom het haar aangeraai om met Chris te praat.

Clara sit haar hand op Angie se arm en vra saggies, "Hoekom geniet jy nie nou die tyd wat jy en Jakes nog saam het nie. Eendag gaan jy dalk spyt wees oor die tyd wat jy vermors het."

Angie verstaan Clara se gevoelens, maar sy skud haar kop. "Ek kan nie. Ek dink nie dis 'n goeie idee nie. Ek het in elk geval klaar ons uitstappies gekanselleer. Dit is beter dat ek hom vermy, of in elk geval tot ek dinge verwerk het."

HOOFSTUK 10

Dit maak nie saak hoeveel keer hy daardie argument gebruik nie, Jakes voel steeds teleurgesteld toe hy na sy stort Angie se boodskap lees. Hy het vermoed sy gaan hulle uitstappies kanselleer.

Daar is nie eers meer oefensessies by die rugbyklub nie. Die spelers gaan eers weer hul program in die nuwe jaar hervat. Jakes sien dus daardie week nie een van die groep vriende wat hy sedert sy aankoms gemaak het nie. Hulle praat darem nog met hom, al is dit net deur teksboodskappe. Jesse was besig by die skool met 'n Kers-pantomime en Rayno se sosiale lewe is vol van jaar-eindfunksies en ander verant-woordelikhede.

Dis eers die Donderdag voordat hulle na Keystone sou vertrek dat Jakes 'n boodskap van Jesse kry om te bevestig dat Angie en Chris nie meer saam is nie. Chris het uit die huis uit getrek wat hulle gedeel het. Of, eerder, Chris het Denver verlaat. As Jakes moet aflei uit Jesse se boodskappe, het hy en Chris se vriendskap ook nie goed geëindig nie.

Jakes kon daarna nie slaap nie en donker kringe onder sy oë was 'n bewys daarvan. Sy eetlus het ook heeltemal verdwyn. Sy laaste ordentlike maaltyd was seker die ete wat hy en Angie saam geniet het. Hy weet hy lyk asof hy deur die meule is en hy voel ook so. Hy kan dus Michael se bekommerde kyk die hele Vrydag verstaan. Dit is Jakes se laaste dag van terapie by die sentrum, nog 'n teken dat sy tyd in Denver tot 'n einde gekom het.

Laatmiddag, na hy almal gegroet het, wag Michael vir hom buite die sentrum. Dié vra sonder waarskuwing, "Het jy enige planne?"

Toe Jakes sy kop skud, besluit Michael summier, "Dan gaan ons uit."

Jakes wou eers kapsie maak, maar Michael is dalk reg. Hy moet aan sy eie gedagtes ontsnap. Hy weet wat kan gebeur as hy te lank alleen gaan tob oor alles. Hy volg dus Michael woordeloos na die Whistleblower. Hulle het skaars met 'n bier elk gaan sit, toe Michael vra, "Wat gaan aan? Jy lyk asof jy nie slaap of eet nie."

Jakes neem 'n diep teug van sy bier en sit dan die glas voor hom op die tafel. Hy kyk af na sy hande waar sy vingers outomaties na die rubberbandjie om sy pols gesoek het. Hy haal 'n slag diep asem en terwyl hy pluk-pluk aan die bandjie, erken hy, "Angie en Chris het hul verlowing verbreek. Chris het haar verneuk. Ek het hom uitgevang. Ek het nie 'n keuse gehad nie. Ek het vir Jesse vertel. Angie is kwaad vir my omdat ek vir twee weke geweet het en haar nie vertel het nie. Sy praat nie met my nie."

"Nou hoekom is jy nou so miserabel? Het jy dan nie nou 'n kans met Angie nie?"

Jakes skud sy kop. "Ek kan nie, Michael. Jy ken my

skedule. Jy weet van die eed. Nee, dis nie regverdig teenoor Angie nie. Dit kan nie werk nie."

"Hoe voel Angie oor jou of 'n verhouding?" vis Michael uit.

Jakes frons geïrriteerd vir hom, "Ek weet nie! Ek is verlig sy is kwaad vir my en my nie wil sien nie. Nou het Jesse gisteraand vir my gesê dat sy nou ook Keystone toe gaan. Ek weet nie wat om te doen nie. Ek wil die eerste vlug huis toe neem. Maar dan weer ... Moet ek die kans waag? Ek dink aan haar. Ek dink aan die eed ... Dit maak my gek."

"Jy weet wat jou probleem is?"

Toe Jakes sy kop skud, antwoord Michael doodluiters, "Jy dink te veel. Partymaal moet 'n mens jou hart die praatwerk laat doen, my vriend."

"Ek is bang. Ek het dit voorheen gedoen en dit het nie gewerk nie. Ek het myself belowe as ek ooit weer sou dink aan 'n verhouding, ek met my kop sal besluit en nie my hart nie."

"Ek vermoed, en ek dink jy ook, dat dit reeds te laat is. Jakes ..."

Michael sê sy naam so dringend dat Jakes opkyk na hom. "Moenie tyd mors nie. Neem die kans. Doen iets voordat dit te laat is. Jy mag dalk nooit weer daardie kans kry nie."

Jakes staar na Michael. Hy ken Michael se geskiedenis. Sy advies kom slegs van persoonlike ondervinding. Hy haal diep asem en besluit dan, "Ek sal Keystone toe gaan, maar ek kan nie my eed verbreek nie, Michael. Ek kan die span nie in die steek laat nie."

Michael sug. "Dis jou besluit. Ek sal in Kalifornië wees as jy my nodig het."

"Ten minste gaan jy sonskyn sien. Ek gaan my dinges af vries in die berge," mor Jakes.

Hy hoor die amper jaloesie in Michael se stem toe hy sê, "Maar jy gaan tyd kan spandeer saam met 'n spesiale vrou. Tyd is kosbaar, Jakes."

Jakes kyk op om kapsie te maak, maar dan val sy oë op Angie. Sy praat met Clara, maar sy kyk vir hom en Jakes kan nie wegkyk nie.

Miskien is Michael reg.

Angie sit aan die een punt van die kroeg waar sy tussen Clara se pligte met haar kan gesels. Sy was nie lus om op haar eie te wees vanaand nie.

Dis nie lank nadat sy en Chris opgebreek het nie, maar elke dag voel Angie meer en meer verlig dat dit verby is. Sy is nog seergemaak omdat Chris haar verneuk het en sy is kwaad vir hom, maar sy het Chris en die beëindiging van hul verhouding verwerk.

Jakes pla haar egter nog.

Tot gisteraand toe Jesse haar vertel het dat Jakes van mening was dat Chris sy eie gemors moes regmaak, het Angie nog verraai gevoel. 'n Slapelose nag later kon sy erken dat sy nie regverdig is nie. Sy kan hom mos nie blameer vir Chris se verneukery of lafhartigheid nie?

Clara kom staan langs haar en vra, "Wat gaan aan met Jakes?"

Angie erken met 'n blos, "Ek weet nie. Ek het hom nog nie weer gesien of met hom gepraat nie."

Clara skud haar kop. "Ek bedoel, wat gaan vanaand met hom aan? Hy lyk af en miserabel," en beduie met haar kop na die tafel in die hoek. Angie draai haar kop en dan sien sy hom waar hy by Michael sit.

Clara is reg. Hy lyk vreeslik. Sy hare is deurmekaar soos

hy elke keer sy hand daardeur stoot. Daar is donker kringe onder sy oë asof hy nie veel slaap nie. Sy lei af hy is gespanne aangesien hy die rubberbandjie aanhoudend pluk.

Hy praat met Michael, maar elke keer moet hy eers 'n diep asemteug neem voordat hy dit doen. Nie een van die twee mans glimlag nie wat 'n duidelike aanduiding is dat dit 'n baie ernstige gesprek is.

Clara hou nog steeds vir Angie dop en merk dan op, "Jy lyk net so erg soos hy. Gaan praat met hom."

Toe Angie vir haar vriendin kyk sien sy die bekommernis in Clara se oë. Sy kyk terug na Jakes. Hulle gaan môre Keystone toe waar hulle baie tyd in mekaar se geselskap gaan wees. Dis beter dat hulle nou dinge uitpraat anders kan dit dalk ongemaklik wees vir almal.

Sy blaas haar asem uit en knik, "Jy is reg."

Skielik kyk Jakes op, reguit in haar oë. Nie een van hulle kyk weg nie. Dit is asof sy oë met haar praat. Angie staan op en stap na hul tafel toe. Teen die tyd dat sy by hulle kom, het hy nog steeds nie weggekyk nie. Michael kyk op toe sy Jakes se naam sê.

Angie breek eers oogkontak toe Michael opstaan en 'n paar note op die tafel gooi. Hy kyk na Jakes en dan na Angie en beveel hulle byna, "Julle moet praat. Ek sien jou môre, Jakes."

Angie gaan sit skaars oorkant Jakes toe hy na 'n diep asemteug sê, "Ek is jammer dat ek jou nie vroeër vertel het nie."

Angie bloos ongemaklik, "Ek is jammer dat ek dit op jou uitgehaal het. Ek hoop nie jy is kwaad vir my nie."

Jakes skud sy kop, maar sy oë verlaat haar blik nie een keer nie. Hy klink so opreg toe hy begin, "Nee, ek is nie. Ek wens ..."

Hy haal weer diep asem en probeer weer, "Ek wil graag ..."

Toe hy sy oë toemaak besef Angie hoe hy sukkel om homself uit te druk. Sonder om te dink sit sy haar hand oor syne, "Jakes, moet jou nie daaroor bekommer nie. Jy hoef nie nou iets te sê nie."

Haar hart klop vinniger toe hy sy hand omdraai en sy vingers deur hare strengel. Hy hou so styf vas dat dit nie lyk asof hy gou van plan is om haar hand te los nie. Selfs toe sy greep verslap, laat hy nog steeds nie gaan nie. Hy maak sy oë oop en staar gefassineerd na hul hande. Toe hy opkyk, lyk hy meer kalm en selfs sy stem klink rustiger, "Dankie."

"Waarvoor?" vra Angie verward.

Jakes bloos ongemaklik en kyk weg. Toe hy weer na haar kyk antwoord hy ernstig, "Omdat jy my kalmeer. Ek kan nie nou verduidelik nie, maar hopelik sal ek eendag."

Angie stel hom gerus, "Dis reg. Ek hoop dat ons nou dinge kan uitpraat voor ons môre by die ander aansluit."

Jakes knik, "Ek stem saam."

Vir 'n rukkie sit hulle in stilte tot Angie tot die besef kom dat sy seker nou kan gaan. Hulle het mos nou vrede gemaak. Sy mompel, "As dinge dan reg is, sal ek gaan."

Jakes se greep verstewig om haar hand, "Moet jy?"

Toe Angie haar kop skud, pleit hy, "Bly dan, asseblief. Drink iets saam met my."

Angie het nie nodig om te gaan nie. Vir die eerste keer vandat sy Jakes leer ken het is sy enkellopend en kan sy tyd saam met hom spandeer sonder om skuldig te voel. Sy glimlag en stem in, "Dankie, dit sal lekker wees."

Sy mondhoek krul op en Angie weet dat hulle oukei gaan wees.

.   .   .

Dit het nie by een drankie gebly nie. 'n Tweede glasie het gevolg saam met 'n bord eetgoed voor hulle gereed maak om te gaan.

By die deur bots hulle byna teen 'n groep mense wat net toe wou inkom. Jakes neem Angie se hand en trek haar eenkant toe. Die een man lag vir Jakes, "Gaan jy haar nie soen nie, my vriend?" en beduie na die mistel bo hul koppe.

Angie en Jakes kyk gelyktydig op en dan na mekaar. Toe die groep al binne is het hy nog steeds nie haar hand laat gaan nie. Angie kyk op om hom te bedank, maar hy kyk nie vir haar nie. Sy oë is vasgenael op haar mond. Hy trek sy blik weg van haar mond en ontmoet haar oë.

Dis asof alles in stadige aksie gebeur terwyl sy oë hare die hele tyd gevange hou. Sy voel die palm van sy ander hand oor haar wang gly, dan onder haar hare en om haar nek vou. Sy kop sak stadig. Dit voel soos 'n ewigheid voor sy mond aan hare raak. Dit is so sag en teer dat Angie dink sy verbeel haar. Hy lig sy kop effentjies, so dat hul lippe byna aan mekaar raak. Angie maak haar oë oop en staar verdwaas na Jakes.

Met 'n ligte kreun laat sak hy weer sy kop. Hy soen haar weer, maar hierdie keer is sy mond se aanraking fermer as die eerste soen.

Angie het nooit so gevoel toe Chris haar gesoen het nie. Dit was soet en teer maar met 'n belofte van hoe dinge tussen hulle kan wees. Hoe lank dit geduur het sal sy nie weet nie want sy gee haar oor aan die sensasie wat sy mond bring.

Toe Jakes weer sy kop lig, krul sy mondhoek weer op in daardie skewe glimlaggie. "Ek hou van jul tradisies."

Angie glimlag terug. Sy hou van die warmte wat nou in sy oë is. Sy is mal oor die sagte streling van sy duim oor haar onderlip. Sy hou nog meer van die heesheid in sy stem toe hy haar naam fluister, sy oë ernstig, "Angie, ek ..."

Sy sal seker nooit weet wat hy wou sê nie, want die deur gaan agter haar oop. Jakes staan weg toe 'n ander paartjie verby hulle skuur.

Dit maak nie saak hoe hy probeer nie, hy kan daardie soen nie uit sy kop kry nie. As dit dalk 'n ander tyd was, dalk 'n jaar of selfs ses maande van nou, sou hy dalk 'n kans gewaag het. As hy dit egter nou doen kan hy haar en ander mense seermaak. Dis die laaste ding wat hy wil doen.

Hy moet dit net platonies tussen hulle hou, maar dis tien dae. Hy weet nie of hy dit gaan regkry nie, veral nie nou nie.

As hy vir Angie kon vertel het hoekom hy nie nou 'n verhouding kan aanknoop nie, sou sy dalk verstaan het, maar hy kan nie ander se vertroue verbreek nie. Jakes herhaal die mantra wat hy begin het op pad huis toe.

Onthou jou fokus. Onthou jou span. Onthou die oorwinning.

Sy mantra is heeltemal vergete die volgende oggend. Hy is alleen toe die klop kom aangesien Michael alreeds vroeër die oggend Kalifornië toe gevlieg het om Kersfees saam met sy jonger broer deur te bring.

Toe Jakes die deur oopmaak, was dit nie vir Jesse en Rayno nie. Angie glimlag en Jakes besef dadelik dat hy te diep in die moeilikheid is. Dis egter nou te laat om kop uit te trek. Angie betrag sy tas en reissak. "Het jy genoeg warm klere?"

Jakes trek sy skouers op, "Dis alles wat ek hier het. Ek hoop maar dis genoeg."

Sy trek haar neus op 'n plooi en dan lag sy, "Dit behoort te wees. Dis warm binne en ons het genoeg om ons besig te hou. Ek moet jou egter waarsku. My familie speel graag speletjies.

Hulle is kompeterend, veral Jonathan. Hy dink hy is die oudste en moet daarom wen."

Jakes se mondhoek trek op, "Dit klink soos my familie. Ek het egter lank gelede laas gespeel."

Angie stamp sy arm speels, "O, ek voel jammer vir jou. Hulle gaan jou vermorsel."

Jakes skud sy kop vir haar streke. Sy babbel steeds toe hulle motor toe stap, maar praat nie veel op pad na Jesse nie. Jakes het lankal geleer dat Angie verkies om in stilte te bestuur omdat sy so hard konsentreer. Jesse en Rayno wag reeds vir hulle en dit neem nie lank om Jakes se bagasie oor te pak in Jesse se motor en hulle kan vertrek nie.

Jakes raak al hoe stiller deur die dag. Hy het vanoggend met 'n hoofpyn wakker geword en dit word net erger. Hy probeer sy ongemak wegsteek van die ander. Die verkeer was swaar en dis alreeds laatmiddag toe hulle by die Summers se vakansiehuis arriveer. Teen daardie tyd klop sy kop behoorlik.

Soos Jakes verstaan het gaan hy, Jesse en Rayno die solderkamer deel. Mary Summers gee Jakes egter net een kyk en skud haar kop. "Jakes kan nie in die solderkamer slaap nie. Hy is gans en al te groot om op 'n enkelbed te slaap. Hy sal boonop sy kop heeltyd teen die lae plafon stamp. Nee," sê sy as sy terugdraai na Jakes, "Jy kan die slaapkamer langs Jonathan en Claire kry."

Jakes voel asof sy kop wil bars en knik net. Hy is dankbaar toe hy na hul koffie gedrink het alleen in sy kamer kan wees. Hy drink dadelik twee voorgeskrewe pynpille. Hy haat die pynstillers, maar hy sal nie deur die aand kom sonder om nou te drink nie.

Hy het skaars klaar uitgepak toe daar 'n klop aan sy deur is. Angie het aangebied om hom op 'n toer deur die huis te neem voor hulle by die res van die familie in die familie-kamer gaan aansluit.

Toe Jakes die solderkamer sien, waardeer hy Mary se voorstel. Hy sou daar geslaap het as daar nie 'n ander plek was nie, maar hy stem saam, dit sou ongemaklik gewees het. Angie glimlag toe Jakes moet buk om by die deur uit te gaan, "My ma was reg. Jy sou gesukkel het. Wat het Jesse besiel om te dink dat jy hier gaan inpas?"

Jakes skud sy kop. "Hy is seker gewoond daaraan."

Die grootte van die huis verbaas hom. Angie was reg. Daar is heelwat om hulle binne besig te hou, selfs 'n gimna-sium, 'n jacuzzi en 'n biblioteek. Sy gunsteling is egter die warm en gesellige familiekamer waar die ander wag. Verskeie gemaklike banke en stoele is om 'n groot vuurherd rangskik. Daar is ook 'n televisie en 'n snoekertafel.

Jakes is stil deur die aand en luister net na die res se gesprekke. Hy antwoord as iemand hom 'n vraag vra, maar andersins luister hy net. Dokter Summers se oë rus kort-kort op hom. Hy weet die donker kringe onder sy oë is meer sigbaar na nog 'n slaaplose nag. As die hoofpyn môreoggend nog nie opgeklaar het nie, sal hy met Dok moet praat. Vanaand wil hy egter net vroeg in die bed kom.

Die ander het gelukkig dieselfde idee en nie lank na aandete nie, verdwyn almal na hul kamers. Jakes neem nog twee pynstillers en kruip dankbaar in die bed.

Jakes het nie opgedaag vir ontbyt nie. Toe dit tienuur word en daar nog geen teken van hom is nie, gaan klop Angie aan sy deur. Toe hy oopmaak, sien sy dadelik dat hy siek is. Sy oë is rooi en sy vel 'n ongesonde kleur. Hy hang behoorlik aan die deur met sy een hand en die ander hand hou sy kop vas. Sy stem klink hees toe hy mompel, "Jammer, ek sal nou afkom."

Angie skud haar kop beslis. "Daar is nie 'n manier nie. Komaan, laat ek jou terug help bed toe en dan gaan ek my pa roep."

Angie sien nie eers daardie mooi lyf van hom, geklee in slegs 'n slaapbroek, raak nie. Sy is te bekommerd oor die hitte wat van hom uitstraal. Hy het beslis 'n koors. Hy moet regtig sleg voel want hy leun swaar op haar tot hulle die bed bereik. Hy val op die matras, duidelik uitgeput.

Angie beskou hom fronsend, maar toe sy sien hoe hy bewe, trek sy die kombers oor hom. Sy is egter nog nie eers by die deur nie, toe het hy dit klaar weer afgeskop.

Sy haas haar na die familiekamer en roep van die deur af, "Pa, Jakes is siek."

Angie wag nie vir hom nie en haas haar terug na Jakes se kamer. Toe haar pa met sy dokterstas inkom staan sy een kant toe sodat hy Jakes kan ondersoek.

Haar pa praat rustig met Jakes terwyl hy sy koors neem. Na sy ondersoek sê hy, "Jy het griep. Jy ken die roetine. Drink baie vloeistof en bly ten minste 'n dag of wat in die bed. Ons sal sien hoe dit vandag gaan. Jy kan die voorgeskrewe medikasie en vitamines gebruik. As jy môre nie beter is nie sal ek jou met antibiotika begin behandel."

Jakes val terug teen die kussings toe Dok Summers die medikasie uit sy tas haal.

Haar pa draai na Angie. "Dit help nie om vir hom te sê wat om te doen nie. Maak seker hy drink hierdie elke agt uur vir die volgende agt-en-veertig uur. Jonathan en Claire gaan binnekort hier wees en dan sal ons beurte maak om na hom te kom kyk. Hy behoort binne 'n dag of wat reg te wees. As jy wil, kan jy hom met lou water afspons om te kyk of ons die koors vinniger kan breek."

Angie knik. "Dis reg, ek is nou terug."

Sy haas kombuis toe waar sy 'n beker lemoensap en 'n glas kry, asook 'n bak vir die water en 'n skoon lappie. Sy stop vinnig in haar kamer om haar tablet op te tel. Daar is geen manier wat sy Jakes alleen gaan los tot sy koors gebreek het nie. Terug in sy kamer, wag haar pa net tot Jakes die medikasie geneem het en dan los hy Angie alleen met hom.

Angie gaan vul die bak in die badkamer met louwarm water soos haar pa beveel het. Terug in die kamer, begin sy Jakes se gesig, nek en skouers afvee met die lappie. Haar hand beweeg oor sy borskas en maag, maar dan gryp hy skielik haar hand vas, "Ek mag dalk siek wees, maar ek is nie dood nie."

Angie bloos bloedrooi toe sy besef wat hy bedoel. Haar oë sak af na sy maag waar haar hand nog rus. Jakes se glimlag is flou, "Jy mag maar kyk."

As dit kon, verkleur haar gesig nog verder. Gelukkig het Jakes sy oë toegemaak en sien dit nie raak nie. Sy mompel onderlangs, "Dis goed om te weet jy is nie so siek nie."

Toe sy wou terug tree, hou hy haar hand stywer, "Bly asseblief."

Eers toe Angie hom verseker, "Ek gaan nêrens nie. Ek wil net my tablet kry," laat los hy haar hand. Terug by die bed met haar tablet, trek sy 'n stoel nader. Sy neem Jakes se hand en wag tot hy aan die slaap raak.

Angie weet nie hoe lank sy so gesit het en net na hom gekyk het nie. Haar gedagtes haak vas by alles wat gebeur het sedert sy hom ontmoet het voor sy gemompel haar aandag trek. Hy is onrustig en nat gesweet. Hy kalmeer en raak weer aan die slaap nadat Angie hom vir 'n tweede keer afgespons het. Sy sit terug en betrag hom.

Sy vel het nog steeds daardie ongesonde kleur en 'n lagie sweet het alreeds weer begin vorm. Hy het nie geskeer nie en 'n donker lagie stoppels het reeds hul verskyning gemaak. Hy het net so gelyk toe sy hom die eerste keer gesien het. Sy was nogal spyt toe hy dit afgeskeer het. Miskien moet sy hom oorreed om dit te hou.

Haar oë dwaal weer oor sy borskas, verbasend haarloos en bruin gebrand. Hy het weer die laken afgeskop en sy lang, gespierde bene strek tot aan die voetenent. Angie sweer sy kuite is groter as haar bobene.

Selfs sy voete lyk gespierd en bruin gebrand. Sy sal nie verbaas wees as hy 'n nommer twaalf of groter skoen dra nie. Is dit waar wat hulle sê oor die ooreenkoms tussen die grootte van 'n man se voet en sy ...

Sy wip van die skrik toe Claire langs haar fluister, "Sjoe, dis jammer dat mens sulke perfektheid onder klere moet bedek." Claire kwyl behoorlik, maar Angie kan haar nie kwalik neem nie. Sy wys egter haar skoonsuster tereg, "Claire, jy is 'n getroude vrou."

"Ag, Angie! Ek gee net my professionele opinie. Die ... uhm ... Dis sulke perfeksie wat al my pasiënte moet nastreef."

Angie snork, "Ja, reg! Jou pasiënte is babas!"

Claire lyk nie eers verleë nie. Sy grinnik net en gee vir Angie 'n koppie koffie aan. "Toe ek hoor dat een van ons gaste siek is, het ek aangebied om vir jou koffie te bring en sy koors te neem."

Sy bestudeer weer vir Jakes en grinnik vir Angie, "Ek is nou baie bly dat ek die kans gekry het om inspeksie te doen."

Angie skud net haar kop. Sy ken al vir Claire. Claire verstom haar weer toe sy die oomblik wat sy haar stetoskoop uithaal, professioneel word. Sy luister na Jakes se hartklop en neem sy koors en merk dan op, "Sy koors is nog steeds te hoog. Het hy weer iets gedrink?"

Angie skud haar kop. "Nie sedert hy die medikasie geneem het nie. Alhoewel hy rusteloos is het hy nog die hele tyd geslaap."

Claire besluit vinnig. "Ons moet hom probeer laat regop sit sodat ek na sy longe kan luister. Jy kan hom dan iets gee om te drink."

Angie is onseker. Sy skink die lemoensap en wag dan vir Claire se verdere instruksies. Claire beskou weer vir Jakes voordat sy sê, "Hy gaan swaar wees. Miskien moet jy hom wakker maak."

Angie knik. Sy buk af, en sonder om te dink, streel sy haar hand oor sy wang, "Jakes? Dink jy,jy kan vir 'n oomblik regop sit?"

Sy oë fladder oop, maar dit lyk wasig asof hy nie fokus nie. Hy mompel iets in sy huistaal, maar Angie verstaan natuurlik nie. Hy sukkel egter om regop te kom. Angie gaan sit langs hom op die bed, gly haar een arm om sy skouers om hom te ondersteun en tel die glas op om na sy lippe te bring. Hy leun swaar op haar terwyl hy drink. Toe hy klaar is, neem Claire die glas by Angie en sit dit op die bedtafeltjie. Angie ondersteun hom nog terwyl Claire na sy longe luister. Teen die tyd wat hulle Jakes weer op die bed laat terugsak, is sy oë reeds weer toe.

"Die goeie nuus is dat sy longe skoon is."

Angie sug verlig, "Dit is goeie nuus."

"Hy is gelukkig om 'n dokter byderhand te hê en dadelik mediese hulp te kry. Meeste macho mans wag mos en probeer om dit uit te sweet. Teen daardie tyd het dit al oorgeslaan in bronchitis of longontsteking. Gelukkig ook dat Pa hier was. Ek het nog nooit 'n professionele sportman behandel nie. Pa het verduidelik dat hulle net sekere medikasie mag gebruik en hoe antibiotika hulle beïnvloed. Ek het nie geweet daar is soveel goed wat in ag geneem moet word nie," babbel Claire.

Angie maak weer die lappie klam en spons Jakes weer af. Dan eers gaan sit sy op die stoel en tel die koffie op wat Claire gebring het. Sy beaam Claire se woorde, "Ek het ook nie geweet hoeveel dinge hul spel kan beïnvloed nie. Ek bewonder hom vir hoe hard hy oefen. Hulle moet sterk wees, geestelik en fisies om so suksesvol te wees."

Angie sit die koppie terug op die tafel en streel Jakes se hare weg van sy gesig. Hy is nog gans en al te koorsig na haar sin en sy beskou hom bekommerd. Hy mompel iets, en toe Angie sy hand neem, raak hy rustig. Toe sy asemhaling egalig word, sit Angie terug met sy hand nog steeds in hare.

Toe sy weer opkyk was Claire nie meer daar nie. Angie tel haar tablet met haar ander hand op en maak die boek oop wat sy gister begin lees het.

Sy spandeer die meeste van die dag langs Jakes se bed. Die res van die familie maak beurte om haar af te los, maar Angie bly gewoonlik nie lank weg nie.

In die vroeë oggendure kom Jonathan kyk of alles reg is. Hy help Angie om Jakes sy medikasie en vloeistof te gee voordat hy haar weer alleen los. Toe hy weg is, voel Angie doodmoeg. Toe sy klaar vir Jakes afgespons het, gaan sy gou badkamer toe. Met haar terugkeer gaan lê sy langs Jakes. Sy wil net so bietjie uitstrek, want haar lyf is al seer gesit in die stoel.

Jakes mompel weer in sy slaap. Angie probeer hoor wat hy sê, maar hy praat in sy huistaal, wat sy nou weet Afrikaans is. Sy kan net haar naam uitmaak. Sy strengel haar vingers deur syne. Minute later raak hy aan die slaap en dit was nie lank nie, toe gee Angie haar ook aan die slaap oor. Sy is so vas aan die slaap en weet nie eers toe haar ma en Jonathan later inkom om te kom kyk hoe Jakes vorder nie. Sy sien dus nie hul glimlag toe hulle haar en Jakes beskou nie. Sonder dat sy eers van hulle bewus is, draai haar ma weg om nog 'n kombers uit die kas te haal.

Sy vou die kombers oor Angie, en los dan vir Jakes en Angie alleen.

HOOFSTUK 11

Jakes word wakker toe die eerste lig deur die gordyne syfer. Eers weet hy nie waar hy is nie. Hy knipper sy oë en besef eerste dat sy hoofpyn verdwyn het. Sy kop voel nog dronkerig en sy lyf is seer, maar ten minste voel hy meer by as gister.

Die tweede ding waarvan hy bewus word is dat hy nie alleen is nie aangesien iemand sy hand vashou.

Hy draai sy kop effens en dan trek hy sy asem in toe hy besef dat dit Angie is. Hy rol oor tot op sy sy sodat hy na haar kyk.

Sy oë streel oor haar gesig. Selfs terwyl sy slaap is sy pragtig. Haar wimpers fladder en sy maak stadig haar oë oop.

"Môre," kry Jakes uit.

Sy glimlag terug, "Môre."

Vir 'n lang ruk kyk hulle na mekaar. Sy lig haar ander hand en streel dit oor sy wang en voorkop. Haar glimlag verbreed. "Jou koors het gebreek. Hoe voel jy?"

"Beter dankie. My hoofpyn is gelukkig weg. Ek sal netnou opstaan."

Angie skud haar kop beslis, "O nee, jy gaan nie. Jy mag

dalk beter voel, maar my pa het streng bevele gegee dat jy vandag nog in die bed moet bly."

Jakes voel hoe hy bloos, maar hy moet verduidelik, "Ek moet badkamer toe gaan."

Jakes weet sy terg. Lagduiweltjies dans in haar oë toe sy vra, "Het jy hulp nodig?"

Is sy nou wragtig ernstig? Hy kan haar nie eers antwoord nie, want haar onnutsige vraag het 'n hele nuwe beeld opgeroep. Hy moet wegdraai sodat sy nie sy reaksie kan sien of dalk voel nie. Hy staan op, maar hy moet dadelik weer gaan sit. Soos blits is Angie aan sy sy, "Is jy oukei?" vra sy bekommerd.

Jakes knik, "Ek het net skielik duiselig gevoel."

"Jy sou, ja."

Jakes kyk op toe 'n ander stem van die deur af opklink. Dit kan net Jonathan wees aangesien hy dieselfde blou oë het as Angie, Jesse en hul pa. Jonathan stop voor Jakes en bestudeer hom met 'n streng gesig. "Waar gaan jy miskien heen? Jy mag nog nie opstaan nie."

Jakes se skouers sak. "Ek het regtig die badkamer nodig."

Mens kan sien dat Jonathan en Angie broer en suster is. Dieselfde humor flits oor sy gesig voor hy sedig antwoord, "Dan sal ek jou help. Jy kan bietjie verfris, maar ek gaan die badkamer se deur oop los in geval jy flou word."

Jakes glimlag verlig. "Baie dankie."

Jonathan draai dan na Angie en sê streng, "En jy kan self ook gaan verfris. Kry iets om te eet en drink en as jy terugkom kan jy iets vir Jakes saambring. Vra vir Ma of Claire. Hulle sal weet wat hy sal kan eet."

Teen die tyd dat Angie na Jakes se kamer terugkeer met die skinkbord wat haar ma voorberei het, is Jakes terug in die bed. Onder Jonathan se toesig drink hy die lemoensap en eet die roereier, vrugte en yoghurt. Jonathan knik goedkeurend toe hy klaar is en die medikasie gedrink het. Hy tel die skinkbord op en glimlag vir Jakes, "Jy is goed geleer."

Tot Angie se verbasing krul Jakes se mondhoek ook op, "Jare se ondervinding om te weet dat jy nie met die dokter stry nie. Jy weet nooit wanneer hulle die naalde gaan uithaal nie."

Jonathan los laggend vir Angie en Jakes alleen.

Die oomblik toe Angie op die stoel langs die bed gaan sit, soek Jakes haar hand. "Jonathan het genoem dat jy my versorg het."

Nadenkend voeg hy by, "Niemand, behalwe my ma, het dit nog ooit vir my gedoen nie. Baie dankie."

Angie druk sy hand, "Enigiemand sou dit gedoen het. Ek is net bly jy voel beter."

Jakes snork en dan skud hy sy kop. "Glo my, nie almal sou dit doen nie." Hy besef dat hy dalk te veel kwytraak en sê eerder, "Ek is jammer dat ek jou planne deurmekaar gekrap het."

Haar laggie is 'n balsem vir sy siel. Soos gewoonlik kan hy hom verkyk aan haar as sy lag dat hy skaars hoor wat sy sê, "Watter planne? Ek het gedoen wat ek wou gedoen het. Ek het deur my foto's gegaan, gelees en ontspan. Ek het dit net saam met jou gedoen alhoewel jy dalk nie veel sal onthou nie."

"Miskien nie," erken Jakes, "maar ek het tog geweet jy is hier."

Sy lyk trots op haarself. Hy besef dat dit baie van Angie geverg het om so lank stil te sit hier by hom en hy wens hy kan vir haar sê hoeveel dit vir hom beteken. Hy voel egter so lomerig dat hy dalk iets kan kwytraak wat eerder kon gebly het. Hy skuif gemaklik en mompel dan, "Vertel my van die boek wat jy lees."

Angie begin vertel, maar Jakes moes aan die slaap geraak het. Toe hy weer wakker word is sy nie daar nie. Die res van die dag kom sy nie terug nie, maar daar is altyd iemand by hom. Toe hy laat die aand weer wakker word, is sy daar. Hy mompel verlig, "Jy's terug."

Sy kyk op en glimlag. "Ja, ek het instruksies gekry om uit te gaan. Ek het bietjie geskilder en inkopies gaan doen."

"Ek is bly. Ek het skuldig gevoel omdat jy die hele tyd net hier sit."

Angie sit haar hand oor syne en stel hom vinnig gerus, "Ek *wou* dit doen, Jakes."

Jakes sluk die emosie weg. Gelukkig spring Angie op en kondig aan, "Ek gaan gou vir jou ietsie kry om te eet."

Toe sy soos blits uit die kamer verdwyn, staan Jakes op om badkamer toe te gaan, verlig dat hy nie so wankelrig is soos vanoggend nie. Hy was alreeds terug in die bed toe Angie terugkeer in haar pa se geselskap. Gedwee laat Jakes toe dat die dokter hom ondersoek. Wanneer hy terugstaan, sê dok Summers, "Jy het die gestel van 'n os. Jy kan môre opstaan, maar gedra jou rustig. As jy moeg voel, rus."

"Dankie, Dok. Ek is jammer vir die ongerief."

"Jy kon dit mos nie verhelp nie. Angie het in elk geval die meeste gedoen."

Jakes knik ongemaklik. Toe die dokter weg is, plaas Angie die skinkbord op sy skoot. Sy wag geduldig tot hy klaar geëet het en sy medisyne gedrink het voordat sy die skinkbord wegneem. Jakes skuif weer gemaklik onder die komberse in, en dis nie lank nie, dat hy weer aan die slaap raak met Angie se hand in syne.

. . .

Toe hy die volgende oggend wakker word, voel Jakes heelwat beter as die vorige twee dae. Hy staan huiwerig op, maar hy is nie meer duiselig nie. Hy gaan badkamer toe en stort. Geklee in 'n paar jeans en 'n langmou-T-hemp, maak hy eers die bed op en die badkamer skoon voor hy die res van die familie gaan soek.

Hulle is almal in die kombuis by die groot tafel in die middel van die vertrek. Sy oog val natuurlik dadelik op Angie waar sy tussen haar twee broers sit. Jakes wil byna lag toe hy die verfstreep op haar gesig sien, die onderwerp van haar broers se geterg. Sy het duidelik alreeds geskilder vanoggend.

Jakes verskuif sy blik en dan verstyf hy onmiddellik. Langs Rayno aan die oorkant van die tafel sit 'n pragtige vrou.

'n Vrou met rooi krulhare.

Jakes dwing homself om weer te kyk en sien dan die glimlag en die manier wat sy vir Jonathan kyk. Dis asof die paniek wat wou-wou opstoot verdwyn toe hy die vrou nader beskou. Miskien is dit haar natuurlike glimlag of die ewe ondeunde vonkeling in haar oë wat hom laat ontspan.

Dok Summers sit aan die een punt van die tafel. Hy drink rustig sy koffie en luister na sy kinders se goedige geredeka-wel. Mary staan by die toonbank en kyk eerste op toe sy Jakes in die deur sien huiwer. Sy wink hom in met haar kop en 'n vriendelike glimlag.

Toe hy haar nader en gegroet het, stop sy hom 'n skoon beker in die hand. "Hier moet jy jouself help. Daar is altyd koffie in die perkoleerder. Melk en suiker is op die tafel of hier op die toonbank."

"Dankie," mompel Jakes en help homself aan die koffie.

Na hy dit voorberei het, draai hy na die vertrek om 'n sitplek te soek. Sy moed sak eers in sy skoene toe hy sien die enigste leë sitplek is tussen Rayno en die vrou. Hy is seker dis Claire, Jonathan se vrou. Hy huiwer eers, maar toe hy weer na haar kyk, besef hy dat daar geen teken is van sy gewone paniek nie. Hy wil nie nou daaraan dink nie, net te verlig dat dit nie daar is nie en stap na die tafel.

Hy sit sy beker op die tafel voor hy gaan sit. Gelukkig ook, want toe hy sy sit gekry het en opkyk, is dit reguit in Angie se oë. Sy hart klop vinniger toe haar glimlag verbreed. Jakes kan nie eers terug glimlag nie. Dit voel asof hy nie kan asemhaal nie.

Selfs met daardie verfstreep op haar wang is sy nog steeds die mooiste vrou wat hy nog gesien het.

Vaagweg hoor hy 'n dramatiese kug en ruk sy oë weg van Angie toe Claire sy arm stamp, "Ek is Claire."

Jakes bloos en draai dan na Claire en hou sy hand uit. Hy was reg. Sy lyk na 'n regte terggees, want daardie ondeundheid blink nog in haar oë toe hy sê, "Ek is Jakes. Ek onthou jou vaagweg van die eerste dag toe ek siek was."

Hy is nog steeds verbaas oor die afwesigheid van die gewone paniek toe Claire sy hand skud, "Jy is reg. Ek het daardie dag die voorreg gehad om jou ... kondisie ... te monitor," terwyl sy vinnig na Angie loer.

Jakes hoor hoe Angie haar asem vinnig intrek en haar onderlangse "Claire," maar dan spring Angie op en verdwyn by die deur uit. Duidelik steek daar iets meer agter Claire se woorde, want Jonathan proeslag. Jakes staar net verbaas na die deur waardeur Angie verdwyn het.

Angie kom glad nie terug die res van die oggend nie. Jakes vermoed sy skilder weer, maar hy wil nie vir iemand vra waar nie. Dis ook beter as hy nie weet nie. Wie sê hy sou nie toegegee het aan die versoeking en haar gaan opsoek het nie?

Hy hoef nie daaroor te dink nie. Hy sou. Hy sou tyd saam met haar wou deurbring al weet hy hy moet nie. Hy vra dus eerder nie en speel kaart saam met Jesse, Rayno, Jonathan en Claire. Claire gooi egter tou op en maak verskoning om vir Mary in die kombuis te gaan help. Jakes wens hy kon dit ook doen. Hy is 'n baie beter kok as 'n kaartspeler. Dit help natuurlik nie dat sy gedagtes nie by die spel is nie. Hy kan nie konsentreer nie.

Toe Angie uiteindelik weer haar verskyning maak nadat Claire haar uit haar ateljee gaan haal het, lyk sy moeg. Daar is nog steeds verfstrepe op haar wange en Jakes se vingers jeuk om dit af te vee.

Toe almal na ete verdwyn, gebruik Jakes ook die kans om te gaan rus. Hy voel nog nie honderd persent nie. Hy het skaars 'n hoofstuk gelees voor hy met die boek in die hand aan die slaap raak. Hy word net voor ses met 'n ruk wakker. Hy verklee haastig in 'n paar donker jeans, maar is nog besig om sy hemp aan te trek toe daar 'n klop aan die deur is. Hy maak dadelik verskoning toe hy die deur vir Angie oopmaak, "Jammer, ek het verslaap."

Hy konsentreer om die knope van die wit hemp wat hy gekies het vas te maak toe hy besef dat Angie nie geantwoord het nie. Hy kyk op en sien dat haar oë op sy hande gevestig is en hy verstil toe die hitte skielik deur hom slaan. Sy bring haar oë stadig op om syne te ontmoet.

Die wete tref Jakes soos 'n vuishou. Dit moes egter nie as 'n verrassing gekom het nie. Hy het geweet daardie soen het alles verander. Al wat hy nou wil doen is haar vashou en soen totdat nie een van hulle weet waar hulle is nie.

Maar hy doen dit nie. Hy durf nie, want hy weet as hy haar nog een keer gaan soen is dit verby. As hy haar een keer gaan vashou ... Nee, hy wil nie eers daaraan dink nie. Hy skeur sy oë weg van hare en met bewende hande maak hy die res van die knope vas.

Toe hy sy skoene aangetrek het, hou Angie hom nog steeds stilswyend dop. Die ou onsekerheid slaan deur toe hy ongemaklik vra, "Lyk dit oukei?"

Angie draai haar kop skeef en dan gly haar oë tydsaam oor hom. Jakes voel weer daardie hitte toe sy hom van bo tot onder beskou en dan weer haar paadjie terug volg om sy oë te ontmoet. Dan glimlag sy, "Perfek. Ek hou van die wit hemp teen jou vel."

Jakes sluk toe hy besef: Angie het hom nie gekritiseer nie. Inteendeel, hy is baie seker dis bewondering wat hy in haar oë lees. Dit het dieselfde gebeur die dag in die gimnasium. Dit maak die ander wete net erger. Wanneer gaan hy weer sy eie oordeel vertrou? Hy weet hoekom hy haar gevra het of sy uitrusting oukei is. Dis egter nie iets wat hy met haar kan deel nie.

"Kom," beveel sy. "Die ander wag."

Jakes volg haar in stilte na die groot vertrek. Sy stop so skielik in die deuropening dat Jakes amper teen haar vasloop. Dit help baie beslis nie om sy skielike bewustheid van haar te stop nie. Jonathan moet toe boonop hul opmerk en uitroep, "Soen, soen."

Almal draai na die deur en eggo Jonathan se woorde, "Soen, soen."

O nee! Jakes kyk af na Angie en onthou weer daardie

soen. Hoe de hel kan hy haar voor almal soen? Hy weet mos hoe hy gevoel het. Dis nie dat hy haar nie wil soen nie. Hy wil, bitter graag. Dis al waaraan hy dink sedert Vrydagaand.

Angie draai om. Haar oë blink ondeund toe sy vir hom fluister, "Jy mag my maar soen, weet jy?"

Jakes fluister terug, "Met almal wat ons dophou?"

Sy lag en voor hy weet wat tref hom, neem sy die besluit uit sy hande. Sy lig haarself op haar tone en soen hom. Dis nie eers 'n lang soen nie. Dis niks soos Vrydagaand se soen nie, maar hel, die vroumens steel sy asem. En dan staan sy doodluiters terug, glimlag vir hom voor sy omdraai en dieper die vertrek instap asof sy nie nou net sy hele wêreld omver gegooi het nie.

Jakes staar haar agterna, te verstom om haar te volg. Sy hart klop nog te vinnig en sy bene voel lam. Jakes word tot die werklikheid terug geruk toe hy 'n stamp teen sy arm voel. Hy skeur sy oë weg van waar Angie nou op die bank sit en met haar pagesels. Jesse hou 'n bottel bier uit na Jakes, 'n geamuseerde grinnik baie soos Angie s'n op sy gesig. Jakes neem hom nie kwalik nie. Hy lyk seker so verdwaas soos hy voel.

Hy bloos ongemaklik en neem die bottel by Jesse. Hy neem 'n diep teug van die koue vog voordat hy Jesse volg om by die ander mans aan te sluit. Die res van die aand soek sy oë aanhoudend na Angie. Hy hoef nie veel te wonder oor hoekom sy hom so aantrek nie. Hy het immers al baie daaroor gedink die laaste weke. Sy is so anders as ...

Nee, laat hy liewer nie nou daaraan dink nie. Angie is Angie. Uniek. Enig in haar soort. Sy is een van daardie persone wie se mooi nie net aan die buitekant is nie. Haar hart is sag en mooi en sy het soveel empatie met ander mense dat sy Jakes se eie hart week maak.

Haar liefde vir haar vriende en familie loop oor. Kyk nou net hoe leun sy teen haar pa terwyl hul saggies onderlangs praat. Hul band is duidelik. Die andersins streng dokter lyk so sag as hy na sy dogter kyk. Jakes neem hom nie kwalik nie, veral toe sy glimlag en haar hele gesig verhelder.

Hy sluk swaar. Hierdie was dalk 'n fout, want hy weet nou dat hy tot dusver aan sy laaste bietjie weerstand kon vasklou. Vir hoe lank, weet hy nie.

Partymaal voel mens as iemand vir jou kyk. Jakes skeur sy blik weg van Angie en kyk reguit in haar ma se oë wat hom rustig bestudeer. Jakes bloos tot in sy ore. Mary moes gesien het hoe hy na Angie staar soos 'n verliefde tiener. Hy het ongetwyfeld die geheim wat hy so hard probeer bewaar, weg gegee.

Daardie weerstand wat hy vroeër gedink het nog bestaan? Dit verkrummel vinniger as wat hy sy oë kan knip toe hy na ete Angie na die kombuis volg. Sy het besluit hy het 'n les nodig om regte warm kakao te maak.

En Jakes volg haar gedwee. En dis toe hy dit sien en hy weet, hy kan vergeet van wegbly van Angie af. Die mistel hang reg bo die deur van die spens. Jakes dink nie twee keer nie. Hy moes dalk, maar hy reageer instinktief.

Toe Angie by die spens wou uitstap versper hy haar pad. Toe sy verbaas opkyk, verduidelik hy, "Ek soek 'n oordoen."

"Wat? Hoekom?" vra sy verward.

Jakes se mondhoek krul op. Vir 'n oomblik hou hy haar oë gevange en dan kyk hy stadig op. Angie volg sy blik en dan val haar mond oop toe sy die mistel sien. Toe sy weer na Jakes kyk, blink haar oë ondeund. Jakes gee haar egter nie kans om iets te sê nie. Hy tree nader aan haar en mompel, "Hierdie keer het ons nie enige toeskouers nie."

Sy hande skulp om haar gesig en sekondes later neem sy mond van hare besit. Dis soos Vrydagaand se soen, maar tog nie. Miskien so sag en teer, maar ook dieper, meer intens. Vir Jakes se part kon dit vir altyd aanhou.

Dit sou moontlik as Jesse nie Angie se naam luidkeels van die deur af skree nie. Hul beide spring verskrik van mekaar. Angie laat val die sjokolade en malvalekkers op die grond.

Toe Jesse nader kom en vra, "Hoe ver is julle met die kakao?" buk sy vinnig om dit op te tel. Angie hou haar besig sodat sy nie na Jesse hoef te kyk nie. Jakes self weet ook nie waar om te kyk nie. Toe Jesse egter lag en opmerk, "O, ek sien Jonathan was weer besig," en dan veelbetekend na Jakes en Angie kyk, weet Jakes dat Jesse tot die regte gevolgtrekking gekom het.

Met 'n leedvermakerige kyk na Jakes stap Jesse na die kas en haal die bekers en 'n pot uit. Angie het uiteindelik haar bestanddele opgetel en op die tafel gesit. Sy gaan haal die melk uit die yskas en meet 'n koppie vir almal af en gooi dit in die pot. Sy praat oor haar skouer met Jakes, "Daar is twee geheime om ons kakao te maak. Die een is om net die suiwerste bestanddele soos volroom melk en suiwer kakao te gebruik," en sy gooi summier omtrent 'n hele koppie kakao en suiker by die melk. Sy lag toe Jakes geskok sy asem intrek toe sy 'n knippie sout ingooi. "Is dit die ander geheim?"

Angie skud laggend haar kop, maar sy antwoord nie. Hy sou in elk geval dalk nie gehoor het nie aangesien Jesse die elektriese menger aangesit het om die room te klits. Nadat die suiker en kakao gesmelt het en die melk warm is, haal Angie dit van die hitte af. Sy breek 'n groot blok sjokolade in die mengsel en daarna 'n bietjie vanilla. Sy gooi die mengsel in die bekers waarna Jesse die room opskep en hulle dit afrond met die mini-malvalekkers.

Angie gee vir Jakes 'n beker, "Probeer dit."

Jakes neem 'n klein slukkie en toe hy die soete verleidelikheid op sy tong proe, rek sy oë, "Sjoe, dis lekker." Hy neem nog 'n slukkie en sê dan, "Ek sal egter nie baie van hierdie kan drink nie. Dis baie suiker."

"Jy's reg. Dit is ons spesiale Kersfees-kakao. Die res van die tyd is ons nie so dekadent nie."

Nadat Jakes nog 'n slukkie geneem het vra hy, "Nou wat is die ander geheime bestanddeel?"

Angie kyk op na Jakes om te antwoord, maar Jesse spring haar voor. Hy het die skinkbord in sy hande en net voor hy uitstap, kyk hy van Angie na Jakes en wikkel sy wenkbroue, "Die tweede bestanddeel is liefde."

Dit het Jakes 'n rukkie geneem om daardie kriptiese antwoord van Jesse te verwerk en hy weer by die ander kon aansluit. Die vertrek is egter nou in rep en roer. Iemand het die kersboom wat vanoggend nog buite op die veranda gestaan het, ingebring en dit staan nou in die een hoek. Claire is besig om kartondose uit te pak waarin Kersversierings verpak is. Toe Jakes by hulle aansluit, roep sy uit, "Nou kan ons begin versier."

Angie deel bevele uit aan almal, insluitende Jakes en Rayno, op so 'n wyse dat selfs *Coach* trots sou gewees het op haar. Hul begin by die liggies en dit word dan gevolg deur 'n mengelmoes van versierings wat niks bymekaar pas nie. Party is duidelik met die hand gemaak toe die kinders nog klein was en ander is gekoop. Mary vertel 'n storie oor elk van die versierings. Dit laat Jakes aan sy eie familie dink. Al is dit die eerste keer in jare dat hy nie Kersfees saam met sy familie kan deurbring nie, voel hy verbasend genoeg nie hartseer daaroor nie.

Angie tower nog een laaste dosie met versierings uit die kas. Sy gee dit eers vir haar ouers en dan word dit aangestuur sodat elkeen 'n versiering kan neem. Selfs Rayno kry 'n beurt. Sy hou heel laaste die dosie uit na Jakes en verduidelik, "Ons koop hierdie elke jaar by die sjokoladewinkel in die dorp. Elkeen kan sy eie versiering kies, maar aangesien jy siek was, het ek een namens jou gekies."

Daar is nog net twee versierings oor. Die een is 'n voëltjie en die ander een 'n engel. "Watter een is myne?" vra Jakes.

Angie lag. "Dit maak nie saak nie. Kies jy maar."

Jakes besef dat almal besig is om hul eie versierings te hang. Hy staan nader na Angie en vra saggies, "Is jy seker dis my keuse?"

Angie knik net so ernstig soos Jakes. Wat hom besiel het weet Jakes nie want hy hou haar oë vas toe hy fluister, "Dan hoef jy nie te vra nie. Ek kies die engel."

Het sy sy woorde gesnap? Woorde wat hy nie bedoel het om te sê nie, maar wat uitgeglip het voor hy kon keer? Moontlik het sy, want 'n ligte blos verkleur skielik haar wange. Haar hande bewe toe sy die engeltjie uithaal en vir Jakes gee en dan laastens die voëltjie. Saam draai sy en Jakes na die boom en hang hul versierings op.

Angie se verleentheid hou gelukkig nie lank nie. Die boom kort nog een versiering en dis die ster wat bo op moet kom. Dit lyk vir Jakes asof dit 'n familie reëling is dat Angie die engel op die boom sit aangesien sy dit uithaal. Toe sy omdraai met die engel in haar hand, kreun sy misnoeg. "Ag nee. Hoekom het julle so 'n groot boom gekry? Ek gaan mos nooit daar bo uitkom nie."

Sy kyk na haar pa en vra, "Het pa 'n nuwe leer gekry? Pa weet mos wat het gebeur met die vorige een."

Dok Summers skud sy kop verleë. Almal staar in konsternasie na Angie en die ster wat sy vasklou.

Jakes dink dis 'n ander familie ding waarvoor hy moet oppas. Jesse kry dieselfde ondeunde glinstering in sy oë as wat Angie gereeld doen en Jonathan ook al mee vorendag gekom het. Hy stamp-stamp so aan Rayno en doen dan oënskynlik onskuldig aan die hand terwyl hy na Jakes beduie. "Hy kan jou help. Hy is lank genoeg en hy is in elk geval gewoond daaraan om groter ouens as jy op te tel."

As 'n kyk kon vermorsel sou die kyke wat beide Jakes en Angie hom gee dit regkry. Die res van die familie draai nou afwagtend na Jakes. Jonathan en Claire lyk net so geamuseerd met die voorstel, maar Jakes kan nou kwalik weier. Hy draai na Angie en beduie met sy kop. "Kom, laat ons die ster op die boom kry."

Angie kyk wantrouig na hom, maar sy staan tog nader. Met die ster in een hand, waarsku sy met die wysvinger van haar ander hand na Jakes, "Nou kom aan, ou grote, laat ons dit oorkry. Maar ek waarsku jou, as jy my laat val gaan jy nie weer warm sjokolade kry nie."

Sy lyk so oulik dat Jakes glimlag, totaal en al onbewus van die ander wat hul gadeslaan. Voor Angie iets kon byvoeg, buk hy skielik en gly sy hande om haar bobene dan lig hy haar op. Sy gee 'n klein gilletjie en gryp summier sy kop vas.

Jakes staan regop en stoot Angie hoër op, "Goed, kom regop dan behoort jy by te kom."

Toe Angie die ster uiteindelik aan die top balanseer, klap die ander spontaan hande. Hulle draai weg en begin om die vertrek op te ruim, totaal en al onbewus van Jakes wat nog met Angie in sy arms staan. Eers toe sy haar hand op sy kop sit, kyk Jakes op na haar. Hy laat haar stadig sak, teen sy lyf en nie een keer verbreek hul oogkontak nie.

En die keer is daar nie 'n beduidenis van 'n glimlag nie. Daarvoor is die kontak tussen hulle te intens.

HOOFSTUK 12

Angie kan nie slaap nie. Haar gedagtes dwaal terug na daardie oomblik tussen haar en Jakes na sy die ster op die boom gesit het. Selfs voor dit was daar iets wat haar bedag gemaak het dat sy moontlik nie die enigste is met gevoelens wat sy nie weet wat om daarmee te maak nie. Die soen in die kombuis? Nee, dit was fantasties, maar dis nie dit nie. Dalk was daar iets toe hy die engel-versiering gekies het, maar nooit, nie eers in die begin van hul verhouding toe alles nog nuut was, het Chris haar laat voel soos Jakes vanaand nie. Dis asof Jakes iets in haar wakker gemaak het wat sy nooit eers geweet het bestaan nie.

Na sy die hoeveelste keer omgedraai het, gooi Angie geïrriteerd die komberse af en spring op. Sy kan net sowel iets konstruktief doen as sy nie kan slaap nie. Sy maak haar kamerdeur effens oop. Behalwe die ligte wat gewoonlik in die nag aanbly, begroet die stilte en donkerte haar. Sy glimlag. Sy kan haar geskenke onder die boom gaan sit. Sy weet sy sal nie die eerste wees nie. Haar ouers spring haar elke jaar voor al probeer sy ook hoe hard om eerste te wees.

Sy skakel haar bedlampie aan en haal 'n tas onder haar kas uit waarin sy haar geskenke weggesteek het. Haar arms vol, sluip sy na die familiekamer. Daar is genoeg lig in die gang om haar weg te vind, maar sy ken die huis so goed dat sy nie hoef te kyk waar sy loop nie.

Miskien het sy haar misgis, want die volgende oomblik bots sy teen 'n harde voorwerp. Toe die harde voorwerp egter hande uitsteek om te keer dat sy nie val nie, hoef sy nie te wonder wie dit is nie. Sy ruik Jakes se bekende deodorant of wat hy ookal gebruik nog voor sy hoef op te kyk.

Woordeloos gly sy hande van haar arms. Hy draai effens sodat Angie by hom verby kan skuur. Haar hart klop so vinnig en haar hande bewe toe sy langs die boom kniel om die geskenke neer te sit. Sy neem haar tyd, meer om haar rondomtalie emosies onder beheer te kry. Dit help egter nie veel nie. Toe sy opstaan en omdraai is hy daar, so naby dat sy hitte na haar toe vloei.

Hy lig sy een hand en vee ligweg die hare weg van haar gesig. Sy vingers fladder so sag soos skoenlapper vlerkies oor haar vel. Angie kyk op, haar hart in haar keel.

Die liggies van die Kersboom skep 'n intieme kokon in die vertrek. Angie kan egter duidelik genoeg Jakes se gelaatstrekke in die sagte lig herken, selfs die vae litteken van 'n ou besering wat uitstaan teen sy bruin gebrande vel. Dis egter sy oë wat oor haar gesig dwaal wat haar aantrek, soos gewoonlik.

Sy weet hy gaan haar soen nog voor sy kop sak. Sy lippe is streelsag oor hare. Hy lig sy kop effens, en dan kreun hy byna haar naam net voordat sy mond hare met meer dringendheid opeis. Alle rasionele gedagtes verlaat haar summier. Al wat sy bewus van is, is sy hand wat om haar nek geskulp het en die sensasies wat sy mond veroorsaak.

Toe hy sy kop weer lig wil Angie protesteer. Sy wil nie hê hy moet ophou nie. Sy asemhaling is hortend as hy sy voorkop teen hare laat rus. Uiteindelik lig hy sy kop en kyk na haar. "Ek wou dit gedoen het die eerste oomblik wat ek jou gesien het."

Geen wonder die man het haar so ontsenu daardie eerste aand nie. Hy het toe al gevoelens in haar wakker gemaak. Sy fluister verwonderd, "Ek mag jou dalk skok, maar ek sou nie omgegee het as jy het nie."

Sy mond krul op aan die een kant en hy fluister terug, "Ek wil dit weer doen."

"Dit klink na 'n goeie plan," glimlag Angie terug.

Sy glimlag versprei na die ander mondhoek ook en dan sug hy gelate, "Dan maak ons so."

Daar is egter niks gelate in die soen nie. Angie se glimlag het nog nie verdwyn toe sy mond hare weer opeis nie, maar dit vervaag vinnig in die intensiteit van die soen wat volg.

Sy hoop net nie dis die laaste keer nie.

Jakes luister met 'n halwe oor na die gesprek om die ontbyttafel die volgende oggend. Hy besef skielik dat dit baie stil is. Toe hy opkyk, is alle oë op hom. Hy kyk rond en dit lyk of hulle wag vir hom om iets te sê. Hy maak ongemaklik verskoning, "Ek is jammer ..."

Jesse grinnik. "Ons hoef nie te vra nie. As 'n man so sit en dagdroom is sy gedagtes net by een ding en dis 'n vrou."

Jesse is so na aan die waarheid dat dit nie eers snaaks is nie. Jakes bloos, maar hy antwoord nie. Hy durf ook nie na Angie kyk nie, want hy weet mos nou al wat gebeur. Gelukkig torring Jesse nie verder nie en vra, "Ons wou weet of jy saam met ons wil gaan ski?"

Jakes skud sy kop. "Ek kan nie. Ek het nooit geleer nie, maar al het ek, sou ek nie sulke kanse gewaag het nie."

Dok Summers beaam Jakes se siening toe hy mor, "Ek is bly jy gebruik darem jou verstand. Ek sou jou in elk geval afgeraai het."

Jesse knik, "Dan is jy verskoon. Gee jy om as ek, Jonathan en Rayno gaan?"

Jakes wil nie hul pret bederf nie en skud sy kop. "Nee, glad nie."

"Dis reg dan. Jy kan my pa of die vrouens geselskap hou. My ma beplan 'n volskaalse ete vanaand en hulle wil kook."

"Ek sal help," bied Jakes dadelik aan. Hy kyk hoopvol vir Mary. "Ek hou van kook."

Angie, Jesse en Rayno beaam entoesiasties, "Hy *kan* kook. Hy het nou die aand vir ons die heerlikste kerrie-hoender gemaak met allerhande bykosse en nagereg!" vertel Angie grootoog.

Mary glimlag vir Jakes, "Jy is welkom om te help. Miskien kan jy dalk vir Angie inspireer in die kombuis."

Angie snork verontwaardig, "Ek kan kook. As ek moet ..." erken sy darem onwillig.

Haar hele gesin lag as Jonathan haar terg, "As jy onthou." Hy sê vir Jakes, "Toe Angie in Boulder studeer het, het sy ons een aand genooi vir ete. Daar was egter net een probleem. Angie het aan die skilder geraak en vergeet ons kom. Sy was skoon verbaas om ons te sien en ons moes maar pizza gaan kry."

Toe Angie bloos, tree Jakes vir haar in die bresse. "Ek het jou gesê jy is nes my ma."

Hy verduidelik vir die res van die gesin, "My ma is 'n beeldhouer. Wanneer sy eers met 'n projek begin kan hoor en sien vergaan. Ek was nog klein toe my ouma by ons kom bly het en sy die huishouding oorgeneem het. Toe sy dood is het ek nie 'n keuse gehad nie. Ek moes leer kook as ons nie van die honger wou omkom nie. My pa is net so hopeloos soos my ma."

Mary lag. "Dan moet ons onthou om nooit jou ma en Angie in beheer van die kombuis te sit nie."

Jakes kan hom dit net voorstel en hy glimlag vir Mary, "Nee, eerder nie. Ek dink egter hulle sal goed oor die weg kom."

Hy draai na Angie en sê voordat hy kon dink, "Dit sal nie lank neem voor jy saam met haar in haar ateljee is nie."

Sy woorde was skaars koud toe tref die besef hom. Hy sou bitter graag Angie aan sy ma wou voorstel. Hy is seker hulle sou goed oor die weg kom, anders as ...

Sy skouers sak moedeloos. Hy moet ophou droom en hoop. Dit sal seker nooit gebeur nie. Hy kyk na 'n ruk weer op en vind Jonathan se blik nadenkend op hom. Jakes skuifel ongemaklik en laat sak sy kop.

Jakes staan by die venster, verstom oor die toneel voor hom. Hy het al sneeu gesien. Dit sneeu gereeld in die winter in die Lesotho-berge en die passe naby Harrismith. Dis egter niks in vergelyking met die toneel voor hom nie.

Hy hoef nie te kyk om te weet dat Angie langs hom kom staan het nie. Hy adem haar sagte parfuum diep in, net soos hy al die hele oggend in die kombuis gedoen het. Dit maak hom net meer attent op hoe laag sy weerstand al is.

Hy snork byna. Weerstand? Nee wat, dié het lankal verdwyn. Kyk nou net hoeveel keer hy haar al gesoen het. En hy wil nie ophou nie. Elke kyk, elke aanraking, bevestig net sy groeiende aangetrokkenheid.

Jakes kyk af na haar toe sy dromerig sug. "Dis so mooi. Ek is mal oor die berge in die winter, maar ek hou nog meer daarvan in die lente en somer. Die heuwels is groen en orals is daar veldblomme."

"Hou jy van lenteblomme?"

Toe Angie knik, stap Jakes na die koffietafel waar hy sy foon gelos het en tel dit op. Hy gaan sit op die bank en maak sy foto's oop. Angie kom sit sonder huiwering langs hom en Jakes maak die fout om na haar te kyk. Haar mond lyk gans en al te aanloklik toe sy afwagtend vir hom glimlag. Hy skuif ongemaklik op die bank rond en kyk vinnig af na sy foon om verder te soek. Toe hy uiteindelik die foto kry, hou hy die foon uit om vir Angie te wys. In plaas van dit by hom te vat, leun sy nader. Hy voel die tinteling waar hul arms en bene aan mekaar raak en hy moet eers diep asemhaal voor hy kan verduidelik, "Ek het hierdie op ons plaas in die Oos-Vrystaat geneem. Dit lê aan die voet van die Maluti-berge, so tussen Fouriesburg en Clarens. Tussen April en Mei, maar party-maal so vroeg soos Februarie is die Oos-Vrystaat op sy mooi-ste. Dis groen, en daar is orals kosmos blomme langs die paaie en in die veld."

Angie staar verwonderd na die foto voor hy omblaai na die volgende foto en nog een en nog een. By een foto stop sy hom om langer na dit te kyk. Sy sou dit bitter graag wou skilder. "Sal jy dit vir my stuur?"

Sou hy weet wat sy wil doen? Baie moontlik, want sonder om te vra, stuur hy vir haar die foto terwyl 'n glimlag om sy een mondhoek krul.

Hy wys vir haar nog 'n paar foto's en toe skielik is daar 'n foto van 'n groep mense. Jakes staar vir 'n oomblik na die foto en toe hy sy foon wil wegsit, stop Angie hom en vra nuuskierig, "Is dit jou familie?"

Hy huiwer vir 'n oomblik en dan maak hy weer die foto oop. "Hierdie is met my suster se troue geneem. Dis sy." Met sy vinger wys hy die res van sy familie uit. Buiten sy suster en swaer op die foto is daar ook sy ouers en nog twee jonger broers, en 'n ouer egpaar wat net sy pa se ouers kan wees. Angie bly hom uitvra en eers lyk hy ongemaklik, maar hy antwoord tog. Dis eers heelwat later dat hulle agterkom dat hulle nou alleen is. Stemme uit die kombuis lei hulle soontoe waar Mary en Claire elk met 'n koppie koffie sit. "Is daar iets wat ons kan doen?"

Mary skud haar kop. "Nee, wat. Als is gereed. Hoekom gaan stap julle nie 'n bietjie nie? Julle gaan dalk nie weer 'n kans kry vandag nie aangesien nog sneeu voorspel word."

Jakes kyk gretig na Angie, "Dit sal lekker wees, al is dit net vir 'n rukkie."

Sy knik, "Trek net warm genoeg aan. Ek wil nie hê my pa moet raas as jy weer siek word nie. Ek kry jou by die voordeur."

Angie was net besig om haar baadjie aan te trek toe Jakes by haar aansluit. Hy het alreeds sy parka aan. Sy rits haar baadjie toe en reik na die handvatsel, maar Jakes stop haar met sy hand op haar arm. Angie kyk vraend na hom, maar sy hoef nie verder te wonder oor hoekom hy haar stop nie. Sy hande lig en sy vingers strengel deur haar hare. Vir 'n oomblik vang hy haar oë vas en dan buk hy af en eis haar mond op in 'n sagte soen. Toe hy terugstaan beduie hy met 'n vonkel in sy oë, "Mistel."

Angie lag en skud haar kop. "Jy leer nogal vinnig."

"Ek hou van Jonathan se manier van dink," glimlag hy skeef.

Angie hou nog meer van hierdie Jakes, die een wat al is dit hoe klein, kan glimlag en terg. Hy gee haar egter nie kans om hom verder te waardeer nie aangesien sy gesig verstrak en hy vinnig wegdraai. Hy rits sy baadjie toe en maak dan self die voordeur oop en stap uit.

Vir die eerste ruk stap hulle in stilte. Wat het gebeur? Hoekom is hy skielik so gespanne?

Angie het egter geleer om Jakes te los as hy so is. Vandag is sy egter nie lus om te praat nie. Daarvoor is haar gedagtes te veel in 'n warboel. En dan skielik, voel sy sy hand teen hare en kort voor lank strengel sy vingers deur hare. Hulle praat nie 'n woord nie. Angie kan in elk geval niks uitkry nie, want haar hart klop gans en al te vinnig in haar keel.

Op pad terug huis toe vra Angie, "Het jy al sneeu-engele gemaak?"

Jakes skud sy kop. Hy lyk skepties toe sy hom saam met haar trek na 'n gelyk stuk grond buite die huis. Sy beduie na die grond, "Om 'n perfekte sneeu-engel te maak, kort jy vars sneeu wat net diep genoeg is sodat jy nie die grond onder dit kan sien nie. Dit moet sag wees bo, amper soos poeier. Hou my dop wanneer ek myne maak, dan kan jy ook een maak."

Angie sak summier op haar hurke en val dan terug op haar boude op die sagte sneeu. Sy lê terug en strek haar arms wyd. Met reguit arms beweeg sy hulle op en af deur die sneeu, eers tot byna bokant haar kop en dan wyd terug tot teen haar sye.

Sy herhaal haar bewegings met haar arms 'n paar keer en doen dan dieselfde met haar bene, maar die strek is nie so wyd soos haar arms s'n nie. Sy is so besig met haar demonstrasie dat sy nie sien toe Jakes sy kamera haal en 'n paar foto's neem nie. Uiteindelik lê sy stil en lag op na Jakes. Hy neem een laaste foto.

Sy hou dan haar hand uit en beveel Jakes, "Trek my op, maar wees versigtig. Ek wil nie my engel seermaak nie."

Jakes strek sy hand uit om hare te gryp en dan trek hy haar op soos sy beveel het. Hy staan terug en trek haar tot teen hom. Angie glimlag en draai dwars om na haar engel te kyk. "Is dit nie 'n mooi engel nie?"

Jakes kyk egter nie na die engel op die grond nie. Sy oë is vasgenael op Angie toe hy beaam, "Pragtig."

Angie grinnik, "Neem nou 'n foto van my engel dan kan jy joune maak."

Jakes trek sy blik van haar en neem geduldig die foto voor hy die kamera aan Angie oorhandig. Hy is nog skepties oor die hele ding. "Jy besef dat sneeu net gevriesde water is?"

Angie se humorsin kry die oorhand as sy vra, "Ja, en?"

"Jy weet dus ek gaan nat word en koud kry."

Angie skud haar kop en terg, "Jakes, Jakes, Jakes. Regtig? Jy is tog nie bang vir 'n bietjie water nie. Komaan. Ek weet jy kan dit doen."

Jakes lig sy ken en trek sy skouers terug. "Ek is nie 'n sissie nie. Ek sal jou wys."

Angie lag net vir hom. Gedetermineerd volg Jakes haar voorbeeld en deurlopende instruksies. Hy weet sy neem foto's terwyl hy besig is om sy engel te maak, maar hy konsentreer hard op sy taak. Toe hy reken hy is nou klaar, gebruik hy die krag in sy bobene om regop te kom sonder om te veel skade aan die engel te doen.

Jakes beskou die engel en dink hy het nie te sleg gedoen nie. Hy draai selfvoldaan na Angie en sê, "Ek het jou mos gesê ek kan dit doen. Ek is nie 'n sissie nie."

. . .

Angie se hart mis 'n slag. Daar skuil definitief iets meer agter sy woorde. Sy glimlag, maar sy hoop hy weet dat sy nie vir hom lag nie toe sy hom verseker, "Ek het nog nooit gedink jy is een nie."

Hy staar na haar. Verwondering verskyn in sy oë en dan iets anders, amper soos verligting.

En toe glimlag hy.

Nie daardie glimlaggies waar sy mondhoek net opkrul nie. Nee, hierdie is 'n propperse glimlag wat spierwit tande ten toon stel. Lagplooitjies vorm om sy oë. Angie staan verstom.

Dis net ... wow! Daardie glimlag is gevaarlik mooi.

Sy moet die effek wat dit op haar het afsluk voordat sy na sy sneeu-engel draai. Sy beskou dit vir 'n oomblik net om tot verhaal te kom. Toe sy gereed voel klap sy hom op die arm en beaam, "Nie te sleg vir die eerste keer nie."

Jakes lyk so trots toe Angie nog 'n foto van hom saam met sy engel neem. Hy glimlag die hele tyd tot wanneer hy aandring dat hulle 'n foto saam neem. Toe hy uiteindelik tevrede is met die resultaat, druk hy die kamera in sy sak en saam draai hul terug na die huis.

Angie se humorsin kry die oorhand. Geen besoek aan die berge in die winter sal volmaak wees sonder 'n sneeugeveg nie. Sy moet strategies dink en vinnig. Sy draai stadig in die rondte terwyl sy planne maak. Uiteindelik stop sy en kyk in die teenoorgestelde rigting van die huis en sê, "Kyk daar."

Jakes draai om en kyk in die rigting wat sy beduie het, maar sy weet hy gaan niks sien nie. Hy trek sy oë op skrefies en frons. "Waar?"

Hy wou nog omdraai om na haar te kyk maar hy is te laat. Teen daardie tyd het Angie 'n bondel sneeu bymekaar gemaak en dit tref hom tussen die skouerblaaie. Hy draai geskok om na haar. "Jy het nie nou net dit gedoen nie."

Angie lag, maar toe sy sien Jakes buk om sy eie bondel sneeu bymekaar te maak, draai sy blitsvinnig om en hardloop. Toe sy sneeubal haar teen die rug tref, lag sy net harder. Sy draai om om te kyk waar hy is, maar dan stop sy in haar spore.

Dit is asof dit in stadige aksie gebeur. Eers krul sy een mondhoek op soos sy nou al gewoond is, en dan die ander. Dan verskyn daardie selfde mooi glimlag soos vroeër. Dis egter nie al nie. Sy lag begin saggies, soos die murmurering van 'n stroompie, maar dan breek dit vol uit.

Angie staan verstom. Sy lag is so mooi.

Sy word egter tot die werklikheid terug geruk toe sy besef dat hy reguit op pad is na haar toe met nog 'n bondel sneeu in sy hand. Vervaard begin sy gryp na sneeu, maar voordat sy genoeg het om enige impak te maak, is hy by haar. Sy lig haar arm om te gooi, maar sy arm gly om haar, en druk haar arm en al vas teen sy lyf. Hy druk die bondel ys in sy ander hand teen haar wang.

Angie gil, "Jy speel nie regverdig nie."

Jakes grinnik, "Ek speel nie 'n spel om regverdig te wees nie, Engel. Ek speel om te wen."

Angie probeer giggelend van hom en sy handvol sneeu weg beur. Tussen haar giggels deur vra sy, "En wat is die prys as jy wen?"

Jakes laat val die sneeu. Voor sy weet wat hy beplan het hy haar omgeswaai en is sy mond teen hare. "Dit," mompel hy teen haar koue lippe. Toe hy 'n rukkie later sy mond wegneem, glimlag Angie, "Dan het ons albei gewen," en gly dan haar arms om sy lyf en trek hom nader.

Hy mompel net, "Hm," maar dan sluk sy mond al Angie

se woorde, die lag en gedagtes in. Dit is 'n lang tyd later voor Jakes weer sy kop lig en verdwaas na haar kyk. Angie glimlag en lê haar hand teen sy wang, "Jy het gelag."

Dit lyk asof die besef toe eers tot hom deurdring. Hy lyk verwonderd as hy beaam, "Ek het."

Sy kan nie verder daaroor dink en die redes hoekom hy nooit lag nie, want sy hande vou om haar gesig. Hy draai haar kop effens en dan soen hy haar weer. Dit is nie so passievol soos die vorige soen nie, maar vir Angie voel dit soveel meer, want met daardie soen voel dit asof hy die laaste stukkie van haar hart syne maak.

Jakes word van iets anders bewus as Angie, en hoe sy in sy arms voel en teen hom voel en die gevoelens wat haar aanraking veroorsaak.

'n Harde kug ruk hom terug aarde toe. Vir 'n oomblik nadat hy dit reggekry het om sy mond van hare te lig, staar hy soos 'n dwaas nog na haar, nie heeltemal seker of sy brein besef wat gebeur het nie. 'n Tweede kug, gevolg deur 'n proeslag, laat hom besef dat aangesien dit nie hy of Angie is nie, hulle nie meer alleen is nie.

Hy laat sak sy hande stadig van haar gesig, maar staan nog doodstil en kyk vir Angie. Toe sy oogkontak met hom breek en dan stadig haar bolyf beweeg om om hom te loer, weet hy dat dit nie net sy verbeelding was nie. Haar gesig is bloedrooi. Hy weet ook dat hy haar nie alleen kan laat ly nie en draai dus gedwee om sodat hy wie ook al in die oë kan kyk.

Die drie mans wat vanoggend gaan ski het, staan hom en Angie met gevoude arms en betrag. Nie een van die broers lyk egter kwaad nie. Inteendeel, hulle lyk erg geamuseerd, maar Jakes het geen twyfel dat Angie se broers dit nie daar gaan laat nie. Een of ander tyd gaan hulle hom konfronteer en vra wat Jakes se planne is met hul suster.

Jakes weet *wat* hy graag wou antwoord, maar ongelukkig kan hy dit nie doen nie.

Jakes stap stadig agter die ander terug huis toe en toe hy klaar sy baadjie en skoene uitgetrek het, kom hy net betyds in die kombuis om te sien hoe Jonathan Claire 'n klapsoen gee. Sy staan laggend terug en sê, "Ek kla nou nie, maar waarvoor was die soen? Het jy weer iets gedoen?"

Hy grinnik. "Ek weet nie. Ek dink dis aansteeklik. Miskien is dit die vars berglug."

Toe Jesse en Rayno lag, besef Claire seker dat Jonathan iets anders insinueer. Sy kyk rond en lag dan. Jakes loer vinnig na Angie. Hy weet dat hul rooi gesigte duidelik weggee dat hulle die bron van Jonathan se opmerking is.

Jakes vlug haastig na sy kamer toe om in 'n droë broek te gaan verklee. Hy durf nie kyk nie, maar hy weet Angie is kort op sy hakke.

'n Kort rukkie later sluit Jakes weer by die ander aan vir middagete. Soos ma's maar is, vra Mary uit oor hul uitstappies die oggend. Na Jesse en Jonathan vertel het van hul ski-eskapades, vra Mary vir Angie, "Kon julle darem 'n lekker stappie inkry?"

Angie knik en loer na Jakes voor sy antwoord, "Ja, ons het nie te ver gestap nie maar Jakes kon darem sy eerste sneeuengel maak *en* hy het ook sy eerste sneeugeveg gehad."

"En ek het gewen."

Almal kyk na Jakes toe hy die opmerking maak. Angie stry onmiddellik, "Is nie, ek het gewen."

Jakes skud sy kop. "Ek het gewen. Ek het jou gesê: ek speel altyd om te wen."

Jesse vra, kamstig ernstig, "As ek mag vra: wat het die wenner gekry?"

En weer bloos beide Jakes en Angie bloedrooi. En hierdie keer hou Angie se broers en Rayno nie terug nie. Hulle lag uit hul mae vir hul verleentheid. Hulle het mos die resultaat self gesien.

HOOFSTUK 13

Jakes sit op die trappies voor die huis met 'n beker koffie in sy hand terwyl hy die manewales van die twee vrouens dophou.

Angie het na ontbyt aangedring dat hulle 'n sneeuman maak. Haar argument was dat Jakes nie Colorado kan verlaat sonder om ten minste een sneeuman te bou nie. Jakes wou nie toe al dink aan huis toe gaan nie, en het in geval by haar planne. Dit sal hom besig hou eerder as om te tob. Dis twee dae voor Kersfees en sy tyd raak min.

Hy en Jonathan het dus gehelp om die sneeuman te bou onder luide instruksies van Jesse en Rayno wat dit van die veiligheid van die veranda dopgehou het. Die vrouens was nog besig om die laaste versierings aan te bring terwyl Jakes en Jonathan gaan koffie haal het wat die twee vrouens van die hand gewys het.

Jakes sit sy beker langs hom neer en haal sy foon uit sy sak. Hy neem 'n paar foto's van die sneeuman en die twee giggelende vrouens. Hy zoem in op Angie se gesig net toe sy na hom kyk. 'n Glimlag krul nog steeds om haar mondhoeke. Weer tref haar skoonheid en die helder-blou oë hom. Hy neem die foto en sluk swaar toe hy die foon laat sak. Hy bestudeer lank die foto en met 'n sug sit hy die foon terug in sy sak om weer sy beker op te tel. Sy oë dadelik op Angie gerig.

"Jy is verlief op Angie."

Jakes se kop ruk om na Jonathan wat nou langs hom kom sit met sy eie beker in sy hand. Dié kyk egter nie na Jakes nie, maar na die twee vrouens.

Dit was nie 'n vraag nie. Dis 'n verklaring, so asof Jonathan dit alreeds vir homself uitgewerk het.

Jakes se hart klop vinniger. Dit voel of sy bors toetrek en hy nie kan asemhaal nie. Hy maak sy oë toe as die skok deur sy liggaam vibreer.

Jonathan is reg. Jakes kan nie eers stry nie, al wil hy.

Hy is verlief op Angie.

Verlief? Nee, dis nie meer verliefdheid nie. Hoekom het hy dit nie vroeër besef nie? Hierdie is lankal nie meer net die fisieke aantrekkingskrag wat hy gedink het nie. Dis beslis veel meer as die vriendskap wat hy homself veroorloof het.

Hy het Angie lief.

Jakes blaas sy asem hard uit en dan erken hy gelate, "Ek is."

Jonathan draai sy kop na Jakes en beskou hom fronsend, "Jy lyk nie gelukkig daaroor nie."

"Ek ... maak nie saak hoe ek voel nie, ek kan niks daaromtrent doen nie."

"Hoekom nie?"

Jakes sit die beker weer langs hom neer. Sy vingers soek terselfdertyd na die bandjie om sy pols terwyl sy oë weer Angie volg. Met 'n sug erken hy, "Behalwe die feit dat ek nie goeie materiaal is vir 'n verhouding nie?" Hy beduie na Angie, "Kyk net na haar. Sy is beeldskoon, sosiaal, liefdevol ...

Ek kan aan en aangaan, maar die punt is, ek is nie soos Angie nie. Ek is 'n introvert. Angie het nie so iemand in haar lewe nodig nie. Ek kan in elk geval nie 'n verhouding hê vir die volgende ses maande nie."

"Hoekom nie?" vra Jonathan. "Ek belowe wat jy my vertel sal tussen ons bly."

Jakes voel instinktief dat hy Jonathan kan vertrou. Jonathan boesem dieselfde rustige vertroue in as wat André, sy boesemvriend doen. Hierdie is egter nie net sy storie nie. Hy kan dit nie met Jonathan of enigiemand anders deel nie. Hy skud sy kop. "Ek weet ek kan jou vertrou, maar ek kan nie. Maar jy kan my glo as ek sê dat ek dalk nie die beste is vir Angie nie. Glo my, ek wens ek was."

Sy vingers vryf reëlmatig oor die bandjie en dan erken hy tog, "Ek het nie eers besef ek is besig om lief te word vir haar nie. Ek was aangetrokke tot haar van die begin af, maar ek het my voorgeneem om nie betrokke te raak nie en kyk nou net. Ek kan nie verstaan hoe Angie dit reggekry het om deur al my skanse te breek nie. Ek het gehoop om vriendskap, maar ek het nooit gedink dat ek so lief sal word vir haar nie. Ek ken myself mos. Ek is nie sosiaal nie. Ek kry gereeld paniek-aanvalle, maar met Angie ..."

"Weet Angie van jou paniek-aanvalle?" vra Jonathan.

Jakes knik. "Sy het my deur 'n paar gehelp. Sy weet egter nog nie hoekom ek dit kry nie."

"Wanneer kry jy dit?"

Jakes sug weer, "Meestal in ongemaklike sosiale situasies of met vreemdelinge. Ek het 'n fobie vir aggressiewe- en rooi-kopvroue. Ek vermy sulke situasies soveel as moontlik."

Jonathan frons. "Maar jy het nie 'n aanval gekry toe jy Claire ontmoet het nie?"

"Ek weet, dit was vreemd. Ek kan dit nie vir jou verduidelik nie."

"En Angie?"

"Een keer ja, maar nie weer daarna nie. Sy het my deur een van die ergste aanvalle wat ek in 'n jaar gehad het, gehelp. Dis vreemd hoe sy my kalmeer. Ek kan dit nie verduidelik nie. Ek is nie so gespanne saam met Angie nie. Ek praat met haar." Jakes sluk 'n slag toe hy saggies sê, "Angie het my geleer om weer te lag."

Vir 'n rukkie sit hulle in stilte die vrouens en dophou. Jakes weet nie waar dit vandaan kom nie, maar hy vra skielik, "Hoe weet jy dit is liefde en nie 'n fisieke aantrekkingskrag nie?"

Jonathan lag. "Dis nie dieselfde vir almal nie, maar ek glo jy weet dit wanneer jy weet."

Daardie stelling wil half nie sin maak nie, maar tog verstaan Jakes dit. Is dit nie wat met hom gebeur het nie?

Jonathan neem 'n sluk koffie met sy oë op sy vrou. Hy vou sy hande om die beker en glimlag. Dit lyk asof hy heeltemal van Jakes vergeet het totdat hy weer praat. "Jy weet dis liefde wanneer jy vier-en-twintig uur uit 'n dag saam met daardie persoon wil wees. Al weet jy dis nie moontlik nie, hoop en droom jy daaroor. Jy kan nie wag om haar weer te sien nie en wanneer jy wel doen? Dis die hoogtepunt van jou dag. Daardie oomblik wat jy haar gesig sien en haar glimlag, dan weet jy die hele dag se gewag was die moeite werd. Sy is die eerste persoon aan wie jy dink in die oggend en die laaste een voor jy aan die slaap raak."

Jakes staar gefassineerd na Jonathan, maar die ander man sien hom skaars raak. Jonathan neem weer 'n slukkie koffie en gaan dan met 'n sappige glimlag voort, "Wanneer jy 'n vertrek instap, soek jou oë eerste na haar en as jul oë ontmoet voel dit asof jy tuis is. Dis nie te sê sy is perfek nie, maar jy is steeds lief vir haar. Jy wil 'n beter persoon wees vir haar, maar nie omdat sy jou gevra het nie. Dis omdat jy uit eie vrye wil dit wil wees. As jy gelukkig genoeg is, is sy jou beste vriendin. Sy is die een saam wie jy kan lag en jouself wees. Sy is die een met wie jy jou diepste geheime en gedagtes deel en jy is nie bang dat sy vir jou sal lag nie."

"Sjoe, jy is goed. Ek sou dit nooit so kon stel nie, maar dis hoe ek oor Angie voel."

Jonathan grinnik vir Jakes, "Ek het so vermoed. Jy moet egter onthou dat ek baie langer ondervinding het om die regte vrou lief te hê. Ek het genoeg tyd gehad om daaroor na te dink. En jy tel dinge so op met die jare. Claire was die een vir my vanaf die oomblik wat ons ontmoet het. Partymaal wonder ek, maar hoekom dit werk vir ons, maar dit doen. Dit beteken egter nie dat dit werk dat jy moet ophou wys hoe jy voel nie. Jy moet dit pret maak om saam te wees. Dit maak nie saak waar jy is nie, jy moet nie skaam wees om te wys hoe jy voel nie. My pa se wyse woorde was dat jy nooit moet ophou om romanties te wees nie."

Jakes se mondhoek trek op. "So, dis waar die mistel vandaan kom?"

Jonathan lag. "Presies."

Toe Angie en Claire by hulle aansluit, vra Claire nuuskierig, "Julle twee het so ernstig gelyk. Waaroor praat julle?"

Jonathan grinnik. "Mistels."

Angie wil nie eers dink aan mistels nie. Elke keer as sy doen dan dink sy aan die kere wat Jakes haar onder die mistel gesoen het en dan bloos sy van voor af. Sy hoop net nie iemand sien dit raak nie. Om hul aandag weg te lei druk sy haar hand teen Jakes se wang. "Voel hier."

Jakes ruk sy kop geskok terug en raas, "Goeie genade, Engel! Jou hande is gevries. Waar is jou handskoene?"

Die volgende oomblik spring hy op en gryp haar hande in syne. Hy begin hulle summier warm vryf en dan, terwyl hy hulle nog styf vashou, druk hy hul saam onder sy trui in. Toe die hitte van sy lyf deur haar sypel, vlieg Angie se oë op na hom. Ongemaklik probeer sy haar hande uittrek, maar Jakes wil niks weet nie. Die hitte sypel van hul hande na die res van haar liggaam. Weet hy wat hy doen? En dit nogal voor Jonathan en Claire? Dit word nie net veroorsaak deur sy aanraking nie, maar meer deur Jakes se uitdrukking. Daar is bekommernis, teerheid en iets wat Angie nie nou kan definieer nie. Sy hoor skaars toe hy vra, "Beter?"

Angie kan nie 'n woord uitkry nie en knik net.

Sy kyk ongemaklik na Jonathan en Claire, maar van die twee is daar nou geen teken nie. En toe sy terugkyk na Jakes, weet sy dat hy tot dieselfde gevolgtrekking gekom het. Daar is meer as net teerheid op sy gesig toe hy sy hande om haar gesig vou. "Simpel vroumens," mompel hy en toe soen hy haar behoorlik simpel.

Angie vergeet van die koue. Haar hande gly nog onder sy trui om sy lyf en dan soen sy hom terug. Uitasem trek hy sy mond weg van hare en Angie maak haar oë traag oop. Jakes se oë vonkel as hy mompel, "Jy weet nie wat jy aan my doen nie, Engel, maar een ding wat ek weet is dat ek mal daaroor is om jou te soen."

Angie glimlag terug. "Die gevoel is wederkerig."

Sy oë vernou en dan vra hy ernstig, "Dit is?"

Angie knik al voel dit vir haar asof hy soveel meer gevra het as net oor soene.

. . .

"Kom ons gaan kry vir jou koffie dan kan jy behoorlik warm word." Jakes sê die woorde, maar hy laat haar nie gaan nie. Sy verskoning is dat sy voorneme goed was. Hy wou haar net op die voorkop soen, maar die oomblik toe sy lippe oor haar voorkop streel, gaan haar oë toe. Sy lyk so sag dat hy nie die versoeking kan weerstaan nie. Sy lippe volg die pad oor haar ooglede, dan oor haar wang terwyl hy haar geur inasem. Uiteindelik bereik hy weer haar mond. Eers net 'n ligte soentjie in haar mondhoek, maar die verleiding is te groot en hy streel ligweg sy mond oor die soom van hare tot by die ander mondhoek.

Hy lig sy kop effens, maar Angie se oë is nog toe en hy laat sak weer sy kop. Toe Angie se mond met 'n suggie onder syne oopgaan, is Jakes verlore. Hy wou nie die soen so ver en diep geneem het nie, maar instink neem oor. Die punt van sy tong glip tussen haar lippe in en hy toets die binnesoom. Toe Angie nie wegtrek nie gly Jakes se tong dieper in om verder ondersoek in te stel.

Hy moet klou aan sy laaste tikkie selfbeheersing toe Angie se tong syne ontmoet. Hy hoor 'n kreun en vermoed dat dit hy was. Sy een hand strengel in haar hare en met die ander een op haar rug trek hy haar tot styf teen hom vas. Angie se hande streel oor sy rug en haar tong dans teen syne.

Hoe sy ruik, hoe sy proe ... Alles is byna oorweldigend. Dis asof hy nie genoeg kan kry nie, maar hy moet stop, want hy moet asem skep. Hy worstel sy mond weg van hare, maar net ver genoeg sodat hy kan asemhaal. Hy kan nog nie heeltemal wegtrek nie. Hy wil nog proe. Hy wil nog voel.

Sy asemhaling is hortend as hy nog steeds sy mond en tong oor haar lippe streel. Daar kom egter 'n stadium dat vlak asemteue nie genoeg is nie. Hy het meer lug in sy longe en brein nodig. Dit voel asof dit nie funksioneer soos dit moet nie en uiteindelik trek Jakes weg.

Angie het nog nie haar oë oopgemaak nie. Haar asemhaling is net so onegalig soos syne, maar vir Jakes het sy nog nooit so mooi gelyk nie. Hy kan hom verkyk.

Hy wikkel sy hand los uit haar hare en vee met 'n bewerige duim oor haar onderlip wat lyk asof dit behoorlik gesoen is. Hy kan dit nie weerstaan nie en laat sak weer sy kop. Teen haar lippe mompel hy, "Angie ..."

Jakes was later dankbaar vir die onderbreking, maar op daardie oomblik het hy nie so gevoel nie. Wie weet wat hy sou kwytgeraak het as Jesse nie luidkeels agter Jakes beswaar gemaak het nie. "Jis, Rayno. Ons moet hier wegkom. Jonathan was reg. Dit lyk my hierdie gesoenery is aansteeklik. Eers vang ons my ouers, toe Jonathan en Claire en nou die twee."

Met Jesse se opmerking het hy sy kop gelig, maar nog nie omgedraai nie. Hy kyk nog af na Angie en toe sy haar oë oopmaak, was Jakes baie na daaraan om haar weer te soen - as hulle nie toeskouers gehad het nie.

"Kan ek die gimnasium gebruik?"

Jesse en Rayno gaap Jakes aan. Hulle het so pas terug gekeer van Keystone na hulle 'n sjokolade-proe bygewoon het.

Jesse mompel, "Jy weet natuurlik dat jy ons laat skuldig voel en nou voel ons verplig om saam met jou te oefen?"

Jakes trek sy skouers op. Dis hulle keuse. Hy kyk na Angie en vra, "Kom jy ook?"

Sy skud haar kop laggend. "Nee wat, ou grote. Ek los die

oefening vir julle. Ek het iets anders om te doen en wil gaan verklee."

Heimlik is Jakes verlig, maar hy wys dit nie.

Jesse sug in reaksie op Angie se opmerking, "Ek moes geweet het. Jy gaan skilder. Ons moet jou tien teen een weer uit jou ateljee gaan sleep."

Angie grinnik, "Miskien." Sy korrigeer haarself dan, "Nee, julle sal moet."

Jesse gee nog 'n dramatiese sug wanneer hy en Rayno wegstap om te gaan verklee. Jakes sug kamstig net so dramaties soos Jesse wat Angie se oë laat rek. "Hoe lank waarskuwing het jy nodig voor aandete?"

Angie trek haar neus op, "'n Uur behoort genoeg te wees."

Jakes stu haar met sy hand in die rigting van haar kamer, "Nou goed. Sien jou later."

Angie glimlag oor haar skouer vir hom en verdwyn dan in haar kamer. Jakes staar vir 'n ruk na die toe deur voor hy na sy eie kamer stap. Hy wil die feit dat hy te veel sjokolade geëet het as verskoning gebruik, maar hy weet dis nie die waarheid nie. Hy het die oefening nodig vir 'n heel ander rede. Hy moet die endorfiene wat die oefening bring gebruik om sy kop skoon te kry. Daar het vandag te veel gebeur.

Angie staan voor haar esel, maar sy het nog nie begin skilder nie. Musiek speel saggies oor die radio in die agtergrond en die reuk van terpentyn en verf hang in die lug.

Sy beskou haar ateljee en knik tevrede. Alhoewel daar heelwat is wat sy kan doen om dit te verbeter, maak dit haar gelukkig om hier te werk. Vir nou het sy egter net die noodsaaklike saamgebring om haar besig te hou terwyl hulle hier is.

Sy haal die doek van die skildery af waarmee sy gister begin het en beskou dit eers deeglik voordat sy die eerste buisie verf oopmaak en op die palet uitdruk. Sy het akriel gekies vir hierdie skildery omdat dit vinniger droog word. Sy het nie soveel tyd om dit klaar te maak nie. Sy mis egter die reuk van olie. Jesse het haar al geterg daaroor. Hy sê die reuk is so oorweldigend dat dit haar in 'n beswyming kan sit. Hy kan nie verstaan dat sy sê dat dit haar rustig maak nie.

Terwyl sy alles gereed kry, dwaal haar gedagtes na Jakes en sy belofte om haar te kom roep wanneer dit tyd is om reg te maak vir aandete. Sy is nog steeds verbaas dat hy haar vergeetagtigheid so maklik aanvaar en nie eers daaroor baklei nie. Sy weet sy raak heeltemal verlore in haar werk, maar Jakes veroordeel haar nie. Miskien is veroordeel nie die regte woord nie, maar dit het soms so gevoel met Chris. Partymaal het dit gevoel asof Chris haar kuns haat. Hy het elke keer so ophef daarvan gemaak as sy laat is vir 'n afspraak. Hy het ook nie veel belangstelling in haar kuns getoon nie.

Jakes doen. Sy is nou al gewoond daaraan, maar in die begin was dit vir haar vreemd. Hy het haar al so baie oor haar kuns uitgevra. Sy het al vermoed dat hy haar al die vrae vra, want hy weet goed dat as sy eers begin praat sy nie ophou nie. En dit het hom ook nie gepla nie. Hy het nog nooit geïrriteerd gelyk as sy so baie praat nie en het nog nie een keer vir haar gesê sy moet tog net stilbly nie.

Hoeveel keer het Chris dit nie gedoen nie? As sy nou daaraan dink kan Angie nie verstaan hoekom sy so lank met hom uit gehou het nie. Hoekom het sy ooit toegelaat dat hy haar so behandel? Sy skud haar kop. Sy wil nie meer daaroor tob nie. Chris is in die verlede en dis waar hy gaan bly.

Sy trek haar skouers terug en skakel haar tablet aan waar sy gister die foto gestoor het en kies dan 'n kwas. Kort voor lank is Angie verlore in haar eie wêreld en vergeet sy alles om haar.

Jakes het die oefensessie geniet. Selfs die goedige geterg het hom nie gepla nie al sou hy verkies het om alleen te wees. Hy het nog genoeg steeds tyd gehad om te dink aan Angie.

Hy het nie vir haar gejok nie. Hy is mal daaroor om haar te soen. Dis asof hy nie genoeg kan kry nie. Hy weet egter dis nie regverdig teenoor haar nie. Dit het al klaar verder gevorder as wat hy ooit sou moes toelaat en nou ... Jakes weet nie wat om te doen nie.

Sy gesprekke met Jonathan, Michael en selfs André het hom nog nie nader aan 'n antwoord gebring nie. Hulle al drie het hom aangemoedig om Angie 'n kans te gee. Net André is egter van alles bewus. Dis juis wat Jakes so verbaas. André weet van die eed en van Jakes se verlede en al die kwessies wat daarmee gepaardgaan. André het nog nie vir Angie ontmoet nie, maar tog moedig hy Jakes aan.

Hy wil so graag. Daar is kere wat hy net wil sê, "Ag te hel met die eed," en vir Angie vertel, maar dan ... Hy kan net nie. Daar is soveel op die spel. Soveel mense se lewens wat geraak kan word. Hy kan hulle nie in die steek laat nie. Sy gewete sal dit nooit toelaat nie.

Angie se deur is oop toe Jakes verbystap, dus is sy seker nog in haar ateljee. Na hy gestort het verklee Jakes in 'n gemaklike sweetpak voor hy koffie gaan soek. Mary sit by die kombuistafel en blaai deur 'n tydskrif, 'n beker koffie voor haar. "Is daar iets waarmee ek kan help?" vra Jakes hoopvol, maar sy skud haar kop. "Nee, alles is gereed. Ek wag net vir Angie om die tafel te kom dek."

Hy kug. "Angie is besig om te skilder. Ek weet nie of sy gaan onthou nie."

Mary skud haar kop met 'n geduldige glimlag. "Ai, die kind. Ek weet nie wat ons met haar gaan maak nie."

Miskien moet hy 'n wag voor sy mond sit. Voor hy kon dink wat hy sê, antwoord Jakes, "Haar net bly liefhê?"

Die oomblik toe die woorde sy mond verlaat besef Jakes wat hy erken het. Hy bloos bloedrooi toe hy sien dat Mary hom diep in gedagte dophou en knik. Sy lag sameswerend. "Jy is reg. Ek sal vir Claire vra om die tafel te dek."

Jakes haal 'n beker uit die kas en vra so nonchalant as moontlik, "Waar skilder Angie?"

Mary beduie met haar hand na die garage. "Stap deur die motorhuis. Daar is 'n deur in die ander hoek. Dit was 'n ou stoorkamer wat ons vir haar in 'n studio omskep het."

"Moet ek dalk vir haar koffie neem?" bied Jakes onseker aan.

Mary knik. "Ek is seker sy sal daarvan hou."

Jakes haal nog 'n beker uit en vul die bekers. Hy berei Angie se koffie soos hy al gesien het sy daarvan hou met melk en een suiker. Toe hy omdraai met die bekers in sy hand besef hy dat Mary hom die hele tyd dopgehou het. Sy wange verkleur toe Mary sê, "Dankie, Jakes."

Hy vra verward, "Waarvoor?"

"Omdat jy haar verstaan en omdat jy omgee."

Jakes was dus reg. Mary het nie Jakes se erkenning vroeër gemis nie. Gits, hy het nou al twee keer vandag sy gevoelens aan een van Angie se familielede erken. Soos hy nou aangaan, kan hy net sowel vir Angie sê hoe hy voel.

Dit help egter nie om nou daaroor te tob nie. Dit was te laat. Hy moet net meer bedag wees in die toekoms.

Jakes knik en voor hy weer kan twyfel of hy die regte ding

doen of nie, draai hy in die rigting van die deur wat na die motorhuis lei.

Jakes kom tot stilstand in die deuropening. Sy hart klop vinniger toe hy Angie voor 'n esel sien staan. Haar liggaam beweeg ritmies saam met die musiek wat in die agtergrond speel. Sy stop dan en tree terug van die esel om die doek te beskou. Sy moet hou van wat sy gedoen het, want haar kop knik goedkeurend.

As hy so na haar kyk wil Jakes net sy hart volg en 'n toekoms met haar bou. Hy is egter nog huiwerig. Dit is nie net sy eie vrese en onsekerhede wat in sy pad staan nie.

Hy onderdruk die gedagtes en roep, "Klop, klop. Mag ek inkom?"

Angie kyk verras op en glimlag. "Ja, maar wag eers daar."

Sy bedek die doek eers en draai dan terug na Jakes, "Nou kan jy inkom."

Jakes stap nader en oorhandig een van die bekers aan haar. Sy neem summier 'n sluk en dan glimlag sy weer, "Dankie. Jy weet nie hoe ek dit nodig gehad het nie. Ek wou nie stop terwyl die lig reg is nie."

Daar is 'n tafel in die hoek met twee kroegstoeltjies onder in geskuif. Jakes trek een uit en gaan sit. Hy neem 'n sluk van sy eie koffie voor hy verskoning maak, "Ek hoop nie ek pla nie."

Angie skud haar kop. "Ek is klaar vir die dag."

Sy sit haar beker langs syne en stap na die wasbak, wegge-steek in die een hoek, en was haar hande en doen dan dieselfde met die verfkwaste. Jakes hou haar dop terwyl sy besig is. Sy lyk so gemaklik hier tussen haar kwaste en 'n paar

onvoltooide skilderye. Vir 'n kunstenaar is dit nogal georgani-
seerd, maar Jakes is baie seker dat dit nie altyd so lyk nie.

Dit is groter as wat hy gedink het. Rakke beslaan die een
muur, maar hulle is almal leeg. Die enigste ander meubels is
die tafel waarby hy sit en twee stoele, en dan haar esel. Op die
tafel by hom lê 'n sketsboek en potlode, 'n houer met kwaste
en verf, Angie se tablet en die radio wat in die agtergrond
speel.

Hy sou 'n bank teen die ander muur gesit het. Hy kon
daar sit en lees of studeer terwyl Angie werk ...

Voor sy verbeelding met hom op loop gaan, vra hy, "Mag
ek sien?"

Sy skud haar kop. "Nee, nog nie. As dit uitkom soos ek wil
hê dit moet, dan sal ek jou wys."

Jakes trek sy skouers op. Dit klink bekend. "Dis reg," en
dan neem hy 'n slukkie koffie.

Angie kyk verbaas na hom. "Is jy nie vies dat ek jou nie
nou wil wys nie?"

Jakes trek sy skouers op. "Nee, hoekom sal ek wees? Jy sal
my wys as jy reg is. En as jy my nie wys nie is die kans goed
dat jy nie daarvan gehou het nie en tien teen een alreeds oor
dit geverf het."

"Hoe weet jy?"

"My ma, onthou?"

Angie se glimlaggie verdwyn. Sy lyk skoon emosioneel
toe sy fluister, "Dankie."

Vir die tweede keer daardie middag is Jakes nie seker
waarvoor hy bedank word nie en vra dus weer, "Hoekom
bedank jy my?"

"Omdat jy nie vir my lag nie."

Jakes weet hy moenie, maar tog staan hy op en sit sy beker

op die tafel. Toe hy voor haar staan doen hy dieselfde met hare. Angie kyk nie na hom nie. Sy kyk weg en dit lyk vir Jakes gans en al te veel of sy na aan trane is. Hoekom?

Jakes het skielik hierdie alles oorweldigende gevoel dat hy Angie wil beskerm. Gits, hy weet sy het dit nie nodig nie. Sy is bes moontlik 'n sterker mens as hy, dus weet hy nie waar dit vandaan kom nie, maar sy lyk so emosioneel en onseker van haarself op daardie oomblik.

Of miskien het hy nie nodig om daaroor te wonder nie. Hy sal nie verbaas wees as Chris die oorsaak is nie. Hy het die onaangename ervaring gehad om die man te ontmoet en weet wat hy gedoen het.

Dus, sonder om weer te dink sit hy sy arms om Angie en trek haar nader. Hy voel die warmte toe sy haar arms om sy lyf gly en haar kop teen sy bors vly. Jakes rus sy ken op haar kop. Hy vee een hand oor haar hare en met die ander arm hou hy haar stywer teen hom vas.

Hulle staan lank so, sonder om te praat. Eers toe Angie haar asem hard uitblaas en haar arms se greep om hom verslap, doen Jakes dieselfde. Hy staan effens terug om haar gesig te sien, maar sy kyk nie na hom nie. Jakes sit sy vinger onder haar ken om haar gesig op te tel sodat hy haar oë kan sien.

Vir 'n oomblik dink hy dat sy nog 'n drukkie nodig het, maar dan glimlag sy en weet Jakes dat sy oukei is.

Toe hy sy arms laat sak en terugtree, weet hy nie of hy verlig of teleurgesteld is nie. Hy weet egter dat as hy haar een sekonde langer gaan vashou gaan hy haar weer soen. Dit sal nie regverdig wees teenoor haar nie.

Hy kan nie vir haar sê nie hoe hy voel nie. In elk geval nie nou nie. En tot hy nie sy kop en hart uitgepluis het nie, is dit beter dat hy Angie nie aan 'n lyntjie hou nie.

Hy draai dus net om en tel sy koppie van die tafel af op voor hy na haar kyk, en sê, "Nou ja, jy moet seker regmaak vir ete."

HOOFSTUK 14

Sy het gedink hy gaan haar weer soen vanmiddag. Sy moet erken, sy was baie na daaraan om self die inisiatief te neem, maar sy het nie.

Dis egter nie asof hy minder aandag aan haar gee of sy minder as gewoonlik sy blik op haar voel nie. Toe hy vroeër die gesinskamer ingekom het, het hy rondgekyk en toe hy haar sien het hy haar die skaam glimlaggie gegee wat al hoe meer sy verskyning maak sodat haar hart bollemakiesie slaan.

Alhoewel daar nie veel geleentheid is om alleen te wees nie, het Jakes haar meer aandag gegee as wat Chris haar die laaste jaar gegee het. Hy het gesorg dat haar wynglas vol is. Hy trek haar stoel uit toe hul aansit vir ete en tussendeur voel sy gereeld daardie intense blik op haar.

Angie het nog altyd haar ouers en Jonathan hul verhoudings beny. Sy wou bitter graag ook so 'n verhouding gehad het, maar het gedink dis haar nie beskore nie. Dit was in elk geval nie saam met Chris nie. Jakes gee haar egter hoop, veral daardie oomblik toe haar broers haar weer ongenadig geterg het aan tafel. Die volgende oomblik het Jakes se hand om hare gevou en toe sy na hom kyk, was sy oë eers soekend op hare, maar toe het hy geglimlag en sonder om te dink het sy terug geglimlag.

Dís wat sy wou gehad het. Die gevoel dat daar iemand anders is wat aan jou kant is. Daardie gevoel van intimiteit en sekuriteit, van 'n kyk wat sê ons deel 'n geheim wat net ons s'n is. Sy het dit nooit met Chris gevoel nie. Dit maak haar nogal bang om te dink dat sy Jakes so kort ken, maar dat hy die persoon is wat sy in haar hart voel die man kan wees wat dit vir haar doen.

Dis later, toe hulle besluit het om af te stap na die kroeg in die dorp om 'n drankie te drink, wat Jakes soveel aandag aan haar gegee het dat haar broers en Claire dit opgemerk het. Hulle kon nie juis anders nie. Die kroeg was vol en die enigste plek wat hul kon kry om te sit was een van daardie hoë tafels met slegs drie stoeltjies. Claire met haar lang bene het gemaklik gaan sit, maar Angie het die stoeltjie eers betrag om te kyk hoe sy met grasie bo gaan kom. Die volgende oomblik los sy 'n gilletjie toe Jakes sy hande op haar heupe sit en haar summier optel.

Toe sy opkyk na hom het hy, tot haar verwondering, saam met die ander gelag. Angie het gedog haar hart gaan staan. Sy het skaars gewoond geraak aan die glimlag en nou is dit die tweede keer in twee dae wat daardie diep laggie haar skoon uitasem laat.

En, soos Jonathan met Claire, het Jakes nie ver van haar af gestaan nie, moontlik net om seker te maak dat sy nie afval nie. Dit is 'n sterk moontlikheid as sy voel hoe lam haar lede-mate nog is.

Soos die aand vorder het die spasie tussen hulle minder geraak en sy ligte aanrakings minder subtiel. Daardie

oomblik toe hy, steeds diep in gesprek met Jonathan en
Claire, sy arm om haar middel sit, en haar skouer tot teen sy
bors trek, het sy gewonder of hy weet dat hy dit doen. Dit het
egter so natuurlik gevoel, asof dit nie 'n nuutjie is nie.

Dit was toe dat Angie besef het dat dit ook iets is wat
Chris nooit gedoen het nie. Hy het ook nie met haar broers
gepraat soos Jakes doen nie. Ja, natuurlik het veral Chris en
Jesse gesels, maar nie oor die tipe goed wat Jakes en haar
broers nou oor praat nie. En Jakes praat gemaklik en openlik
asof hulle mekaar al lank en goed ken. Net soms, wanneer hy
'n opmerking gemaak het, het hy gehuiwer, maar hy het al
hoe meer ontspan.

En toe hy haar weer stywer teen hom aantrek en sy opkyk
na hom, het hy vir haar geglimlag, so spesiale soort glimlag
net vir haar, en sy het net nog bietjie liewer geword vir hom.

Sy weet sy moet nie droom nie. Sy weet dit gaan nie vir
ewig hou nie. Hy moet binnekort teruggaan na sy land toe,
maar vir een aand klou Angie vas aan haar drome en die
bietjie geluk wat Jakes du Plessis haar verskaf.

Dit is nog 'n uur tot twaalfuur, die aand voor Kersfees. Die res
van die familie lyk almal ontspanne en gelukkig. Is hy die
enigste wat nie die gees van Kersfees voel nie?

Hy het feestelik gevoel vroeër, maar kort na ete het al sy
onsekerhede weer hul verskyning gemaak. Die gemak wat hy
voel saam met Angie en die omgewing het hom moontlik
toegespin in hierdie droom dat alles sal uitwerk en dat almal
gelukkig kan wees. Hy weet egter nou dat dit nie gaan
gebeur nie.

Hy wens hy het sy foon geïgnoreer. As hy het, kon hy dalk
net so effens langer aan daardie droom vasgeklou het. Hy het

egter sy foon aangehou en nou het dit hom herinner aan wat nie kan wees nie.

Jakes het baie familie en vriende wat vanaand oor die aardbol versprei is. Hy wou graag almal 'n Geseënde Kersfees toewens, net soos hulle vir hom. Hy het al verskeie boodskappe gekry en etlike was in hul span se geselsgroep. Die trant van die boodskappe het hom telkens herinner aan die gees in die span. Dit was daardie gees en kameraadskap wat die vorige jaar sy redding was. Kan hy selfsugtig wees en dit ignoreer?

Hy staar nikssiende na die vuur wat knetter in die kaggel. Hy sal hard moet werk die volgende paar dae. Hy moet versigtig wees dat die romantiese atmosfeer wat oral om hom is hom nie beïnvloed nie. Hy kan baie maklik 'n verkeerde keuse maak.

Hy het nog nooit 'n wit Kersfees ervaar nie. Alles is soos 'n droom prentjie wat mens in die flieks sien van geliefdes voor 'n kaggelvuur en slee ritte in die maanlig soos die wat hul vroeër vanaand gedoen het. Dis goed waarvan hy net voorheen in storieboeke gelees het.

Om sy punt te staaf voel Jakes Angie se kop teen sy skouer sak. Toe hy afkyk sien hy dat sy vas aan die slaap is tussen hom en Jesse op die groot bank. Hy lig sy arm en skuif in 'n ander posisie dan trek hy haar vas sodat sy teen sy bors lê. Hy trek sy asem diep in en daarmee saam die geur van haar sjampoe.

Hel, dis nou nie die beste idee nie. Jakes besef dat hy in dieper moeilikheid is as wat hy gedink het. Hy het nou, net soos gisteraand in die kroeg toe hy haar op die stoeltjie getel het en later teen hom vasgetrek het, gedoen sonder om te dink, so asof hy dit al hoeveel keer in sy lewe gedoen het.

Hy weet voor sy siel hy het dit nog nooit gedoen nie. Moira was nie so tipe persoon nie.

Hy maak sy oë toe en sug teen haar hare, onbewus van die blikke wat op hul rus.

Môre is Kersfees. Die familie gaan die grootste deel van die dag saam spandeer en hy gaan nie veel van 'n keuse hê as om dieselfde te doen nie. Daarna sal hy egter meer afstand tussen hom en Angie moet kry. Dis nou nie asof hy minder seer gaan kry nie. Die uiteinde gaan tog dieselfde wees.

Hy wil egter nie vir Angie seermaak nie. Hy moet dus nou eerder van haar af wegbly.

Hy hoop net dis nie te laat nie.

Angie klop vroeg die oggend aan Jakes se deur. Toe hy nog half deur die slaap die deur oopmaak, glimlag sy. "Komaan, slaapkous. Ons gaan binnekort die geskenke oopmaak. Dis nie nodig om aan te trek ..."

Sy beskou daardie breë borskas en lag verleë. "Miskien dalk 'n hemp." Sy sou wraggies nie die hele oggend daardie beeld kan aanskou sonder om in vervoering te raak nie. En sy wil nie Claire se kommentaar dan hoor nie.

Jakes vryf oor sy oë en mompel, "Jammer, ek het verslaap."

Angie skud haar kop. "Jy het nie. Dis my werk om almal wakker te maak."

"Hoe laat is dit?"

"Sewe-uur. Komaan. Ek het koffie gemaak."

Angie wil omdraai, maar dan draai sy terug na Jakes, styf teen hom. Sy staan op haar tone en fluister teen sy mond. "Geseënde Kersfees."

Vir 'n oomblik voel dit asof Jakes nie gaan reageer nie,

maar dan kreun hy. Sy hande vou om haar lyf en hy trek haar stywer teen hom. Hy neem beheer en soen Angie soos sy nog nooit gesoen is nie. Toe hy sy mond uiteindelik wegtrek, is albei se asemhaling hard en onreëlmatig. Hulle staar net na mekaar, maar dan verander sy uitdrukking skielik.

Hy trek verskrik van haar weg en mompel, "Ek is jammer. Ek moes nie. Ek het myself belowe ek sal nie, maar ..."

Angie sluk haar teleurstelling omdat sy houding so skielik verander het. "Jinne, Jakes, ontspan. Onthou, ek het jou eerste gesoen."

Die kyk wat hy haar gee breek omtrent haar hart. Dis so onseker en wantrouig toe hy erken, "Ek weet, maar ek moes nog nie ... Dis net so moeilik om my hande van jou af te hou."

Hy druk sy hande deur sy alreeds deurmekaar hare en mompel, "Ek moet binnekort weer gaan ..."

Angie vervies haar omdat hy so aanhou. "Ons het gesoen. Dis nie 'n misdaad nie. Ons is albei enkellopend en net vir die rekord: ek hou daarvan om jou te soen. Los dit net."

Sy draai vinnig om, maar in plaas van die ander gaan wakker maak soos haar plan was, haas sy na haar kamer, bewus van Jakes se blik op haar. Sy het 'n paar minute nodig op haar eie.

Jakes skink vir homself 'n koppie koffie en volg dan traag die ander na die gesinskamer. Teen die tyd dat hy daar kom het almal al 'n sitplek gekry, behalwe Angie. Jakes wag vir haar om te sit, maar sy wuif hom argeloos weg. "Ek is die jongste, so ek deel die geskenke uit."

Jesse snork. "Net met twee minute, maar jy herinner my net daaraan wanneer dit jou pas."

Angie lag. "Maar ek is die enigste meisie, dus maak dit sin."

Jesse trek 'n skewe gesig wat Angie net harder laat lag. Toe sy bedaar het, draal haar blik oor die vertrek en sy vra, "Is almal gereed?"

Is dit sy verbeelding, of vermy sy sy oë? Jakes sal haar egter nie kwalik neem nie. Maar, tipies Angie, word sy weer net so gou goed as wat sy kwaad word. Jakes vang telkens haar bekommerde blik op hom so tussen die geskenke uitdeel.

Dit verbaas Jakes dat hy en Rayno omtrent net soveel geskenke ontvang as die res van die familie en is nou dankbaar vir Angie se hulp toe hy vir elkeen 'n geskenk wou koop. Hy beskou sy hopie en kies versigtig watter geskenk hy eerste en laaste wil oopmaak. Hy herken Angie se handskrif op die een en hou dit vir laaste.

Die eerste geskenk is van Rayno en Jesse. Jakes glimlag ingenome toe hy 'n Bere rugbytrui uithaal met sy naam en nommer op. "Jis, ouens, baie dankie. Dis baie spesiaal."

Jesse erken, "Dit was nie maklik om die regte grootte te kry nie. Die een wat jy in die wedstryd gedra het was bietjie knap, maar ons kon op die laaste nippertjie een kry. Ons moes op 'n manier dankie sê vir al die raad wat jy ons op en langs die veld gegee het. Ons hoop egter ons kan jou oorreed om eendag daardie trui gereeld te kom dra."

Jakes se oë flits na Angie. Kan hy ...? Nee, hy moenie eers aan so 'n moontlikheid dink nie.

Hy bepaal sy aandag by die res van die geskenke. Van Jonathan en Claire is 'n bottel van sy gunsteling naskeermiddel en van dokter en Mary 'n lee- gebinde organiseerder. En dan is dit nog net Angie s'n. Sy vingers streel eers oor die papier voor hy die kleeflint versigtig verwyder. Hy moet sy emosies sluk toe hy sien wat dit is. Uiteindelik kyk hy op na Angie wat hom afwagtend dophou.

"Ek weet nie hoe om genoeg dankie te sê nie. Waar het jy dit gekry?"

Vergete is daardie vies kyk wat hy vroeër gekry het toe sy glimlag. "In 'n boekwinkel in Denver wat in skaars uitgawes spesialiseer. Hulle het nog net een van daardie geïllustreerde stelle gehad wat jy gesoek het."

Jakes het Angie saam met hom by elke liewe boekwinkel ingesleep, op soek na een van Dan Brown se geïllustreerde boeke. Hy het hierdie winkel seker gemis. Dat Angie onthou het en dit vir hom gekoop het, maak dit net meer spesiaal.

Hy kug ongemaklik. "Dankie. Jy het baie moeite gedoen."

Die res van die gesin lag. "Angie is soos 'n kind oor Kersfees. Sy is mal daaroor om geskenke te koop en soek hoog en laag totdat sy die regte geskenk vir 'n persoon kry."

"Maar dis mos lekker," stry sy as sy Jakes se geskenk optel.

Jakes weet wat sy bedoel toe sy die sneespapier verwyder en die gekerfde juweledosie uithaal. Haar uitdrukking toe sy dit teen haar vasdruk, ruk sy hart. "Jy het onthou."

Net soos sy het Jakes moeite gedoen om haar geskenk te gaan koop nadat sy dit eendag in 'n kunswinkel bewonder het. Hy was eers bang dis te persoonlik, veral omdat sy toe nog aan Chris verloof was, maar nou is hy bly hy het dit gekry.

Hy moes nee gesê het toe Mary hom gevra het om vir Angie koffie te bring. Of hy kon dit gebring het en weer geloop het, maar hy het nie. Sy argument was dat dit sy laaste keer is wat hy so saam met Angie kan deurbring en hy het soos tevore by die tafel gaan sit met sy koffie terwyl sy klaarmaak.

Toe sy klaar haar hande gewas het en die kwasse weg gebêre het, draai sy om. Jakes se hart klop vinniger toe hul oë ontmoet. Toe sy na hom toe aanstap, voel dit asof sy hart uit sy borskas wil klim. Haar oë los nie syne nie en Jakes weet wat kom. Sy hande bewe toe hy die beker op die tafel neersit.

Angie stop reg voor hom en dan stoot sy aan sy been sodat sy tussen sy bene staan. Haar hande lig, gly oor sy arms, sy skouers en vou rondom sy nek. Jakes voel asof hy nie kan asemhaal nie. Hy weet nie hoe nie, maar sy hande het outomaties op haar heupe beland.

Sy druk liggies teen sy nek en fluister, "Ek het jou nog nie behoorlik bedank vir my Kersgeskenk nie."

Jakes fluister terug, te bang om hard te praat en die oomblik te verbreek. "En ek nie vir jou nie."

Sy glimlag en trek dan sy kop af na hare en toe soen sy hom. Jakes is te lam om te beweeg. Sy het hom vanoggend gesoen, maar hierdie soen?

Hy is nog verdwaas toe sy weer haar mond lig en hom bestudeer. Toe hy nie dieselfde doen as vanoggend nie raak sy meer waaghalsig. Sy leun weer vorentoe. Hy voel haar asemhaling op sy vel en die hitte skiet deur hom toe sy die buitelyn van sy mond met haar tong volg.

Jakes weet nie hoe lank hy nog weerstand gaan kan bied nie. Sy stem klink hees toe hy haar naam kreun, "Angie." Sy hande klem om haar heupe.

Angie glimlag teen sy mond en glip haar tong tussen sy lippe.

Dit is dan al wat dit verg. Jakes maak sy oë toe en gee homself oor aan die soet eis van haar mond. Hul tonge ontmoet en speel 'n speelse tweegeveg met mekaar. Jakes kan nie meer terughou nie. Sy hand gly tot om haar rug en hy trek haar vas teen hom. Haar borste skuur teen syne en deur die dun lae materiaal wat hul skei voel hy haar warmte.

Haar een hand speel met sy hare en met die ander streel sy oor die kaal vel bo sy T-hemp se kraag.

Daardie klein aanraking ruk Jakes terug uit die sensasies wat sy veroorsaak. Hy moet stop. Hy moet fokus en hy kan dit nie doen as hy so naby aan Angie is nie. Hy het spasie nodig, afstand en baie, baie, wilskrag.

Hy slaag daarin om sy mond van hare te trek en snak na asem. Angie het dieselfde probleem wanneer hy sy voorkop teen hare laat rus. Uiteindelik kry hy reg om te mompel, "Jy sal my dood beteken. Dit was ongelooflik."

Angie maak haar oë oop en 'n glimlag sprei oor haar gesig. Sy lyk heel tevrede met haarself as sy bevestig, "Dit was."

Jakes kreun. "Jy is vol verrassings."

Al weet Jakes hy moet afstand kry, doen hy dit nie. Dis asof hy nie genoeg van haar kan kry nie en hy moet, veral na daardie soen.

Angie weifel 'n oomblik en dan erken sy, "Ek het dit nog nooit vantevore gedoen nie."

Jakes trek terug en staar na haar. "Jy het nooit vir Chris so gesoen nie?"

Jakes weet nie of hy geskok of bly moet wees nie. Hoe is dit moontlik? Hulle was hoeveel jaar saam. En as sy hom nie so gesoen het nie, dan ... Hy weet hy het nie die reg nie, maar tog vra hy, "As jy hom nie so gesoen het nie, het julle ...? Ek bedoel ..."

Angie skud haar kop verleë. "Ek is nog 'n maagd."

Haar woorde en die besef wat daarmee saamgaan, tref hom soos 'n vuishou, en bevestig die wete dat hy die verkeerde man is vir Angie. Sy verdien soveel meer. Sy is onskuldig, onaangeraak. Hy het soveel geraamtes en duiwels wat hom jaag. Dit sal maklik wees om haar in die proses te vernietig. Hy kan dit nie doen nie.

Jakes laat val sy hande en stoot vinnig sy stoel agtertoe. "Ek is jammer ... Dit is ... Ek is jammer."

Jakes tree om Angie om spasie te kry, onbewus dat sy bekommerd na hom staar. Hy kom egter nie ver nie. Hy moet padgee, maar dis asof sy spiere nie wil beweeg nie. Hy draai desperaat na die venster.

Asseblief, net nie nou nie.

Dis egter klaar te laat. Hy probeer op 'n punt fokus in die verte, maar al wat hy sien is sneeu. Hy maak sy oë toe en haal diep asem, en blaas dit uit.

Waar het dit nou vandaan gekom? Hy het gedink hy is oukei. Hy was, maar nou ...

Die rubberbandjie klap onder sy vingers en hy keer terug na die werklikheid. Hy het nie eers besef dat hy dit beetgekry het nie. Die stukke val uit sy willose hande toe Jakes sy kop teen die koue glas druk. Sy asemhaling is meer beheersd, maar te verleë, kan hy nie na Angie kyk nie.

"Jakes, praat asseblief met my."

Angie se stem dring deur die wasigheid. Jakes sluk swaar en draai stadig sy kop na haar toe. Sy lyk so bekommerd, maar hy kan nie met haar praat nie. Nie nou nie. Miskien nooit nie.

Hy skud sy kop en mompel, "Ek kan nie."

Hy wag nie vir haar antwoord nie. Hy draai weg, onbewus dat Angie die pyn in sy oë gesien het.

Angie sien Jakes eers weer toe hy vir aandete opdaag. Hy was die hele tyd in sy kamer. Sy het sy stem gehoor en aangeneem hy het met iemand op die foon gepraat.

Anders as die vorige aande, het hy nie oogkontak gemaak toe hy ingestap het nie. Hy het haar herinner aan daardie man wat sy eers ontmoet het. Sy was nie die enigste wat dit opgemerk het nie, want Jesse en Rayno het ook met bekommerde blikke na hom gestaar. Hulle moes, want Jakes het slegs geantwoord as iemand hom vra, maar dis weer daardie kortaf sinne soos aan die begin. Daar was ook geen sweempie van 'n glimlag nie.

Toe Jakes uitgestorm het, het Angie die stukkende rubberbandjie op die grond opgetel.

Wat het verkeerd geloop? Het sy iets verkeerd gedoen? Was sy dalk te aggressief of iets? Miskien het dit iets te doen met die feit dat sy 'n maagd is. Lyk nie vir haar mans hou van maagde nie. Kyk nou vir Chris. Hy wou haar nooit gehad het nie, hoekom sou Jakes?

Sy het hoe lank daar gesit en wonder oor al die 'miskiene' en 'dalk asse' wat deur haar kop gemaal het, maar uiteindelik tot die gevolgtrekking gekom: daar is niks fout met haar nie. Chris het sy eie agenda gehad, maar sy weet in haar hart dat dit nie dieselfde is met Jakes nie. Iets het in sy verlede gebeur wat hom die man maak wat hy vandag is. Daar is wel tekens van die persoon wat hy voorheen kon gewees het, en veral in die laaste week het sy glimpse van hom gesien, maar sy vermoed sy het hom vandag verloor.

Hy voel dalk aan dat sy na hom kyk, want hy kyk op, reguit na haar. Sy vel trek styf teen sy kakebeen, en dan laat sak hy weer sy kop. Miskien is dit tyd dat sy hom help in plaas van vies wees. Sy rol die bandjie in haar hand sodat sy dit net met haar vingerpunte kan vashou en druk dit teen Jakes se hand.

Hy kyk verskrik na haar, maar dan gaan sy hand oop en kan sy die bandjie in sy palm plaas. Uit die beweging van sy arms kan sy aflei dat hy die bandjie oor sy pols gly. Verligting spoel oor hom as hy sy oë vlugtig toemaak, diep inasem en dan uitblaas.

Jakes se foon raas in sy sak en hy haal dit uit. Hy kyk na die skerm en Angie sien hoe verstyf sy kakebeen voor hy die boodskap oopmaak en lees. Dis asof sy hele liggaamshouding verander. Sy skouers sak wanneer hy met 'n sug die foon afsit.

Angie fluister sodat net hy kan hoor, "Is alles reg? Het jy slegte nuus gekry?"

Jakes maak sy oë oop en kyk na haar. Angie se hart ruk toe sy die verslaentheid in sy oë lees. Hy vat 'n ruk voor hy antwoord, "Dit was ons spankaptein. Hy het ons aan iets belangriks herinner. Al het ek onthou het ek byna ..."

Hy skud sy kop en draai weg. Hy maak weer sy oë toe en neem 'n paar keer diep asem. Hy maak eers weer sy oë oop toe die ander nag sê. Jakes mompel goeie nag, maar hy staan nie op nie. Dit verbaas Angie. Sy het gedink dat hy ook van die kans gebruik sou maak om te vlug.

Die vertrek is doodstil. Angie voel naderhand ongemaklik, onseker of sy dan, maar eerste moet loop of nie. Dit lyk nie of hy met haar wil praat nie.

Telkens voel sy sy oë op haar, maar as sy vir hom kyk, kyk hy vinnig weer weg. Hy kan haar nie eers in die oë kyk nie! Nee wat, sy kan nie langer hier sit nie. Netnou bars sy in trane uit. Sy wil net opstaan toe Jakes mompel, "Ek is jammer. Ek weet ek verwar jou."

Hy bly so 'n rukkie stil toe voeg hy by, "Ek moes jou nie gesoen het nie."

Sy het dit geweet! Hy wil haar nie hê nie nou is hy spyt oor alles.

Sy voel asof sy haar kop onder die kussing kan indruk. Hoe moet sy hom nou weer in die oë kyk? Sy kan nie. Sy staan op en wil net wegstap toe Jakes skielik iets in Afrikaans mompel. Toe sy vir hom kyk, kan sy amper dink dat dit 'n vloekwoord was as sy sy uitdrukking moet oordeel. Die volgende oomblik staan hy voor haar. Hy gryp haar hand styf vas en kyk dan pleitend na haar, "Dis waar, ek moes jou nie gesoen het nie, maar hel, ek hou daarvan. Ek wil jou soen en …"

Hy sug saggies, "Dis nie regverdig teenoor jou nie, Angie. Ek vertrek binnekort. Die feit is egter dat ek nie 'n verhouding met jou of enigiemand anders kan begin nie. Nie nou of ten minste die volgende ses maande nie."

Soveel emosies flits oor sy gesig, maar een staan duidelik uit: frustrasie. Daar is daardie selfde uitdrukking in sy oë wat sy amper as pyn kan beskryf, maar dis nie dit nie. Dis duidelik dat iets hom pla.

En dan verander sy hele houding. Daardie blink intensiteit verdwyn en dit lyk nou so groen soos mos. Sy vingers verslap om haar hand. Sy oë gly oor haar gesig en dan voel sy omtrent die sug wat ontsnap.

Hy moes geweet het hy gaan nie wen nie. Sy oë gly oor haar gesig asof hy elke deeltjie wil memoriseer. Hy lig sy hand en streel met sy vingers oor haar vel, amper soos 'n blinde man dit sou doen. Daar is hartseer in haar oë en hy weet hy is die oorsaak daarvan. Dis hoekom hy nie eers aan haar moet raak of haar soen nie.

Hy het die hele middag sedert hy haar in haar ateljee

gelos het daaroor getob. Lang gesprekke met André het hom genoeg gekalmeer sodat hy uiteindelik sy gevoelens vir Angie erken het. Jakes kan dit nie verstaan nie. André ken die situasie, maar nog steeds het hy Jakes aangeraai om sy hart te volg.

Dis nou nie asof hy nie *wil* nie. Hy wil, bitter graag. Na daardie eerste oproep het hy weer lank daaroor gedink en probeer uitredeneer. 'n Tweede oproep het hom uiteindelik oortuig om André se voorstel te volg. Hy sal vir Angie vertel hoe hy voel. Hy sal eerlik wees met haar en haar vertel dat alhoewel hy nie nou 'n verhouding kan begin nie, hy hoop dat sy vir hom sal wag of net 'n kans sal gee.

Dit is 'n risiko wat hy bereid was om te neem, as sy sou instem.

En toe kom Daniel se boodskap. Jakes weet die spankaptein doen net sy plig toe hy hulle herinner het aan die eed. Die twyfel was dadelik weer terug. Jakes het dit as 'n teken gesien. Hy kan nie nou faal nie. Dit sou nie net vir hom nie, maar die hele span affekteer. Hy kan nie sy vriende en die span in die steek laat nie.

Hy kan nie vir Angie vertel hoe hy voel nie.

Hoekom is hy dan nog hier? Hoekom raak hy nog aan haar? Om hemelsnaam, hoekom wil hy haar nog soen as hy weet hy moet wegbly van haar af?

Dankbaarheid? Is dit die rede? Hy is dankbaar vir die rubberbandjie wat sy vir hom gegee het. Hy is dankbaar dat sy begrip het vir sy paniekaanvalle en hom nie verstoot nie, maar hel nee, dis nie uit dankbaarheid wat hy haar wil soen nie.

Hy het nie eers die verskoning van 'n mistel nie, maar hy stop nie. Nog net een keer. Hy sal haar nog net een keer soen, maar dis die laaste keer.

Sy vingers fladder oor haar lippe. Hy voel haar asemha-
ling op sy vinger wanneer haar mond effens oopgaan. Hy kan
haar nie langer weerstaan nie. Hy laat sak sy kop sodat sy
lippe streelsag oor hare beweeg, dan oor haar neus, en wenk-
broue, haar wang, haar kakebeen tot hy weer haar mond
vind. Angie se mond gaan oop onder syne. Jakes se hand gly
in haar hare as Angie sy soen beantwoord met dieselfde
passie as vanmiddag.

Toe Jakes uiteindelik sy mond van hare lig, haal hul beide
hortend asem. Hy vou sy arms om haar en trek haar styf teen
hom vas. Met sy kop in haar hare, adem hy die sagte, skoon
geur van haar sjampoe in. Sy arms verstyf nog meer as hy net
dink aan die oomblik wat hy haar moet groet.

Dit was dan dit. Dis die laaste keer wat hy haar so kan
vashou.

Hy durf nie weer waag om haar te soen nie. Hy kan haar
nie weer in die oë kyk nie. Hy weet wat dit aan hom doen. Sy
greep om haar verslap. Vir oulaas druk hy 'n soen op haar
hare, maar dan laat val hy sy arms en tree terug. Hy draai
vinnig om en sonder om weer na Angie te kyk, vlug hy na sy
kamer.

Hy kan nie nagsê nie, want sy keel voel so dik hy kan
skaars sluk.

HOOFSTUK 15

Dis asof hy al klaar gegroet het gisteraand. Hy is hier, maar ook nie. Die ergste is, hy *is* hier, so naby sy kan hom sien en aanraak en hoor, maar sy kan nie daarop reageer nie.

Hoekom hy nog vir haar koffie gebring het, sal nugter weet. Hy het net die beker neergesit en omgedraai. Hy het so twee treë na die deur gegee en toe gestop, maar nie terug gedraai nie. Sy sal egter nie nou weet of hy sou en met haar gepraat het nie, want Jesse roep na Jakes. Jesse is in die ateljee nog voor Jakes kan antwoord.

"Ons wil met die slee gaan ry. Wil julle saamgaan?" Hy voeg vinnig by, "My pa sê dis reg as jy wil gaan."

Jakes lyk ongemaklik. Daar is geen manier wat sy in sy geselskap kan deurbring vandag nie. Angie skud haar kop. "Nee wat. Ek wil hier klaar maak. Gaan julle maar."

"Jakes?"

Angie sien die verligting op sy gesig toe sy nee sê en haar keel pyn van teleurstelling. Hy hoef darem nie so bly te lyk om nie in haar geselskap te wees nie!

Sy draai weg en hou haar besig om haar kwaste te

herrangskik. Nie dat dit nodig is nie, maar ten minste kan hulle nie haar gesig sien nie. Hulle praat oor die reëlings, maar Angie luister nie. Toe sy voetstappe hoor wil sy net haar asem uitblaas van verligting dat sy uiteindelik alleen is, toe sy Jakes hoor vra, "Kan ek vir jou iets bring voor ons gaan?"

Angie verstaan dit nie. Hoekom moet hy nog so flippen bedagsaam wees? Kan hy haar nie net uitlos nie?

Sy wil eerder nie na hom kyk nie en antwoord kortaf, "Nee dankie."

Sy sug weergalm omtrent, maar dan hoor sy sy voetstappe wegsterf. Sy moet swaar sluk om die trane te keer. Sy weier om te huil. Sy weier om oor te gee aan die pyn.

Na 'n rukkie raak die stilte in die ateljee te oorverdowend en sy draai om om die radio aan te sit. Die stasie wat sy gewoonlik die radio op het, speel sulke melancholiese Kersmusiek en sy het dit regtig nie nou nodig nie. Sy soek totdat sy een kry waarvan die musiek hard en oorverdowend genoeg is om die stilte in haar kop te verdryf.

Eers dan haal sy die lap af van die skildery wat sy haastig bedek het toe Jakes ingekom het. Vir 'n ruk lank bestudeer sy dit. Moet sy dit nog klaar maak? Wil sy dit nog doen?

Sy sug. Sy moet erken, sy hou van die skildery en dit sal 'n jammerte wees om dit nie klaar te maak nie. Of sy nog haar plan gaan deurvoer om dit vir Jakes as 'n geskenk te gee, sal die tyd nog leer.

Dit neem haar nie lank om haar in te leef in haar werk en die musiek nie. Eers toe die musiek skielik stil raak agter haar, kyk Angie verdwaas op. Haar ma skud haar kop. "Hoe kan jy werk met so 'n oorverdowende geraas?"

Angie lag. "Dis nie 'n geraas nie. Maar jammer, miskien was dit bietjie hard."

Haar ma bestudeer haar stil en Angie wonder of haar ma reg deur haar kan sien. Sy sal nie verbaas wees nie. Mary vra egter net, "Mag ek sien waarmee jy besig is?"

Angie bestudeer die skildery en knik dan. Sy het 'n tweede opinie nodig en aangesien dit in so 'n stadium is dat haar ma die idee sal kry, kan sy net sowel nou doen voor sy aangaan.

Mary los die skinkbord wat Angie nou eers opmerk, op die tafel en kom staan langs haar. Angie raak skoon senuweeagtig toe haar ma dit lank beskou sonder om iets te sê. Uiteindelik sê sy tog ademloos, "Dis pragtig, Angie. Ek is seker hierdie is jou beste nog."

Angie het nogal so gedink, maar sy is bly Mary staaf dit. Mary draai om na die tafel en beveel, "Kom, Jakes sê jy het vanoggend skaars iets geëet. Ek het toebroodjies en koffie gebring. Dis net ek en jy vanmiddag so ek hoop nie jy gee om dat ek myself genooi het nie."

Wanneer sy klaar haar hande gewas het en weer by Mary by die tafel aansluit, tref die aroma van die koffie haar en besef sy eers hoe honger sy regtig is. Jakes is reg. Sy het nie juis vanoggend 'n eetlus gehad nie, maar hoe kan sy ook nou eet as hy reg oorkant haar gesit het en sy telkens sy oë op haar gevoel het? Nee wat, sy het so gou as moontlik ontvlugting in die ateljee kom soek.

"Nee, ek is bly Mams is hier. Ek word lekker bederf."

"Jy moet vir Jakes dankie sê. Hy het my gevra om seker te maak jy dat jy eet en 'n breuk neem."

"Hoekom?" vra Angie verbaas.

"Omdat hy omgee," sê Mary doodluiters.

"Hmf," snork Angie, maar sy sê niks nie. Sy hoef seker

ook nie, want haar uitdrukking het blykbaar weg gegee wat sy dink.

"Hoekom lyk jy so skepties? Oor ek gesê het hy omgee?"

Angie neem een van die broodjies terwyl sy haar gedagtes orden. Voor gisteraand sou sy dalk vir Mary geglo het dat Jakes omgee. Sy het dit in sy oë gesien as hy vir haar kyk. Sy het dit gevoel wanneer hy aan haar raak of haar soen.

Nou? Nee wat, daardie droom het sy gisteraand diep begrawe. Jakes het dit duidelik gestel hy stel nie belang in 'n verhouding nie. Daar is geen manier wat sy weer vir 'n man gaan wag nie, nie eers Jakes du Plessis nie.

"Hoekom dink Mams so? Hierdie," beduie sy na die broodjies, "bewys niks nie."

Mary neem eers 'n slukkie koffie voor sy Angie antwoord, "Behalwe dat hy dit laat deurskemer het? Angie, die tekens is alles daar. As hy in 'n vertrek inkom, soek hy eerste vir jou. En as hy jou sien ... ek wens jy kan daardie uitdrukking sien. Sy hele gesig versag. Dis asof hy die hele tyd weet waar jy is. Hy is bedag op alles wat jy nodig het, of dit nou is om jou wynglas vol te maak of jou stoel uit te trek of jou koffie te maak net soos jy daarvan hou. Daardie man kan nie sy oë van jou afhou nie. Sien jy dit dan nie? Voel jy dit dan nie?"

Angie kan nie langer die trane keer nie en sy vee dit vies met haar hand af. Uiteindelik kyk sy op na haar ma en beken, "Ek het so gedink. Ek het so gevoel, maar nie meer nie. Jakes het gisteraand reguit vir my gesê hy stel nie belang in 'n verhouding met my nie."

Mary lyk skoon verslae. "Ek verstaan dit nie. Hoekom?"

Angie trek haar skouers op, "Ek weet nie. Hy het iets gepraat van 'n eed, maar ek het nie die helfte ingeneem nie. En toe soen hy my doodluiters en stap weg. Vandag kan hy my skaars in die oë kyk."

Mary mymer 'n rukkie, "Miskien het dit te doen met die feit dat hy binnekort huis toe moet gaan. Hy voel dalk dis te gou? Buitendien, ek het gehoor toe hy vir Jesse en Rayno vertel het van hoe besig sy skedule gaan wees vir die volgende ses maande. Miskien is dit die rede."

"Wel, ek sal nie weet nie, want hy het ons nie 'n kans gegee nie," sê Angie beslis.

"Sê nou net hy wou? As ek reg is, sou hy nie binnekort kon terugkom hierheen nie. Sou jy gewag het?" vra Mary.

Angie het mos nou al daaroor gedink dus kan sy dadelik antwoord, "Ek kon mos by hom ook gaan kuier het."

"Sou jy?"

Toe Angie knik, vra Mary sag, "Hoekom? Is jy lief vir hom?"

Angie knik weer, "Ek is, Mams. Ek het nooit geweet mens kan so vinnig lief word vir iemand nie, maar ek het."

"Jy was tot onlangs verloof aan Chris en al het jy my nie gesê nie," sê Mary met 'n beskuldigende blik, "het Jesse vir ons vertel wat gebeur het. Hoe weet jy wat jy vir Jakes voel is liefde en nie net 'n reaksie op jou mislukte verhouding nie?"

Angie wil haar eers vererg, maar sy weet haar ma het reg om te vra. Sy skud haar kop en verduidelik, "My hele lewe lank het ek 'n voorbeeld gehad van hoe 'n verhouding moet wees tussen twee mense wat mekaar lief het. Mams en Paps het dit en so ook Jonathan en Claire. Ek het julle veral die laaste jaar beny. Ek wil ook so 'n verhouding hê, maar ek het dit nie met Chris gehad nie. In die begin het ek gedink ek is net anders, en het dit my nie so gepla nie maar ... Ek weet julle het almal gedink ek en Chris het 'n seksuele verhouding gehad, maar ons het nie. Chris wou nie saam met my wees nie. Hy het skaars my hand vasgehou of my gesoen in die laaste paar maande."

Mary skud haar kop. "Jy en Chris was so lank saam. Jy's reg, ons het gedink julle het seks gehad, maar soos 'n ma maar is, wou ek nie eers daaraan dink nie."

"Ek weet nou natuurlik hoekom maar ek wou ook nie saam met hom wees nie. Ek het nooit daardie behoefte gevoel dat ek met Chris wou wees nie, maar met Jakes ..."

"Dink jy nie dat jy nie nou net gereed is vir 'n seksuele verhouding nie? Jakes is die eerste man na Chris. Sou jy nie dalk ook so gevoel het met enige ander man nie?"

Angie skud haar kop beslis, "Ja, Jakes laat my dinge voel en begeer wat ek nog nooit vantevore gedoen het nie, maar dis nie net die fisiese aspek nie. Dis die manier wat hy my laat glimlag en laat lag. Dis die manier wat hy na my luister, en my aanmoedig. Ek weet nie hoe om dit te stel nie, Mams, maar wanneer hy na my kyk, laat hy my voel ek is die belangrikste persoon in die wêreld."

Sy sug saggies, "Wel, hy het."

"Angie?" pleit Mary. "Moenie vir Jakes te gou afskryf nie. Ek het julle dopgehou die laaste paar dae. Dis daar vir almal om te sien. Julle pas bymekaar. Julle vul mekaar aan en ek kan sien hoe julle is wanneer julle saam is. Die man lyk of hy 'n swaar stryd het om te stry. Gee hom kans."

Jakes gaan staan botstil toe hy Angie en Claire se stemme hoor. Hy moenie afluister nie. Mens hoor nooit iets goed nie, maar hy staan vasgenael by die biblioteekdeur toe Angie sê, "Ek weet nie hoe ek dit uitgehou het nie. Ek het my dood verlang na die familie en huis."

"En hoe gaan dit met die werksoekery?"

Jakes hoor Angie sug voor sy Claire se vraag beantwoord. "Dis nie maklik nie. Daar is min posisies vir kunsterapeute beskikbaar hier. Ek het nou wel die laaste paar weke 'n deel-tydse pos gehad, maar ek kort 'n voltydse pos sodat ek ure kan kry om my sertifikaat te behaal."

Die besef tref Jakes soos 'n vuishou. Toe hy besluit het om weg te bly van Angie, het hy net aan homself en aan sy span gedink. Hy het nooit gedink hoe 'n verhouding Angie sou affekteer nie. As Angie sukkel om so 'n posisie in Amerika te kry, hoe sal sy nie sukkel om sulke werk in Suid-Afrika te kry nie?

En as sy haar familie so gemis het in 'n naburige stad, hoe sal sy hulle nie mis as sy na 'n ander deel van die wêreld moet verhuis nie?

Jakes moet erken. Hy het daaraan gedink en hy het gehoop en droom dat sy Suid-Afrika toe kom.

Hy kan nog nie beweeg nie. Hy kan nie hoor waarvan hulle nou praat nie, maar hy staan nog vasgenael. Tot Angie skielik hard sê, seker om haar punt duidelik oor te dra, "Daar is geen manier wat ek weer vir 'n man gaan wag nie!"

Dit was egter al wat Jakes nodig gehad het om hom finaal te laat besef dat hy nie die reg het om te hoop op 'n toekoms met Angie nie. So, dis dan dit.

Jakes draai teleurgesteld om en stap terug na sy kamer.

Na hulle die kombuis opgeruim het na aandete, het Angie na haar kamer gevlug. Dis eers later toe sy iets gaan soek om te drink dat sy besef dat die huis darem baie stil is. Haar ouers het vroeër genoem dat hulle by die bure gaan brug speel en Jonathan en Claire het uitgegaan vir ete, maar sy weet nie waar die ander drie is nie. Hulle het niks genoem nie.

Alleen het sy genoeg tyd om te dink oor die laaste ses weke. Sy het genoeg tyd om te besef dat sy weer vir 'n man lief geword het wat nie haar gevoelens beantwoord nie. Hierdie keer gaan sy egter nie weer so simpel wees om 'n jaar vir 'n man te wag wat haar nie wil hê nie al het sy hom liewer as wat sy ooit vir Chris gehad het.

Sy weet mos nou dat Jakes nie dieselfde voel nie dus is sy voorbereid. Al wat sy nou moet doen is om hom sover moontlik te vermy. Niks meer drukkies en soentjies en hande vashou nie. En nie weer in sy oë kyk nie! Dit laat haar elke keer swig.

Sy wens net sy het hierdie gesprek met haarself gehad voor sy lief geword het vir Jakes. Sy moes nooit van 'n toekoms met hom gedroom het nie. En sy moes nooit toelaat dat hy te na aan haar kom nie.

Jakes aanvaar gretig die ander drie mans se voorstel dat hul vier mans vir 'n slag alleen na die kroeg onder in die dorpie gaan. Miskien het hulle agter gekom dat Jakes dit nodig het aangesien die biere gevloei het. Jakes is gewoonlik 'n liggewig, maar hy het sy deel van die biere gehad - baie meer as gewoonlik.

Natuurlik is hy die volgende oggend spyt toe die nagevolge van te veel bier hom tref. Nie eers die feit dat hy behoorlik 'n gallon water gedrink het voor hy gaan slaap het nie, het gehelp nie. Hy het nog 'n babbelas. Hy doen wat hy in die verlede gedoen het om beter te voel. Hy gaan oefen sodat hy die gifstowwe uit sy liggaam kan sweet. Hy druk homself hard, maar hy het gans en al te veel tyd om te dink. Al die dink help egter niks om 'n antwoord te kry nie. Elke keer wat sy brein stop, is dit op 'n ander plek.

Die oefening en 'n stort het miskien gehelp om die gifstowwe uit sy liggaam te sweet, maar hy kon nie ontslae raak van die swaar gevoel in sy hart nie. Dalk sal 'n koffie help en hy stap na die kombuis.

Jonathan is alleen in die kombuis met sy skootrekenaar en 'n koppie koffie voor hom. Toe hy Jakes sien, glimlag hy, "Net die man vir wie ek gewag het."

Jakes frons en gooi sy koffie in. Toe hy oorkant Jonathan gaan sit, vra hy sku, "Hoekom?"

"Ek dink ons moet bietjie vanaand vir Claire en Angie uitneem vir ete. Dis ons tweede laaste aand hier en môreaand is dit tradisioneel om in die berg te gaan eet. En jy het al die hulp nodig wat jy kan kry."

Jakes druk sy hande in sy hare en skud sy kop. "Nee, dit gaan nie gebeur nie. Ek kan dit nie doen nie."

"Hoekom nie? Jy het gisteraand erken dat jy haar liefhet, al kan jy dit miskien nie nou onthou nie."

Jakes kan dit vaagweg onthou. As hy egter dit gesê het, wat het hy nog kwyt geraak? Hy hoop nie hy het ...

Vinnig vra hy, "Wat het ek nog gesê? Ek kan nie veel onthou nie."

Jonathan snork, "Behalwe dat ons jou nie kon stil kry toe jy eers oor Angie begin praat het nie? Dit het nie alles sin gemaak nie. Ek kon wel uitmaak hoe mal jy oor rugby is. Om eerlik te wees, ek kan ook nie veel onthou nie. Is daar nog iets wat jy wou erken?"

Jakes skud sy kop, verlig dat hy niks anders uitgeblaker het nie, "Nee, dis omtrent dit."

Skielik is Jonathan ernstig, "Komaan, Jakes. Gee jouself 'n kans. Gee jou en Angie 'n kans."

Jakes skud sy kop. "Ek kan nie. Al wil ek hoe graag, ek kan nie. Ek moet net wegbly van haar. Ek moes haar nooit gesoen het nie."

Teleurgesteld maak Jonathan sy rekenaar toe toe hy besef

dat hy nie vir Jakes gaan oorreed om in te val by sy planne nie. In stilte drink hulle hul koffie tot Rayno en Jesse by hulle aansluit en hulle planne maak vir die dag. Hy weet nie of hy bly is of teleurgesteld toe hulle later by Jesse se motor ontmoet en Angie weer nie saamgaan nie.

Jesse maak dit vir Angie makliker om by haar voorneme te bly aangesien hulle weer uitgaan vir die dag. Angie wys die uitnodiging van die hand al gaan Claire die keer saam. Sy gee voor sy wil skilder, maar dis nie die waarheid nie. Sy het albei skilderye klaar gemaak: die een van die kosmos naby Clarens en die ander een wat sy van Jakes geskilder het.

Sy het vroeër die kosmos-skildery toegedraai al was sy nog nie heeltemal seker of sy dit vir hom sou gee nie. Op die ou einde het sy besluit om dit tog te doen. Sy sal kyk of sy hom alleen kry voor hulle uitgaan vir aandete, soos dit die tradisie is op hul laaste aand hier.

Angie het al baie tyd alleen by die kothuis deurgebring om te skilder. Sy is gewoond aan die stilte, maar dit voel anders vandag. Vandag voel sy alleen.

Sy hou haar besig om haar ateljee op te ruim en haar voorraad weg te pak. Na sy klaar is, bestudeer sy die vertrek. Skielik opgewonde, gryp sy haar sketsboek en begin aantekeninge maak. Sy het nog niks genoem vir haar familie nie, maar die laaste paar dae wat sy weer geskilder het, het haar oortuig dat sy dit voltyds wil doen. Sy het mos die ateljee hier. Sy kan hier bly, maar dan wil sy die plek warmer en meer intiem maak.

Die Jong Kunstenaars Galery het haar laat weet dat hulle haar laaste twee skilderye net voor Kersfees verkoop het en nog soek. Sy het 'n paar voltooide werke wat sy vir hulle kan neem sodra hulle terug is in Denver.

Sy moet dalk vir die volgende maand of twee nog iewers 'n deeltydse werkie losslaan sodat sy genoeg geld kan maak om nog voorraad te kan aankoop. Op hul vyf-en-twintigste verjaarsdae kry sy en Jesse die trustfondse wat hul grootouers vir hulle nagelaat het. Dis nie lank tot einde Februarie nie.

Sy draai terug na die esel waarop die skildery van Jakes nog staan. Haar hart trek saam as sy daarna staar. Haar vingers streel oor die beeld en trek 'n lyn oor die vol lippe wat haar so deeglik kon soen dat sy haarself vergeet.

Hierdie skildery is hare. Dit, en die paar foto's wat sy van hom geneem het, sal haar kosbaarste herinnering wees.

Sy vee vies die trane af wat skielik oor haar wange biggel. Sy het seker te veel in sy soene gelees. Behalwe dat hy haar gesoen het, het Jakes haar nooit enige aanduiding gegee dat hy dieselfde voel as sy nie.

Dit was dus altyd 'n droom wat net van haar kant gekom het.

Die res van die gesin keer eers laat die middag terug huis toe. Angie luister afgetrokke na hul gesprek toe hulle in die familiekamer bymekaar kom vir koffie. Sy het geweet dat almal uitgaan, maar sy het regtig nie gedink sy sou die hele dag alleen wees nie. Toe middagete egter aanbreek en daar geen teken is van hulle nie, het sy geweet dat sy hulle nie gou terug moes verwag nie.

Sy was vies vir haarself toe sy haarself jammer gekry het toe sy van die sop warm gemaak het en alleen by die kombuistafel gesit en eet het. Sy moet seker gewoond raak daaraan as sy alleen hier wil bly. Nou is hulle egter almal hier en sy voel uitgesluit en alleen terwyl sy luister na die pret wat hulle gehad het.

Mary kyk skielik na Angie en vra, "Het jy darem vanmiddag geëet? As ek geweet het jy is alleen sou ek iets vir jou gelos het."

Voor Angie kon antwoord, protesteer Claire, "Ag nee, Angie. Ek het gedink ma-hulle is hier. As ek geweet het jy is alleen sou ek terug gekom het en jou kom haal het om saam met ons te gaan eet. Gisteraand ook! As ek geweet het die mans gaan uit sou ek jou saamgenooi het na my vriendin toe. En nou was jy weer alleen die hele dag. Dis nie regverdig nie. Dis veronderstel om familie tyd te wees."

Angie wou nog protesteer, maar sy kry niks uit nie. Jakes het opgespring. Sy wens sy kon sy uitdrukking analiseer. Dis iets tussen skok en verleentheid en iets soos 'n skuldige uitdrukking, maar voor sy daaroor kan dink, draai hy om en verdwyn in die rigting van die biblioteek.

Sy staar 'n oomblik verdwaas na die oop deur en dan skud sy haar kop vir Claire. Sy wil eerder nie nou praat nie.

Jakes vlug. Hy gaan dit nie tot in sy kamer maak voordat hy beheer verloor nie en die naaste vertrek wat hy privaatheid kan kry is die biblioteek. Hy gaan staan voor die venster, maar sien niks raak nie. Sy gedagtes is 'n warboel en hy kan dit nie beheer nie.

Hy voel skuldig. Toe Angie nie die laaste twee dae saam met hulle uitgegaan het nie, was hy verlig. Hy wou haar vermy, maar hy wou nie gehad het dat sy alleen moet wees terwyl hy pret saam met haar familie het nie.

Pret? Jakes snork. Hoe kan jy pret hê as dit voel asof jou hart gebreek is?

Sy hart klop vinniger en Jakes weet wat kom. Hy staar by die venster uit en haal diep asem en blaas dit uit. Vandag help dit egter nie. Dit voel asof hy nie genoeg suurstof by sy brein kan kry nie. Sy kakebeen klem styf. Selfs sy hande is in vuiste gebal. Hy moet fokus en beheer kry.

Toe Angie se stem agter hom opklink, verstyf Jakes nog verder. Hy het gehoop dat niemand hom so sal sien nie.

Met die laaste stukkie wilskrag draai hy om om na haar te kyk, net betyds om te sien hoe sy haar na hom toe haas, bekommernis oor haar gesig geskryf.

So gou sy kan wegkom, gaan soek Angie vir Jakes in die biblioteek. Sy het sy uitdrukking gesien en sy het 'n vermoede wat kan gebeur.

Toe sy inkom staan hy voor die venster. Sy roep sy naam om hom gerus te stel. Sy het eers gedink hy gaan nie antwoord nie, maar dan draai hy om. Haar hart mis 'n slag. Sy was reg. Jakes se hande en kakebeen is so styf vasgeklem dat sy kneukels wit wys. Dit lyk asof hy sukkel om asem te haal.

Angie dink nie twee keer nie. Sy laat val die skildery wat sy vir hom wou gee en haas haar na hom toe. Toe sy by hom kom, sit sy haar hand op sy wang en vra, "Wat is fout? Praat met my."

Hy skud sy kop, sy oë paniekerig. Sonder om te dink, glip sy haar arms om hom en trek hom nader. Sy voel sy arms om haar gaan en dan druk hy sy kop in haar hare. Hy hou haar so styf vas dat dit byna seermaak, so styf dat sy hom kan hoor en voel asemhaal. Angie kontroleer haar eie asemhaling saam met syne, diep in, dan uit. In en uit, in en uit, totdat dit stadig na normaal terugkeer. Sy voel hoe hy een keer nog diep asemhaal en uitblaas teen haar hare en dan verslap sy greep om haar.

Sy trek effens terug en dan lig Jakes sy kop. Sy oë lyk nog stormagtig terwyl hy vir haar staar. En dan laat sak hy sy kop en eis haar mond op. Dis geensins 'n sagte soen nie. Dit voel amper desperaat.

Angie voel dat dit miskien is wat hul albei nou nodig het en sy soen hom terug. Toe hy uiteindelik sy mond van hare lig, druk hy sy kop in haar nek. Sy hoor hom praat, maar kan nie alles uitmaak nie. Wat sy wel kan is sy verskoning, "Ek is jammer. Ek moes jou nie gesoen het nie."

Dit voel asof hy haar geklap het. Sy ruk terug en staan weg van hom, "Stop dit. Ek weet jy wil my nie soen nie en hoekom jy dit nog doen sal nugter alleen weet ..."

Sy kop ruk op en hy lyk skoon geskok. "Nee, dis nie waar nie. Ek wil. Jy sal nooit weet hoe graag ek jou wil soen, en vashou en ... Ek wens ..." Hy stop en skud sy kop. "Asseblief, ek kan dit nie doen nie. Ek ..."

Hy draai om en gaan staan weer voor die venster. Hy lyk skoon verslae as sy skouers sak en hy sy hande desperaat deur sy hare vryf.

Miskien moet sy hom eerder los. Angie draai om na die deur en sien dan die skildery wat sy laat val het toe sy haar na hom gehaas het. Sy tel dit op en stap terug na waar Jakes nog steeds staan. Sy moet sy naam twee keer roep voor hy reageer en omdraai na haar toe. Sy gesig is geslote en gespanne.

Sy hou die skildery na hom toe uit, "Ek het hierdie vir jou gemaak. Ek wou dit vir jou gee voor jy weggaan."

Hy neem die skildery huiwerig by haar. Sy hande bewe toe hy die strikkie losmaak en vou dit dan oop. Hy bestudeer dit vir 'n lang tyd en dan kyk hy op. Sy oë blink onnatuurlik en sy stem klink hees toe hy haar bedank, "Dankie, Angie. Dis pragtig. Dit sal my kosbaarste besitting wees."

Hy rol die skildery weer op en dan tree hy nader aan haar. Sy mond vee liggies oor hare. Dit was so sag en vinnig verby dat Angie haar verbeel het dit het gebeur. Dan tree hy om haar en stap weg.

Angie draai om en volg sy bewegings, onbewus van die trane op haar wange.

HOOFSTUK 16

Jakes groet vir Jonathan en Claire en gaan sit dan op die bank om die ander ook kans te gee om te groet. As dit so moeilik was om vir hulle totsiens te sê weet hy nie hoe hy die res van die gesin oor twee dae gaan kan groet nie.

Skielik tref die stilte in die vertrek hom en as hy opkyk, besef hy dat hy alleen is saam met Angie. Hy spring vinnig op, maar dan kyk hy vas in haar oë en alle gedagtes aan vlug verdamp. Idioot wat hy is, stap hy nader na haar toe. Hy lig sy hande toe hy voor haar gaan staan en streel oor haar hare. Sy vingerpunte bewe en hy woel hulle eerder in haar krulle in.

Eers dan lig hy sy oë om hare te ontmoet. Hy moet egter 'n diep asemteug neem voor hy kan sê, "Ek wens ek kan jou vertel hoeveel die laaste paar weke saam met jou vir my beteken. Jy is 'n wonderlike vrou, Angie. As omstandighede anders was, dan ..."

Jakes sukkel om die regte woorde te kry.

"Ek wens jy was nie verloof toe ons ontmoet het nie. Ek sal nooit inmeng in 'n ander se verhouding nie, maar as jy alleen was ... Dinge kon dalk anders gewees het, maar ek het gedoen wat ek dink die beste is. Angie, ek hou ... Ek is ... Jy ... Ek ..."

Ondeundheid blink in haar oë. Jakes sien dit. Hy hoor dit en hy weet sy terg net, maar hy kan nie sy eie reaksie help nie toe sy sê, "O, jy erken dat jy aangetrokke is, maar jy doen niks daaromtrent nie. Weet jy dat dit klink asof jy verkramp ..."

Jakes hoor nie eers die res nie. Sy hand in haar hare raak stil en dan laat sak hy dit langs sy sy. Sy hart klop vinniger en harder in sy borskas soveel sodat hy dit kan voel. Hy tree terug van haar. As hy nie gou wegkom nie, gaan hy iets doen of sê waaroor hy spyt gaan wees.

Skok flits oor haar gesig toe hy onttrek. Hy ignoreer dit. Hy draai vinnig om en haas hom na sy kamer.

Hoe het hy hom so misgis? Hoe het hy hom so misgis met Angie? Hy het gedink sy is anders en dat sy hom aanvaar soos hy is. Hel, hy is nou nie die beste vangs in die wêreld nie. Hy weet dit. Hy weet hy is te ernstig. Dis egter wie hy is.

Dit maak seer om te hoor dat Angie dink dat hy verkramp.

Moira se kwetsende woorde flits deur sy gedagtes op pad na sy kamer.

Hy kan dit nie weer doen nie. Hy kan nie weer 'n verhouding aangaan wat hom bietjie vir bietjie afbreek en sy selfvertroue ondermyn nie.

Outomaties sluit hy die deur agter hom en leun daarteen. 'n Sagte klop en Angie se roep bring hom terug na die werklikheid. Jakes tree weg en staar na die deur. Hy kan nie nou vir Angie sien nie. Hy haal 'n paar keer diep asem toe hy na die bed toe stap. Hy gaan sit egter nie op die bed nie. Hy sak af tot op die vloer en begin sy asemhalingsoefeninge terwyl sy vingers aan die bandjie om sy pols pluk.

'n Lang ruk later kan hy weer rasioneel dink.

Hy laat sak sy kop in sy hande. Vir die meeste mense sou sy reaksie irrasioneel gewees het. As hy nou eerlik wil wees, weet hy dat Angie nie 'n gemene persoon is nie. Hy weet dat sy dit nie so bedoel het soos hy dit opgeneem het nie. Sy het geterg. Hy kan dit egter nie help nie. Daardie frase roep net te veel slegte herinneringe op. Hy het gedink dat hy dit oorkom het. Veral die laaste paar weke het hy baie vordering gemaak.

Sy bors trek toe as hy net daaraan dink om Angie weer môre in die oë te kyk. Hy kan nie. Paniek sak oor hom toe. Hy moet wegkom. Hy moet in Denver kom en dan die eerste vlug wat hy kry Suid-Afrika toe haal. Hoe gouer, hoe beter.

Voor hy dit kan oordink spring hy op en gryp sy tas. Vergete is sy gewone presisie as hy haastig die klere in sy tas bondel. Al wat hy nie pak nie is 'n skoon stel klere om mee te reis en sy toiletsakkie. Toe hy klaar is, tel hy sy skootrekenaar op en roep sy vlugskedule op. Die enigste vlug wat hy kan kry is een wat die volgende middag Londen toe vertrek. Jakes vat dit al is die vlugte van Londen na Johannesburg toe vol. Hy koop nog 'n kaartjie van Londen na Amsterdam waar hy 'n aand in Schiphol moet oorbly voor hy die dagvlug Johannesburg toe kan neem.

Angie klop nog 'n keer of wat, maar Jakes ignoreer haar. Om nie die risiko te neem dat ander hom sal hoor praat nie, gaan hy badkamer toe. Hy hoef nie bekommerd te wees dat André nie sy oproep sal beantwoord. Sy vriend ken hom goed en weet dat Jakes hom enige tyd nodig kan kry, maak nie saak hoe laat dit in Suid-Afrika is nie.

André antwoord dadelik. "Jakes? Hoe gaan dit in Colorado? Vries jy nog?"

Jakes mompel, "Colorado is oukei. Nog koud. Waar is jy?"

André moes iets in sy stem gehoor het, want hy vra ernstig, "Kom jy terug? Moet ek jou by die lughawe kry?"

Jakes knik, maar besef dan dat André hom nie kan sien nie. "Asseblief. Donderdag met KLM. Ek stuur die besonderhede."

Toe André vra, "Is jy reg, my vriend? Wil jy praat?" erken Jakes, "Nee, ek is nie. Ek kan nie nou praat nie. Praat net met my. Oor enigiets."

André vis nie verder uit nie en doen wat Jakes vra. Hy praat oor sy vakansie en wat by die Buffels se oefenkamp gebeur het en hoe die bouery by sy huis vorder.

Toe Jakes rustiger voel, mompel hy, "Baie dankie. Ek voel nou beter. Ek wil klaar pak en 'n paar briewe skryf."

"Dis reg. Bel as jy my nodig het," dring André aan.

"Dankie, ek sal," bedank Jakes voor hy die oproep beëindig.

Jakes hoop hy kan saam met Jonathan en Claire Denver toe ry. Aangesien hy gereed wil wees wanneer hulle ry, stort hy vinnig.

Toe hy by die tafel gaan sit om die briewe te skryf, bou die spanning weer op. Hy kon al die briewe skryf om almal te bedank behalwe een vir Angie. Wat moet hy skryf?

Hy stap heen en weer terwyl hy sy gedagtes probeer orden toe sy foon lui. Hy moes geweet het dis André. Sy vriend gaan eendag 'n baie goeie sielkundige wees. Hy ken Jakes se onsekerheid en weet dat Jakes dalk nie oukei is nie. Hulle gesels 'n lang ruk, maar hierdie keer nie net as vriende nie. Hierdie keer praat André as sy sielkundige, soos wat hy soveel keer die laaste agtien maande gedoen het.

Toe hy die oproep beëindig, gaan sit hy weer by die lessenaar en stort sy hart uit in 'n brief aan Angie. Dit is amper tyd om reg te maak toe hy uiteindelik klaar is. Hy lees weer die brief en skud sy kop. Hy kan dit nie vir Angie gee nie. Gefrustreerd frommel hy dit op en gooi dit in die snippermandjie.

Haastig begin hy 'n tweede brief maar dié volg die eerste in die mandjie.

Sy vierde poging sal net moet doen, want die uurglas loop leeg. Hy sal tog nooit as te nimmer vir haar in 'n brief kan skryf hoe hy voel nie. Hy druk die brief in 'n koevert en verklee vinnig. Hy pak sy laaste besittings en gaan klop dan aan Jonathan se deur. Jonathan lyk verbaas toe hy Jakes sien.

Jakes maak sy keel skoon en vra vinnig, "Jammer om jou te pla. Ek moet terug Suid-Afrika toe. Kan ek asseblief 'n geleentheid saam met julle kry tot in Denver?"

Jonathan frons. "Is alles reg? Ek het gedink jy vlieg eers Donderdag."

Jakes skud sy kop. "Planne het verander. Ek vlieg vanmiddag." Toe Jonathan nie dadelik antwoord nie, voeg Jakes by, "Ek kan 'n ander plan maak as jy my nie 'n geleentheid kan gee nie."

Jonathan stel hom gerus, "Nee, dis reg. Ons behoort oor 'n halfuur reg te wees om te ry."

Jakes blaas verlig sy asem uit. "Dankie, ek is gereed. Ek het klaar gepak."

Hy draai om om na sy kamer toe te stap, maar Jonathan roep hom terug. "Jakes?"

Jakes draai terug, half onwillig. "Weet Angie dat jy op pad is? Het jy haar gegroet?"

Jakes klem sy kakebeen saam voor hy erken, "Nee, sy weet nie. Ek het 'n brief vir haar geskryf."

"Ek hoop jy gaan ten minste my ouers groet. Hulle is wakker," sê Jonathan, duidelik teleurgesteld.

"Natuurlik. Ek gaan net my bagasie motor toe neem dan sal ek groet."

Jakes haas hom na sy kamer. Toe hy seker is die kamer is netjies, tel hy sy bagasie op. Die briewe en die juweledosie vir

Angie klem hy in sy ander hand vas. Toe hy verby Angie se kamer stap, waag hy dit nie om na haar deur te kyk nie. Hy is bang as hy doen gaan hy dalk nie die moed hê om te gaan nie.

Jakes het vermoed dit sou moeilik wees om te groet, maar dit is moeiliker as wat hy gedink het. Angie ... Nee, hy wil nie eers aan haar dink nie. Dis erg genoeg om tot siens te sê vir haar ouers en later Jonathan en Claire by die lughawe.

Op Jakes se aandrang laai Jonathan hom net by die aflaai-sone af. Hy wil nie die groetery uitrek nie. Hy is gans en al te emosioneel daarvoor.

Beide Claire en Jonathan klim egter uit. Claire verras Jakes toe sy hom 'n drukkie gee en op die wang soen voordat sy weer in die motor klim. Jonathan het Jakes se bagasie uitgehaal en hou hom stilweg dop terwyl hy Claire groet. Miskien het Jonathan gesien hoe emosioneel Jakes is, want hy staan nader en steek sy hand uit. Hy is duidelik ernstig. "Ek is oortuig dat dit nie die laaste keer is wat ons mekaar sal sien nie. Ek hoop nog dat dinge tussen jou en Angie sal uitwerk."

Jakes sluk swaar, en knik. Met 'n hees stem erken hy, "Ek kan nie daaraan dink of hoop nie al is ek hoe lief vir haar."

Jonathan verbaas Jakes toe hy hom nader trek en hom 'n drukkie gee, net soos sy pa vroeër gedoen het. Toe hy terug-trek knik hy, "Ons sal kontak hou, Jakes. Hoop jou vlug is voorspoedig."

Jakes knik, sy gemoed te vol. Hy tel vinnig sy tas op en haas hom na die ingang voordat hy homself in die verleent-heid stel.

. . .

Die huis is stil toe Angie wakker word. Al het sy eers in die vroeë oggendure aan die slaap geraak is sy wawyd wakker. Sy spring summier op. Sy moet dinge met Jakes uitklaar en hoe gouer hoe beter. Sy het die hele nag daaraan gedink. Wat het gebeur?

Sy stort vinnig en trek aan en haas haar na Jakes se kamer. By die deur gaan sy staan. Die deur is oop, die bed is opgemaak en die kamer lyk verlate. Sy hoop sy is verkeerd. Sy draai kortom en drafstap kombuis toe waar sy slegs haar ouers aantref. Hul simpatieke blikke is genoeg om haar vermoede te bevestig.

Jakes is weg en hy het nie eers gegroet nie.

Angie sak verslae op die stoel. Met 'n simpatieke tikkie op haar arm, staan haar ma op en sit die ketel aan. Haar pa stoot 'n koevert en 'n juweledosie na haar toe uit. "Jy vermoed dit dalk reeds. Jakes is vanoggend saam met Jonathan en Claire weg. Hulle gaan hom by die lughawe aflaai. Hy het net gesê dat iets gebeur het en hy moet gaan."

Angie kan nie langer die trane keer nie. Sy het gedink sy het al genoeg trane gestort deur die nag, maar blykbaar is sy nog nie klaar nie. Mary sit 'n koppie voor haar neer en beveel, "Dis soet tee. Drink dit. Dis goed vir die skok."

Angie neem 'n slukkie en ril voor sy haar pa vra, "Het hy iets gesê?"

Hy skud sy kop. "Nee, miskien het hy dit in die brief verduidelik."

Angie loer na die koevert en juweledosie. Sy is byna te bang om dit oop te maak, maar sy sal moet. Dit is haar laaste band met Jakes.

Sy wurg die tee af en staan dan op om die koevert en dosie op te tel. "Ek sal in my kamer gaan lees."

'n Rukkie later sit sy op haar bed. Haar vingers bewe toe

sy die juweledosie oopmaak. Die trane rol toe sy die armban-
djie uit die dosie haal. Sy herken dit dadelik. Sy het die
ouderwetse armbandjie bewonder by dieselfde winkel waar
hy die juwelekissie gekoop het wat hy vir haar vir Kersfees
gegee het. Iets lyk egter anders en sy bestudeer dit sorgvul-
dig. Behalwe die oorspronklike items, is daar 'n paar ander
by. Party is vreemd en modern. Ander, soos die Suid-Afri-
kaanse muntstuk, is omskep in 'n mini-kunswerk. Die
rugbybal en die vastelande van Amerika en Afrika wat aan
weerskante van die vliegtuigie is, is moontlik ook spesiaal
gemaak.

Wanneer het hy dit vir haar gekry en hoekom het hy dit
nooit vir haar gegee nie? Hy het dan soveel moeite gedoen.

Sy sit die armbandjie aan haar arm en tel dan die koevert
op, haar gedagtes 'n warboel. Sy haal die enkele vel papier uit
die koevert. Haar vingers vee oor die ferm, swart handskrif op
die spierwit papier voor sy begin lees. 'n Minuut later laat sak
sy die papier teleurgesteld.

Sy het gedink hy sou verduidelik oor wat verkeerd gegaan
het, maar die boodskap is kort en styf. Al wat hy daarin gesê
het is om haar te bedank vir hul gasvryheid en die geskenke.
Daar is geen beloftes nie. Sy is seker hy het presies dieselfde
brief vir elkeen in die familie geskryf.

Die trane loop weer. En toe is Jesse daar. Hy gaan sit langs
haar op die bed, sit sy arm om haar en trek haar styf teen
hom vas, "Is jy oukei?"

Angie skud haar kop teen sy bors, maar sy kan nie ophou
huil nie. 'n Lang ruk later toe haar snikke sporadies kom, vra
Jesse, "Het hy iets in sy brief gesê? Het hy verduidelik?"

Angie skud haar kop en gee die brief vir hom om te lees.
Daar is immers niks daarin wat persoonlik is nie. Toe hy dit
klaar gelees het, glimlag Jesse tot Angie se ergernis wanneer

hy die brief op die bed neergooi. "Dit verduidelik niks nie, maar miskien sal dié."

Angie staar wydoog na die bondels opgefrommelde papier wat hy voor haar neergooi. Haar vingers bewe toe sy hulle oopvou en effens plat vryf. Twee van hulle is net 'n begin van 'n brief, maar die ander een voel dikker. Toe sy dit oopvou, is dit 'n hele paar bladsye. Angie vee die kreukels plat en gou is sy van niks anders bewus as die brief in haar hand nie. Die trane vloei nog steeds, maar sy is nie so teleurgesteld soos vroeër nie.

My liefste Engel

Wanneer jy die brief lees, is ek op pad na Suid-Afrika. Ek wil nie gaan nie. Ek wil jou nie los nie, maar ek het nie 'n keuse nie, Engel.

Voor ek enigsins verder skryf moet ek jou waarsku dat die brief dalk nie baie sin gaan maak nie, want ek gaan skryf soos dit in my kop kom. Ek mag myself dalk herhaal of weerspreek. Weet egter dat dit uit die diepte van my hart kom.

Van daardie eerste oomblik wat ek jou gesien het, ten spyte van al die rampe, het ek geweet jy is spesiaal. Ek het egter ook geweet dat ek moes wegbly van jou af. Ons kon net vriende wees, en dis nie net omdat jy 'n ander man se ring gedra het nie.

Ek het nooit in my lewe gedink dat ek die selfvertroue sal hê om met 'n vrou te praat soos met jou nie. Ek kon myself wees met jou. Ek kon lag en pret hê. Jy het my laat insien dat die lewe soveel het om te bied, dat daar vrouens bestaan wat pragtig en sag is. Jy het my soveel meer as vriendskap gegee. Jy het my selfvertroue gegee. Jy het my liefde en geloof gegee.

Ek het jou lief, Engel. Ek het jou lief met 'n intensiteit wat ek nog nooit vantevore gevoel het nie.

Ek het jou lief vir die persoon wie jy is ... suiwer, onselfsugtig, goedhartig en simpatiek. Ek het jou lief vir die manier wat jy my uit my dop kon trek, vir die manier wat jy my kon laat lag, oor hoe jy my laat voel. Ek het jou lief uit die diepte van my hart en siel en ek weet dit sal nooit verander nie. Jy is my altydliefde.

Vanaf daardie eerste soen onder die mistel kon ek jou nie weerstaan nie. Dis asof die res van die heelal nie bestaan wanneer ek jou soen nie. Dan is dit net ek en jy.

Ek het jou al amper vertel hoe ek voel. Ek het die laaste week jou byna hoeveel keer vertel dat ek jou lief het, maar ek het nie die reg nie. Nie nou nie en ook nie binnekort nie. Ek is bitter jammer. Ek wens so dinge kon anders wees.

Meer as dit, ek wens ek was anders.

Ek het baie letsels en onsekerhede. Ek het gedink dat ek dit verwerk het, maar gisteraand het vir my gewys ek is verkeerd.

Jy het iets gesê wat al daardie slegte herinnering weer na vore gebring het. Al het ek hoe hard probeer, ek is nog te kwesbaar. Dis nie jou skuld nie, Engel. Dis alles op my. Ek kan jou nie saam met my aftrek nie.

Ek kan nie 'n verhouding begin as 'n onskuldige woord of opmerking maak dat ek so oorreageer nie. Ek moet hieraan werk voor ek enigsins daaraan kan dink.

Ek het gisteraand oorreageer. Ek weet dit. Ongelukkig was daar niks wat ek daaromtrent kon doen nie.

My onsekerhede is egter nie die enigste rede hoekom ek jou nie kan vertel hoe ek voel nie. Ek het 'n belofte gemaak, 'n eed afgelê ... Dit sal nie regverdig wees as ek vir jou vertel hoe ek voel en dan moet ek jou hier agterlaat met die wete dat niks verder tussen ons kan gebeur nie.

Jy sal nie weet hoeveel keer ek byna ingegee het en jou wou smeek om my 'n kans te gee nie en vir my te wag. Ek het gehoop ek sou volgende jaar na die Wêreldbeker kan terugkom Denver toe. Dis as jy my sou toelaat. Ek het egter toe die gesprek gehoor wat jy met Claire gehad het. Jy het gesê dat jy nie weer vir 'n man gaan wag nie.

Ek het toe ek die armbandjie vir jou gekoop het in daardie winkeltjie in Cherry Lane, alreeds geweet dat ek vir jou meer voel as vriendskap. Dis asof ek met elke item jou wou vertel het dat ek jou lief het en dat ek hoop jy sal selfs net 'n klein bietjie aan my dink en aan die betekenis van elkeen. Ek hoop jy sal verstaan. Jy behoort, want jy verstaan my beter as baie ander mense.

Ek het gedroom van 'n lewe saam met jou waar ons nog items kon byvoeg en nog herinneringe skep.

Dit sal seker altyd my droom wees, al weet ek dis waar dit gaan bly. Miskien eendag ...

Ek hoop jy kan my vergewe dat ek jou seergemaak het, Engel. Dit was die laaste ding wat ek wou doen of ooit sal wil doen.

Ek het my kontakbesonderhede vir jou pa gegee. Miskien kan jy my eendag vergewe en dalk net 'n nota stuur om my te laat weet hoe dit gaan.

Hierdie gaan 'n baie lang vlug wees terug na Suid-Afrika. Elke uur op daardie vliegtuig gaan my herinner aan die afstand tussen ons. Ek weet ek gaan jou verskriklik baie mis.

Ek het jou lief, Engel. Ek sal jou altyd liefhê.
Altyd joune
Jakes

Angie kyk na Jesse en glimlag deur haar trane, "Hy het my lief."

Jesse lag. "Ek weet."

Angie kyk verbaas na hom. Het hy dalk die brief gelees? Jesse grinnik egter, "Onthou jy daardie aand toe ons vier mans alleen kroeg toe was?"

Angie frons. Sy onthou, maar gans en al te goed. Jesse lag weer, "Ek weet jy was omgekrap, maar ons het dit beplan. Ons het gehoop dat as ons Jakes dronk genoeg maak, hy ons sou vertel hoekom hy so beslis daaroor is dat hy nie 'n verhouding met jou kon aanknoop nie."

"En het hy?" vra Angie nuuskierig.

Jesse skud sy kop. "Nee, hy het bly sê hoe lief hy jou het, maar dat hy nie goed genoeg is vir jou nie en dan iets van 'n belofte. Dit het nie sin gemaak nie. Rayno het selfs in Afrikaans probeer. Jakes het blykbaar net gesê dis 'n geheim en nogal trots daarop gelyk dat hy nie die geheim verklap het nie."

Angie frons. "Hy het in die brief ook na die belofte verwys. Nou is hy weg en hy weet nie eers hoe ek voel nie. Ek kon vir hom gesê het ..."

"Wat?" vra Jesse nuuskierig.

"Dat ek hom ook lief het en tog vir hom sou gewag het."

"En nou?"

Angie skud haar kop. "Ek weet nie, Jesse. Hy het nooit self vir my vertel hy het my lief nie. Hy het dit in 'n brief geskryf wat ek nie veronderstel was om te sien nie. Dit is duidelik dat hy nie enige planne het om dinge verder te neem nie. Ek moet dit respekteer."

Jesse frons. "En gaan jy dit net so los?"

Angie speel met die armbandjie. "Ek weet nie wat anders om te doen nie. As hy my nie naby wil toelaat nie, kan ek hom nie dwing nie."

Jesse lig haar arm op en bestudeer die armbandjie soos Angie vroeër gedoen het. "Hy het baie moeite gedoen hiermee."

Angie knik.

Skielik klink Jesse saaklik toe hy vra, "Angie, is jy seker oor jou gevoelens vir Jakes? Is jy seker hy is die man met wie jy die res van jou lewe wil spandeer?"

"Ek was nog nooit so seker van enigiets anders in my lewe nie."

"Nou, as Jakes nie na jou toe kan kom nie, gaan na hom

toe. Vat die kans. Wys vir Jakes wat liefde en toewyding is. Hy het dit dalk nodig."

Angie skud haar kop beslis, "Jy kan dit nie van my vra nie. Hy het dit duidelik gemaak dat al gaan ek, hy nog steeds nie 'n verhouding met my sal aanknoop nie."

"Dink net daaroor, asseblief?" pleit Jesse.

Angie antwoord nie. Sy wil nie eers daaraan dink nie. Sy het haarself mos belowe dat sy nie weer haar hart gaan blootstel aan 'n man wat haar nie wil hê nie.

HOOFSTUK 17

Terug in Suid-Afrika het Jakes feitlik vir twee dae geslaap met André wat 'n wakende oog oor hom gehou het.

Dis eers toe hy weer in staat is om twee sinne na mekaar te kan sê, dat hy vir André kan vertel wat het gebeur in die weke wat hy in Denver was en meer spesifiek die laaste aand en die rede hoekom hy stert tussen die bene terug gevlug het huis toe.

Reeds voor sy gesprek met André het hy geweet wat om te doen. Indien hy enige hoop koester om 'n normale verhouding met Angie of enige iemand anders te hê, sal hy die terapie moet hervat. Maandagoggend vroeg was hy reeds by dok Matthews. Natuurlik moes hy die hele storie soos hy vir André vertel het, herhaal. Die sielkundige was beïndruk met die vordering wat Jakes gemaak het en het besluit dis tyd vir die volgende fase in sy terapie.

Jakes het dan ook Dok se raad gevolg en dieselfde middag het hy en André Clarens toe gery waar Jakes vir die eerste keer die volle waarheid aan sy ouers vertel het oor wat met Moira gebeur het. Hy was jammer dat hy hulle ontstel het,

maar hy het ook verlig gevoel. Dok was reg. Dit is tyd dat hy
sy geheim deel met die wat die naaste aan hom is. Dit was
met 'n ligter gemoed wat hulle die volgende oggend terug
gery het Pretoria toe om betyds te wees vir die eerste oefening
van die seisoen Woensdag-oggend.

Jakes het natuurlik nog die plekke vermy wat hom in
ongemaklike situasies sou kon laat beland. Hy wil nie moei-
likheid soek nie. Hy het alreeds soveel emosies om te hanteer
waarvan spyt en hartseer die mees dominante is.

Natuurlik dink hy aan Angie. Hy kan dit nie help nie,
maar juis die gedagtes aan haar maak hom meer gedetermi-
neerd om voort te gaan met die terapie.

Daardie eerste naweek na hulle weer begin oefen het,
vind hy die ideale geleentheid om dok Matthews se advies
verder te voer en sy vriende te vertel. Hy het nie 'n keuse nie.

Mark Bailey, die nommer vier slot, het hulle groep
vriende genooi om die Saterdagaand by sy huis te kuier.
Behalwe Jakes en André, was Daniel Cooper, die kaptein en
Mark se beste vriend onder die genooides en so ook Matthew
Kemp, die onder-kaptein. Aangesien Richie Campbell die
Skotse speler wat hom hierdie seisoen by die Buffels aange-
sluit het, Matthew se beste vriend is, is hy ook ingesluit in die
groep. Die laaste twee is Rick Walters en sy beste vriend,
Christopher Brooks, die Buffels se nuut-aangestelde kommu-
nikasie beampte.

Dis al laterig toe hulle nog op die veranda sit en gesels
met hul laaste bier vir die aand. Jakes is diep in gedagte en
het net dele van die gesprek gehoor. Hy weet dus nie hoe
hulle by die onderwerp gekom het nie. Sy ore spits egter toe
Richie vra, "Watter eed?"

Almal staar geskok na Richie. Duidelik het niemand die
nuwelinge in die span ingelig nie. Daniel huiwer nie. Dis

immers sy plig. Hy eis van Richie, "Belowe my wat ons nou oor gaan praat tussen ons en die span bly."

Richie lag vir Daniel se skielike erns. Sy Glasgow aksent kom sterk deur toe hy vir Daniel vra, "Yer joking right?"

Daniel skud sy kop. "Dis nie 'n grap nie. Hierdie is ernstig."

Richie se uitdrukking is komies. Sy blik flits tussen sy vriende, maar almal hou hom met dieselfde ernstige uitdrukking dop. Richie besef dat dit ernstig is en alhoewel nie baie lus nie, maak hy tog die belofte. Almal draai na Daniel, wat moet verduidelik.

"Mark het 'n artikel gelees oor voetbalspelers wat hulself weerhou het van seks voor die Wêreldbeker. Volgens Mark het die studie gesê dat as jy nie seks het nie, dit 'n groot deel van jou brein en emosionele spasie bevry wat ons sekslewens gewoonlik vul. Dis daardie spasie wat mense gewoonlik gebruik om oor seks te dink en hul te bekommer of beplan. As mens jou dus nie so daaroor hoef te bekommer nie, kan hulle op dinge fokus wat hulle beter sou baat en dus hul lewens meer betekenisvol en produktief maak."

Dit klink nogal of Daniel daardie artikel gememoriseer het, want hy kan dit byna woord vir woord aanhaal.

Daniel lag. "Ek moet erken, ons het daardie gesprek gehad nadat ons in die finaal van die interprovinsiale beker verloor het. Ons het gekla omdat die spelers so traag op die veld was dat hulle nie eers daar hoef te gewees het nie. Ons het natuurlik vir Rick hierso blameer, nè Rick?"

Rick lag en trek sy skouers op.

"Hoekom?" vra Richie verward.

Daniel grynslag. "Want as Rick minder seks het kan hy op sy spel fokus."

Mark voeg by, "Ek dink dis die biere wat gepraat het, maar

iemand," en beduie met sy kop na Daniel, "het die blink gedagte gehad dat as ons ons weerhou van seks tydens die nuwe kompetisie, ons dalk die eerste span kan wees wat ons naam op die beker kan sit."

"En 'n ander slim persoon," gaan Daniel voort as hy na Jakes beduie, "het besluit om sy regskennis ten toon te stel en 'n kontrak agter op een van Christopher se persverklarings geskryf. Meer as die helfte van die span het dit geteken teen die tyd wat ons na ons kamers gestrompel het. Die volgende oggend kon ons nie veel onthou nie, behalwe Ryan Foster. Hy drink nie juis nie en het sonder ons wete die kontrak gehou."

Daniel raak weer ernstig. "Die Maandag na die finaal het ons die laaste spanoefening bygewoon aangesien party van ons die volgende dag by die Springbok kamp moes aanmeld. Toe Nicholas en die res van die bestuurspan daar opdaag, het ons geweet daar is probleme. Nicholas het ons uitgetrap van 'n kant af. Hy het ons ingelig dat die bestuur en die res van die direksie ongelukkig is oor die manier waarop ons die finaal verloor het. Nicholas het dit duidelik gemaak dat ons verantwoordelikheid moet neem vir ons toekoms. As ons ooit weer 'n trofee wil wen moet ons ons kouse optrek en beheer neem van wat ons wil bereik. Ons het net so groot gevoel," beduie Daniel as hy sy duim en wysvinger teen mekaar druk.

"Nicholas was nog nie klaar nie. Hy het ons ingelig dat die direksie besluit het dat hulle die beeld van die franchise en van rugby wil verander. Hulle verwag van ons as spelers om met 'n plan vorendag te kom. Ons het tot die einde van daardie dag gehad om dit te doen. Al die senior spelers het toe in die eetkamer bymekaar gekom. Ryan het die kontrak wat ons die Saterdagaand geteken het, uitgehaal. Ons het dit weer gelees, verander en nog goed bygevoeg. Teen laat-middag het ons iets gehad wat ons kon gebruik. Rachel het die basiese riglyne getik wat ons vir die direksie voorgelê het, maar ons het 'n ander, geheime dokument, opgestel. Sy het genoeg kopieë gemaak en ons het almal dit geteken."

Richie frons. Ye guys did that?"

Hulle almal knik. Daniel sê nadenkend, "Dit was vreemd. Hoe meer ons daaraan gedink het, hoe meer het ons in dit geglo. Dit was miskien kinderagtig, maar ons het dit nie net in ink geteken nie, maar ook in bloed."

Richie skud sy kop. "Yer fucking serious!" en vra dan, "Wat het die eed gesê?"

Daniel skud sy kop. "Jy moet dit self lees en ons verwag dat jy, Ulrich en die ander nuwelinge dit ook teken. Die essensie is egter dat ons professioneel moet optree. Ons moet die bestuur se instruksies aanvaar al hou ons nie daarvan nie. Dit sluit ook Chloe se reëls in. Ons as spelers moet verantwoordelikheid neem vir die span. Die van ons wat alleenlopend is, moet wegbly van seks en 'n nuwe verhouding tot na die finaal. Die wat in 'n vaste verhouding is moet hulle weerhou van seks ten minste die dag voor 'n wedstryd."

Richie vloek toe hy besef dat dit nie 'n grap is nie, maar Daniel stop hom sonder omhaal van woorde, "Jammer, *Scotsman*," wat duidelik Richie se bynaam is om te bly en waarsku, "Vloek is ook uit. Ons het ook belowe om ons gevloekery te verminder in 'n poging om ons beeld te verbeter. Ons het flesse in die kleedkamer waarin jy as straf vir elke vloekwoord 'n vyf rand muntstuk moet ingooi." Hy erken met 'n laggie, "Ons het hierdie week al drie flesse volgemaak."

Richie lyk verslae. "Het iemand al die eed verbreek?"

Toe niemand iets sê nie, maak Jakes sy keel skoon. Hy moes verwag het dat almal na hom sou kyk, party meer verbaas as ander en hy vra huiwerig. "Tel soen ook?"

Daar heers 'n doodse stilte tot Daniel die stilte verbreek en vra, "Is daar iets wat jy vir ons wil vertel?"

Jakes loer na André wat bemoedigend knik. Hulle het tog hieroor gepraat. Dis die oomblik waarvoor hy gewag het om sy vriende in sy vertroue te neem. Hy vertel hulle alles, van wat voorheen gebeur het met Moira tot hy vir Angie ontmoet het en wat tussen hulle gebeur het. Niemand onderbreek sy relaas nie.

Na 'n lang stilte vra Mark, "Is jy lief vir haar?" bedoelende Angie.

Jakes knik, "Ek is. Ek het nooit gedink ek sou so vinnig lief kon word vir iemand nie. Hel, ek het nie gedink ek sou eers weer naby 'n vrou kom nie, maar Angie ... Miskien sou ek dalk my eed verbreek het as Angie 'n vrou was wat ... Sy is nie 'n vrou met wie 'n mens net 'n flirtasie het nie. Sy is 'n altyd-vrou."

"Het jy haar vertel hoe jy voel?" vis Mark weer.

Jakes skud sy kop. "Ek wou. Ek was letterlik sekondes weg van om dit te doen toe ek Daniel se boodskap gekry het om ons te herinner aan die eed."

Matthew sug teleurgesteld, "Gaan jy haar nie weer sien nie?"

"Ek dink nie so nie," erken Jakes. "Ek praat nog met Rayno, maar ek het nog nie weer van haar gehoor nie. Ek kan nie bly hoop nie."

Die gesprek daarna bly draal om verhoudings en almal probeer uitvis en raad gee. Jakes kom wel agter dat hy nie die enigste is in hierdie situasie nie. Hulle het elkeen 'n storie. Hy is egter gelukkig, want Angie is nie hier om hom in die versoeking te stel nie. Hulle staar elke dag versoekings in die gesig. As hulle dit kan doen, kan hy ook.

. . .

Die jaar het nie heeltemal begin soos Angie gedink het nie. Dit kon egter erger gewees het en sy is dankbaar dit was nie.

Dit was slegs die tweede dag na die skole begin het wat Angie 'n skielike beklemming kry. Iets het gebeur en sy is oortuig dis Jesse. Sy probeer hom bel, maar hy antwoord nie. Toe haar ma minute later wasbleek by haar ateljee instap, weet Angie onmiddellik dat haar intuïsie reg was. Iets het met Jesse gebeur.

Toe hulle 'n halfuur later by die hospitaal instap, is Jesse se fisieke besering gelukkig nie so erg as wat hulle gedink het nie. Jesse sukkel egter om die gebeure wat tot sy besering gelei het, te verwerk. Hy sien nie kans om terug te gaan skool toe nie en dien sy bedanking in terwyl hy nog in die hospitaal is. Angie het dit verwag. Jesse verskil nie te veel van haar nie. Hy het al erken dat hy sy drang om skool te gee, al lankal verloor het. In daardie stadium het Jesse egter nog nie geweet wat anders hy wil doen nie.

Dis Rayno wat na Jesse se ontslag nie meer sy depressie kon hanteer nie. Hy stel toe voor dat Jakes dalk 'n verande-ring van omgewing nodig het, en nooi hom om saam met hom Suid-Afrika toe te gaan. Jesse was eers daarteen gekant, maar hy het al hoe meer opgewonde geraak en het uitein-delik ingestem, op voorwaarde dat Angie ook saamgaan. Angie het gevoel dis emosionele afpersing, en soos Jesse was sy ook eers onwillig.

Haar ouers het ook gepleit. Hulle voel dit sou Jesse en dalk vir Angie ook, goed doen. Dalk sal Angie afsluiting kry as sy Jakes in sy eie omgewing sien. Haar verskonings het al hoe minder geraak en die laaste een het verdwyn toe haar ouers vir hulle die vliegtuigkaartjies koop as 'n vroeë verjaars-daggeskenk met 'n voorskot van hul trustfonds vir sakgeld.

Nie dat hulle veel nodig sou hê nie aangesien Rayno se

ouers hul kothuis aangebied het as 'n basis. Natuurlik het hulle dit aanvaar.

Dis dan hoe Angie haar tien dae na Jesse se besering op 'n vlug bevind na Suid-Afrika met Jesse en Rayno langs haar.

Sy weet sy gaan vir Jakes sien en het haar voorberei daarop. Sy is nog steeds skepties,, maar dalk is haar familie reg. Sy kan net hoop dat sy die regte besluit geneem het.

Jakes werk hard tydens oefening. Dis warm en hy sweet ongelooflik. Hy gee egter nie om nie. Hy sal mal raak as hy nie oefen nie.

Hy raak al hoe meer gefrustreerd soos die dae verbygaan en hy niks van Angie hoor nie. Hy wil ook nie vir Rayno vra nie. Hy probeer om nie aan haar te dink nie, maar sy glip tot binne sy gedagtes op die mees onmoontlike tye.

Hy het dit nie juis makliker vir homself gemaak nie. Sy huis herinner hom aan Angie aangesien drie van haar skilderye nou teen sy mure hang, met die een wat sy vir hom as geskenk gegee het op die mees prominente plek in die sitkamer. Die boeke lê langs sy bedkassie, langs die foto wat hy van haar geneem het die oggend toe hulle die sneeuman gemaak het.

Gefrustreerd duik hy die speler voor hom teen die grond. André, sy ongelukkige slagoffer, gluur hom aan, "Kalmeer, my ou. Jy hoef my nie stukkend te duik nie."

Jakes besef daardie duik was onnodiglik aggressief en steek sy hand uit om André op te help. "Jammer."

Voor hy egter iets kan byvoeg, roep Tom Brady na Jakes. Jakes weet wat gaan kom en draf half onwillig na waar die hoofafrigter staan. Hy vee die sweet sommr met sy arm van sy gesig toe hy voor Tom stop.

Dié se gesig is uitdrukkingloos toe hy vra, "Hoe voel jy?"

Jakes trek sy skouers op. "Goed, *Coach*."

"Enige pyne wanneer jy hardloop of skrum?"

Jakes skud sy kop. "Nee, *Coach*. Geen pyn of styfheid nie."

Dit lyk of Tom oor sy antwoord dink. Hy knik, kou sy onderlip en dan grom hy, "Nou wat de hel maak jou so iese-grimmig? Gaan sien vir Michael. Ek soek jou nie nou op die veld nie. Netnou maak jy iemand seer."

Jakes bloos ongemaklik, "Jammer, *Coach*."

Jakes voel nog meer gefrustreerd toe hy na Michael draf, maar hy weet hy kan nie met die afrigter stry nie. Hy aanvaar die bottel gegeurde melk wat Michael na hom uithou en neem diep teue. Toe hy die leë bottel in die drom gooi, vra Michael, "Hoekom lyk jy so miserabel?"

Jakes trek net sy skouers op, maar antwoord nie. Michael bestudeer hom ernstig en dan vra hy weer, "Al iets gehoor van Angie?"

Gits, hoekom moes Michael haar nou ophaal? Sy kake-been trek styf, maar hy skud sy kop. "Nee, nog niks nie."

'n Vreemde uitdrukking flits oor Michael se gesig, maar voor Jakes daaroor kan wonder, verander Michael die onder-werp,. "Enige skete? Het jy ys nodig?"

"Nee, ek is reg."

"Goed dan. Jy kan seker gaan stort. Sien jou later. Jy gaan seker Final Whistle toe?"

Jakes knik en stap in die rigting van die kleedkamers. Hy loer na die veld waar die spelers nou in 'n kringetjie om die afrigters staan. Hy beny sy vriende wat môre Pietersburg toe gaan vir die opwarmingswedstryde. Tom het egter beslis dat Jakes nog moet rus alhoewel Jakes dink daar steek meer agter dit. Hy makeer mos niks nie. As hy speel kan hy van alles vergeet. As hy nie speel nie het hy te veel tyd om te dink.

Die ergste is dat hy nie huis toe kan gaan nie. Hy sweer Sue het met Tom saamgesweer. Sy het 'n funksie gereël met een van die borge en dan het hy Saterdag nog 'n personderhoud. Dit sal egter beteken dat hy darem nie te veel tyd het om te tob nie.

Jakes trek sy asem skerp in dat André en Daniel bekommerd na hom kyk. Die bottel val amper uit sy hand. Sy hart klop vinnig en sy bene voel lam.

Hy wil dit eers nie glo nie, kan nie glo nie, maar sy hart herken die vrou wat so pas in die oop deur verskyn het.

Dit *is* sy. Sy oë drink haar in van haar helder, veelkleurige sonrok wat alle oë op haar vestig tot haar donker, los krulhare en helderblou oë. Sy skep 'n beeldskone prentjie. As dit nie vir die twee mans was wat weerskante van haar staan nie, sou sy sekerlik 'n paar wolwefluite gekry het.

Haar glimlag trek sy aandag soos gewoonlik. Dit lyk wyd en vrolik, maar Jakes sien tog die onsekerheid om haar mondhoeke toe sy haar blik deur die volgepakte restaurant laat gaan. Hy weet die oomblik wat sy hom sien. Haar glimlag sprei net so effens wyer sodat hy die dimpel in haar wang kan sien.

Hy weet nie hoe hy dit regkry om op te staan en om André se stoel skuur sonder om oogkontak met haar te verbreek nie. Hy is bewus van die oë wat sy vordering dophou. Dit voel soos 'n ewigheid voor hy haar bereik, maar Jakes sal nie verbaas wees as hy gehardloop het nie. Hy moet by haar kom. Hy moet seker maak sy is hier en dat sy verbeelding nie met hom parte speel nie.

Eers toe hy by haar kom, sien hy dat haar oë onnatuurlik blink. Hy dink nie twee keer nie. Hy tel haar op in sy arms en trek haar styf teen hom vas. Hy voel haar arms om sy skouers beweeg wanneer hy sy kop in haar hare druk. Hy asem haar reuk in wanneer hy haar naam prewel.

Angie. Sy Angie. Hy het gedink hy gaan haar nooit weer sien nie. Hy wil haar nooit weer laat gaan nie. Hy druk haar nog stywer teen hom vas.

Tot die besef tot hom deurdring.

Wat *doen* hy? Reg voor sy afrigters, spanmaats en vriende! Is hy gek?

Hy trek sy asem diep in en dan laat sak hy haar tot op die grond. Hy kan nie haar oë ontmoet toe sy hande wegval van haar en hy terugstaan nie.

Jesse red gelukkig die oomblik toe hy nader staan en sy hand na Jakes uithou, "Jakes, my vriend. Dis goed om jou weer te sien." Rayno doen dieselfde. En toe praat hul al vier gelyk tot Jakes stilbly en aan die ander oorlaat om te verduidelik wat hulle hier doen en hoe hulle geweet het waar om hom te kry. Jakes verstaan nou Michael se vreemde vrae vroeër.

Omdat hy so pynlik bewus is van Angie, fokus Jakes op Rayno en Jesse. Hy praat eerder met hulle wanneer hy hulle nooi om by hul tafel aan te sluit. Toe hy omdraai sien hy dat sy vriende dit verwag het en reeds plek gemaak het vir die nuwe aankomelinge. By die tafel doen hy die bekendstellings. Hy kan op sy vriende staatmaak om Jesse en Rayno by die geselskap te betrek.

Jakes onttrek egter, maar sy oë bly vasgenael op Angie. Sy emosies is 'n warboel. Hy het soveel vrae, maar hy kan niks uitkry nie.

Miskien het sy gevoel hy kyk vir haar, want sy draai haar kop na hom en hul oë ontmoet. Hy moet eerder wegkyk, maar hy doen nie. Dis asof die heelal verdwyn en net hulle twee bestaan.

Hy het so hard gewerk en op die span gekonsentreer, op hul spel en hul fokus, maar niks maak egter nou saak nie. Angie is hier en die manier wat sy na hom kyk laat sy hart- klop versnel.

Jakes knip sy oë toe 'n beweging voor hom sy visie versper. Een, dan nog 'n keer toe hy besef dat dit Daniel se groot hand is wat gemaak het dat hy oogkontak met Angie verbreek het.

'n Tweede besef dring tot hom deur. Dis tjoepstil. Hy kyk skuldig na Daniel as Daniel sy wenkbrou lig op daardie tipiese Daniel-manier. Jakes kyk weg en sien dat die res van die tafel hom ook dophou. Hulle uitdrukkings sê duidelik wat hulle dink.

Jakes sug en laat sak sy oë na sy hande.

Hy kan hulle nie faal nie. Hulle het so hard gewerk. Dit sal nie regverdig teenoor hulle wees nie.

Hy probeer nog afstand tussen hom en Angie plaas, maar dis nie regtig moontlik nie. Hy sit nog gans en al te na aan haar sodat hy nog steeds die begeerlike reuk van haar parfuum inasem.

Angie se skouers sak teleurgesteld.

Die opgewondenheid om Jakes te sien sedert hulle vanog- gend vroeg in Suid-Afrika geland het, verdamp die oomblik toe Daniel sy hand tussen haar en Jakes indruk.

Dit was 'n fout. Sy moes nie gekom het nie.

Op die vliegtuig het die afwagting opgehou, veral toe sy weer daardie brief vir seker die honderdste keer gelees het. Sy het al hierdie scenario's in haar kop beplan van hoe hy sou optree wanneer hy haar sou sien. 'n Deel was miskien reg. Hy het bly gelyk om haar te sien. Sy kon die emosie in sy oë sien en voel toe hy haar vashou. Hierdie oomblik toe hulle na mekaar gekyk het en bykans die res van die wêreld vergeet het, het Angie iets tasbaar gevoel. Op daardie oomblik het sy nog gehoop.

Toe Daniel dit ongedaan gemaak het, het Jakes egter terughoudend geraak. Dis nie net geestelik nie. Hy het verder van haar af geskuif sodat sy die bietjie hitte wat sy nog van hom kon voel, ook verloor het. Dis amper asof daar nou meer afstand tussen hulle is as toe sy nog in Denver was.

Angie kyk na Jesse. Dalk was dit tog nie 'n fout om te kom nie. Dit was tog ter wille van haar broer. Hy en Rayno gesels met Jakes se vriende en spanmaats, maar dis Jesse se uitdrukking wat haar laat besef dat daar iets is wat sy gedink het sy nie weer gaan sien nie. Jesse lyk opgewonde hoe langer hy met die man praat wat langs hom sit. Anders as sy vriende, is die man in 'n formele pak klere geklee. Hy lyk ook heelwat ernstiger as die ander. Wat hy egter vir Jesse sê blyk die nodige uitwerking op haar broer te hê.

Angie bloos skuldig. Sy het nie nét gekom vir Jakes nie alhoewel sy hom tog 'n kans wou gee. Sy moet net daarmee verlief neem dat Jakes nie daardie kans wil neem nie en leer om daarmee saam te leef. Sy sal dit nie ongemaklik vir Jesse en Rayno maak nie.

Sy weier dat Jakes sien hoe seer sy verwerping haar maak.

HOOFSTUK 18

Miskien moet sy Jakes se voorbeeld volg en hom ignoreer.

Oorkant haar sit 'n vrou met 'n kort, elfie-haarstyl. Toe sy vir Angie glimlag, glimlag Angie terug al voel sy nie juis so nie. Kort voor lank het die vrou haar by hulle geselskap betrek. Angie weet wie die meisie is. Jakes se beskrywing van Chloe, hul voedingkundige, was baie akkuraat. Die blonde vrou wat ook saam gesels is Melissa, een van die fisioterapeute. Daar is nog ander vrouens, maar hulle sit aan die ander punt van die tafel en is nie betrokke by hulle gesprek nie.

Een van die mans aan die ander kant van Chloe praat met haar wat Angie die kans gee om die res van die tafelgenote te bestudeer. Een man beskou haar openlik nuuskierig, met 'n glimlag wat om sy mondhoeke krul. Hy lyk asof hy die tipiese ou is wat ma's hul dogters teen waarsku, van sy kort-gesnyde hare wat penorent staan tot die tatoes wat sy gespierde arms en bors bedek duidelik te sien onder die tenktop wat hy dra. Angie kyk vas in 'n paar grys-blou oë en 'n paar diep dimpels. Hy dink dalk sy bewonder hom soos seker die meeste vrouens doen, maar hy doen niks aan haar nie. Sy sou hom egter graag wou skilder. Angie is baie seker hy sou nie omgee nie. Hy sal tien teen een nog aanbied om dit naak te doen ook.

Sy skildery sal definitief nie soos Jakes s'n wees nie. Jakes se skildery is anders, meer persoonlik. Sy veroorloof haar 'n vinnige kyk na sy kant toe, maar hy kyk nie vir haar nie. Sy gesig lyk soos donderweer as hy die man wat so pas vir haar geglimlag het, aangluur.

Jakes is jaloers!

Toe Jakes na haar kyk, probeer hy sy reaksie vinnig verbloem, maar dit was te laat.

Die wete tref Angie skielik. As hy jaloers is, moet hy tog omgee? Haar hart klop vinniger. Moet sy haar teorie probeer toets? Sy kan tog seker niks verloor nie.

Die man wat langs Jakes sit het net so min soos hy tot die geselskap bygedra, maar anders as Jakes lyk hy baie rustig. Angie het hom ook herken uit Jakes se beskrywing. Jakes het baie van André gepraat, wat sy beste vriend is. Angie kan dus nie anders as hom te herken nie. Sy haal 'n slag diep asem en dan skuif sy nader aan Jakes. Sy hoor hoe hy sy asem intrek toe sy half oor hom leun en haar arm teen syne skuur toe sy die man vra, "André?"

André glimlag vriendelik, "Dis reg, ja."

Angie glimlag. "Ek is bly om jou te ontmoet. Jakes het baie van jou gepraat."

"Ditto," grinnik André toe Jakes skielik vir hom gluur. Angie leun nog nader aan Jakes. Sy voel sy spiere saamtrek teen haar arm. Haar hand raak aan sy been en sy hoor hoe hy weer sy asem intrek. Angie gaan voort om hopelik 'n sinvolle gesprek met André te voer terwyl sy voorgee dat Jakes se nabyheid haar nie raak nie.

Miskien het sy te ver gegaan toe haar hand vir die hoeveelste keer teen sy been skuur. Die volgende oomblik gryp hy haar hand en strengel sy vingers deur hare. Sy kyk bykans verskrik na hom toe sy duim sensueel oor haar pols streel.

Sy hou amper op asemhaal toe sy die uitdrukking in sy oë lees. Sy was nie verkeerd nie.

Sy het haar punt bewys, maar wat nou? Sy het dit beslis nie goed oordink nie.

Sy probeer haar hand uit syne trek, maar hy hou stewig vas en sy duim hou aan oor haar pols vee. Angie kan nie dink nie. Sy kan nie eers 'n behoorlike gesprek voer nie.

Sy moet wegkom. Desperaat trek sy haar oë weg van Jakes en kyk na Jesse. Haar broer is so ingestel op haar emosies soos net 'n tweeling kan wees en kyk op. Angie smeek hom behoorlik met haar oë en Jesse knik. Hy sê iets vir Rayno en tot Angie se verligting staan hulle op en kondig aan dat dit tyd is om te gaan.

Jakes laat egter nie haar hand gaan nie. Inteendeel, hy hou dit nog stywer vas en staan ook op. Met 'n kortaf, "Sien julle by die motor," trek hy Angie op en sleep haar behoorlik agter hom aan. Angie is bewus van die blikke wat hulle volg na 'n vertrek aan die ander kant van die restaurant.

Sy het dit nou onmoontlik gemaak om sy emosies te beheer. Hy het probeer, maar 'n man kan net soveel vat dan kom hy tot breekpunt. Jakes is baie na daaraan.

Gits, hy het al klaar amper beheer verloor toe Rick so vir haar geglimlag het. Hy kon die man aanrand.

En toe sy met André begin gesels? Hy was selfs jaloers op André! Dis belaglik, hy weet dit.

Elke keer as sy teen hom skuur of haar hand aan sy been geraak het, moes hy op sy tande byt. Hy kon dit egter nie langer ignoreer nie. En nou, nou dat hy weet sy is hier, is daar net een ding wat hy wil doen.

Hy trek Angie in wat die spelers as die vergaderkamer van die Final Whistle gedoop het. Hy druk die deur agter hom toe en trek Angie onmiddellik tot teen hom. Hy los haar hand en lig syne om om haar gesig te vou. Dit kon seker net sekondes gewees het voor hy haar mond opeis. Dit voel egter asof dit 'n ewigheid was wat hy haar laas kon aanraak.

Hy kan nie genoeg kry nie. Teen die tyd dat hy uiteindelik sy mond van hare lig, het hy dringend suurstof in sy longe nodig. Hy kan haar nog nie laat gaan nie, al weet hy hy moet. Hy gly sy hande om haar lyf en trek haar nog stywer teen hom en druk sy kop in haar hare.

Sy is hier. Jakes kan dit nog nie glo nie.

Dis egter die probleem. Hy het dit alreeds in Denver geweet. As Angie so naby aan hom is gaan hy nie lank hou voor hy sy belofte aan sy spanmaats verbreek nie. Dis tog een van die grootste redes hoekom hy gevlug het.

So, wat de hel doen hy die oomblik toe hy haar sien?

Hy doen wat hy probeer vermy het.

Hy moet net sterker wees. Hy moet net.

Hy laat val sy hande en staan terug sodat hy weer afstand tussen hulle kan kry. Hy draai dan weg sodat Angie nie kan sien hoe sy hom affekteer nie. Toe hy uiteindelik meer in beheer voel, vra hy hees, "Hoekom het jy gekom, Angie?"

"Hoekom dink jy, Jakes?" beantwoord sy hom met 'n vraag. Jakes het al gedink sy gaan hom nie antwoord nie. Haar stem is so sag dat dit vir Jakes 'n teken moes gewees het. Hy is nou wel gek oor speurverhale, maar hy sou nie self 'n goeie een uitgemaak het nie, veral wanneer dit kom by om vroumense se leidrade te ontsyfer.

Jakes trek net sy skouers op en mompel, "Ek weet nie."

Angie stap om hom en Jakes het geen verskoning om nie vir haar te kyk nie toe sy eis, "Jy skuld my 'n verduideliking."

"Vir wat?" vra hy om vir tyd te speel.

"Komaan, Jakes," sê sy vererg. "Moet ek dit vir jou uitspel? Ek verdien dit om te weet waarom jy weg is sonder om te groet. Wat het ek verkeerd gedoen wat jou so ontstel het?"

Jakes kyk weg, "Dis nie jy nie. Ek moes terugkom."

Sy vou haar arms oor haar bors en staar na hom. Sy glo hom duidelik nie en hy neem haar nie kwalik nie. Sy is reg. Sy verdien 'n verduideliking, maar hy weet nog nie wat om vir haar te sê nie. Hy kan tog nie vir haar al die redes verduidelik nie. Nie nou al nie. Nee, dis buite die kwessie. Hy is nog nie gereed om sy spanmaats en vriende se vertroue ook nog te verloor nie.

"Dit het niks met jou te doen nie," mompel hy.

Selfs al kyk hy haar nie in die oë nie, sien hy hoe sy ruk. Hy kyk eers na haar toe sy weg tree van hom af, so asof sy afstand wil kry. Sy hart krimp ineen. Haar stem klink klein toe sy fluister, "Nou goed. Dis dan reg so. Ek het egter gedink ons is vriende. Nee, die manier wat jy my gesoen het, ek het gedink ... Dit maak nie meer saak nie."

Sy stap om hom en voor Jakes kan keer, is sy reeds by die deur. Sy draai terug na hom en sê stil, "En om jou vraag te beantwoord: Jy het dit duidelik gemaak dat ek niks vir jou beteken nie. Ek is hier omdat Jesse my nodig het."

Sy maak die deur oop en stap uit. Jakes staar na die deur. Niemand hoef hom te vertel dat hy so pas die slegste besluit van sy lewe geneem het nie.

Verslae stap hy terug na die restaurant. Nog net sy vriende sit by hul tafel.

Mark skuif 'n bier na Jakes toe hy gaan sit. Hy lig die bottel na sy mond en stop nie voor dit leeg is nie. Toe hy die leë bottel weer op die tafel sit, verbreek Daniel die stilte, "So, dis dan Angie."

"Ja," sug Jakes.

"Wat gaan nou gebeur?"

"Niks, absoluut niks."

Daniel vra geskok, "Gaan jy haar deur jou vingers laat glip? Gaan jy nie eers probeer nie? Sy het jou dan kom sien."

Jakes se skouers val. Hy skud sy kop. "Nee. Sy het vir my gesê sy is hier omdat Jesse haar nodig het."

André kyk dringend na Jakes. "Hoekom gaan jy nie probeer om te red wat nog te redde is nie?"

Jakes sprei sy hande voor hom uit, "Komaan, ouens. Julle het haar gesien. Daar is geen manier wat ek haar kan weerstaan nie. Ek moet eerder wegbly. Ek kan julle nie nou in die steek laat nie."

Mark se stem klink so dringend soos André s'n toe hy uitwys, "Die span is nie alles nie, Jakes."

Verstaan hulle dan nie? Jakes kyk van een na die ander en sug dan, "Dit is vir my. Die span, julle ouens ... Julle het by my gestaan toe ek teen die grond was na Moira. Julle het my opgehelp. Julle, die span, rugby ... Dis al wat ek gehad het. Dis al wat ek het. Ek kan julle nie in die steek laat nie. Ek het 'n belofte afgelê. Ek hou my beloftes."

Hy staan op, skielik uitgeput. Hy stap weg en los sy vriende net daar. Toe hy wegstap voel hy hoe hulle sy bewegings dophou.

. . .

Hy het Rayno en Jesse so 'n uur gelede by die Final Whistle ontmoet en hulle op 'n toer deur die stadion geneem. Toe Rayno egter moes gaan, het Jakes vir Jesse genooi vir ete. Hy sal later vir Jesse terugneem. Hoekom hy nog vir Jesse gevra het of Angie saam met hulle wil gaan eet, sal hy nie weet nie.

Jesse het Angie nie eers gekontak om haar te vra nie en het net sy kop geskud. "Angie sal nie kom nie."

Hy moes geweet het Angie sou nie kom nie. Hoekom hy nog gedink het sy sou, weet hy nie, maar dit is beter so. Hoe minder hy in haar geselskap is, hoe minder sal hy in die versoeking kom. Hy voel sleg oor wat hy gesê het en die manier wat hy dit gedoen het, maar dis nou te laat.

Na ete het dit nie gelyk of Jesse al wou terug gaan na die kothuis nie. Toe Jakes hom nooi na sy huis toe om te gaan swem, gryp Jesse behoorlik die uitnodiging aan. Dis eers later die aand toe Jakes weer aan die dag dink en hoe anders Jesse was as die man wat hy in Denver leer ken het. Toe was hy vrolik, maar hy was die hele dag stil en afgetrokke.

Jakes praat nie baie oor sy paniekaanvalle en die behandeling wat hy daarvoor kry nie. Jesse het egter Jakes prominent daaroor uitgevra vanmiddag. Jakes het toe reeds besef dat daar 'n rede is vir Jesse se skielike belangstelling en het sy vrae meer openlik as gewoonlik geantwoord. Hy het die wond op Jesse se bo-arm gesien toe hulle geswem het. Jesse se vrae het moontlik daarmee te doen en dis dalk ook die rede vir Angie se opmerking die vorige aand dat sy hier is vir Jesse. Jakes wou egter nie uitvra nie. Jesse sal praat wanneer hy gereed is.

Angie het nommers uitgeruil met Chloe en Melissa die vorige aand, maar na wat gebeur het, het sy nie verwag om hulle weer te sien nie. Donderdagmiddag kry sy egter 'n uitnodiging van Chloe na die bekendstelling van 'n nuwe produk. Angie het dit gretig aanvaar. Sy is nie lus om weer Vrydagaand alleen te wees nie en sy is seker Jesse en Rayno gaan vir Jakes sien.

Nie net gaan sy Jakes kan vermy nie, maar sy het ook 'n kans om mooi aan te trek. Dit het lank laas gebeur en sy sien uit daarna. Die middag voor die funksie het sy op Chloe se aandrang saam met haar, Melissa en Hannah, een van die ander vrouens wat by die Buffels werk, na 'n spa gegaan vir 'n pamperlangsessie. Toe Angie later die aand in die huurmotor saam met die ander drie vrouens klim, weet sy dat sy goed lyk. Die blou rokkie wat sy aan het, aksentueer die blou van haar oë perfek en was volgens Chloe 'n perfekte keuse vir die skemerkelkfunksie.

'n Uur later is sy baie bly sy het ekstra moeite gedoen met haar voorkoms toe Jakes daar opdaag met 'n skraal, blonde vrou aan die arm. Hy lyk ongelooflik aantreklik in 'n donker broek, wit hemp en 'n sportbaadjie. Angie kan hom egter nie bewonder nie. Daarvoor sukkel sy te veel om die vlaag jaloesie wat haar beetpak, te beheer.

Miskien moet sy wegglip? Jakes het haar mos nog nie gesien nie.

Sy trek haar skouers terug. Sy gaan nie weghardloop nie. Sy gaan hom net ignoreer. Dit behoort mos nie moeilik te wees nie?

Maar dit was, want Jakes en sy metgesel stap reguit na hulle tafel. Toe hy Angie sien, rek sy oë en dit lyk asof hy wil omdraai, maar dan tree hy nader en trek die stoel vir die ander vrou uit. Angie sukkel om die pyn wat deur haar bors skiet om hom saam met iemand anders te sien, te ignoreer. Is dit die rede hoekom ...?

Nee, sy gaan nie nou eers daaraan dink nie. Sy gaan ook nie vlug nie en sy gaan die aand geniet. Sy trek haar skouers terug, lig haar sjampanjeglas en neem 'n slukkie. En van pure verligting nog een toe Jakes die vrou voorstel as Sue, sy publisiteitsbeampte. Jakes het voorheen van haar gepraat, maar sy lyk glad nie soos Angie haar voorgestel het nie.

Dis beslis nie maklik om Jakes te ignoreer nie, daarvoor is sy te bewus van hom al probeer sy ook hoe hard. Sy gesels met almal, behalwe Jakes. Hoekom is Jakes se prokureur en sy publisiteitsbeampte ook hier? Hulle is duidelik Jakes se gaste, maar wat maak hy self ook hier? Angie se nuuskierigheid word gou beantwoord toe die verrigtinge begin.

Die voorsitter van 'n maatskappy wat 'n bekende higiëniese reeks vir mans vervaardig, kondig aan dat hulle 'n nuwe stortseep bekend stel en sê dat die gaste die voorreg gaan hê om die heel eerste advertensie van die produk te sien. Hy wys na die groot skerm skuins agter hom wat kort tevore die maatskappy se naam vertoon het.

Angie se mond val oop toe sy Jakes herken. En 'n naakte Jakes as sy moet oordeel. Miskien is dit net die illusie, maar sjoe, hy lyk goed! Angie kwyl omtrent. Sy weet nie waar om te kyk toe hy in die stort klim nie. Die water spoel oor sy gladde, bruingebrande vel. Hy gooi die seep in sy groot hande en vryf dit oor sy nek, borskas en arms. Heeltemal onbewus daarvan, sug Angie hardop van waardering.

Toe Melissa Angie se gevoelens eggo, loer Angie na haar. Toe Melissa Angie se oog vang, waai Angie vervaard met haar hand oor haar gesig en vorm die woord met haar mond, "Warm!"

Dis toe sy dit weer hoor. Jakes se diep laggie, die een wat sy gedink het sy nooit weer gaan hoor nie.

Blykbaar is sy nie die enigste wat verbaas is om hom te

hoor lag nie, want almal kyk verstom na hom. Jakes sien hulle egter nie raak nie. Hy kyk vir Angie, en sy oë kreukel nog en sy mondhoeke krul op.

Haar hart wil versag, maar dan besef sy. Hy het haar gebaar gesien!

Ag, aarde bedek my tog.

Angie gryp haar glas en drink dit leeg, tot groot vermaak van Chloe en Melissa.

Die advertensie eindig onder luide applous. Angie het nie eers die laaste deel gesien nie. Sy is te bewus van Jakes se intense blik op haar. Sy vind dit telkens op haar die res van die aand al probeer sy hoe om dit te ignoreer. Selfs Sue en James, sy prokureur het dit opgemerk. Hulle wonder seker nou nog meer oor Jakes se skielike flits van humor. Angie is seker dit het hulle net so verras as vir haar.

Uiteindelik kom die aand tot 'n einde. Toe Angie opstaan, keer Jakes haar voor met sy hand op haar arm, "Hoe kom jy by die huis?"

Angie kyk op, reguit in sy oë en sonder 'n sweempie van 'n glimlag. herhaal sy sy woorde bitsig, "Dit het niks met jou te doen nie."

Sy hoor Jakes sug, maar sy draai om en volg die ander vrouens na die wagtende huurmotor.

Melissa rus haar ken op haar hand en sê nadenkend, "As ons metgeselle het, sal party mense se oë oopgaan."

Chloe plooi haar mond nadenkend. Sy klink skepties toe sy haar kop skud, "Ek dink nie eers dit sal help nie, Melissa."

"Hoe sal jy weet as jy nie probeer nie? Het jy enigsins ander afsprake gehad vandat jy hier in Pretoria gekom het?"

Chloe skud haar kop verleë.

Angie kry skielik 'n blink gedagte. "Wat van Jesse en Rayno? Ek kan hulle vra. Dis mos net vir een aand."

Melissa se oë rek en dan glimlag sy breed, "Jy is briljant."

"Wil julle hê ek moet hulle vra?"

Toe beide Melissa en Chloe knik, sê Angie, "Ek sal julle môre laat weet wat hulle sê."

"Dankie, Angie," sê Melissa. Sy beskou Angie vir 'n oomblik dan sê sy, "Maar iemand anders moet ook wakker skrik. Ons moet vir jou ook 'n metgesel kry."

Chloe sit summier regop en roep uit, "Ek weet wie."

Angie en Melissa staar verbaas na haar. Chloe het darem baie vinnig aan iemand gedink. "Wie?" vra sy skepties.

"Rick Walters!" sê Chloe opgewonde. "Ek het Jakes se reaksie gesien toe Rick so na jou gestaar het. Rick sal perfek wees."

Angie frons as sy probeer onthou wie Rick is, maar dan onthou sy. "Is Rick die ou met die regop hare en tatoes?"

Chloe knik instemmend. "Dis hy, maar ek moet jou waarsku. Rick is 'n haan onder die henne. Moet hom nie ernstig opneem nie."

Angie skud haar kop. "Nee wat, ek het klaar daardie indruk gekry. Julle hoef nie bekommerd te wees dat ek vir hom sal val nie."

"Nou goed, ek sal hom vra," bied Chloe aan. "Maar wat gaan aan met jou en Jakes?"

Angie se skouers sak as sy haar kop skud, "Niks. Daar was 'n tyd wat ek gedink het dat ... Nee, ek het gehoop, maar Jakes het reguit gesê dat hy nie 'n verhouding met my kan hê nie."

"Hoekom nie?" vra Melissa, openlik nuuskierig.

"Ek weet nie. Hy het iets genoem van 'n belofte wat hy gemaak het. Ek weet nie aan wie nie, maar wie sê dis nie 'n ander vrou nie?"

Chloe frons. "Ek weet darem nie. Ek het Jakes nog nooit saam met 'n ander vrou gesien nie, maar ek ken hom nie goed nie. Hy is baie teruggetrokke en praat net wanneer hy moet."

"Ek het ook so agter gekom," voeg Melissa by.

Angie trek haar skouers op. Sy het geen idee nie, maar sy gaan nie weer vir Jakes vra nie. Hy het genoeg kans gehad om te verduidelik.

Sy moes nee gesê het toe hy haar gevra het om te dans. Sy het hom probeer vermy, maar toe hy voor haar kom staan het sy die fout gemaak om in sy oë te kyk. Soos aan die begin het die weerloosheid haar getref en voor sy haar kon kry, het sy ja gesê.

Jakes het haar egter skaars in sy arms op die dansvloer getrek toe hy grom, "Wat gaan aan tussen jou en Rick?"

"Dit het niks met jou te doen nie, Jakes."

Jakes se hand klem vaster om hare wanneer sy weer sy woorde na hom toe teruggooi.

"Hy is 'n vrouejagter. Hy is net geïnteresseerd in een ding."

"Nou wat daarvan?" vra Angie nonchalant. Sy weet sy dryf hom tot raserny, maar sy is siek en sat vir sy wispelturige gedrag.

Jakes trek sy asem skerp in en vra duidelik geskok, "Jy ... julle het ..."

Angie stop net daar, in die middel van die dansvloer. Sy is skaars bewus van die mense wat om hulle moet dans. Sy is woedend. En seergemaak.

Sy haal diep asem en sis dan deur haar tande, "Weer eens het dit niks met jou te doen nie. Maar ek het gedink jy ken my. As jy egter dink dat ek met die eerste man wat ek ontmoet in die bed sal spring, ken jy my glad nie."

Hy lyk ten minste verleë toe hy om verskoning vra, "Ek is jammer. Ek is jaloers," erken hy.

"Wel, jy het geen reg om te wees nie. Wat ek doen het niks met jou te doen nie. Ons was bloot vriende. Ons is nie eers meer dit nie. Jou keuse, onthou?"

Sy tree om hom en los hom net daar op die dansvloer. Sy kan nie hom of iemand anders in die oë kyk nie en vlug badkamer toe. Sy keer net betyds terug om te sien hoe Jakes, sy gesig wasbleek, by die deur uitstorm met André kort op sy hakke.

Angie wil nie langer bly nie. Melissa en Chloe het hul doel bereik en gee nie om toe Jesse en Rayno Angie huis toe neem nie. Rick het ook nie 'n saak nie. Hy het 'n blonde floskoppie gekry wat hom besig hou.

Hy het nie gedink sy gaan instem nie, maar Jesse het bevestig dat Angie wel saam met hulle Bloemfontein toe gaan om die Buffels se eerste wedstryd in die kompetisie te gaan kyk. Hy is egter nog meer verbaas dat sy ingestem het dat hulle Saterdagaand by sy ouers op Clarens gaan slaap. Hy is seker dis ter wille van Jesse. Dit sal beslis nie wees vir hom nie.

Jakes het Angie nog nie weer gesien sedert sy hom op die dansbaan gelos het Saterdagaand nie. Sy en Jesse was vir twee dae in Sun City, dus kon Jakes ook nie by Jesse uitvis hoe dit met haar gaan nie.

Hy haat dit om te weet dat sy hier is, maar hy kan nie met haar praat nie. Hy mis die band wat hulle opgebou het in Denver. Hy kan egter niemand anders as homself vir die breuk blameer nie.

In plaas daarvan dat Jakes dinge probeer regmaak, doen hy wat hy die beste doen. Hy trek terug in sy dop. Sy vriende is bekommerd. Volgens André is hulle bang hy gaan weer verval soos hy was toe hy by die Buffels aangekom het. André ken hom egter goed genoeg. Hy het Jakes nie alleen gelos sedert Saterdagaand nie. Op sy aandrang het Jakes ook sy sessies met Dok Matthews verdubbel.

Dit was stil in die bus op pad na Bloemfontein. Skielik is alles waarvoor hulle so hard gewerk het en opgeoffer het, 'n werklikheid. Dis hul eerste stap op die pad na glorie. Jakes weet hy moet nou net gefokus bly. Hy kan sy spanmaats nie in die steek laat nie.

Meer nog, hy kan homself nie in die steek laat nie.

As hy nou gaan fokus verloor is die feit dat hy Angie prys gegee het, puur verniet.

HOOFSTUK 19

Angie weet nie waar om te kyk nie. Daar is soveel goed wat gelyk gebeur. Daar is 'n plaaslike sanger wat optree, rasiel-eiers en selfs 'n jonger groepie rasieleiers wat nie ouer as twaalf kan wees nie.

Sy was al by baie basketbal- en sagtebal wedstryde. Sy was egter nog nooit by 'n rugbywedstryd waar die stadion tot barstens toe vol is nie. Nie eers Denver se professionele rugbyspan het so 'n groot stadion nie. Volgens Rayno is die Renosters se stadion nie eers die grootste in Suid-Afrika nie. Angie kan haar net indink hoe groot die ander moet wees.

Dit is 'n heerlike Vrydagmiddag in Bloemfontein en mens kan die opgewondenheid in die lug aanvoel. Die meeste van die skare is geklee in die plaaslike span se groen ondersteu-ningsdrag. Daar is egter groot groepe in die Buffels se grys en swart ondersteuningskleure.

Dit was vir 'n rukkie stil, maar toe die musiek weer begin, sing die meeste van die skare saam wat Rayno beduie het die plaaslike span se ondersteuningslied is. Blykbaar het elke span hul eie lied.

Die Buffels hardloop eerste op die veld gevolg deur die tuisspan. Die gebrul van 'n ry groot motorfietse wat die veld verlaat maak die lawaai oorverdowend. Teen die tyd dat die skeidsregter sy fluitjie blaas, is Angie al net so opgewerk soos die res van die skare.

Angie kan Jakes nie sien na hulle op die veld gedraf het nie. Dis egter net na die afskop, toe een speler, ondersteun deur twee spanmaats, hoog in die lug spring om die bal met beide hande te vang. Eers toe hy draai sien Angie eers Jakes se nommer agt op die rug. G'n wonder sy het hom nie dadelik herken nie, want 'n skrumpet bedek sy hare.

Jakes hou daarvan om met die bal te hardloop en vir so 'n groot man is hy besonder vinnig. Hy is boonop sterk. Tydens een beweging gebeur dinge so vinnig dat Angie eerder die spel op die groot skerm dophou. Jakes het die bal ontvang en hy skuif dit oor tot in sy een hand. Op die skerm kan sy duidelik die vasberadenheid op sy gesig sien. Hy lyk soos 'n bul op die aanval en stoot sy teenstanders weg voor hulle hom kan duik. Met die senter se ondersteuning, duik Jakes oor die doellyn. Daniel gryp hom aan die kraag en trek hom op sodat sy spanmaats hom geluk kan wens.

Hulle sit feitlik reg voor die televisie losies. Toe Jakes oorval vir die drie was die kommentator reg agter Angie so opgewonde dat hy al hoe harder gepraat het. Hy het die beweging in besonderhede beskryf en Jakes daar en dan die Stormende Buffel gedoop. Dis presies so wat Angie Jakes weer wil skilder. Dis wat sy graag sou wou weergee.

Dit klink asof die kommentator agter haar van byname hou. Nadat Richie Campbell, die Buffels se nuwe aanwins sy tweede drie gedruk het in die vleuel trui, is hy summier herdoop as die Vlieënde Skot, wat Angie laat giggel.

. . .

Angie is steeds nie seker of sy die uitnodiging moes aanvaar het om saam met Jakes en sy vriende te gaan eet nie. Hy het natuurlik vir Jesse en Rayno ook genooi, maar die twee het verkies om Rick se uitnodiging te aanvaar om een van Bloemfontein se gewilde nagklubs in Westdene te besoek.

Chloe het egter by Angie gepleit om saam te gaan eet, anders gaan sy die enigste vrou wees tussen die groep mans. As dit nie vir Chloe was nie, sou Angie eerder kamerdiens gekry het.

Sy is op haar senuwees toe hulle in die restaurant wag vir die groep spelers om te arriveer. Sy het Jakes nog nie weer sedert Saterdagaand gesien nie en weet dus nie hoe om die situasie te hanteer nie. Gelukkig arriveer die groep vriende saam en hoef sy nie Jakes alleen te konfronteer nie. Sy ignoreer hom, of altans sy probeer, maar sy is heeltemal te bewus van hom. Ten spyte daarvan geniet sy die aand meer as wat sy gedink het.

Tydens ete ontleed die spelers die wedstryd behoorlik. Angie merk bewonderend op, "Julle was baie gedetermineerd. Julle het hulle nie 'n kans gegee nie."

Daniel grinnik. "Wraak is soet."

Na Daniel se kriptiese antwoord, verander die atmosfeer. Hulle lyk almal ewe ongemaklik en skuif behoorlik in hul stoele rond. Ete kom ook tot 'n einde, maar op pad terug na hul hotel, stel Mark voor om 'n drankie in die hotel se kroeg te drink om hul oorwinning te vier.

Angie het skaars haar glasie wyn ontvang, toe 'n groep vrouens die kroeg instap. Hulle merk dadelik die spelers op en dis duidelik dat hulle net hul kans afwag om die ouens beter te leer ken. Angie is nie lus daarvoor of haar eie jaloesie nie. Sy het skaars haar glas neergesit toe sy hulle bedank vir die aand en verskoning maak om na haar kamer te gaan.

Haar hart sak tot in haar skoene toe Jakes opstaan en kortaf mompel, "Ek stap saam."

"Dis nie nodig nie," wil sy nog argumenteer, maar hy gee haar net een kyk sodat sy summier haar woorde sluk.

Op pad na haar kamer is die stilte tussen hulle ongemaklik. Teen die tyd wat hul haar kamer bereik, het Angie reeds die kaart sleutel in haar hand. Voor sy dit egter in die leser kan druk, neem Jakes haar arm. Sy aanraking brand amper teen haar vel. Hy draai haar liggies om sodat sy na hom kan kyk, maar Angie weier. Sy weet al wat gebeur.

"Angie?"

Sy stem klink so pleitend dat Angie doen wat sy haarself gewaarsku het om nie te doen nie. Sy kyk op en soos sy verwag het, raak sy verlore in sy oë. Met 'n sagte kreun trek Jakes haar nader en laat sak sy kop terselfdertyd. Binne sekondes is sy vingers in haar hare en soen hy haar. Angie lig haar hande om hom weg te stoot, maar sy is heeltemal te verlore in sy soen en aanraking.

Daar kom egter 'n tyd wat realiteit deur haar skanse breek en haar benewelde verstand binne dring en kry sy op die een of ander manier die wilskrag om hom weg te stoot. Sy draai vinnig om en sy hande gly van haar skouers af. Haar hande bewe vreeslik, maar sy kry dit tog reg om die kaart in die leser te druk. Sy glip vinnig in en maak die deur toe voor Jakes haar kan keer. Haar bene bewe toe sy op die bed gaan sit.

Sy het geweet dit was 'n fout. Sy moes nie gekom het nie.

Angie wring haar hande in haar skoot. Jakes het so pas oorgeleun en vir Rayno beduie dat hy moet stadiger ry aangesien hulle naby die afdraaipad na die plaas is. "Dis daar voor links. Kyk uit vir die twee sandsteen pilare."

Asof die spanning tussen haar en Jakes nie klaar genoeg is nie, het sy hierdie onverklaarbare spanning om sy familie te ontmoet. Hoekom? Dis mos nie asof daar iets tussen hulle is nie. Hulle is dan skaars vriende.

Sy wip amper soos sy skrik toe Jakes sy hand oor hare sit en dit saggies druk. "Ontspan. My familie byt nie."

Angie kyk vinnig vir hom. Haar maag maak 'n draai toe hy vir haar een van daardie raar skewe glimlaggies gee. Vandag dra hy 'n donkergroen T-hemp wat die kleur van sy oë uitbring. Dis egter die intensiteit in sy oë wat haar wese laat smelt.

Toe Rayno van die teerpad af draai, hop die motor effens wat Angie terug ruk tot die werklikheid. Sy trek haar hand uit onder syne en kyk by die venster uit. Sy hoor sy sug, maar sy ignoreer dit.

Jakes maak die hek met 'n afstandbeheerder oop en hulle ry deur om dan die grondpad te volg na die huis. Angie snak byna na haar asem toe die huis voor hulle verskyn. Sy herken dit van Jakes se foto's, maar in werklikheid is dit nog mooier as wat sy gedink het. Die tuine rondom die huis is groen met spatsels kleur wat die groen opbreek. Agter die huis vorm die berg 'n perfekte agtergrond vir die huis.

Toe die motor stop, hardloop twee Labradors opgewonde om die besoekers te verwelkom. Hulle word gevolg deur 'n ouer man en twee jonger weergawes van Jakes. Selfs na al die groetery en bekendstelling, is daar geen teken van Jakes se ma nie. Jakes kyk na sy pa en lig sy wenkbroue vraend. Die ouer man lag. "Waar dink jy?"

Jakes skud sy kop en gee weer een van daardie rare laggies. "Dan sal ek haar seker daar moet gaan uithaal. Wil jy saamgaan, Angie? Dan kan jy my ma se ateljee sien."

Hy dink 'n oomblik en voeg dan by, "Solank ek jou nie ook daar binne gaan verloor nie."

Sy wil nie dink wat daardie lag aan haar doen en hoeveel sy dit gemis het nie. Sy antwoord eerder, "Ek weet nie of ek kan belowe nie, maar ek kan belowe om te probeer?"

Hy lag weer, "As dit die beste is waarvoor ek kan hoop, kom."

Hulle stap in stilte na 'n sandsteen gebou 'n entjie van die huis af. Al wat Angie kan hoor toe hul by die gebou kom is oorverdowende rockmusiek wat uit die sewentigs dateer. 'n Sarsie swetswoorde klink bo die musiek uit, maar dan begin 'n vals vrouestem saam met die musiek sing. Angie glimlag en loer vir Jakes. Hy lag. "Die unieke Leah du Plessis."

Angie stap voor Jakes in die groterige vertrek in. 'n Vrou in haar vroeë vyftigs staan voor 'n hoë tafel met 'n figuur beeld voor haar. Uit die frons en frustrasie op haar gesig neem Angie aan dat sy nie gelukkig is met die beeld nie. Voor sy egter kan sien wat fout is, slaan Leah dit plat met haar regterhand.

"Oeps, lyk my ons het op die verkeerde tyd gekom."

Die vrou kyk op toe sy Jakes se stem hoor, maar sy kyk reguit na Angie. Sy staar na haar vir etlike sekondes. Sy glimlag vaagweg vir Jakes, maar dan keer haar blik weer terug na Angie. Sy sê nie 'n woord nie. Sy tree egter weg van die tafel en stap doelgerig na hulle toe. Angie sou gedink het sy sou Jakes groet, maar sy ignoreer hom totaal. Sy stop reg voor Angie. Haar kop draai behoorlik skeef soos sy Angie bestudeer.

Angie ken daardie kyk. Leah bestudeer haar soos 'n potensiële model. Jakes maak sy keel skoon om te protesteer, maar Angie skud haar kop.

En toe lag Leah skielik, "Nee, julle het op presies die regte tyd gekom." Sy kyk weer vir Angie en verduidelik so asof sy weet Angie sal verstaan, "Dit was die oë. Hulle was nie reg vir 'n engel nie. Nou weet ek hoekom."

"Hallo Ma. Hoe gaan dit ma?" grinnik Jakes. Hy lyk so ondeund dat Angie se hart versag. Sy is seker dis die regte Jakes dié, as hy net meer wil uitkom.

Leah kyk na hom asof sy hom die eerste keer sien. Die liefde en blydskap is duidelik op haar gesig te sien toe sy registreer wie dit is. Sy slaan haar arms om hom en druk hom vas, "Jakes! Ai, dis lekker om jou te sien."

Jakes gee blykbaar nie om dat sy ma sy hemp vol klei mors nie. Hy tel haar in sy arms op en gee haar 'n drukkie, totdat Leah protesteer. Jakes lag net en sit haar neer. "Dis lekker om Ma ook weer te sien. Kan ek Ma nou voorstel aan Angie?"

Leah kyk na Angie en tot haar verbasing gooi sy haar arms om haar en druk haar vas. "Angela, engelkind. Ek is so bly om jou te ontmoet. Jakes het my so baie van jou vertel."

Angie loer vlugtig na Jakes wat nou bloedrooi bloos. Wat het hy alles vir sy ma vertel? Dit help nie om nou daaroor te wonder nie, dus glimlag sy net vir Leah, "Ek is bly om u ook te ontmoet. Jakes het my net so baie van uself vertel."

Leah sien hoe Angie rondloer om meer van die ateljee te sien en glimlag. "Jy kan later weer kom inloer. Jakes sal my nooit vergewe as ek jou nou rondwys nie. Ons sal dalk nooit hier uitkom nie. Kom, laat ons gaan koffie drink."

Toe Leah wou wegstap, glimlag Jakes, "Miskien moet Ma dalk net eers Ma se hande was."

Leah kyk verward af na haar hande en dan lag sy, "O gits. Dankie, Jaky."

Toe sy klaar haar hande gewas het, stap hul terug na die huis met Leah tussen Angie en Jakes en haar arms in hulle s'n gehak. Angie verstom haar. Sy het gedink sy praat baie, maar Leah praat *aan-me-kaar*. Sonder om te stop of asem te haal. Sy vang Jakes een keer amusant grinnik toe sy haar so verstom aan Leah dat haar mond amper oophang.

Toe Jakes later vir Angie na die kamer neem waar sy gaan slaap, lag hy weer oor haar uitdrukking van vroeër, "Ek is seker jy het nie geweet daar is iemand wat meer verstrooid en meer kan praat as jy nie, het jy?"

Angie skud haar kop. "Nee, ek het nie, maar sy is presies soos jy haar beskryf het, Jakes. Ek hou baie van haar."

"Die gevoel is wederkerig, Engel," sê hy terwyl hy vir Angie beduie om in te stap.

Angie kyk verras na die kamer. Dit moes in een of ander stadium Jakes se kamer gewees het. Daar is ou rugby plakkate teen die mure en 'n boekrak vol speurverhale.

Jakes grinnik, "Dit was my kamer. My ma het nog nooit sover gekom om dit te verander in 'n gastekamer nie. Die bed is gans en al te klein vir my, so ek gebruik die een gastekamer. As jy egter nie hier wil slaap nie, kan ons ruil."

"O nee," stel Angie hom gerus. Sy glimlag ondeund, "Ek kan nou lekker snuffel en sien wat jy onder jou bed weggesteek het."

Jakes bloos, maar dan krul sy mondhoek op. Angie kyk eerder weg toe hy haar tas langs die bed neersit. Hy draai terug na haar en dan is hy ernstig. "Ek is jammer, Angie. Ek het opgemors. Ek mis jou."

Angie voel asof haar hart wil breek toe sy die uitdrukking in sy oë lees. Sy trek haar asem diep in voor sy erken, "Ek mis jou ook, Jakes."

Dit lyk of hy iets wil sê, maar dan keer hy homself. Hy probeer weer, "Vriende?"

Angie wil nie net vriende met hom wees nie. Wel, sy wil, maar nie *net* vriende nie. Miskien moet sy probeer. Dalk, net dalk, sal Jakes weer teenoor haar oopmaak.

Hy wag gespanne vir haar antwoord. Toe Angie knik, blaas hy sy asem hard uit en dan glimlag hy.

Angie se asemhaling raak vlak toe hy buk en sy lippe oor haar voorkop vee. Hy tree dan vinnig weg en stop eers by die deur. "As jy reg is, ontmoet ons op die veranda. Ek wil vir jou graag die kosmos wys. My pa sê daar is al wat blom."

Toe hy fluitend in die gang afstap, blaas Angie haar asem uit.

Sy het dalk 'n fout gemaak om hom weer naby haar toe te laat. Dit maak egter nie saak nie. Sy is nie hier vir lank nie en soos sy vir Jakes al leer ken het, weet sy nie hoe lank dit gaan duur voordat hy haar weer op 'n afstand gaan hou nie.

HOOFSTUK 20

As Jakes kon, sou hy seker 'n paar bollemakiesies die gang af gemaak het. Hy het nie gedink dit sou so maklik wees om Angie te oortuig om hom weer 'n kans te gee nie. Dis minder as wat hy graag wou gehad het, maar meer as wat hy ooit voor kon hoop. Solank hy dit net nie weer opmors nie.

Toe Angie by hulle aansluit met haar sketsboek en kamera, wonder Jakes of hy nie moes gewag het tot na middagete nie. Hy het 'n vae gevoel dat hulle laat gaan wees en Anna, die kok wat sy pa gehuur het toe Jakes hoërskool toe is, het gewaarsku dat hulle nie moet laat wees nie. Jakes se mond water al klaar vir Anna se herderspastei.

Vir die eerste ruk wag die drie mans geduldig vir haar om klaar te maak, maar Jesse is die enigste een wat die moed het om haar aan te jaag, "Komaan, Angie. Ek is seker jy het genoeg materiaal en ons is honger. As jy nie nou gaan klaar-maak nie, los ons jou net hier en dan kan Jakes jou later kom haal."

Angie lyk nog nie baie lus nie, maar Jesse gryp die skets-boek uit haar hand en stap aan na waar Jakes die viertrek voertuig vroeër parkeer het. Angie baklei nog met hom toe hulle 'n rukkie later voor die huis stilhou.

Soos Jakes verwag het, is Anna vies, maar Angie verander haar bui vinnig toe sy glimlag en groot om verskoning vra. Jakes het nou al hoeveel keer gesien hoe maklik Angie iemand se bui kan verander met daardie glimlag en haar natuurlike sjarme. G'n wonder hy het so hard vir haar geval nie.

Hy merk dit weer die aand op toe Angie hul ander gaste net so oorrompel sonder om eers te probeer. Hy is egter nie gelukkig daaroor nie en moet sy jaloesie onderdruk toe een van die naburige jong boere haar geselskap monopoliseer.

Uiteindelik gee Jakes op om voor te gee. Hy stap na waar die twee staan en gesels, vat Angie se hand en mompel, "Ek wil jou aan iemand voorstel."

Jakes het nog geen idee wie nie, maar gelukkig val sy oog op sy laerskool rugby-afrigter en hy lei Angie na waar die ouer man sit. Hy hou nog steeds haar hand vas na hy hulle voorgestel het en 'n rukkie gesels het.

Hy weet dis belaglik. Vriende. Hulle is net vriende, maar hy kan dit nie help nie. Dis asof sy ingebore Neandertal-streke vorendag kom as ander mans net na Angie kyk. Hy wil vir hulle wys sy is nie beskikbaar nie al het hy nie die reg nie.

Hy laat die eerste keer haar hand los wanneer hy vir haar 'n glasie wyn ingooi en vir hom 'n bier oopmaak. Angie draai na waar Jesse en Rayno met 'n paar van die ander jongmense gesels. Jakes moet af leun om te hoor toe Angie met 'n sagte glimlag sê, "Dit is die eerste keer wat ek Jesse so ontspanne sien sedert ..."

Toe sy stop, vra Jakes fronsend, "Sedert?"

Angie draai na hom, "Het hy jou nie vertel wat gebeur het nie?"

Toe Jakes sy kop skud, sug Angie, "Kom ons sit iewers dan vertel ek jou."

Jakes lei haar na die trappies aan die kant van die huis. Hulle kan daar gesels sonder dat iemand hulle gesprek hoor en tog nog 'n ogie hou oor die gaste. Toe hulle sit neem Angie 'n slukkie wyn en sit die glas dan langs haar neer. "Ek het gedink Jesse het jou vertel. Hy het genoem dat jy hom gehelp het om dinge te verwerk."

Jakes skud sy kop verward, maar onthou dan hoe Jesse hom gevra het oor hoe hy sy paniekaanvalle hanteer. "Hy het nie iets genoem nie, my net baie uitgevra."

Angie sug, "Ek het gewonder daaroor. Maar in elk geval ... Net na die skool begin het, het twee seuns baklei. Hulle het dit gereeld gedoen, maar daardie dag het een 'n mes skool toe geneem. Teen die tyd dat Jesse hulle bereik het, hetdie seun met die mes die ander seun alreeds verskeie kere gesteek. Toe Jesse tussenbeide tree is hy ook raak gesteek. Die seun het die mes laat val en weggehardloop. Jesse se besering was nie ernstig nie. Die ander seun is egter in sy arms dood terwyl hulle vir die ambulans gewag het. Jesse het aan PTSD gely en wou nie weer terug gaan skool toe nie. Hy het summier uit die onderwys bedank. Rayno het voorgestel dat Jesse saam met hom Suid-Afrika toe kom vir die vakansie in die hoop dat 'n nuwe omgewing Jesse uit sy depressie sal bring."

Haar tweelingbroer se situasie affekteer Angie baie. Sonder om te dink sit hy sy bier neer. Hy vou Angie in sy arms en fluister "Ek is vreeslik jammer, Engel. Ek het al agtergekom hoe ingestel jy en Jesse op mekaar is. Dit moes net so traumaties vir jou gewees het."

Angie sit eers styf en gespanne, maar na 'n rukkie ontspan sy en leun haar kop teen sy bors. Jakes se hand streel oor haar hare. Tot Angie haar kop optel en reguit in sy oë kyk. Haar oë, gewoonlik so helder blou in sonlig, lyk donker in die stoep se sagte lig wat skyn. Dit voel asof hy nie kan asemhaal nie. Vir 'n lang ruk sit hulle net so, maar dan laat sak Jakes sy kop. Hy prewel nog, "Ek weet ek moenie ..."

Die res van sy woorde sterf weg, ingesluk deur die soen toe Angie haar hand om sy nek vou en sy kop nader trek. Die afstand tussen hulle krimp en hul monde ontmoet met 'n sagte sug van albei.

Sal hy ooit die wilskrag hê om haar te weerstaan?

Hy twyfel. Dit sal definitief nie in hierdie leeftyd wees nie.

Angie staar verward na Jakes toe hy haar wakker maak. Dit lyk nog donker en sy is seker dis nog baie vroeg. Sy sit regop toe Jakes die bedlampie aanskakel en kyk na die horlosie en dan na Jakes, "Wat is fout?"

Hy glimlag, maar lyk tog gespanne, "Niks nie. Ek wil jou iets gaan wys."

Hy sit net die koffie neer voor hy loop met 'n mompe-lende, "Kry my op die stoep."

Angie het, maar vinnig die koffie afgesluk en aangetrek. Hulle is nou in dieselfde viertrek voertuig as gister op pad na wie weet waar. Dis nog donker, maar Angie kan uitmaak dat hulle hoër op ry in die berg. Sy hoop hy weet waarheen hy gaan, want sy kan skaars die pad voor hulle sien.

Dit voel soos 'n ewigheid toe hy die bakkie tot stilstand bring. Hy maak sy deur oop, maar beveel Angie, "Sit stil."

Hy haal iets van die sitplek agter hom en dan kom maak hy die deur vir haar oop. Hy oorhandig 'n fles met twee bekers aan haar. Oor sy skouer hang 'n kombers en met net 'n flitslig om hul weg aan te dui, lei hy haar na 'n klompie rotse. Hy sprei die kombers halfpad oop, gaan sit op die onderste deel en trek dan die res oor sy skouers voor hy nooi, "Kom, sit."

Toe sy langs hom wou sit, skud hy sy kop. "Nee, kom sit hier voor my. Dit sal warmer wees."

Dis nie 'n goeie idee nie, maar die koue stuur 'n rilling langs Angie se ruggraat af. Sy doen dus wat hy vra alhoewel sy effens afstand tussen hulle behou. Jakes lag saggies, "Kom-aan, Engel. Skuif nader. Ek sal nie byt nie."

Angie is nie bekommerd oor die byt nie. Sy is baie meer bekommerd oor wat sy nabyheid aan haar doen. Sy het egter nie veel van 'n keuse nie en skuif tog terug sodat sy die hitte van sy lyf teen haar rug voel.

"Hou die flitslig vas," versoek hy. Angie neem dit met bewerige vingers en hou dit sodat hy vir hulle koffie kan ingooi voor hy die fles sorgvuldig toemaak. Met die bekers nog op die rots, trek hy Angie stywer teen hom vas.

Angie snork. Waar is daardie afstand wat sy wou behou, nou?

Jakes trek die kombers wat oor sy skouers hang, om hul albei en Angie voel die welkome hitte haar omvou. Dis seker hoekom sy ontspan, 'n beker optel en teen hom leun.

Jakes neem die ander beker en vat 'n slukkie. Hulle praat nie, nie terwyl hulle hul koffie drink tot die horison begin verkleur en Angie haar leë beker langs haar neersit nie. Die hele tyd is Angie egter bewus van die hitte van Jakes se liggaam en sy arms wat haar beskermend koester.

Hy sug skielik sag en dan voel sy hoe hy 'n sagte soentjie teen haar hare druk. En toe begin hy praat, sy stem gespanne in die vroeë oggendstilte.

. . .

Hy het niks geslaap nie. Hy het bly rondrol soos hy probeer het om 'n oplossing te kry. Hy skuld Angie 'n verduideliking alhoewel hy nog steeds nie haar alles kan vertel nie. Slegs twee ure voor sonsopkoms kon hy 'n plan formuleer. Hy wou dit nie langer uitstel nie en het sonder versuim opgestaan.

Dok Matthews se laaste advies Woensdagoggend resoneer nog deur sy kop. As een persoon verdien om sy storie te hoor is dit Angie. As Jakes enige hoop wil koester om enigsins ooit 'n normale verhouding aan te knoop, moet hy sy hart en siel bloot lê aan die een persoon wat saak maak. Jakes weet Dok was reg, maar dit gaan moeiliker wees as toe hy sy geheim met sy familie en vriende gedeel het *juis* omdat dit Angie is.

Hy is egter bly hy hoef Angie nie in die oë te kyk nie toe hy uiteindelik die stilte verbreek.

"Ek is jammer ek is weg uit Keystone sonder om te groet. As ek jou vertel oor hoekom ek so oorreageer het, sal jy hopelik verstaan."

Angie antwoord nie, maar Jakes weet sy luister. Hy neem 'n diep asemteug en gaan voort, "Ek glo nie een man sal wil erken dat hy 'n swakkeling is nie, maar ek was. Mens verwag dit seker nie van iemand soos ek nie, maar ek weet nou ek is nie die enigste een nie. Baie van ons lewe in hierdie harde, macho-omgewing waar niemand sy kwesbare kant wys nie. Dit het my maande se terapie gekos om te erken dat ek wel kwesbaar is. Ek mag dalk fisiek sterk wees, maar emosioneel het ek dringend hulp nodig gehad. Ek het vir niemand daardie kwesbare kant, die deel van my wat seerkry, gewys, voor dit byna te laat was nie."

Sy bors voel benoud. Hy moet 'n paar keer diep asemhaal voor hy kan aangaan. "Ek het jou voorheen vertel dat ek verloof was. Ek het egter aan niemand vertel dat my eks my verbaal mishandel het nie. Dis nie iets wat 'n man maklik erken nie."

Jakes sug. "Soos jy weet, is ek 'n introvert. Ek ontspan net met 'n klein groepie mense wat meestal bestaan uit my familie, goeie vriende en van my spanmaats. Ek is teruggetrokke. Ek hou nie van aandag op my nie. Dis egter anders wanneer ek rugby speel. Die oomblik wat ek op die veld hardloop vergeet ek alles om my. Dan is dit net oor die spel, die bal en my span teen die opposisie. Dis hoekom niemand dadelik agtergekom het daar is fout nie."

Hy voel die warmte van Angie se hand wat oor sy arm streel en haar rug wat teen sy bors rus. Haar aanraking gee hom krag om lank te praat. Hy laat niks uit nie. Hy vertel haar van twaalf jaar se onsekerhede, pyn, vernedering en sy uiteindelike ineenstorting.

Sy storie het nie begin met sy onlangse verlowing aan Moira nie. Dit het begin toe hy Moira as 'n onsekere sestienjarige ontmoet het. Jakes was altyd groot vir sy ouderdom en het toe reeds vir die skool se eerste span rugby gespeel. Hy was desperaat om in te pas by sy ouer spanmaats en het geswig toe Moira haar flikkers vir hom gooi, juis omdat soveel van sy spanmaats haar wou gehad het. Hy het probeer om iets te wees wat hy nie is nie en in die proses byna homself verloor. Dit het egter nie daar geëindig nie. Hul verhouding het vir jare wipplank gery, dan aan en dan af. Moira was altyd die meester-manipuleerder en Jakes haar slaaf omdat hy nie van beter geweet het nie. Tot Moira verveeld geraak het met hom, want hy was nie die partytjie dier wat sy wou gehad het nie.

"In my derde jaar op universiteit het ons ons verhouding beëindig omdat ek, volgens haar, 'verkramp en ouderwets' was."

Angie trek haar asem skerp in, maar Jakes kan nie nou stop nie. "Al het ek hoe hard probeer, ek kon net nie aan beweeg nie. Sy het toe alreeds soveel skade aangerig, maar ek het dit nie besef nie. Toe ek haar vier jaar later weer ontmoet, het ek nog steeds dieselfde onsekerhede gehad as 'n sestienjarige. Ek het teen daardie tyd myself alreeds bewys in die Sewes. Ons het gereeld van toernooi tot toernooi gereis in plekke soos Parys, Londen en Las Vegas. Moira het gehou van my nuwe leefstyl en het haar vinnig weer in my lewe ingewurm. Al my spanmaats het iemand in hul lewens gehad, maar ek was alleen. Dit het Moira nie lank geneem om my te oortuig dat sy verander het nie en ek het weer vir haar geval. Vir 'n ruk het dit goed gegaan en Moira het by my huis in Stellenbosch waar die Sewes se basis was, ingetrek."

Sy stem raak byna weg toe hy verduidelik, "Dinge het drasties versleg toe my Sewes-kontrak tot 'n einde gekom het en ek my huis in Stellenbosch in die mark gesit het."

Lank voordat Moira haar weer terug in sy lewe ingewurm het, het Jakes 'n kontrak onderteken om na die Buffels terug te keer. Dit was nog altyd sy plan en dit was alreeds op die tafel toe hy die Buffels verlaat het om Sewes toe te gaan. Moira het dit geweet toe hul weer hul verhouding hervat het. Sy het egter gedink dat sy Jakes kon manipuleer om nog by die Sewes te bly sodat sy haar leefstyl kon behou. Sy het geweier om saam met Jakes Pretoria toe te gaan om huis te soek. Jakes het met Daniel en André se hulp die huis gekoop van die speler wat hy by die Buffels vervang het.

Jakes haat dit om oor die dinge te praat wat Moira in daardie laaste jaar van hul verhouding gedoen het, maar hy moet.

"Daardie gemeenheid was seker altyd daar. Ek het dit geïgnoreer omdat ek so onseker in ons verhouding was.

Moira het gereeld sarkastiese of vernederende opmerkings gemaak. As ek iets daaroor sê, het sy vertel dat sy net terg of dat ek te sensitief is. Dit het begin met hoe ek aantrek of eet of selfs lag. Sonder dat ek bewus was, het ek ophou lag."

Jakes skuif effens voordat hy verder praat, "Die week voor my laaste Sewestoernooi in Kaapstad, het ek begin om die huis in Stellenbosch op te pak. Moira het geweier om te help. Haar houding was erger as ooit tevore omdat sy my nie kon oortuig om te bly nie. André het 'n besering gehad en ek het hom genooi om by my te kom kuier en my laaste toernooi te kyk. Hy het 'n paar dae langer gebly."

Jakes dink voor hy aangaan. "Ek het nooit voorheen besef hoe jaloers Moira oor my vriendskap met André was nie. Ek dink sy was bang, want André het reg deur haar gesien en nooit 'n geheim daarvan gemaak dat hy nie van haar hou nie. Ek het André eers op universiteit ontmoet en hom toe aan Moira voorgestel. Ek het onlangs uitgevind dat my familie en vriende toe reeds nie van haar gehou het nie."

Hy maak keel skoon. "Daar was nog 'n paar van ons universiteitsvriende in die Kaap en André het voorgestel dat ons 'n braai hou en almal nooi. Moira het egter die hele aand so aangelê by die ander mans dat hulle naderhand onge-maklik was. Een kon dit naderhand nie meer hou nie en het haar reguit gesê dat sy moet ophou. Moira het haar vererg. Sy was ongeskik die res van die tyd en het die mees ongemaklike opmerkings gemaak."

"Ek en André het die volgende oggend gaan ontbyt eet saam met van my Sewes-spanmaats, hul vrouens en meisies. Moira was nog kwaad en het nie saamgegaan nie. Dis toe dat André ons verhouding ophaal. Hy hoef nie veel te gesê het nie, maar dit was genoeg dat die ander hul menings gegee het. Tussen hulle het hulle my uiteindelik laat sien hoe giftig ons verhouding was. Ek was geskok om te hoor wat sy alles agter my rug sê van my. Die ander vrouens het ook lank reeds vermoed dat sy my met een van die Australiese spelers verneuk. Ek het heeltyd gedink sy is saam met die ander vrouens uit, maar hulle het dit ontken."

Jakes laat sak sy kop op Angie se skouer en adem die geur van haar hare diep in voordat hy kon aangaan. "Ek was baie bly dat André daar was toe ek haar later konfronteer. Sy het nie eers voorgegee dat sy 'n grap maak nie. Sy het my duidelik laat verstaan hoe pateties ek is, hoe ongemaklik ek in sosiale situasies is en dat ek bekrompe is. Sy het haar verhouding, of eerder verhoudings, erken, want daar was volgens haar meer as een. Sy het my vertel dat hulle baie meer pret is as ek. Teen die tyd dat André haar daar uit geboender het, het ek soos 'n stuk gemors gevoel. André het dadelik al my vriende bymekaar gekry en gereël dat my trek 'n week vroeër gelaai word. Almal het my gehelp om die huis se inhoud op te pak. Moira het eers twee dae later terug-gekom toe hulle alreeds besig was om my meubels in die vervoerwa te laai."

"Sy was woedend toe sy haar besittings in kartondose kry. Maar toe verander sy soos handomkeer. Sy was so vriendelik en sag, ek het haar amper geglo. Sy het gepleit dat ek haar nog 'n kans moet gee, maar verbasend kon ek nee sê. Miskien, as André en my ander vriende nie daar was nie, sou ek geswig het. Dinge het toe erg ongemaklik geraak en ek was bly toe ek daar kon wegkom."

"Toe ek in Pretoria aankom, het my nuwe spanmaats my gehelp om in te trek. Ek het party van hulle nie voorheen ontmoet nie, maar, selfs voor die oefenkamp, was hulle daar vir my. Die gees en kameraderie het my deur daardie eerste twee weke gekry. Toe ek egter by die oefenkamp aankom, kon ek nie meer voorgee nie. Ek was plat teen die grond en het geen selfvertroue oorgehad nie."

As dit nie vir André was nie, weet Jakes nie wat hy sou gedoen het nie. André het hom oortuig om met die span se sielkundige te praat. Hy was eers skepties, maar het tog gegaan.

"Ek het besef dat my gebrek aan selfvertroue deurgesypel het na my spel. Ek het aanhoudend Moira se stem in my kop gehoor dat ek nooit 'n sukses sal maak nie. Dit het my maande van intense terapie geneem om my selfvertroue te herstel, maar partymaal vang dit my nog. Ek het nog nie opgehou met terapie nie en sal heel moontlik altyd 'n manier moet vind om my spanning te hanteer."

Jakes voel skielik benoud. Hy spring op en stap 'n entjie weg.

"Ek weet nie wat ek sonder my vriende en my spanmaats gedoen het nie, veral daardie eerste vier maande verlede jaar. Hulle was my anker, my ondersteuningstelsel. As dit nie vir hulle, die span en rugby was nie, sou ek seker van my kop af geraak het. Ek skuld hulle soveel en ek kan hulle nie nou in die steek laat nie. Ek kan nie die span in die steek laat nie. Nie nou nie."

Uit die hoek van sy oog merk Jakes op dat Angie ook opgestaan het. Hy staal homself, maar sy verras hom soos gewoonlik toe sy haar hand op sy arm lê en saggies sê, "Ek is jammer, Jakes. Ek het gesien jy sukkel om te praat en wou die spanning verlig. Noudat ek weet ... Ek besef dis die slegste grappie wat ek ooit kon maak. Ek belowe jou, ek het dit nie lelik bedoel nie."

Jakes lig sy hand en lê dit teen haar wang. "Ek weet, Engel. Ek het instinktief gereageer net om uit die situasie te ontsnap. Ek het sedertdien meer as genoeg tyd gehad om te dink. Ek weet jy is nie gemeen nie. Jy is die mooiste en mees empatiese persoon wat ek ooit ontmoet het. Jy verdien nie hoe ek jou hanteer het nie. Ek was nie regverdig nie en ek hoop jy kan my vergewe. Ek kan nie jou vriendskap ook verloor nie."

Angie sluk swaar. Sy wil nie aan die pyn en angs dink waardeur hy reeds gegaan het nie. Maar vriendskap? Sy het so gehoop dat toe hy begin oopmaak oor sy verlede, hy haar meer sou bied. Dit blyk egter dat vriendskap al is wat hy kan en gaan gee. Dit voel of haar hart in 'n duisend klein stukkies breek.

Sy kyk op in sy oë en vra, "Slegs vriende?"

Pyn flits deur sy oë en hy sluk swaar. "Ek is jammer. Slegs vriende. Dis al wat ek jou nou kan bied."

Sy het haar antwoord, maar sy verstaan dit nie. Dit maak nie sin nie. Sy gaan hom egter nie smeek nie en sy sal hom nog minder wys hoe seer dit maak. As hy net vriendskap soek, is dit wat hy sal kry. Sy het egter nou een kans en dit is om vir hom die reëls van vriendskap uit te spel. Sy kyk hom nog vas in die oë terwyl sy erken, "Ek moet erken, ek is teleurgesteld. Ek het gehoop op meer as vriendskap, maar as dit al is wat jy kan bied, sal ek dit aanvaar. Jy moet egter verstaan wat jy kies."

"Wat?" vra hy versigtig.

"Vriendskap is slegs dit: vriendskap en dit bly by dit. Ek is moeg vir jou dan warm en dan koue houdings. Jy mag nie meer my hand vashou nie. Jy mag my nie meer soen nie. Jy mag nie vies of kwaad word as ek saam met Rick of enige ander man wil uitgaan nie. Jy het daardie reg verbeur."

Jakes se gesig word bleek en sy kakebeen verstyf. "Engel ..."

Angie stop hom net daar. "En ek sal bly wees as jy my ophou Engel noem. Jy het net die reg om iemand 'n troetelnaam te gee as hulle vir jou iets beteken, iets meer as vriende."

"Kan ons nie asseblief daaroor praat nie?"

"Waaroor wil jy nog praat, Jakes? Is daar nog iets wat jy vir my wil vertel?"

Hy sluk en skud sy kop. Angie draai teleurgesteld om en gaan tel die kombers, bekers en fles op en stap daarmee na die motor. Jakes volg haar traag. Die rit terug huis toe word in 'n ongemaklike stilte afgelê. Toe hy voor die huis stilhou, mompel hy, "Dis nie wat ek wil hê nie, maar ek het nie 'n keuse nie. Ek moet die span kies."

Angie skud haar kop stadig, "Ek sou jou nooit gevra het om tussen my of jou rugby te kies nie. Ek weet wat dit vir jou beteken. Ek hoef egter nie eers te gevra het nie, want jy het daardie besluit namens my geneem."

"Angie ..."

Sy klim vinnig uit en deur die oop deur sê sy vir hom, "Los my nou net, Jakes. Ek het tyd nodig."

Angie loop gelukkig niemand raak op pad na haar kamer toe nie. Sy vind daar egter nie die vrede wat sy so broodnodig het nie. Al Jakes se besittings herinner haar aan wat kon gewees het en sy gee haar oor aan haar trane. Toe hulle uiteindelik ophou vloei, gaan stort sy vinnig voordat sy haar sak pak en haar staal om by die familie aan te sluit vir ontbyt.

Jakes is nog stiller as gewoonlik. Angie is ook nie in die stemming om te gesels nie en beantwoord net beleefd wanneer iemand met haar praat. Sy voel Jesse se bekommerde blik telkens op haar rus. Sy wil egter nie nou na haar broer kyk nie, bang dat sy weer in trane sal uitbars.

Sy het nie 'n eetlus nie en stoot net haar kos op haar bord rond. Jakes vaar nie veel beter nie, merk sy tog op, al wil sy nie.

Angie se kop ruk op toe Leah onverwags vra, "Jakes, Angie, wat gaan aan tussen julle?"

Angie bloos bloedrooi. Maar toe dit nie lyk of Jakes gaan antwoord nie, mompel sy, "Niks."

Leah skud haar kop. Angie weet sy terg toe sy sê, "Ek sal dit nie niks noem nie. Ek het julle gisteraand gesien en toe het julle boonop vanoggend verdwyn. Ek vermoed dat ..."

Angie val haar kortaf in die rede. "Daar is niks," voor Leah enigiets verder kan sê.

Jakes kyk op, maar hy antwoord nie. Hy kyk weer af na sy bord en vermy almal se oë. Daar heers skielik 'n ongemaklike stilte, maar Angie gee nie meer om nie.

Miskien is daardie ongemaklikheid om die tafel die rede waarom Rayno net na ontbyt aankondig dat hy wil ry. Angie kan hom soen van dankbaarheid. Sy het nodig om alleen te wees en hier kan sy dit nie doen nie.

Toe hulle groet, druk Leah Angie styf vas en fluister, "Ek is jammer. Ek het so gehoop ..."

Angie voel skielik die trane in haar oë brand. Sy is seker Leah voel aan hoe seer sy het. Sy probeer glimlag en fluister terug, "Ek ook."

Toe sy by die motor kom sien sy dat Jesse reeds agter sit waar Jakes die vorige dag gesit het. Toe Jakes nader kom en dit sien, beduie Jesse deur die oop venster, "Ek dink jy sal gemakliker wees voor met jou lang bene."

Jakes knik en klim in die motor. Gelukkig speel die radio in die agtergrond, want hulle praat nie een veel nie. Dis eers na 'n advertensie oor die radio dat Jesse vir Rayno sê, "Ons het nou nie 'n spesiale meisie hier nie, maar gelukkig het Rick ons saam klub toe genooi anders sou ons stoksielalleen gesit het op Valentynsdag."

Rayno lag. "My tydsberekening was nie goed nie. Ek sou nie omgegee het om daardie dag in Denver te wees nie, maar moenie vir my ma sê nie."

Jesse lag, maar toe Angie impulsief vra, "Mag ek saamkom klub toe?" verstar sy glimlag en hy frons. "Ja, seker. Ek het egter gedink dat ..."

Angie wonder of Jakes ooit die gesprek gehoor het. Hy gee geen aanduiding dat hy het nie aangesien hy by die venster uit staar. Angie skud haar kop en draai dan weg om met haar kop teen die sitplek te leun. Sy maak haar oë toe en moes ingesluimer het, want sy word eers bewus van haar omgewing toe die motor stilhou en Jakes uitklim.

Angie beskou nuuskierig die huis terwyl Jakes sy bagasie agter uit die motor haal. Sy hoor hoe Jesse en Rayno hom bedank vir sy gasvryheid, maar sy kyk nie vir hom nie. Toe Rayno uit die oprit terug ry en in die pad, staan Jakes nog daar met sy sak in sy hand.

Hy lyk so verwese.

HOOFSTUK 21

Hy het verwag dit gaan een of ander tyd gebeur en hy het hom gestaal daarvoor, maar Jakes kan skaars sy jaloesie beteuel toe hy Angie eers die Saterdagaand weer sien na hul wedstryd teen Sicily. Sy is in Rick se geselskap en sy lyk of sy dit geniet, aangesien sy soos gewoonlik lag en gesels.

Dit kon ek gewees het.

Die gedagte flits deur sy kop en hy sug. Hy het sy keuse gemaak.

Sonder dat Jakes eers daarvan bewus is, verdwyn sy vriende een vir een om by van die ander tafels te gesels. Hy is so diep in gedagte dat hy nie dadelik die vrou opmerk voor sy nie langs hom kom sit nie.

Onmiddellik voel dit asof iemand oor sy graf loop en hy kyk op. Hy verstyf oudergewoonte toe hy haar herken. Dis egter waar sy gewone reaksie stop. Niks vinniger hartklop nie. Geen sweterige handpalms of hortende asemhaling nie.

Verbaas oor sy gebrek aan reaksie, bestudeer Jakes haar.

Was haar gesig altyd so hard en haar mondhoeke afge-rem? Hy sien nou eers dat haar oë so nou en koud lyk dat dit hom herinner aan 'n reptiel. Besef sy hoe belaglik sy lyk toe sy haar mond tuit in wat sy moontlik dink 'n verleidelike glimlag is nie? Jinne, enige aap kan sien daardie glimlag is vals. Selfs haar stem klink vals en onopreg wanneer haar hand oor sy arm streel. Jakes gril vir die kontras van haar spierwit hand met lang rooi naels teen sy vel.

Hy wil skielik lag van pure verligting. Vir die eerste keer sedert hy sestien is, kan Jakes vir Moira Schlebusch reguit in die oë kyk en absoluut niks voel nie. Nie die verliefdheid wat hy gedink het hy op sestien voel nie. Nie vrees nie. Nie angs nie. Niks, behalwe verligting nie.

"Jakes, ek is so bly om jou te sien. Ek het verlang."

Jakes snork, "Ek het jou beslis nie gemis nie."

Sy gee 'n hees laggie wat bes moontlik in een of ander stadium verleidelik vir hom geklink het. Nou klink sy egter net belaglik. "Ag komaan, Jakes. Moenie jok nie. Ek weet jy het my nog lief."

Jakes skeur sy blik weg van haar af en soek na Angie. Vir 'n oomblik vang hul oë mekaar s'n vas. Toe Angie wegkyk, haal Jakes Moira se hand van sy arm af. Hy kyk haar reguit in die oë en sê afgemete, "Jy's verkeerd. Ek het jou nie lief nie. Ek twyfel of ek jou ooit liefgehad het. Ek het iemand anders ontmoet. Sy het my geleer dat nie alle vrouens soos jy is wat ander mense se onsekerhede uitbuit om hulle te manipuleer nie. Ek is nie meer daardie man wat jy geken het nie. Doen jouself 'n guns en loop. Hier is niks meer vir jou nie."

Jakes kan skaars haar vermetelheid glo toe Moira smalend lag. "Jy sal nog terugkruip. Jy is nie sterk genoeg sonder my nie. Ek het jou gemaak wat jy is."

Moira lyk geskok toe Jakes uitbars van die lag. "Jy is nie ernstig nie, is jy? Maar jy is tog in 'n mate reg as jy dink jy het my gemaak wat ek is. Jy het my byna vernietig, maar ek is baie sterker as wat ek toe was toe ons ontmoet het. Ek is deur hel saam met jou, maar ek het geleer daaruit en ek het gegroei. Ek is suksesvol en het 'n goeie toekoms voor my. Wat het jy? Niks. Jy's 'n parasiet wat op ander mense se swakhede teer."

Moira wou nog iets sê, maar aan die oorkant van die tafel begin iemand hande klap en ander skaar hulle vinnig by die eerste persoon. Jakes kyk op en sien André, Daniel en die res van hul groep vriende staan. Selfs Rick is daar en knik goedkeurend vir Jakes. André sê droog, "Jy het dit goed gestel, my vriend."

As Jakes nie vir André so goed geken het nie, sou hy verbaas gewees het hoe die gewoonlik goed-gemanierde man voor sy oë kan verander. Sy oë blits na Moira toe hy hard en duidelik sê dat almal hom kan hoor, "Moira, ek stel voor jy gee pad en jy bly hierdie keer permanent weg. Of jy kan bly om te hoor hoe ek vir almal vertel hoe 'n gemene manipuleerder jy is. Jy het Jakes omtrent leeg gesuig en boonop hom verneuk. Jou keuse."

Moira gluur van André na Jakes as sy opspring en haar handsak gryp. Sy sis vir Jakes, "Jy het nog nie die laaste van my gehoor nie. Jy skuld my."

Jakes kan nie haar vermetelheid glo nie, selfs nog minder dat hy bedaard kan antwoord, "Ek sal dit nie opper as ek jy is nie. Jy vergeet ek het 'n regsgraad. Jy sal nie wen nie."

André voeg by, "Jy beter padgee voor ons sekuriteit roep. Ons is kapabel genoeg om jouself hier uit te gooi, maar ek dink nie een van ons wil eers met 'n stok aan jou raak nie."

Jakes se blik volg haar toe sy uit die restaurant storm en blaas sy asem verlig uit. Sy vriende sê nie 'n woord toe hulle weer by die tafel aansluit nie. Jakes voel egter skielik moeg en voel hy het genoeg gehad. Hy mompel net vir André dat hy huis toe gaan. Toe hy sy bydrae op die tafel neersit, ontmoet sy oë Angie s'n vlugtig. Sy kyk egter vinnig weg, maar nie voor hy gesien het hoe haar oë blink nie.

Hy wil verduidelik, maar hy kan nie nou nie en storm by die sydeur uit na sy motor. Toe hy 'n stem hoor, stop Jakes outomaties. Dis egter nie die persoon wie hy gehoop het nie, maar Dok Matthews. Die ouer man bestudeer Jakes rustig voor hy vra, "En hoe voel jy?"

Jakes hoef net vir 'n oomblik te dink voor hy glimlag, tot Dok Matthews se duidelike verbasing, "Baie goed, Dok. Dankie vir jou hulp."

Die ouer man lag verlig, "Ek neem aan dit was die merrie wat jou lewe so versuur het. Maar ek is trots op jou, Jakes. Ek dink ons het jou Nemesis verslaan."

Jakes kyk vlugtig terug na die restaurant en knik, meer ernstig, "Ek dink ook so, Dok. Nou moet ek nog net daardie ander probleem oorwin."

"Dit sal kom, seun. Hou moed. Hierdie was die eerste stap."

Jakes weet hy was reg. Hy is nog nie heeltemal waar hy moontlik sou gewees het sonder Moira nie, maar as hy hierdie struikelblok kon oorkom, dan kan hy die ander een ook oorbrug. Hy hoop net nie dis dan te laat nie.

Angie maak haar klein teen die pilaar en luister onbeskaamd die gesprek tussen André en Daniel af.

"Jakes lyk maar stil vandag. Is hy oraait?" vra Daniel bekommerd as hul beide hul vriend dophou waar hy eenkant op die trappies sit, diep in eie gedagtes versonke.

André stel Daniel vinnig gerus. "Gee hom kans. Dok Matthews het gisteraand met Jakes gepraat voor hy huis toe is. Die besef moet nou nog net tot Jakes deurdring dat hy opgestaan het teen Moira. Dit was die deurbraak waarvoor ons gehoop het. As ons hom nou nog kan oortuig om sy oordrewe lojaliteit te laat vaar, sal dit nog beter gaan. Hy verdien geluk."

Daniel lag. "Ek dink Moira kan nou nog nie glo dat Jakes haar teengestaan het en haar boonop uitgelag het nie. Jis, ek het gedink ek gaan nooit weer Jakes hoor hardop lag nie. Dit was wonderlik om te hoor."

Die twee stap weg en Angie kan nie die res van die gesprek volg nie.

Sy is vies vir haarself. Sy het die hele nag omtrent niks geslaap nie, te jaloers om te dink aan Jakes en die vrou gister-aand en toe was dit die feeks wat sy lewe hel gemaak het. Dis dalk goed sy het dit nie gisteraand geweet nie. Sy sou dalk die vrou bygekom het.

Sy loer weer na waar Jakes sit en haar hart gaan uit na hom toe. Hy lyk so alleen. Sy weet dis nie so nie. Sy het nou al gehoor en gesien dat sy vriende hom bystaan.

Almal behalwe sy. Sy het vir hom gesê hulle kan vriende wees, maar sy het hom eerder vermy.

Nou voel sy egter dis tyd dat sy aanvaar dat daar niks verder gaan ontwikkel tussen hulle nie en die vriendskap aanvaar wat hy haar bied. Miskien, eendag ...

Nee, help nie om haar hart weer daarop te sit nie. Van nou af, tot sy huis toe gaan, sal sy vir Jakes die vriendin wees wat hy nodig het. Haar gevoelens sal sy vir eers diep bêre.

Sy stap dadelik na waar Jakes sit, voor sy weer van plan verander. Sy gaan sit langs hom op die trappie. Toe hy skuins opkyk na haar, vra sy, "Is jy oukei?"

"Gee jy om?"

Angie trek terug toe die hardheid van sy woorde haar

soos 'n vuishou tref. Vir 'n oomblik staar sy net na hom en kan nie 'n woord uitkry nie. Sy spring op, gereed om te vlug toe sy hand op haar arm voel en hy haar terughou. "Ek is jammer, Angie. Dit was onnodig."

Angie sak terug op die trappie, maar toe Jakes nie verder praat nie, vra sy, "Ek verstaan dis Moira wat gisteraand by die Final Whistle was. Ek wou net hoor of jy oukei is."

Jakes se oë volg sy groot hande toe hy sy elmboë op sy knieë laat rus en sy vingers ineenstrengel. Hy lyk rustig en beaam dit ook. "Ja, dit was sy, maar ek is oukei. Ek het gister-aand besef dat sy geen houvas meer op my het nie."

"Dis wonderlik," glimlag Angie verlig. Haar oë lig op na sy gesig. Sy oë lyk nog troebel en sy merk mymerend op, "Maar jy lyk nie oukei nie."

Hy draai sy kop en sy oë ontmoet hare. "Jy is reg. Ek is nie."

"Hoekom nie?"

Sy stem klink grof toe hy erken, "Dis jy, Angie. Ek mis jou."

"Ek mis jou ook, Jakes," antwoord Angie eerlik.

"Hoekom vermy jy my dan? Jy het gesê ons kan vriende wees, maar ek sien jou nie. Jy gaan saam met Rick en die vrouens uit, maar ... Ek weet jy het gesê ek het geen reg nie, maar ek is jaloers as jy saam met Rick is."

"Jy kan nie verwag ek mag nie ander vriende hê nie," beskuldig Angie.

Hy lig sy hande en druk hulle moedeloos deur sy hare. "Ek weet, maar ek kan nie verander hoe ek voel nie, Engel ... Angie. Ek is jammer. Kan ons nie net weer vriende wees soos in Denver, en uitgaan nie? Ek kan jou plekke gaan wys soos jy vir my gewys het. Ons kan ..."

"Dink jy regtig ons kan weer net vriende wees?"

"Hel, ek weet nie. Gee my asseblief net 'n kans. Ek wil nie ... ek kan nie jou vriendskap ook nog verloor nie."

Angie se antwoord is makliker as wat sy gedink het. "Ek sal daarvan hou. Dit was lekker om nuwe plekke saam met jou te ontdek."

Jakes staar eers stil na haar en vra dan half ongelowig, "Regtig?"

Toe Angie knik, breek daardie glimlag deur, die raar, volle glimlag wanneer sy oë en mond saam lag. Sy moet omtrent haar asem eers weer terug kry toe die effek haar tref voordat sy sy volgende vrae kan antwoord, "So, wat wil jy nog doen? Wat het jy al gedoen? Was jy al by die Cradle of Humankind of Hartbeespoortdam?"

"Stadig," lag Angie oor sy skielike gemoedsverandering. Vir die volgende uur of wat sit hulle op die trappies en gesels. Hulle is onbewus van iemand anders, sien dus nie die tevrede kyke wat hulle kry van hul vriende nie. Dis veral Jakes se laggie wat telkens opklink wat sy vriende se goedkeuring wegdra.

Angie het nie gedink dis moontlik nie, maar sy het aanvaar vriendskap is beter as niks. Daar was tog nou en dan 'n paar ongemaklike oomblikke waar beide so intens bewus was van die ander een dat dit maklik sou wees om oor te gee aan die passie en mekaar te soen en klaar te kry. Hulle het egter nie een toegegee nie en dit het elke dag effens makliker geword.

Die eerste week het hulle die meeste van hul vrye tyd saam met Jesse en Jakes se spanmaats spandeer. Die Vrydag-aand het Jakes vir Angie, Jesse en Rayno genooi om by sy huis te kom eet. Hulle het lekker gekuier tot Jesse se aankondiging die wind uit Angie se seile geneem het. Hulle het klaar geëet, maar nog by die tafel gesit toe Jesse sy keel skoonmaak en na Angie kyk, "Ek weet ek moes jou vroeër gesê het, maar ek het eers vandag 'n antwoord gekry. Ek gaan Maandag saam met Rayno terug."

Haar hart val met 'n slag in haar skoene. Beteken dit sy moet ook nou terug gaan? Sy weet sy maak nie sin nie, want sy was die een wat onwillig was om te kom. Selfs 'n week terug sou sy nie omgegee het nie, maar nou? Sy wil nie gaan nie, tog het sy seker nie veel van 'n keuse nie.

"Het jy al jou vlug verander? Ek bedoel, ek moet seker ook ..."

"Jy hoef nie," stel Rayno Angie vinnig gerus. "Die kothuis is joune solank jy hier bly, soos afgespreek."

"Maar ..." protesteer Angie nog tot Jakes amper pleitend vra, "Bly langer, toe? Ten minste tot ons op toer vertrek. Jy het nog nie alles gedoen wat jy wou nie."

Hy is reg. Miskien moet sy dit nou doen. Wanneer gaan sy dalk ooit weer Suid-Afrika toe kom?

"Jakes is reg, Angie. Ek wil nie skuldig voel dat jy jou vakansie ook onderbreek omdat ek vroeër terug gaan nie," beaam Jesse.

"Hoekom gaan jy dan terug?" vra Angie.

Jesse glimlag. "Want ek het klasse om by te woon." Hy gaan voort om hulle te vertel dat hy nou weet wat hy wil doen met sy lewe. Na sy gesprekke met Christopher Brooks gaan Jesse van loopbaan verander. Hy het ingeskryf in 'n paar intensiewe kursusse in Media en Kommunikasie. Hy het Engels en kreatiewe skryf as hoofvakke gehad en met die nuwe kursusse kan hy homself voorberei om 'n kommunik- asie beampte te word soos Christopher.

Jesse se opgewondenheid is aansteeklik. Angie is so bly haar broer het gevind waarna hy met hierdie reis gesoek het.

· · ·

Jakes het Angie weer verras. Hierdie keer is dit nie net vir haar nie, want aangesien dit hul vyf-en-twintigste verjaarsdag is, het hy Jesse ook ingesluit. Saterdagoggend het hy vroeg by die kothuis opgedaag met geskenke en ontbyt vir hulle gemaak. Hy kondig ook aan dat hy vir hulle 'n partytjie met sy vriende gereël het daardie aand na hul wedstryd teen Pays de la Loire, die Franse klubspan.

Jesse se geskenk is 'n Buffels trui met Jesse se nommer twaalf en sy naam op die rug asook 'n getekende rugbybal. Hy het ook 'n foto vir Jesse laat teken wat hulle geneem het toe Jesse en Rayno een keer saam met Jakes-hulle geoefen het en dis ook onderteken deur die hele span.

Angie het ook 'n rugbytrui gekry, maar op hare was Jakes se nommer agt met sy naam op en 'n bos inheemse blomme. Angie het ook twee kleiner geskenke gekry. In een geskenksakkie was 'n foto-album met foto's wat hy van hulle geneem het in Denver en Keystone. Die laaste was 'n klein juweledosie en in dit was verskeie items vir haar armband, wat sy nog elke dag dra.

Angie kyk op om hom te bedank en vind dat hy haar gespanne dophou. Sy glimlag en Jakes glimlag spontaan terug. Dit was haar grootste geskenk.

Spontaan leun Angie oor en soen hom liggies, net om hom te bedank. Dit is nie 'n lang soen nie. Dit is nie eers 'n sensuele of romantiese soen nie. Dit was egter genoeg vir Angie om nog meer te wil hê. Sy neem dit egter nie verder nie. Sy sal sterker moet wees.

· · ·

Die middag woon Angie, Jesse en Rayno die wedstryd by in die truie wat Jakes vir hulle gegee het. Haar senuwees knaag soos gewoonlik wanneer Jakes speel. Haar ergste vrees word bewaarheid toe Jakes 'n bal in die lynstaan op hul eie ingooi vang naby die Franse se doellyn. Hy word ondersteun deur die twee stutte, maar toe neem die Franse die ondersteuning van reg onder Jakes uit en hy val hard op die grond. Die skeidsregter blaas onmiddellik sy fluitjie toe Jakes stil lê.

Angie het opgespring. Sy het nie eers besef sy het haar asem ingehou tot hy opstaan nie. Hy lyk nog wankelrig toe hy sy lyf draai en weer draai, maar dan draf hy tog terug na sy posisie. Angie se bene voel lam en sy gaan sit weer met haar oë nog vasgenael op Jakes en mis die daaropvolgende drie en doelskop.

Sy blaas haar asem uit. Haar senuwees gaan dit nooit hou nie.

Na die afskop om weer die spel te begin na die doelskop, speel Loire die bal wyd. Jakes skiet op in die verdediging toe die senter die bal kry en gryp hom aan die skouer. Die senter sak af en Jakes se arm gly om sy nek. Toe Jakes seker besef wat gebeur laat sak hy sy arm, maar dis reeds te laat. Die skeidsregter het sy fluitjie geblaas en Jakes tien minute koelkas toe gestuur. Jakes se skouers hang. Hy kyk na die skeidsregter, maar Angie is seker Jakes hoor nie 'n woord wat hy sê nie. Hy ken immers die reëls.

Hy lyk moedeloos toe hy langs Michael gaan sit en die spel dophou. Hy neem die botteltjie gegeurde melk by Michael en drink dit met groot slukke. Toe die Franse 'n drie druk, laat sak hy teleurgesteld sy kop en skouers.

Die oomblik toe hy egter op die veld kom, lyk dit asof hy wil opmaak vir daardie tien minute van verlore spel. Hy is oral betrokke, van die losskrums tot agterlynbewegings. Hy steel balle op die grond en voer menige duikslae uit en wen meters veld met die bal in die hand. Dit is pure genot om hom te sien, juis omdat dit lyk asof hy dit geniet. Elke nou en dan sal hy glimlag, iets wat al hoe meer gebeur.

Sy moes geweet het dinge sou verander. Dis onvermydelik. Daardie aantrekkingskrag is nog altyd daar al het hulle dit onder vriendskap probeer verdoesel.

Sedert Rayno en Jesse terug is Denver toe, spandeer Angie en Jakes al hoe meer tyd alleen in mekaar se geselskap. Een keer per week kuier hulle saam met sy vriende, maar die meeste van die tyd wanneer Jakes nie by die stadion is nie, is hulle saam. Soms gaan hulle op uitstappies, woon kunsuitstallings by of gaan eet uit of gaan fliek. Die grootste deel van die tyd spandeer hulle egter die aande by die kothuis wanneer Jakes vir hulle kook. Die tye wat hy wel oefen, skilder Angie.

Toe verras Jakes Angie met 'n besoek aan Kaapstad. Die Buffels het daardie naweek 'n loslootjie en Jakes kon Tom Brady oorreed om hom die Vrydag te verskoon van oefening. Hulle het Donderdag laatmiddag 'n vlug gehaal na Kaapstad waar Jakes 'n motor gehuur het. Dit was reeds donker toe hulle by die hotel aangekom het en hulle het sommer by 'n restaurant daar naby gaan eet.

Angie kon die ligging van die hotel eers die volgende oggend waardeer toe Jakes haar vroeg wakker klop om die sonsopkoms oor die Milnerton Lagoon te gaan besigtig. Al is dit in die stad was dit stil en rustig en talle flaminke op die meer het 'n besondere prentjie geskep.

Toe hulle omdraai om op die strand terug te stap na die hotel, trek Angie haar asem in toe sy die eerste keer die beroemde Tafelberg sien. Die vroeë oggendson verkleur die berg byna donkerpers. Daar is geen wolkie in die lug nie en sy het dus 'n onbelemmerde uitsig. Haar lag borrel oor. Sy dink nie eers daaraan om 'n foto te neem nie, want sy drink net die toneel voor haar in. En toe Jakes se hand aan hare raak, krul hare outomaties om syne.

Dis toe dinge tussen hulle verander het. Daardie eenvoudige aanrakings gebeur al meer gereeld. Hy het haar nog nie weer probeer soen nie, maar die manier wat hy vir haar kyk laat haar besef dat dit net 'n kwessie van tyd is.

Dit word al hoe meer duidelik in die week na hul terugkeer van Kaapstad. Hulle spandeer elke minuut wat hul kan saam. En hulle praat oor so baie dinge wat saak maak. Sy het gedink sy het Jakes geken, maar in hierdie tyd leer sy die man ken wat sy vermoed het skuil agter sy skugterheid.

Vrydagaand is egter die keerpunt. Jakes het haar gevra om hom te vergesel na 'n troue by die stadion. Sy hoef toe nie meer te wonder of dit nie net haar verbeelding is dat dinge verander het nie. Daardie subtiele aanrakings en al die diep gesprekke van die vorige week, het alles tot hierdie oomblik gelei.

Sy kan dit dalk op die romantiese atmosfeer wat deur die verrassingstroue te weeg gebring is, blameer. Tydens die seremonie gly Jakes se hand oor hare. Angie kyk verras op na hom toe sy vingers doelgerig deur hare vleg. Hy vang haar oë vas en hou dit die hele tyd terwyl die paartjie hul beloftes maak. Dit voel amper asof hy vir haar iets wil sê, maar Angie is te bang om te hoop.

Haar vrese keer haar egter nie om die aand te geniet nie. Jakes is 'n bedagsame metgesel wat die meeste van die tyd haar hand vashou. Toe hy haar later in sy arms trek om te dans, voel sy die teerheid van sy omhelsing. En toe hy haar huis toe neem, weet sy dat die soen onvermybaar is. Al het hulle die laaste twee weke nog probeer ontken dat hulle meer as vriende is, het alles opgebou tot hierdie oomblik.

Sy hoef nie lank te wag nie. Die deur het skaars agter Jakes toegegaan, toe keer hy haar toe sy wou wegstap. Sy oë lyk intens toe hy hulle oor haar gesig streel. Sy hand lig en sy vingers volg dieselfde paadjie as sy oë tot hy 'n weerbarstige krul agter haar oor in druk.

Sy stem klink hees toe hy fluister, "Jy is so mooi jy slaan my asem weg."

Angie sukkel om asem te haal toe hy sy ander hand ook lig en beide om haar gesig vou. "Ek kan nie meer baklei nie, Engel. Ek wil nie net meer vriende wees nie. Ek wil meer hê."

Hy soen haar voor sy nog kan vra wat hy bedoel. Enige gedagtes word uit haar gedagtes verban wanneer sy haar oorgee aan die sensasie wat sy aanraking veroorsaak.

Toe hulle opkom om asem te skep, druk Jakes sy kop in haar hare en hou haar styf teen hom vas. Na 'n lang ruk trek hy sy asem diep in sy longe in en lig sy kop. Hy soen haar weer, vinnig, en fluister, "Ons moet gesels, Engel, maar nie vanaand nie. Kom eet Sondagaand by my dan kan ons praat."

Toe Angie instemmend knik, vee hy liggies sy mond oor hare en fluister, "Goeie nag."

Toe die deur agter hom toegaan weet Angie dinge gaan nie weer dieselfde wees nie. Nooit weer nie. Daar is geen manier wat hulle net vriende kan wees nie.

HOOFSTUK 22

Jakes bestudeer sy spanmaats se gesigsuitdrukkings terwyl hulle onder in die tonnel wag om op te draf. Hy het hulle lanklaas so gefokus en gedetermineerd gesien. Dit voel asof iets verander het en dis nie net hy nie. Hy weet wat vir hom verander het, maar hulle het seker hul eie redes.

Toe hulle opdraf, kyk Jakes vlugtig op na waar Angie behoort te sit.

Vandag speel hy vir haar.

Miskien moet hy dit elke keer doen, dink hy toe hulle negentig minute later van die veld stap. Nie net het hulle die Walliese Red Kites met 'n rekord telling verslaan nie, maar hy het ook twee drieë gedruk, een in elke helfte. Beide het na 'n skrum gekom, maar hy moes genoeg doen om die Speler van die Wedstryd toekenning te verdien.

Angie, Chloe en Jaylin praat soos gewoonlik land en sand aanmekaar terwyl hulle wag vir die spelers om by hulle aan te sluit. Toe 'n swaar hand op haar skouer druk, weet Angie dis Jakes. Sy kyk op om hom te groet, maar hy verras haar en seker die res van sy vriende, want 'n vreemde stilte heers toe hy buk en haar soen. Angie hoor skaars die wolwefluite en opmerkings, want sy is te bewus van sy hand wat in haar hare gevleg het en sy mond op hare.

Dis nie eers 'n lang soen nie. Toe Jakes sy kop lig, maak sy haar oë oop. Haar asem raak weg toe hy vir haar glimlag. En asof dit nie vreemd is dat hy haar voor sy vriende soen nie, trek hy die stoel langs haar uit en gaan sit nonchalant.

Eers toe die gesprekke rondom hulle hervat, leun hy nader aan Angie sodat sy die vars aroma van sy stortseep inasem. Sy hand soek hare onder die tafel en dan krul sy mond weer op in daardie skewe manier waaroor sy so mal is. Sy oë vonkel as hy fluister, "Ek het gereken: jy sou my seker gesoen het om my geluk te wens, toe doen ek dit namens jou."

Angie lig haar wenkbroue en terg, "Jy reken?" maar toe sy glimlag verdwyn, lag sy. "Miskien," en is verlig toe die glimlag weer terugkom. Dit is dan daar om te bly vir die res van die aand. Angie mis nie sy vriende se vreemde kyke nie. Vir eens is Jakes openlik wanneer hy haar hand vashou of sy arm om haar lyf sit. Nie net dié aand nie, maar ook die volgende dag tydens 'n braaivleis by Mark Bailey.

Sy was reg, dinge het verander en Jakes is nie skaam om dit te wys nie.

Hy maak vir die derde keer seker alles is perfek. Angie het 'n rukkie gaan lê dus het hy genoeg tyd om alles wat hy beplan het, af te handel. Toe hy alles gedoen het wat hy wou, gaan verklee Jakes in sy swembroek. Wanneer hulle terug kom van toer af, gaan dit dalk te koel wees om dit te doen dus benut hy hierdie laaste warm dae van somer behoorlik.

Hy hou hom besig om die swembad skoon te maak en spring hy vinnig in om af te koel. Hy is al lankal weer droog, maar daar is nog geen teken van Angie nie. Hy oefen weer sy toespraak en ten einde laaste gaan hy weer een laaste keer deur sy voorbereidings.

Toe Jakes na hul terugkeer van Kaapstad hoor van die troue van een van sy vriende, het hy sy besluit geneem. Hy wou ook nie langer wag nie. Hy is moeg van net vriende wees met Angie. Hy dink hy het dit genoeg die laaste week laat deurskemer en toe Angie hom nie weggestoot het nie, het Jakes geweet hy het 'n kans. Hy moet dus daardie kans benut en dit nou doen, voor hulle op toer vertrek.

Toe hy niks meer het om hom besig te hou nie, gaan hy binne toe om te verklee. By die trap huiwer hy egter en in plaas van na sy kamer toe gaan, loer hy by die gastekamer in. Angie is nog vas aan die slaap. Hy stap nader aan die bed om haar net so rukkie langer dop te hou sonder dat sy bewus is. Sy hart klem saam toe hy haar beskou. Sy lyk so mooi met haar donker hare wat oor die spierwit kussing gesprei is. Die kortbroek wat sy dra en die hemp met dun bandjies, stel die sonbruin bloot wat sy gekry het sedert haar aankoms in Suid-Afrika.

Hy weet hy speel met vuur, maar hy kan dit nie weerstaan nie. Hy kry dit nie oor sy hart om haar wakker te maak nie, maar kan ook nie loop nie. Hy gaan lê naby genoeg aan haar sodat haar hitte na hom deurslaan.

Angie gee 'n sagte suggie en dan fladder haar oë oop. Hulle oë ontmoet en hou mekaar s'n gevange. Dit voel asof die tyd stilstaan en dan fluister Angie sy naam en glimlag. Haar hand lig en sy lê dit teen sy wang.

Jakes voel onmiddellik sy liggaam se reaksie wat haar nabyheid veroorsaak. Jakes lê doodstil, te bang om te beweeg toe Angie se hand oor sy wang streel, dan oor sy nek en skouers en sy bors en Jakes moet swaar sluk. Hy het nooit gedink hy sal iemand so liefkry soos hy haar het nie. Hy het nooit gedink hy sal iemand begeer met soveel intensiteit as wat hy op hierdie oomblik doen nie.

Sy breek oogkontak sodat haar oë haar hand se beweging kan volg. Wat beplan sy? Weet sy wat sy aan hom doen?

Toe haar hand nog verder af beweeg, oor sy maag, weet Jakes hy moet iets doen. Sy kakebeen span so styf dat dit seermaak soos hy probeer om homself in te hou en nie te doen wat hy so graag wil doen nie. Toe haar vingers verder wou streel, sit Jakes sy hand vinnig oor hare en hou dit. Haar oë lig om syne te ontmoet toe hy heserig haar naam sê, "Angie, weet jy wat jy doen?"

"Doen ek dit reg?" vra sy ondeund.

Jakes grom, "As jy wil hê ons moet nou liefde maak, dan doen jy dit perfek."

Angie glimlag. "Dis presies wat ek wil hê."

Sy druk sy hand op hare weg en haar vingers fladder weer oor sy maag, al laer tot teen die band van sy swembroek. Jakes kreun, maar dit word ingesluk toe Angie oorleun en hom soen. Haar reaksie verbaas hom, maar hel, hy gaan nie kla nie. Toe haar tong binne sy mond inglip, is Jakes verlore. Hoe kan hy nee sê as hy dit net soveel wil hê soos sy?

Dit voel asof hy nie kan asemhaal nie. Hy is nog steeds nie seker of dit die regte ding is om te doen nie, maar as Angie hom so aanraak kan hy nie helder dink nie. Miskien het Angie aangevoel dat hy nog onseker is, want sy skuif nader. Haar been gly oor syne en skuur teen sy ereksie. Haar lippe fladder oor sy nek, haar tong proe oor sy kakebeen tot by sy mond. Sonder voorbehoud glip haar tong weer in sy mond.

Hy gaan haar nie kan weerstaan nie. Nie nou nie en miskien nooit nie.

Hy kry darem nog reg om vir oulaas logies te dink toe hy teen haar mond mompel, "Net as jy seker is, Engel. Anders moet jy nou stop, terwyl ek nog kan."

Angie se oë flits op na hom. Net voor sy weer sy lippe ontmoet, fluister sy, "Ek is seker, Jakes."

Al is Angie dalk 'n maagd, reageer beide op instink. Hul hande en monde gaan op 'n ontdekkingstog van die ander se liggaam. In die proses om van hul klere ontslae te raak, leer hulle mekaar ken. Toe Jakes uiteindelik in Angie ingly, voel dit asof hy tuiskom. Hul oë hou mekaar s'n gevange, verlore in die boodskap wat hulle in die ander een se oë en aanraking kan lees.

As dit 'n spel was, het Jakes verloor nog voor hy begin het. Hy moes dit geweet het. En as hy kon, sou hy gestop het, maar daardie tyd is lank reeds verby. Hoe kan hy, as Angie so spontaan reageer in sy arms? Hy kan mos nie as haar perfekte naakte liggaam so natuurlik teen syne beweeg asof hul dit hoeveel keer al gedoen het nie. Hy sou beslis nie kon toe hy die mees intense orgasme ervaar wat hy ooit in sy lewe gehad het nie.

En hy weet hoekom.

Dit is hoe dit voel om liefde te maak met die vrou wat jy bemin bo alles in die wêreld.

Toe Angie wakker word en Jakes langs haar lê het sy geweet dis die oomblik. Sy het al lankal geweet dat dit hierheen gaan lei, maar net nie geweet wanneer nie. Sy het lankal ook geweet dat as sy haar maagdelikheid gaan verloor, gaan dit net aan een man wees.

Jakes se onsekerheid is egter duidelik toe hy besef wat sy wil hê. As sy wil hê hy moet met haar liefde maak, moet sy die leiding neem. En dis wat sy doen. Sy voel sy liggaamsreaksie in elke soen, elke aanraking. Nie een van hulle sê die woorde nie, maar hy hoef nie. Angie weet hy het haar lief. Sy sien dit in sy oë wanneer hy haar syne maak, sag, teer, bewus dat dit haar eerste keer is en hy haar nie seer maak nie.

Hulle liggame ontplof in 'n orgasme so intens dat dit Angie se asem skoon wegslaan. Jakes druk sy kop in haar nek. Sy voel sy hortende asemhaling teen haar vel, maar dan kreun hy en rol van haar weg.

Haar asemhaling is nog onegalig en eers toe sy dit onder beheer het, maak sy haar oë oop en kyk na Jakes.

Hy lê op sy rug met sy hand oor sy oë. Spanning rol van hom af. Dis duidelik in die manier wat hy sy kakebeen vasklem. 'n Skielike vrees pak Angie beet. Sy voel hoe Jakes onttrek nog voordat hy sy mond oopmaak.

Jakes sukkel om sy asem terug te kry. Nee, nie net sy asem nie. Sy hele wêreld is op sy kop omgekeer. Hy kan nie eers probeer om sy emosies te beheer nie.

Om liefde te maak met Angie was die mees ongelooflike ervaring van sy lewe. Hy sou wat wou gee om dit weer te doen, maar dit was 'n fout. 'n Kolossale fout.

Dis nie hoe hy dit beplan het nie. Hy moes in beheer gebly het en dit op die regte manier gedoen het. Al wat hy moes gedoen het was om op die volgende paar weke te fokus. Hy het egter toegelaat dat 'n vrou so diep onder sy vel en hart inkruip, dat hy sig verloor het van die groter prentjie.

Hy het skoon vergeet van sy belofte aan sy vriende en sy span. Hy het hulle almal in die steek gelaat. Meer nog, hy het Angie in die steek gelaat. Dis nie hoe dit moes gebeur het nie. Sy verdien die romanse en al die dinge wat hy so fyn beplan het.

"Jakes."

Haar stem is slegs 'n fluistering. Jakes hoor dit, maar hy kan nie na haar kyk nie. Sy kan nie aan hom raak nie. As sy gaan, sal hy haar nie kan wegstoot nie. Nie noudat hy 'n proesel gehad het hoe dit is om Angie lief te hê nie. Hy het dit voorheen geproe, maar noudat hy haar intiem leer ken het, sal hy haar nie weer kan weerstaan nie.

Dis tog net tot na die finaal in Julie? Hy moet net uithou.

Paniekbevange spring hy op toe die lakens langs hom ritsel. Hy gryp sy swembroek wat iewers langs die bed beland het en pluk dit aan sonder om na Angie te kyk. Eers toe hy weer betaamlik is, draai hy om om na Angie te kyk. Gelukkig het sy die laken oor haar getrek. Sy sit regop, haar oë groot. Sy is duidelik bekommerd oor hom wat hom net nog erger laat voel.

Sy stem klink grof en kortaf toe hy pleit, "Ek is jammer. Dit was 'n fout. Ek moes nie ... Trek asseblief aan."

Hy swaai om, maar nie vinnig genoeg nie. Angie se gesig is wasbleek en trane blink in haar oë. Hy weet sy verstaan nie nou nie, maar hy sal verduidelik as sy eers aangetrek het. Hy moet egter nou uit die kamer kom terwyl hy nog kan. Hy sal nie hier kan bly en 'n sinvolle gesprek hê as hy weet sy het niks aan onder daardie laken nie. Dit is alreeds so 'n versoeking om terug te klim in die bed en dit weer te doen. En weer. Hy sal nie kan stop nie.

Jakes storm die kamer uit en op met die trappe na sy eie kamer om te gaan verklee. Toe hy klaar is, maak hy seker hy het alles wat hy nodig het voordat hy vir Angie op die veranda gaan wag. Hy het ruimte nodig om te dink hoe om dinge reg te maak. Hy hoop dat hy 'n antwoord sal hê teen die tyd dat sy by hom aansluit.

Sy vingers speel met die juweledosie in sy sak terwyl hy heen en weer stap en dink aan 'n plan.

Dit voel asof haar hart in 'n duisend stukkies spat. Sy het dit nie verwag nie. Jakes se skielike gemoedsverandering so kort nadat hulle liefde gemaak het, maak seer.

Wat het sy verkeerd gedoen? Sy skud haar kop. Sy gaan nie alles op haarself neem nie. Jakes was net so betrokke soos sy. Sy is siek en sat om te dink dat alles haar skuld is.

Meer nog. Sy is moeg daarvoor dat Jakes warm en koud speel met haar gevoelens. Dis mos nie die eerste keer nie. Wanneer gaan sy haar les leer? Sy moes nooit na haar hart geluister het nie.

Vies gooi Angie die laken van haar af en staan op. Teen die tyd dat sy aangetrek het en haar sak opgespoor het, is sy kwaad. Sy is kwaad vir haarself en sy is kwaad vir Jakes. Ten minste laat haar woede nie haar toe om by Jakes te gaan pleit nie. Sy weier. Sy verlaat sy huis sonder om Jakes weer te sien.

Sy kyk nie terug toe sy aanstorm na die kompleks se sekuriteitshekke nie. Sy soek na haar foon in haar sak om 'n huurmotor te bel toe sy 'n motor agter haar hoor aankom.

Asseblief, moenie dat dit Jakes wees nie.

Die aanvanklike woede het nou plek gemaak vir hartseer. Sy is baie na aan trane en sy wil nie hê Jakes moet haar so sien nie. Toe iemand haar naam roep, is dit egter nie Jakes nie, maar Melissa. Angie stop en draai onwillig na die motor.

Melissa het haar venster oopgemaak en is duidelik bekommerd toe sy Angie beskou, "Is jy oukei?"

Angie skud haar kop, onbewus van die trane wat oor haar wange loop.

"Waarheen gaan jy?" vra Melissa. "Ek kan jou neem."

Angie trek haar skouers op. "Ek weet nie. Ek wil nie kothuis toe gaan nie. Hy sal my daar kom soek."

"Wie? Jakes?" vra Melissa verbaas.

Angie knik. "Ja, ek wil hom nie sien nie. Kan jy my na 'n hotel neem?"

"Kom klim in."

Dankbaar haas Angie haar na die passasierskant en klim in. Sy loer na Melissa toe sy haar sitplekgordel vasgemaak het. Melissa vra egter nie 'n verduideliking nie en bied net aan, "Jy kan by my bly. Ek sal vir niemand sê jy is daar nie. Ek dink egter jy moet Rayno se familie laat weet dat jy veilig is."

"Hulle is weg vir die naweek. Ek sal vir Jesse laat weet sodra ek my vlug verander het. Ek wil huis toe gaan."

"Is jy seker?" probeer Melissa nog. "Is dit nie te drasties nie. Miskien kan julle dinge nog regmaak?"

Angie skud haar kop beslis, "Nee, nie dié keer nie. Ek is klaar. Hierdie keer het hy my te veel seer gemaak."

Hy het gesukkel om die regte woorde te vind om vir Angie te verduidelik hoekom hy so opgetree het. Toe hy gereed voel, kyk hy na sy horlosie en trek sy asem geskok in. Hy het nie besef hoe lank tyd verloop het sedert hy haar in die kamer gelos het nie. Miskien het sy weer aan die slaap geraak.

Vrees pak hom skielik beet en hy haas hom na die gastekamer.

Daar is egter geen teken van Angie in die kamer of êrens

anders in die huis nie. Jakes gaan soek sy foon en bel haar, maar sy antwoord nie. Hy stuur 'n teksboodskap al weet hy dit gaan nie help nie. Angie gaan nie op sy boodskappe reageer nie.

Paniek neem van hom besit. Hy probeer weer vir Angie bel, dan Rayno se ma en weer vir Angie, maar hy kry nêrens antwoord nie. Miskien is Angie nog iewers op die landgoed? Skielik hoopvol gryp hy sy sleutels en vir die volgende uur ry hy heen en weer, maar daar is geen teken van haar nie.

Terug by die huis probeer hy weer Rayno se ma bel toe hy nog steeds geen reaksie van Angie kry nie. Sy verligting toe sy antwoord verander in volslae paniek toe sy sê dat hulle nie by die huis is nie. Jakes ry dadelik na die kothuis toe. Al die ligte is af en dis doodstil. Hy wag bykans twee ure, maar Angie daag nie op nie. Tensy sy daar is en nie met hom wil praat nie?

Uit desperaatheid bel hy die nabygeleë hospitale en polisiestasies, maar hy het daar ook nie enige sukses nie.

Hy het nog net een opsie. Daar is een persoon met wie Angie sal praat, wat sal weet waar sy moontlik is. Jakes skakel Jesse se nommer. Jesse antwoord dadelik. Jakes weet egter nie wat om te sê nie. Hy wil nou nie vir Jesse die skrik op die lyf jaag om te sê Angie het verdwyn nie.

Hy hoef hom egter nie daaroor te bekommer nie. Hy hoef nie 'n woord te sê nie. Soos Jakes vermoed het, het Angie vir Jesse gekontak. Jakes kan Jesse nie blameer toe Jesse woedend skree, "Wat de hel het jy nou weer aangevang? Wat dit ook al is, jy kan bly wees ek is nie naby nie. Ek kan jou vermoor omdat jy my suster weer seer gemaak het. Sy is veilig, maar dis nie te danke aan jou nie. Sy wil jou nie weer sien nie."

"Jesse, asseblief," pleit Jakes. "Ek weet ek het droog

gemaak. Ek moet haar sien. Ek moet verduidelik en dinge regmaak."

"Jakes ...," val Jesse hom in die rede. Jakes se pleitrede sterf weg. Toe Jesse aangaan, klink hy bitter. "Los haar net uit. Ek moes nooit vir haar gevra het om saam met my Suid-Afrika toe te gaan nie. Ek moes nie eers vir haar daardie brief gegee het nie, want dan sou sy nie bly hoop het nie."

"Watter brief?" vra Jakes verward.

"Die een wat ek in die snippermandjie in jou kamer in Keystone gekry het. Die een wat jy haar vertel het hoe lief jy haar het. Het jy, Jakes? Het jy vir haar self gesê dat jy haar lief het?"

Jakes sug, "Nee, maar ..."

"Geen maars nie. Los Angie uit. Jy het haar seer genoeg gemaak. Ek glo jou nie meer nie. Ek glo nie dat jy haar lief het nie. Ek dink nie jy weet eers wat liefde is nie anders sou jy haar nie so seermaak soos jy doen nie."

Jakes weet nie wat om te sê nie. Hy het in elk geval nie 'n kans nie aangesien Jesse reeds kontak verbreek het.

Dalk was Jesse reg. Jakes het dit mos van die begin af geweet. Hy het mos vir Angie se broers vertel hy is nie goeie verhoudings materiaal nie. Hy is nie geskik vir enige vrou nie, maar veral nie vir Angie nie.

Jesse is egter oor een ding verkeerd.

Hy weet wat liefde is. En dit maak seer.

Vir die volgende agt-en-veertig uur is Angie dankbaar vir die vriendskap wat sy met Melissa gevorm het. As dit nie daarvoor was nie, sou sy nooit deur die nag gekom het nie. Melissa gee haar 'n skouer om op te huil. En toe sy klaar gehuil het, verander Angie haar vlug, hierdie keer na New

York aangesien die Atlanta vlug vol is. 'n Paar dae in New York sal haar tyd gee om oor haar toekoms te besin. By die huis gaan haar familie haar versmoor met liefde en besorgdheid.

Melissa het ook gehelp dat Angie op hoogte is van Jakes se bewegings Maandagoggend sodat sy haar besittings kan gaan pak sonder om in hom vas te loop. Sy was terug by Melissa se woonstel voor die span se oefensessie verby is.

Sy stort en knibbel aan 'n toebroodjie, maar sy voel nog steeds op haar senuwees dat Jakes op een of ander manier sal uitvind sy is by Melissa. Toe sy dit nie langer kan uithou nie, bel sy 'n huurmotor om haar lughawe toe te neem. Gelukkig kan sy reeds inteken vir haar vlug. Sy gaan dadelik deur sekuriteit en paspoort kontrole waar sy die veiligheid van die lugdiens se sitkamer gaan opsoek.

Sy voel toe eers veilig genoeg in 'n donker hoekie om die trane te laat vloei.

HOOFSTUK 23

Hy weet nie hoe hy die vorige aand by die huis gekom het na hy met Jesse gepraat het nie. Hy kon nie slaap nie en het ure in die huis rondgedwaal in die hoop dat Angie hom tog sal kontak.

Later het hy op die bed in die gastekamer gaan lê. Die sagte reuk van Angie se parfuum het nog aan die een kussing geklou. Jakes het die kussing styf vasgehou en die vae reuk ingeasem. Hy kon egter nie slaap nie. Sy gedagtes is te besig. Hy probeer uitwerk hoe anders hy dinge kon gedoen het. Hy sal aanhou probeer om Angie te kry sodat hy die kans het om te kan verduidelik.

Toe hy by die stadion aankom vir die vroeë oefening, weet hy dat hy sleg lyk. Sy bewegings is stadig en moeg en hy mors elke liewe beweging op. Coach Brady skree op hom, maar selfs dit help Jakes nie om homself reg te ruk nie.

Elke kans wat hy kry tussen oefening en span sessies, probeer hy Angie bel, maar hy het nog steeds nie enige geluk nie. Middagete ry hy na Rayno se huis, maar die kothuis is verlate. Die middag gee sy vriende en die afrigters hom bekommerde kyke, maar Jakes ignoreer hulle.

Nege-uur daardie aand weet Jakes dat hy hierdie keer te veel opgemors het. Toe hy weer Angie se nommer skakel, gaan dit direk na die stem boodskap, *"The subscriber you have dialed is not available."*

Toe André Jakes die volgende oggend konfronteer oor sy voorkoms, antwoord hy net, "Angie is weg. En nee, ek wil nie daaroor praat nie."

André het hul ander vriende ingelig dat Angie weg is, maar niemand vra hom gelukkig uit oor wat gebeur het nie.

Die res van die week gaan in 'n waas verby. Jakes kan nie onthou hoe hulle in Glasgow gekom het vir hulle eerste wedstryd op toer teen die Royal Blues nie. Sy hart was net nie in die spel nie. Vir die eerste paar dae kon hy nog haar doen en late volg op sosiale media. Dis hoe hy weet dat sy terug is in Amerika. Vrydagaand verloor hy ook daardie kontak toe Angie hom op al haar sosiale media geblok het.

Sy het al voorheen tyd op haar eie deurgebring, maar sy het nog nooit so alleen gevoel soos daardie paar dae in New York nie. Sy het powere pogings aangewend om meer van die stad te sien, maar het op die einde die meeste van haar tyd in die kunsgalerye deurgebring. Dis in een van die galerye waar die eienaar seker jammer gevoel het vir haar en haar genooi het om saam met haar koffie te drink. Sy het Angie baie uitgevra en toe sy hoor dat Angie self skilder, het sy haar genooi om van haar skilderye te bring na Angie vir haar foto's gewys het.

Angie het geen verwagtings gehad toe sy die volgende oggend na die galery terugkeer nie. Sy het 'n paar skilderye klaar gemaak in Suid-Afrika en neem dit saam. Die skilderye was nie groot nie en aangesien hulle nie geraam is nie, het die doeke maklik in haar tas gepas. Sy was verniet bekommerd. Candice, die eienares was mal oor hulle en het Angie uitgenooi om in haar galery te kom uitstal as deel van 'n Jong Kunstenaars-uitstalling wat sy vir Junie en Julie beplan. Toe Angie New York verlaat, het sy 'n getekende kontrak in haar hand gehad.

Vir die eerste keer sedert sy Suid-Afrika verlaat het, het sy rede om oor iets te glimlag. Dit was egter nie al nie.

Angie het twee skilderye in Suid-Afrika gelos. Die een was vir Rayno se ma om haar te bedank vir haar gasvryheid. Die ander een was van Jakes. Sy het dit by Rayno-hulle se huis gelos en vir sy ma 'n boodskap gelos om die skildery, wat sy "The Raging Buffalo" gedoop het, vir Jakes te gee na hulle teruggekom het van hul oorsese toer.

Angie was onbewus daarvan dat Rayno se ma Jakes se skildery by die stadion afgelewer het aangesien hulle op 'n oorsese toer gaan en nie daar sal wees as Jakes terugkom nie. Sy is daarom heel verbaas toe sy 'n week na haar terugkeer 'n oproep ontvang van Nicholas Carter, die voorsitter en eienaar van die Buffels. Nicholas het blykbaar die skildery van Jakes in Rachel, die spelers se sekretaresse, se kantoor gesien. Angie se verbasing verander in skok en dan blydskap toe hy haar vra of sy soortgelyke skilderye kan maak van die Buffels se eerste twee kapteins. Angie sou dom wees om nee te sê. Gelukkig was sy nie en het gretig die aanbod aanvaar. Sy het mos vir beide Damien en Daniel Cooper ontmoet en sy kan nie wag om daarmee te begin nie.

Sy het egter genoeg om te doen terwyl sy wag vir die kontrak en die dimensies wat Nicholas verlang. Sy moet nog die skildery van Rick klaarmaak. Dis nou nie naak soos sy gedink het hy sou wou gehad het nie, maar hy is nog steeds sonder 'n hemp. Rick was spesifiek oor wat hy wou gehad het en het vir haar verskeie foto's gestuur om die regte keuse te maak. Dis nou nie een van haar moeilikste opdragte nie. Rick Walters mag dalk nie haar hart warm laat klop nie, maar hy is 'n aantreklike model.

Angie het nooit vir enige van haar familie vertel wat werklik daardie laaste dag gebeur het voor haar terugkeer na Amerika toe nie. Sy het genoeg tyd gehad om te dink. Sy kan nie vir Jakes alleen blameer nie. Sy was die een wat alles geïnisieer het.

Sou sy dalk dinge anders gedoen het? Miskien. Hulle sou tien teen een nog steeds liefde gemaak het, want dis wat sy wou gehad het. Sy is nie spyt dat dit Jakes was wat haar, haar maagdelikheid ontneem het nie. Sy het hom lief. Sy is egter spyt dat sy hom nie toe gekonfronteer het en gevra het hoekom hy hom weer onttrek het nie. Sy het, soos haar gewoonte was, konfrontasie vermy en gevlug. Nou bly sy wonder en wonder of sy nie dinge anders moes hanteer het nie.

Dis egter te laat. Sy het reeds te lank gesloer om hom te kontak. En al het sy, sou die uiteinde nie dieselfde gewees het nie? Sou hy haar nie weer verwerp het nie?

Sy sal egter nie nou weet nie. Miskien eendag ...

Sy doen dus wat sy die beste doen en sit alles in haar werk in. Haar familie het eers geprotesteer toe sy twee weke na haar terugkeer aangekondig het dat sy by die berghut gaan skilder. Hulle wou nie gehad het dat sy alleen daar moes wees nie. Angie het egter aangedring. Die ateljee in Keystone is heelwat groter en sy het spasie nodig om die groot skilderye vir die Buffels te maak. Uiteindelik was dit Jesse wat hulle oortuig het om Angie uit te los.

Jesse en Rayno het Angie selfs gehelp om Keystone toe te

trek en haar ateljee in te rig. Sedertdien was sy baie produk-tief. Sy het vier skilderye vir die galery in New York voltooi. Nicholas was baie opgewonde oor die voorlopige sketse wat sy vir hom gestuur het en het vir haar laat weet dat sy enige van die sketse kan gebruik. Hulle is almal perfek. Die skildery van Damien Cooper is feitlik klaar en Angie is baie gelukkig daarmee.

Die vorige dag het Jonathan en Claire laat weet dat hulle 'n paar dae af het en Vrydagaand kom kuier. Die ander twee aande gaan hulle by 'n romantiese spa hier naby deurbring. Angie sou verkies het om alleen te wees, maar sy het nie 'n keuse nie. Dis net vir een aand en miskien sal hul teenwoordigheid help sodat sy nie so baie aan Jakes dink nie. Sy is moeg om haarself elke aand aan die slaap te huil.

As sy skilder is dit anders, maar in die nag, wanneer sy alleen is, het sy te veel tyd om te dink en te onthou.

Vir die eerste keer in sy lewe haat Jakes dit om op toer te wees. Dit voel soos die toer van hel.

Eerste wedstryde op toer is gewoonlik moeilik. In die eerste helfte van hul wedstryd teen die Skotte sukkel hulle veral. Die veld is sagter as waaraan hulle gewoond is. Dit pla Jakes egter nie, want hy speel nie. *Coach* het hom op die bank gesit.

Hul tweede wedstryd is teen die Greyhounds in Limerick. Dit is koud, mislik en die veld modderig van die reën wat die laaste twee dae geval het. Dit plaas 'n verdere demper op die span. Hulle kry nie hul ritme nie en die humeure vlam hoog. Soos die vorige week gee hulle gans en al te veel strafskoppe weg. Die Iere straf hulle deur ses van daardie strafskoppe in punte te omskep en gee die Buffels 'n deeglike loesing. Jakes het dit verwag.

Jakes speel weer nie teen die Bulldogs in Worcester nie. Hierdie keer het hy 'n verkoue. Vir die eerste keer op toer slaag die Buffels om te wen, en boonop met 'n bonuspunt. Dit is Jakes se teken dat as hy nie speel nie en hulle wen, hy die een is wat die span beduiwel.

Uiteindelik breek die laaste wedstryd op toer aan. Hulle reis oor die Engelse Kanaal om teen Pays de la Loire in Nantes te speel. Jakes speel, maar hy sukkel. Hy is moeg en beweeg stadig en weet dit is omdat hy nie goed slaap nie. Hulle is agter en dit is alreeds laat in die tweede helfte. Hy buk, sit sy hande op sy knieë en neem diep asemteue. Sy bors brand en so ook elke ander spier in sy lyf. Hy lig sy kop moeg op en kyk na sy spanmaats. Hulle lyk nie veel anders as hy nie.

Die frustrasie loop hoog toe die Franse 'n drie druk en verdoel. Hulle het nie meer veel tyd nie. Met die afskop spring Richie hoog en klap die bal terug na die voorspelers. Die bal beweeg deur etlike hande voor Jakes dit kry. Hy maak oop vir die doellyn, maar kyk links om te sien of daar iemand is na wie hy die bal kan uitgee. Voordat hy regs kan kyk, tref 'n massiewe liggaam hom van daardie kant af. Jakes val, met die volle gewig van die Franse nommer agt op hom.

Toe hy die grond tref, hoor Jakes 'n duidelike klapgeluid. Dit klink oorverdowend in sy ore. 'n Skerp, ondraaglike pyn skiet deur sy skouer en arm. Sy opponent moes dit ook gehoor het, want hy rol dadelik van Jakes af en probeer nog sy liggaam as 'n skild gebruik sodat die voorspelers wat gereed maak om in die losskrum te duik, nie op Jakes val nie. Terselfdertyd skree hy vir die skeidsregter wat skril sy fluitjie blaas.

Hy het al baie beserings gehad. Niemand hoef dus vir

Jakes te vertel dat sy sleutelbeen gebreek is nie. Hy lê stil, te bang om te beweeg, want as hy gaan, gaan die pyn ondraaglik wees.

Hy maak sy oë oop toe Peter Sinclair en Michael langs hom praat. Die jong dokter probeer Jakes gemaklik hou. Michael het hom later vertel dat hy net gemompel het dat dit sy sleutelbeen is. Jakes het geweet dis gebreek. Hy het ook geweet dat daar 'n goeie kans is dat sy deelname aan die kompetisie bes moontlik so pas geëindig het. Hy sou so graag tot die einde wou gespeel het.

Jakes word flou toe hulle hom oorlaai op die draagbaar. Hy kom vaagweg by toe die medici die draagbaar in die rigting van die tonnel stoot. Sy spanmaats wens hom een vir een met 'n hand op sy been sterkte toe en hy hoor vaagweg die skare se applous, maar dis al.

Hy was bewus van stemme rondom hom en 'n naald in sy arm, maar gelukkig het die verdowende effek van morfien toe oorgeneem. In een of ander stadium moes hulle X-strale geneem het wat sy eie vermoede bevestig het.

Die vlug Suid-Afrika toe daardie Sondagaand is iets wat Jakes nooit weer wil herhaal nie. Nie eers die kwaai verdowing en dok Sinclair se behandeling het gehelp nie. Hy was ongemaklik. Teen daardie tyd het hy gehoor dat hulle verloor het en hy blameer homself van voor af. As hy nie die eed verbreek het nie, sou hulle nie verloor het nie. Na Jakes se besering was daar nie genoeg tyd vir die Buffels om terug te kom in die wedstryd nie. Hulle het met negentien punte teen twaalf verloor.

Dok Montgomery, die senior spandokter, het reeds al die reëlings getref teen die tyd dat hulle in Johannesburg land. Onder Dok Sinclair se toesig word Jakes direk na die hospitaal in Pretoria geneem. Hy onthou vaagweg dat sy ma daar is. Hy is hewig onder verdowing en is skaars bewus van die hospitaal klanke en stemme rondom hom. Toe hy daardie middag wakker word, voel Jakes lomerig hoe die bed beweeg, maar hy kan nie sy oë oopmaak nie. 'n Masker gly oor sy gesig en dan word dit weer donker.

Die volgende keer wat hy wakker is, is sy ma langs sy bed. Sy lyk moeg, maar sy glimlag verlig. Jakes vind eers heelwat later uit dat hy 'n operasie ondergaan het waartydens 'n metaal pen in sy skouer gesit is om die twee helftes van sy sleutelbeen bymekaar te hou. Jakes weet wat dit beteken. Hy sal enigiets van ses tot agt weke moet wag voor hy met rehabilitasie op sy skouer kan begin. Hy het 'n vae hoop om nog in die Driehoekige reeks en die Wêreldbeker te speel, maar hy gaan dit fyn sny.

Sy vriende is in en uit by die hospitaal om hom te besoek wanneer hulle 'n af tyd kry tot daardie Vrydag wat Jakes die hospitaal verlaat. Sy familie het aangedring dat hy plaas toe gaan, maar Jakes weet dit sal hom gek maak om daar te sit en niks te doen nie. Hy verkies dit om in Pretoria te bly. Hy sal met sy vriende se hulp regkom.

Die eerste wedstryd na die toer was teen die Royal Blues in die tweede rondte van die toernooi. Jakes sit in die spelers hokkie en hou die wedstryd dop. Dit lyk asof die Buffels bly is om weer by die huis te wees na 'n maand lank weg. Hierdie keer gee hulle die Royal Blues 'n deeglike loesing en teken ses drieë aan wat lei tot 'n reuse 51-11 oorwinning.

Jakes voel miserabel. Hy moes gelukkig gewees het sy span het gewen, maar dis nie die punt nie. Daardie oortuigende oorwinning het hom net weer bewys hoe hy opgemors het deur liefde te maak met Angie. Ten minste gaan hy die res van die kompetisie dalk uit wees. Hy sal nie sy span kan beduiwel nie.

Na die wedstryd drentel hy na die Final Whistle waar hy belowe het om sy vriende te ontmoet. Hy weet nie eers hoekom hy gaan nie. Met die medikasie wat hy op is, kan hy nie eers iets drink nie. Toe die ander vrouens instap 'n rukkie na hom, tref dit Jakes soos 'n vuishou dat Angie nie meer daar is nie. Hulle maak dit erger toe hulle hom ignoreer asof hy nie bestaan nie.

Toe sy spanmaats later opdaag is hulle in 'n goeie bui. Hulle probeer Jakes by die geselskap betrek, maar sy hart is nie in dit nie. Hy voel nog meer geïsoleerd toe Daniel, Mark en André saggies onder mekaar praat. Daniel en Mark stap weg, maar André kom sit weer langs Jakes.

Die besef dring dan tot Jakes deur. Hy het Angie opgegee. Hy het haar weggestoot ter wille van sy span en nou is dit alles verniet. Sy spanmaats gaan aan met hul lewens en hy het niks. Hy het nie rugby om hom besig te hou nie. Meer nog, hy het nie vir Angie nie. Jakes sug en laat sak sy kop in sy hand.

Hy kyk op toe hy 'n hand op sy gesonde skouer voel. Daniel kyk nie vir Jakes toe hy aankondig nie, "Dames, sal julle ons asseblief verskoon?"

Die vrouens is net so verward soos Jakes toe hy Daniel volg. Jakes weet nie wat om te verwag toe Daniel hom in 'n stoel druk aan die voet van die tafel in die konferensie-kamer nie. Die hele span is daar. Die senior spelers, behalwe Ryan, sit om die tafel en die res staan 'n halwe sirkel agter hulle.

Jakes kyk na Daniel toe hy sê, "Broer, ons wil net vir jou sê hoe jammer ons is oor jou besering. Ons het jou vandag op die veld gemis. Ons hoop regtig jy herstel vinnig."

Jakes hou nie daarvan om al die aandag op hom te hê nie en bloos ongemaklik, meer uit verleentheid oor sy vroeëre gedagtes. Hy moes geweet het dat sy span hom nie sal wegstoot nie.

Die ander beaam Daniel se woorde. Voordat Jakes kon antwoord, gaan Daniel voort, "Hierdie is egter nie oor die span of jou rugby nie. Ons is lief vir jou, Broer, maar ons kan nie meer jou gekekkel hanteer nie. Die laaste paar weke het jy ons ore van ons kop af gepraat."

Daniel is duidelik sarkasties. Jakes frons en wys Daniel 'n middelvinger wat 'n lagbui van die ander spelers ontlok. Dit sterf egter weg toe Daniel ernstig sê, "Jakes, jy is ons span-maat, ons broer, ons vriend. Ons is besorg oor jou. Ons kan nie toesien dat jy langer so treur nie. Praat met ons."

Jakes bloos ongemaklik. Sy oë gly oor die gesigte om hom. Al wat hy sien is empatie. Dit is tyd om te bely. Hy maak sy keel skoon en sê, "Ouens, ek is jammer. Ek moet om versko-ning vra."

Hy voel die hitte in sy gesig opstoot. Hy kan nie hulle in die oë kyk nie. Verleë kyk hy af na sy hande en mompel, "Ek het opgemors en amper die span gekos. Ek het probeer, maar ..."

Hy haal diep asem en erken, "Ouens, ek is jammer. Ek het ons eed verbreek."

In plaas van kwaad wees vir hom, hoor Jakes verbaas hoe hulle vir hom hande klap. Hulle lyk almal erg geamuseerd en hy vra verward, "Is julle dan nie kwaad nie? Ek bedoel ... Ons kon verloor het."

Mark glimlag. "My ou, jy is die enigste een wat verloor het." Jakes weet hy is reg.

Daniel kyk beurtelings na die ander spelers, "Ek is seker jy is nie die enigste een nie, of hoe, Rick?"

Rick lag net, maar hy antwoord nie. Almal het immers verwag hy sou die eerste wees om die eed te verbreek. Daniel draai terug na Jakes en sê ernstig, "Jakes, ons ken jou. Jy kry swaar sedert Angie weg is. Ons wil jou graag iets gee as 'n bewys van ons ondersteuning."

Ryan, wat agter Jakes gestaan het, plaas 'n standaard A4-grote koevert voor Jakes. Jakes kyk eers na die ander en dan neem hy huiwerig die koevert en haal die papiere uit. Heel bo op is sy eed, maar oor dit het iemand in duidelike letters geskryf, "Gekanselleer." Jakes se mondhoek trek op toe hy dit sien.

Onder dit is 'n kleiner koevert. Sy hart mis 'n slag toe hy 'n foto van hom en Angie uithaal. Sy vingers vee liggies oor dit en hy moet swaar sluk. Richie moes dit geneem het die dag toe hulle by Mark gebraai het en voor hy alles verbrou het.

Jakes staan agter Angie met sy arms om haar. Hy het oorgebuig en haar teen die wang gesoen.

Hy onthou dit duidelik. Hy kon nie help nie, want sy het teen hom geleun. Hy wou net iets vir haar sê, maar toe lig sy haar wang in 'n uitnodiging en hy het dit aanvaar. Net so. As Jakes nou na die foto kyk, voel dit asof sy gemoed lig. Met Angie se gelaatstrekke sag in 'n glimlag, die manier wat haar hande op syne rus: Jakes is oortuig sy het hom ook lief. Daardie foto is 'n duidelike beeld van twee mense wat mekaar lief het. Hy het dit natuurlik later daardie middag ook gevoel toe hulle liefde gemaak het.

Hy sluk swaar toe hy die foto bo-op die eed neersit. Daar is nog een dokument en Jakes vou dit stadig oop. Hy trek sy asem in toe hy besef wat dit is: 'n retoerkaartjie na Denver wat binne tien dae vertrek. Die terugkeer datum val saam met die tyd wat Jakes moontlik weer kan begin oefen.

Jakes kyk verdwaas op toe Daniel sy hand swaai om die hele span in te sluit en verduidelik, "Die hele span het bygedra om die kaartjies te koop. Richie het miskien die grootste deel bygedra aangesien van die geld van die straf bottels gekom het." Almal lag, maar voordat Jakes hulle kan bedank, sê Daniel streng, "Jy kan nou die res van die span bedank en dan kan hulle ons los om dinge uit te sorteer."

Jakes glimlag en dan doen hy wat Daniel beveel het. Hy bedank elkeen met die hand wanneer hulle die vertrek verlaat. Toe net sy groep vriende en Michael oor is, neem Jakes weer sy sitplek in.

"Nou goed, kom ons kyk wat om te doen. Jy moet jou spesialis oor 'n week sien en daarna behoort jy fiks genoeg te wees om te reis. Jy hoef jou nie oor jou oefenprogram of rehabilitasie te bekommer nie. Michael het gereël dat jy by die rehabilitasiesentrum in Denver inval en dokter Summers sal jou deurentyd monitor. André sal solank in jou huis bly om dit op te pas. Is daar enigiets anders?"

Jakes sug, "Die grootste probleem."

Daniel lig sy wenkbrou. Hy hoef niks te sê nie, want Jakes weet wat hy wil vra, "Angie praat nie met my nie."

"Wat het jy gedoen? Hoekom is sy weg?" vra Daniel reguit.

Jakes bloos ongemaklik. "Ek weet dit mag sleg klink. Dis nie wat ek wou gesê het nie. Dit het heeltemal verkeerd uitgekom. Julle weet ek dink goed voordat ek praat. Ek het nie toe nie. Ek het net 'n paar minute alleen nodig gehad ... Ek sou haar dan vertel het ... Sy het nie uit gekom nie ... en toe ... Toe is sy weg," rammel Jakes af.

"Jakes," sê André rustig. "Vertel ons wat gebeur het. Vat jou tyd. Ons is nie hier om jou te veroordeel nie. Ons wil jou help."

Jakes se vingers gly oor die rubberbandjie wat hy nog steeds dra. Deesdae is dit meer om homself te herinner aan hoe ver hy gekom het. Hy is nou ook nie so gespanne soos wanneer hy 'n spannings aanval gekry het nie.

"Dit het gebeur daardie dag na ons by Mark se huis was. Ek het Angie alreeds die Vrydagaand genooi om by my te kom eet. Sy was moeg en wou bietjie rus voor ete. Ek het haar na die gastekamer geneem en toe sy slaap, het ek seker gemaak dat alles reg is soos ek beplan het. Toe sy nog nie uitgekom het nie, het ek vinnig gaan swem. Op pad terug na my kamer het ek by die gastekamer ingeloer. Ek kon dit nie weerstaan nie. Ek moes geweet het ek speel met vuur, maar ek het langs haar gaan lê. En toe sy wakker word ... Toe sy aan my raak ... Dis al wat nodig was."

"Julle het liefde gemaak," lei Matthew af. "Was dit dan sleg?" vra hy verbaas.

Jakes skud sy kop verwoed, "Gits, ouens. Julle verwag seker nie besonderhede van my nie! Ek kan mos nie ... Al wat ek kan sê is dat dit ongelooflik was. Dit het.. Jis, julle hoef my nie te vertel ek het drooggemaak nie. Verdomp! Kan julle glo? Ek het na die tyd om verskoning gevra! Nie omdat ons liefde gemaak het nie ... Nee, ek het verskoning gevra omdat ek my eie planne omver gegooi het. Ek wou dit *reg* doen. Ek wou haar vertel het van die eed. Ek wou haar vertel het hoe ek voel en dat ek haar lief het en dan wou ek haar vra om met my te trou. As sy geweet het van die eed sou sy geweet het hoekom ek wou wag voor ons seks het. Ek wou dit *rég* doen. Ek het kerse en sjampanje gehad en ..."

Jakes vroetel in sy baadjie se sak. "Ek het selfs die ring gehad," en haal die juweledosie met sy ouma se ring uit. Hoekom weet hy nie, maar hy dra dit orals met hom rond.

"Nou hoekom het jy haar nie later gevra nie?" vra Matthew.

"Ek het tyd nodig gehad om uit te werk hoe om dinge reg te maak. 'n Ruk later het ek eers besef dat sy nog nie uit gekom het nie. Ek het oral gesoek, maar sy was weg en het nie my oproepe of boodskappe beantwoord nie. Ek het ten einde laaste vir Jesse gebel wat my beveel het om haar uit te los. Ek kon dit nie verstaan nie. Dis eers heelwat later wat ek besef het hoe Angie my woorde moes geïnterpreteer het. Teen daardie tyd het Angie my egter op haar sosiale media geblok."

Dit was lank stil voordat Christopher opmerk, "Goed, ek het 'n idee."

HOOFSTUK 24

Gaan hy elke keer in Denver aankom met 'n besering? Dit voel al so. Gelukkig het hy hierdie reis aangepak in baie gemakliker omstandighede as die eerste keer toe hy hier was. Elf dae na sy gesprek met sy spanmaats, land Jakes in Denver meer uitgerus as wat hy gedink het hy sou wees aangesien sy vriende sy kaartjie opgradeer het na besigheidsklas tot in Atlanta. Sy vriende het belowe dat as hy vir Angie terugbring met 'n ring aan haar vinger, sal haar kaartjie ook besigheids-klas wees.

Jakes wil nie so ver in die toekoms dink nie. Hy het soveel struikelblokke wat hy moet oorkom voordat hy enigsins daaraan kan dink. Hy het egter deeglike navorsing gedoen die laaste tien dae en as hy sy sin kry, gaan Angie saam met hom terug Suid-Afrika toe met meer as een ring.

Die laaste twee dae was sy senuwees klaar. Hy was nog nie seker of hy sal kan reis nie. Die spesialis het seker gedink Jakes is baie vreemd, want toe hy Jakes die jawoord gee, het Jakes hom uit skone verligting omhels.

Hy weet nie wat hy sonder sy vriende sou gedoen het nie. Jakes het daardie aand toe hulle vir hom die vliegtuig-kaartjies gegee het, uitgevind dat Christopher en Jesse nog kontak het. Jesse was blykbaar nie baie lus om weer in Angie se sake in te meng nie, maar na 'n lang gesprek kon Chris-topher hom oortuig om Jakes 'n kans te gee.

Jakes stuur die trollie met een hand deur die skare wat nog in die aankomslokaal maal. Hy is versigtig om sy skouer te beskerm al het Dok Montgomery dit toegedraai vir die vlug. Oor die koppe van die ander mense soek hy na die bord vir die huurmotor staanplekke toe hy sy naam hoor.

Jakes draai verbaas om toe hy Jesse se stem herken. Jesse glimlag nou wel nie verwelkomend nie, maar ten minste is hy daar.

Jakes stoot sy trollie in Jesse se rigting en toe hy voor hom stop hou hy sy hand uit. Dit voel soos 'n ewigheid voor Jesse dit neem en sê, "Jakes." Nie welkom of môre, of iets anders nie. Jakes moes dit verwag het.

"Dankie dat jy my kom ontmoet het. Ek het dit nie verwag nie." Jakes trek sy asem diep in en blaas dit uit, "Ek weet ek het baie om te verduidelik."

"Ek gaan jou nou eers na my Pa toe vat en dan sal ons middagete geniet saam met hom en Jonathan. Jy kan jou verduidelikings hou tot dan."

Jakes sug. "Sjoe, sommer die hele vuurpeloton op een slag."

Jesse grinnik skielik, "Dis jou verdiende loon, man."

Jakes stop en draai na Jesse, "Jesse, ek het nie gejok nie. Ek het Angie lief en ek sal enigiets doen om dit reg te maak. Dis eintlik 'n groot misverstand. Al wat ek vra is 'n kans om dit vir haar te bewys. Ek weet ek het baie foute gemaak. Ek het jou gesê ek is dalk nie die beste keuse vir jou suster nie. Ek het nie geweet hoe vrot ek regtig met verhoudings is nie."

Jesse antwoord nie. Hy knik net en stap verder. Jakes volg hom gedweë. As hy dink hierdie is erg, kan hy homself net indink hoe laag hy sal moet kruip.

Drie ure later voel dit vir hom asof hy een van die hardste wedstryde van sy lewe gespeel het. Al drie mans beskou hom strak. Hulle gee nie een 'n teken dat hulle hom glo nie. Hulle het geen simpatie met hom nie, maar ten minste lyk hulle ook nie kwaad nie. Jakes weet egter nie waar hy staan nie. Al wat hy nog kan doen is om te vra en hoop dat hy die regte antwoord kry.

Hy gly sy blik tussen die drie mans wat oorkant hom sit. Hy haal diep asem en sê dan, "Dis al. Julle weet nou alles. Al wat ek nog wil sê ... wil vra is ... As julle my glo en as Angie my glo en my vergewe ... As Angie gewillig is om my 'n kans te gee ... Ek wil graag julle toestemming hê om met Angie te trou. Sommer gou. Ek kan haar nie weer verloor nie. Ek belowe ek sal alles in my vermoë doen om haar gelukkig te maak."

Al drie staar net in stilte na hom. Jakes se hart klop vinnig en sy hande bewe. Hy probeer om'n sluk van sy nou koue koffie te neem, maar hy bewe so dat hy eerder die koppie terug sit op die tafel. Die drie kyk dan vir mekaar dan kyk dokter Summers Jakes direk in die oë en sê ernstig, "Ek dink ons het 'n bier nodig."

Jakes kyk verslae na hom. Wat beteken dit nou? Is dit nou ja of nee?

Dokter Summers lag skielik en hou sy hand na Jakes toe uit, "Welkom in die familie."

Jonathan grinnik, "Dis nou as jy Angie kan oortuig."

Jakes skud verlig die dokter se hand dan Jesse en Jonathan s'n voor hy belowe, "Ek gaan my bes probeer, Dok. As sy my 'n kans sal gee gaan ek my beste gaan probeer om haar te oortuig," terwyl Jonathan hul bestelling plaas. Toe hul elkeen 'n bier in die hand het, lig Jonathan sy glas en stel 'n heildronk in, "Op verskonings vra en gelukkige eindes."

Jakes aanvaar daardie heildronk en vra hoopvol, "Ek gaan dalk julle hulp nodig om Angie sover te kan kry om na my te luister."

Jonathan grinnik. Sy antwoord klink enigmaties. "Daar is niks soos 'n gehoor wat nêrens het om heen te vlug nie."

Toe Jakes hom verward aankyk, lag Jonathan, "Goed, hier is die plan ..."

Sy wens hulle wil nou ry. Dit was lekker om hulle te sien, maar sy sukkel om braaf te wees voor hulle. Met Jonathan en Claire het dit net te veel herinneringe gebring aan die laaste keer wat hulle saam hier was.

Haar moed het in haar skoene gesak toe Jonathan haar nooi om 'n drankie by die kroegie onder in die straat te gaan drink voor hulle ry. Angie wou eers nie gaan nie, maar sy was dae laas uit. Miskien sal die uitstappie haar goed doen.

Jonathan het belowe om haar vroeg weer terug te bring, maar dit is egter nader aan seweuur toe hy uiteindelik voor die huis stop.

Claire groet oor haar skouer, maar Jonathan klim uit en gee Angie 'n drukkie. Sy afskeidswoorde verwar haar. "Ek weet jy het seer, maar dinge gaan beter word. Onthou net, kleinsus, dit verg 'n sterk persoon om om verskoning te vra. Dit neem egter nog 'n sterker persoon om te kan vergewe. Hou dit in gedagte."

Hy klim dadelik in die motor en ry weg voordat Angie nog kon uitvra oor wat hy bedoel.

Sy dink nog steeds oor sy vreemde woorde toe sy instap en die deur agter haar sluit. Verlig dat sy alleen is, leun sy teen die deur en maak haar oë toe. 'n Vreemde gewaarwording pak haar egter beet. Iets voel anders. Iets ruik ook anders, maar wat dit ook al is, herinner haar dat sy nie veel geëet het vandag nie.

Sy maak haar oë oop en trek haar asem vinnig in. Hallusineer sy? Sy maak weer vinnig haar oë toe. Haar bene voel skoon lam. Gelukkig het sy nog die deur agter haar as ondersteuning. Sy trek haar asem diep in om broodnodige suurstof na haar brein te kry voordat sy weer haar oë oopmaak. Hy is egter nog steeds daar, net heelwat nader as wat hy sekondes terug was.

Jakes is naby genoeg dat Angie sy naskeermiddel kan ruik en die onsekerheid in sy oë kan sien.

Sy moenie in sy oë kyk nie. Dis die kwesbaarheid in sy oë wat haar die eerste keer aangetrek het. Maar sy kyk tog en merk die donker kringe onder sy oë wat uitstaan teen die bleekheid van sy vel. Hy lek senuweeagtig oor sy lippe.

Haar blik draal verder, na die verband wat sy skouer in plek hou. Sy moes dit verwag het. Sy weet van sy besering. Sy sal nooit aan iemand erken nie, maar sy het geleer hoe om sy wedstryde te stroom. Dit het gevoel asof haar hart ophou klop toe hy val en stil lê. Later het sy uitgevind dat hy sy sleutelbeen gebreek het en 'n operasie moes ondergaan.

Sy soek weer na sy oë. Hy beskou haar met dieselfde intensiteit.

En toe praat hy. Sy moet haar ore spits om te hoor wat hy sê. Sy stem klink laag en grof, sy aksent soveel sterker as gewoonlik.

Angie wil nie weer die hoop laat opvlam nie, maar die erns in sy stem en wat hy sê, laat haar twee keer dink.

Hy is 'n senuweewrak teen die tyd dat Angie opdaag. Hierdie is sy een kans om dinge reg te maak, haar te oortuig hoe hy voel en hierdie keer moet hy dit reg doen. Toe Angie saam met Jonathan en Claire kroeg toe is en hulle die jawoord van Claire kry, het Jesse en Rayno Jakes hier na die huis gebring. Hy het soveel gehad om te doen, maar met een arm sou hy gesukkel het. Gelukkig het die twee hom gehelp om alles reg te kry.

Claire se tweede teks het Jakes gewaarsku dat hulle op pad terug is en hy het om die hoek gewag. Toe die motor stop het hy byna gevlug, maar hy het tog gewag vir die voordeur om oop en toe te gaan. Toe hy egter nie Angie se voetstappe hoor nie, het hy uit sy wegkruipplek gekom.

Hy kon hom verkyk aan haar. Sy leun teen die deur met haar oë toe. Haar donker hare tuimel oor haar skouers en steek skerp af teen die bleekheid van haar gesig. Net soos hy het sy donker kringe onder haar oë. Die blou top wat sy in Kaapstad gekoop het, hang los om haar alreeds skraal lyf. Sy het duidelik gewig verloor.

Angie maak skielik haar oë oop. Sy moes hom gesien het, want sy staar reguit na hom. Sy dink seker hy is 'n illusie aangesien sy haar oë weer toe maak.

Jakes haat dit. Hy wil haar oë sien.

Hy beweeg nader aan haar. Hy klou die enkele rooi roos so styf vas in sy hand dat hy bang is hy gaan die stengel breek. Maar dan is hy by haar en vir die eerste keer in twee maande is hy na genoeg aan Angie om die sagte geur van haar lelievan-die-vallei parfuum in te asem. Hy is naby genoeg om die blink in haar oë te sien toe sy hulle weer oopmaak. Hy kan selfs die bewing van haar mond sien en die fladdering van haar pols onder haar keel. Dit laat hom besef: dalk het hy tog nog 'n kans.

Hierdie keer gaan hy dit egter reg doen.

Hy tree nog nader aan haar en hou die roos na haar toe uit. "Ek het jou lief. Ek het jou so verskriklik lief, Engel. Ek kan nie langer sonder jou nie. Ek weet ek het droog gemaak, maar gee my asseblief 'n kans om te verduidelik, en dinge reg te maak."

Jakes wag. Miskien het Angie hom nie gehoor nie, maar dan, uiteindelik, strek sy haar hand uit en neem die roos by hom.

"Al wat ek wil weet is hoekom?"

Haar vraag is 'n fluistering. Jakes is egter onseker wat sy wil weet. "Engel, ek het soveel om te verduidelik dat ek nie weet waar om te begin nie. Wat wil jy eerste weet? Hoekom ek jou nie voorheen vertel het dat ek jou lief het nie? Of hoekom ek verskoning gemaak het na ons liefde gemaak het? Of hoekom ek jou elke keer weg gestoot het?"

"Hoekom het jy verskoning gevra?"

Jakes bloos verleë. "Dis eintlik die maklikste een om te verduidelik. Ek was nie van plan om toe al met jou liefde te maak nie. Moet my nie verkeerd verstaan nie. Ek wou en sommer van die begin af. Ek wou jou ook vertel het hoe ek voel, maar dis alles deel van 'n langer storie. Ek was egter 'n moroon omdat ek om verskoning gevra het."

Hy tree effens nader. Sy hand bewe toe hy 'n lok van haar hare van haar skouer af lig. "Jy sien, ek het alles deeglik beplan. Ek het 'n romantiese ete voorberei. Ek het die tafel gedek in die tuin met kerse en al. Ek sou jou eerste vertel het hoe lief ek jou het en dat ek die res van my lewe saam met jou wil spandeer. Dit is te sê, as jy my wil hê. Ek sou op my knieë gegaan het en jou gevra het om met my te trou."

Hy trek sy asem sidderend in. "Toe ek in die gastekamer kom om jou wakker te maak en jy aan my raak, het al my planne by die venster uit gevlieg. Ek kon jou nie weerstaan nie, Engel. Ek moes sterker gewees het, maar op daardie oomblik? Dit was fantasties. Ongelooflik. Maar toe tref dit my. Ek het nie vir jou verduidelik hoekom ek jou wegge-stoot het aan die begin nie. Ek het jou nie vertel van die eed wat die span afgelê het wat ons weerhou het om 'n nuwe verhouding te begin voor die einde van die nuwe kompetisie nie. Ek het jou nie vertel ek het jou lief nie. Ek het jou nie gevra om met my te trou nie." Hy sluk swaar voor hy aangaan. "Ek het nie verskoning gemaak oor ons liefde gemaak het nie. Ek het verskoning gevra omdat ek dit nie rég gedoen het nie of nie soos ek dit beplan het nie. Ek het paniekerig geraak en uitgestorm om dit reg te maak. Jy sien, as ek daar by jou gebly het ... Ek sou nie jou kon weer-staan nie. Ek het vir jou gewag en gewag en toe ... Jy is weg."

Hy haal diep asem. "Ek is jammer, Engel. Ek is 'n pyn wat elke ding tot besonderhede moet beplan. As dinge nie so uitwerk soos ek beplan het nie, raak ek paniekerig. Dit was nie altyd so nie. Dit het begin eers nadat ek uitgewerk het dat as ek goed deeglik beplan, kan ek nie in ongemaklike situa-sies beland nie. Ek het dit te ver gevoer, maar dit was 'n manier om my lewe te beheer. Ek werk daaraan. Ek weet ek is nou nie 'n perfekte ou nie, maar ek smeek jou, Engel, gee my 'n kans om dinge reg te stel."

Jakes probeer die trane wat nou oor haar wange vloei,

weg te vee. Angie sit haar hand oor syne en hou dit stil. Dan glimlag sy skielik deur haar trane. "Jy het so pas."

Jakes staar na haar. Hy kan skaars asem haal. Angie staan skielik op haar tone en soen hom liggies. Toe sy terugtree, glimlag sy. "Ek soek nie 'n perfekte man nie, Jakes. Ek soek 'n ware man, een wat kan foute maak, solank hy kan erken wanneer hy verkeerd is. Ek soek 'n man wat my kan liefhê vir wie ek is. Ek soek *jou*, Jakes, want ek het jou ook lief."

Jakes trek haar met sy gesonde arm teen hom vas en dan soen hy haar soos hy die laaste weke gefantaseer het om te doen. Toe hy uiteindelik sy mond wegneem, smeek hy, "Sê dit weer."

"Ek het jou lief."

Jakes voel die lag opborrel. Hy het lank laas so lig en gelukkig gevoel. Hy kyk af na Angie wat skielik frons. "Ons kon seker hierdie gesprek op 'n gemakliker plek gehad het."

Jakes lag weer en kyk op. Angie volg sy blik en dan lag sy ook, "Regtig?"

Jakes knik. "Jonathan het gesê ek het al die hulp nodig wat ek kan kry. Al is dit nie 'n regte een nie, kan dit net help. Ek wou romanties wees, sien. Ons eerste soen was dan onder 'n mistel," verduidelik Jakes toe hy met sy arm om haar skouers haar na die gesinskamer lei.

"Ek onthou ..." Angie stop doodstil in die deur toe sy sien hoe Jakes met Rayno en Jesse se hulp die vertrek omskep het. Die tafel waarby hulle gewoonlik speletjies gespeel het, staan voor die venster. Die vertrek is gevul met kerse en rooi rose. Sagte musiek speel in die agtergrond en die geurige aroma van kos sypel vanuit die kombuis.

Angie se oë is mistig toe sy na hom draai. Jakes sê saggies, "Ek het nog baie om te verduidelik, Engel. Dit mag 'n rukkie neem. Wil jy eers eet?"

Angie se maag grom en Jakes lag. "Dit lyk my dis eerste kos."

Angie trek haar neus op en terg, "En na ete, gaan jy my weer vertel hoe lief jy my het?"

Jakes terg terug, "Ek het dit mos al gedoen." Toe Angie verontwaardig na hom kyk, lag hy weer en sy lag verleë saam.

"Gaan jy my dan vra om te trou?" vis sy uit.

Jakes maak of hy diep daaroor dink voordat hy antwoord, "Ek weet nie. As ek sou, sou jy ja sê?"

Angie besluit seker om hom terug te kry. Sy tree weg van hom en grinnik, "Miskien."

Jakes huiwer net vir 'n oomblik. Hy herroep sy vriende se advies voor hy op die vliegtuig geklim het.

Vergeet van daardie perfekte planne. Leef spontaan.

En dis wat Jakes doen. Hy vroetel in sy sak en trek die ring uit. Hy gryp Angie se hand om haar terug te hou. Toe Angie terugdraai, is Jakes reeds op sy knie voor haar. Haar lag sterf summier weg en vars trane spoel oor haar wange.

Jakes sluk swaar. Sy emosies wil-wil oorneem, maar hy kry tog uit, "Ek het nie dit daardie eerste aand geweet nie, maar ek het toe al op jou verlief geraak. Elke dag saam met jou het ek net liewer vir jou geword en sal seker elke dag wat ons saam is nog liewer word vir jou. Jy is die een wat my geheel het, wat my voete op die grond hou, wat my geleer het om weer te lag en lief te hê. Ek het jou lief, Engel. Ek wil die res van my lewe saam met jou spandeer. Ek wil jou liefhê, beskerm en vir jou sorg. Sal jy met my trou?"

Angie se "ja," was onmiddellik met trane wat nog oor haar wange stroom.

Jakes se hand bewe toe hy die ring aan haar vinger steek. Voor hy kon opstaan, leun Angie af en sit haar hande om sy gesig. Albei se oë is helder, gevul met lag en trane. Vir lang oomblikke kan hulle net na mekaar kyk voor hul monde ontmoet om hul liefde te verseël.

Jakes onderbreek nie eers die soen wanneer hy regop kom en Angie styf teen hom vastrek nie. Kos kan wag. Verduidelikings kan wag. Hierdie is baie belangriker.

DIE EINDE

SKRYWER SE OPMERKING

Die Wildehonde en die Buffels is twee fiktiewe rugbyspanne. Die name van internasionale spanne soos die Springbokke bestaan en is behou om geloofwaardigheid te skep. Die kompetisies is egter ook fiktief.

Name, karakters, plekke, en insidente, is slegs produkte van die skrywer se verbeelding en is nie bedoel om as die waarheid voorgehou te word nie. Enige ooreenkoms met ware gebeurtenisse of persone is heel toevallig.

Die boek het oorspronklike in Engels verskyn as *Eye on the Ball*, en is die eerste in die *Playing for Glory*-reeks wat in Afrikaans verskyn as die *Pad na Glorie*-reeks.

ERKENNING

Dit sal onregverdig wees as ek nie dankie sê aan my wonderlike familie en vriende wat altyd daar is vir my, veral deur al die op en af van skryf nie. Julle ondersteuning beteken die wêreld vir my.

'n Spesiale dankie aan my beta-lesers – ek weet julle moes soms hard saam met my werk om hierdie storie te slyp, en ek waardeer elke oomblik van geduld en insig wat julle ingesit het.

En laastens, maar beslis nie die minste nie, aan **Elsabé Welman, Dede Dirks** en **C A Els** – dankie dat julle altyd bereid is om deur my werk te lees en julle waardevolle terugvoer te gee.

'n Groot dankie aan **Tash van Pen to Platform** vir jou ongelooflike publisiteit en ondersteuning, en aan **Turn the Page Distributors** wat dit moontlik maak dat my boeke hul pad na die boekwinkels vind. Julle almal speel 'n groot rol in hierdie reis, en ek waardeer elke tree wat ons saam gevat het.

Laastens, aan **my lesers** – julle maak hierdie hele reis die moeite werd. Julle ondersteuning, terugvoer, en passie vir my stories gee my elke dag die motivering om aan te hou skryf. Ek sou lankal opgehou het as dit nie vir julle was nie, en ek is oneindig dankbaar vir elkeen van julle.

Francine Beaton skryf die tipe romanses wat sy nog altyd self wou lees—verhale vol liefde, humor en karakters waarmee lesers werklik kan identifiseer. Hoewel sy veral bekend is vir haar gewilde rugbyreeks, is sy net so lief daarvoor om feestelike vakansieromanses met 'n Hallmark-gevoel te skryf—perfek vir lesers wat hou van gesellige, hartroerendee liefdesverhale.

Wanneer sy nie besig is om stories vol emosie en sjarme te skryf nie, geniet Francine dit om te reis, haar passie vir rugby uit te leef en met 'n goeie glas wyn te ontspan. Sy het een keer probeer rugby speel, maar gou besef dat toekyk—en stories skryf—veel meer haar styl is. Of dit nou 'n boeiende sportromanse of 'n feestelike vakansieroman is, Francine bring altyd haar kenmerkende warmte en skerp sin vir humor na elke boek.

Webblad

Sosiale Media

Amazon

KARAKTERS IN DIE PAD NA GLORIE-REEKS

HOOFKARAKTERS

Jannes Benadé - 'n Huis vir Jannes
Estie Krause - 'n Huis vir Jannes

Jakes du Plessis - Jakes se Geheim
Angie Summers - Jakes se Geheim

Christopher Brooks - 'n Kans vir Christopher
Riley Adams - 'n Kans vir Christopher

Daniel Cooper - Daniel se Dilemma
Melissa Roux - Daniel se Dilemma

Ulrich Fölscher - Ultimatum vir Ulrich
Sammy (Samantha) Brady - Ultimatum vir Ulrich

Ryan Foster - Die Raaisel Rondom Ryan
Dr Margaret Blake - Die Raaisel Rondom Ryan

Richie Campbell - Richie en die Rooikop
Sarah Mackay - Richie en die Rooikop

BESTUURSPAN

Administrasie

Nicholas Carter – Voorsitter/Eienaar (*Net Een Kans)*

Emma Cole-Carter – Finansiële Bestuurder (*Net Een Kans)*

Christopher Brooks – Direkteur: Kommunikasie (*'n Kans vir Christopher)*

Lisbeth Meyers - Skakelbeampte (*Gelukkige Luke)*

Rachel Dunn - Persoonlike Assistent

Afrigtingspan

Pete Matthews – Direkteur van Rugby

Tom Brady - Hoofafrigter

Carl Becker – Hulpafrigter (*'n Laaste Kans)*

Nathan Sinclair – Hoëprestasie-bestuurder (*Blou Somer)*

Hannah Blake - Sportwetenskaplike

Mediese span

Dr Peter Marshall - Sportsielkundige

Dr James Montgomery - Spandokter

Dr Peter Sinclair – Junior Spandokter

Chloe Marshall - Dieetkundige

Michael Brady – Hoof: Fisioterapie

Simon Keller - Senior Fisioterapeut

Melissa Roux - Fisioterapeut (*Daniel se Dilemma*)

Darius Lategan - Fisioterapeut

Sandy Becker - Masseuse (*'n Laaste Kans*)

DIE SPELERSGROEP

1 - James Dube - Stut

2 - Adrian Malherbe - Haker

3 - Ryan Foster - Stut (*Die Raaisel Rondom Ryan*)

4 - Mark Bailey - Slot (*'n Meisie vir Mark*)

5 - Thom Jenkins - Slot

6 - Daniel Cooper - Flank (Kaptein) (*Daniel se Dilemma*)

7 - André Botha - Flank

8 - Jakes du Plessis - Agsteman (*Jakes se Geheim*)

9 - Jannes Benadé - Skrumskakel (*'n Huis vir Jannes*)

10 - Matthew Kemp - Losskakel (Onderkaptein)

11 - Brian Alexander - Vleuel

12 - Garth Lucas - Senter

13 -Lawrence Kekana - Senter

14 - Richie Campbell - Vleuel (*Richie en die Rooikop*)

15 - Rick Walters - Heelagter

Other Squad Members/Reserves

16 - Ulrich Fölscher (*Ultimatum vir Ulrich*)

17 - Pierre Basson (*'n Man soos Pierre*)

ANDER KARAKTERS

(Boek verskyn in hakies

Riley Adams - Joernalis *('n Kans vir Christopher)*
Jaylin Cooper - Taalversorger *('n Meisie vir Mark)*
Landie Schoeman - Balletdanser *('n Man soos Pierre)*
Cara-Mia Frescoe - Sangeres
Clara Moorcroft - Angie se vriendin *(Jakes se Geheim)*
Estie Krause – Grafiese kunstenaar/Eienaar van gastehuis *('n Huis vir Jannes)*
James Doubell - Spelersagent
Dr Jenna Hartley - Ginekoloog
Tom Mathers – Springbok-afrigter
Peter Johnson - Regsverteenwoordiger
Lynne Brown-Cooper - Omgewingsprokureur *(Verspeelde Kanse Trilogie)*
Damian Cooper – Voormalige kaptein *(Verspeelde Kanse Trilogie)*
Rafael Brady - Professionele tennisspeler *(Op die Kantlyn-reeks)*

Jessica Mackay - Teacher (*Keuses van Gister - Op die Kantlyn-reeks*)

Jesse Summers - Teacher (*Kans vir Liefde - Op die Kantlyn-reeks*)

Grant Willoughby - Daniel en Mark se vennoot (*Op die Kantlyn-reeks*)

Pierre Roux - Melissa se broer

Lisa Brady – Eggenoot van Tom Brady

Daniel (Niel) Mackay – Skotse rugbykaptein (*Keuses van Gister - Op die Kantlyn-reeks*

www.ingramcontent.com/pod-product-compliance
Lightning Source LLC
Chambersburg PA
CBHW070748280626
47162CB00018B/2632